中国抗战纪实
丛书

武汉会战纪实

方知今 著

中国友谊出版公司

图书在版编目（CIP）数据

武汉会战纪实 / 方知今 著. —北京：中国友谊出版公司，2015.2
（中国抗战纪实丛书）
ISBN 978-7-5057-3453-1

Ⅰ.①武… Ⅱ.①方… Ⅲ.①纪实文学—中国—当代
Ⅳ.①I25

中国版本图书馆 CIP 数据核字（2014）第 279355 号

书名	武汉会战纪实
著者	方知今 著
出版	中国友谊出版公司
发行	中国友谊出版公司
经销	新华书店
印刷	北京潮河印刷有限公司
规格	710×1000 毫米 16 开 22 印张 360 千字
版次	2015 年 4 月第 1 版
印次	2015 年 4 月第 1 次印刷
书号	ISBN 978-7-5057-3453-1
定价	36.00 元
地址	北京市朝阳区西坝河南里 17 号楼
邮编	100028
电话	（010）64668676

序

  1945年，中国人民长达8年的全面抗战，终于取得了最后的胜利。到2015年，抗战胜利已整整70周年了。回顾过去那场4万万5千万人民同仇敌忾、反抗侵略的正义战争，我们怀着强烈的民族自豪感和对千千万万在抗战中流血牺牲的先烈们的崇高敬意，特出版这套《中国抗战纪实丛书》，献给今天的中国读者，以示我们对先辈的深切怀念。

  中国的抗日战争，是中国人民抗击日本帝国主义侵略的伟大民族革命战争。回想1931年"九一八"事变，日本帝国主义为摆脱国内困境，按照他们侵占中国的既定国策，蓄意挑起侵略战争，一举吞并了我国东北；然后经过几年准备，又于1937年7月~8月从华北、华东向我国广大地区发动全面进攻，疯狂叫嚷"三个月内灭亡中国"。但是中国人民并没有被侵略者的来势汹汹所吓倒，他们不畏强敌，团结奋战。侵略者不但未能灭亡中国，反而遭到了可耻的失败。

  自1840年鸦片战争以来，帝国主义列强对中国肆意侵略和掠夺，中国人民受尽了侵略者的踩蹋和欺凌。一次次割地赔款，一个几千年的文明古国，逐渐衰败为"东亚病夫"；一次次前仆后继的反抗斗争，都归于失败。中国抗日战争的胜利，是100多年来中国人民反抗帝国主义侵略取得完全胜利、获得彻底的民族解放的伟大战争。

它结束了中国人民在反抗外国武装侵略斗争中屡屡失败的历史，洗刷了自近代以来帝国主义列强肆意欺压中国人民的民族耻辱。它是中华民族自信、自强的象征，是东方文明古国重新崛起的转折点。

应该指出，中国抗日战争的胜利，首先是在中国共产党的领导及其民族抗日统一战线方针的推动下取得的。自"九一八"事变日本帝国主义侵略我国东北始，中国共产党就号召人民武装抗日，并且领导或协助一部分爱国军队组成抗日义勇军和抗日联军，进行游击战争。而此时的蒋介石和国民党政府却对日本侵略者采取不抵抗政策，对共产党领导的人民抗日运动进行破坏。无疑地，这对日本侵略者以后肆无忌惮地侵占整个东北，乃至在中国的侵略扩张，产生了极坏的影响。1937年7月，日军又侵入华北；8月又从上海发动进攻，中国从此开始了全国范围的抗日战争。8月下旬，中国共产党领导的主力3万人左右改编为国民革命军第八路军，奔赴华北抗日前线。同时，中共中央洛川会议通过了抗日救国十大纲领，作为领导全国人民争取抗战胜利的根本方针。9月，在中国共产党的倡导和推动下，国共两党抗日民族统一战线正式宣告成立。10月，华南各省红军游击队改编为新四军，开赴华中抗战前线。八路军和新四军，以及中共领导的东北抗联等，在敌后开展了广泛的、独立自主的游击战争，建立了许多敌后根据地，迫使日本侵略者在1938年10月占领广州、武汉后，不得不停止前进，使中国抗战由战略防御进入战略相持阶段。

因此，日本侵略者以主要军事力量对付共产党领导的敌后战场，对国民党则采取政治诱降为主的政策。面对日寇在敌后的疯狂进攻，中国共产党坚定不移地坚持独立自主原则，努力巩固和发展敌后根据地，广泛开辟敌后战场，领导全国人民进行形式多样的游击战争。在极其艰苦的反"清乡"、反"扫荡"斗争中，敌后军民创造了如麻雀战、地道战、地雷战、破袭战、水上游击队、敌后武工队等歼敌手段，大打人民战争，使抗日战争得以顺利进行和蓬勃发展。而在国民党内，以汪精卫为首的一派，于1938年年底公开投降日本，协同日本军队进攻抗日根据地。蒋介石也采取了"消极抗日，积极反共"的方针，从1939年到1943年，3次发动反共高潮。在此期间，中国共产党采取了"发展进步势力，争取中间势力，孤立顽固势力"的方针，领导根据地人民建立"三三制"政权，实行减租减息，击退了国民党的3次反共高潮，掌握了抗日民族统一战线的领导权；在得不到外援的情况下，自力更生，克服困难，抗击了大部的侵华日军和几乎全部的伪军。1944年起，随着国际反法西斯战争和国内抗日形势好转，八路军和新四军转入局部反攻。1945年8月，苏军对日宣战，出兵我国东北。次日毛泽东发表《对日寇最后一战》，我东北抗联积极配合苏军作战，各地部队投入全国规模的反攻。14日，日本终于宣布无条件投降。

在抗战中，中国共产党领导的八路军、新四军和华南抗日游击队等共作战12.5万多次，消灭日、伪军171.4万余人，其中日军52.7万余人，伪军118.7万人。同时，中国共产党领导的军队和敌后抗日根据地人民群众作出的牺牲也是巨大的，其指战员伤亡60余万人，根据地人民群众伤亡达600余万人。敌后军民以高度献身精神坚持抗战，为战争的胜利作出了巨大的贡献。

事实证明，中国共产党及其领导的人民武装力量，是全国民族利益的坚定维护者，是团结抗战的中流砥柱，是取得抗战胜利的决定性力量。

无须否认，在面临强寇侵略、民族存亡的严重关头，广大国民党爱国官兵在中国共产党民族抗日统一战线方针的鼓舞下，奋起抗战，在他们身上，同样表现出中华民族威武不屈的民族精神。他们的抗日义举是中国抗战的重要组成部分。"九一八"事变后，许多国民党爱国官兵不顾蒋介石的不抵抗政策，英勇抵抗日寇侵略。在东北，马占山愤举义旗，被当时外国舆论称为国民党上层官吏中"可堪称道的仅有的一人"。长城抗战、卢沟桥抗战，张自忠、赵登禹、佟麟阁及其所部爱国官兵，不畏日寇的猖狂进攻，顽强抗击，在"七七事变"前后，面对敌人的蓄意挑衅，与之展开针锋相对的说理斗争和英勇无畏的武装抵抗。在日寇进攻华北和华东，挑起亡我中国的全面侵略战争的情况下，蒋介石和国民党政府被迫同意接受共产党的团结抗战方针，实行国共合作，宣布抗战。从"七七事变"开始到1938年10月武汉失守，日军分路深入中国，对中国正面战场的攻势达到顶点，中国抗日战争处于战略防御阶段。当时国民党军队有200余万人，日本侵略者把国民党作为主要作战对象。蒋介石和国民党此时也表现出了一定的抗战积极性。其军队先后组织了淞沪、忻口、徐州、武汉等战役。但是，由于敌强我弱，国民党军队内部的相互倾轧、钩心斗角，再加上蒋介石集团实行片面抗战路线和单纯防御方针，正面战场的战局非常不利。从1937年7月到1938年10月，仅1年3个月的时间，国民党军队就丢掉了北平、天津、上海、南京、广州、武汉等城市和华北、华中、华东、华南等人口稠密地区的大片国土，不仅对中国军民的抗日士气带来了不利影响,也在国际上造成了不利影响。此后,进入战略相持阶段,国民党采取消极抗日、积极反共政策,对日作战越来越显得消极被动。日本侵略者也把主要进攻重点转到共产党领导的广大敌后战场。从1939年至1941年间,日军对国民党正面战场也发动了一些规模较小的进攻战役,如南昌战役、随枣(湖北随县、枣阳)战役、桂南战役、枣宜(湖北枣阳、宜昌)战役等。这些战役除3次长沙作战外,都只是在日军发动局部进攻时才显得激烈,又往往以日军停止进攻即告结束,国民党军队多处于被动挨打的境地。在整个战略相持阶段,国民党军队一直处于士气低落的态势。当1944年4月,日军向豫、湘、桂等省发起"一号作战"的战略性进攻时,国民党军队除少数外,大多数是一触即溃。至12月国民党当局就丢失了河南、湖南、广西、广东、福建等省的146座城市和总计20多万平方公里的广大土地,给6000多万同胞造成深重的苦难。尽管如此,国民党广大爱国官兵的积极抗战是不应该被遗忘的。特别是在抗战初期,在国民党正面战场所进行的一系列的重大战役中,国民党军队承受了日寇的重点进攻。淞沪会战作为中国从局部抗战向全面抗战的转折点,坚持达3个月;忻口会战作为国共合作抗日的典型战役,是华北战场规模最大的一次战役;徐州会战取得台儿庄大捷,曾经震惊世界;武汉会战作为中日双方投入兵力最多的战役,也是双方伤亡最大的一次战役。在战略相持阶段,组织的3次长沙会战,仍是国民党军队此前少有的用武力迫使进犯之敌恢复战前态势的战役。在这些战役以及其他大大小小的战役中,广大国民党爱国官兵与敌人一次次展开殊死血战,多少人血洒疆场,为国捐躯。整个抗战期间,国民党军队在正面战场上组织过1万人以上兵力的大规模战役100余次,小战斗1万余次,共有200余万名官兵阵亡,其中有上将军官8名,中将军官41名,少将军官65名,校尉级军官17000余名。他们在中国共产党推动建立起来的抗日民族统一战线中,和全国各族各界人民群众站在一起,团结御侮,用他们的鲜血和生命谱写了一曲曲中华民族威武不屈的英雄颂歌。

《中国抗战纪实丛书》突出我党及其领导下的八路军、新四军和广大人民群众在民族抗战的旗帜下团结抗敌的历史,对国民党军队在抗战初期正面战场的努力抗战,尤其是广大爱国官兵的英勇抗敌,也作了客观、真实的反映。它采用纪实文学的体裁和全景式、多角度、大场面、多风格的表现形式,深刻而全面地记述在抗战的前线和敌后各个战场上具有重大意义的战役、战斗和重要的历史事件,生动而形象地再现中华民族团结抗敌的一幅幅英勇悲壮的历史画卷，揭示了我党及其领导的军队在抗战中的中流砥柱作用，显示了国共合作、民族团结是抗战胜利的重要保证。

中国抗日战争的胜利，是全国各族人民经过极其艰苦卓绝的斗争，付出了极大的代价取得的。据统计，在抗日战争中，中国军民伤亡人数在3500万以上，财产损失和战场消耗达1000亿美元，其中财产损失约600亿美元。我们出版这套《中国抗战纪实丛书》，热诚希望广大读者能了解中国抗战的历史，了解抗战的胜利乃至今日中国的发展来之不易。纪念抗战，缅怀先烈，让我们每一个炎黄子孙为促进祖国统一，增强中华民族的凝聚力和自信心，加速祖国的社会主义现代化建设，为实现中国梦而努力奋斗。

目 录

序 / 001

楔子 / 001

第一章　同仇敌忾 / 001

　　武汉会战前，国共合作的军委会政治部成立，陈诚任部长，周恩来任副部长。周提出要求，经陈斡旋，组建新四军，在敌后广泛开展游击战，以牵制和重创日寇。

第二章　兰封受挫 / 015

　　日寇占领徐州后，分兵向陇海路西进，企图截断陇海路，阻止中国军队东进增援。蒋介石调集重兵与敌决战，对敌形成半包围态势。但由于桂永清、邱清泉的轻敌，结果令人意外……

第三章　牺牲已到最后关头 / 027

　　兰封失守，中国军队伤亡惨重。而寇势猖獗，中国军队又难以组成坚强抵抗。第一战区代司令官程潜及前线总指挥薛岳主张采取措施阻敌。蒋介石由郑州匆返武汉，一个触目惊心的决策终于期期艾艾地出笼了……

第四章　花园口决堤 / 039

　　蒋介石用军队阻止不了日军，便在花园口决堤用黄河水阻敌。事关黄河两岸千百万人民生命财产安全，蒋介石不无顾忌。荒唐的是，这种顾忌的结果，除了多拉几个人垫背，便是炸毁许许多多的民房……

第五章　应战部署 / 053

　　国民党政府机构庞杂，往往相互掣肘，为应付武汉会战，决定改组军委会，缩并为军令、军政、训练和政治四部，以陈诚为第九战区司令长官兼湖北省主席，并以长江分界，江北为第五战区，江南统属第九战区，保卫大武汉。

第六章　安庆失守 / 065

　　1938年6月，日军以畑俊六为华中派遣军司令大举南犯，竭力将战火烧到武汉。川军杨森部奉命守安庆至桐城及其以西地区，结果一触即溃。恼怒的蒋介石责令将杨森交军法处严办……

第七章　痛失马当 / 079

　　位于江西彭泽县城南30里的马当要塞，为扼守长江的重要防线。国民党军政部门耗巨资在江上筑起阻塞线并广布水雷，以阻敌进犯武汉。令人不可思议的是，6月14日凌晨，当日军发动进攻，江防部队竟无人指挥……

第八章　可悲的乐观 / 093

　　马当、湖口失守，武汉受到极大震动。这时发生"张鼓峰事件"，日苏为争夺东北地区靠近朝鲜的战略要地张鼓峰发生争执。蒋介石以为日苏会开战，不免暗自窃喜起来，可事情的发展大出他意料……

第九章　九江溃退 / 107

　　张发奎奉命担任江南防卫，在九江不敌日寇。经薛岳请示蒋介石，部队获准向第二线撤退；不久，蒋又下令"坚决抵抗"，但为时已晚……

第十章　张发奎侥幸革职 / 121

九江失守，蒋介石以张发奎"只图保存自己实力"为口实，要将其革职，交军法审判。陈诚从中劝说，蒋氏冷静下来，一番前后权衡，又戏剧性地改变了决定。

第十一章　倭寇丧心病狂使用毒气 / 135

8月，中日军队在瑞昌、阳新等地发生激战。我军英勇抵抗，致使日寇付出惨重代价，绝无人性的日寇向我军阵地施放催泪性和窒息性毒气，致使前线阵地惨不忍睹……

第十二章　黄、广"拉锯" / 149

为策应第九战区在武汉以东地区作战，第五战区展开潜山、太湖攻势，尔后又在黄梅、广济一线与日寇展开争夺。双方你来我往，几得几失，形成了激烈的"拉锯"战。

第十三章　血战田家镇 / 163

日寇以少量部队在黄、广牵制中国军队，主力南进，乘机攻夺田家镇要塞。白崇禧后知后觉，已不及救援。前方将士顽强抵抗，以伤亡2万人的代价歼敌8千人，要塞不幸失陷。

第十四章　倭寇碰了大钉子 / 177

第71军军长宋希濂率部守卫富金山，利用有利地形与敌激战，坚守13昼夜；第27军团军团长张自忠率部在潢川阻敌，完成掩护主力集结信阳的任务，城北守军在抵抗中伤亡殆尽。

第十五章　罗山、息县抗敌 / 189

第 45 军在罗山、息县与敌进行猛烈反复的攻守战中，第一道防线崩溃。进入战斗惨烈的村落战，我军被围困的两个排战士，遭燃烧弹袭击。他们在大火中高呼"打倒日本帝国主义"，拼死抵抗。火势在蔓延，英雄的口号声渐弱下去……

第十六章　13 师"不知去向" / 199

驻于武汉横店的第 13 师，属第 75 军建制，受武汉警备司令罗卓英指挥。9 月 19 日，蒋介石越权令其开往宣化店御敌。部队开赴多日，军部和警备司令部尚不知其去向……

第十七章　李宗仁惊呆了 / 213

10 月，日寇逼近信阳，胡宗南不向战区司令长官李宗仁汇报，倒是蒋介石先知信阳难保，令李撤退。李愤怒无奈，令胡率部撤守桐柏山，掩护我军鄂东西撤。胡又抗令擅退南阳，使平汉路正面门户洞开……

第十八章　出奇制胜 / 225

第 70 军 19 师在庐山坚守 41 天，守卫战的残酷和艰苦不忍睹闻。第 10 师廖运周团在箬溪以西一个山坳里，利用意外发现的旧仓库里遗留的万发炮弹，打了一场痛快利落的伏击战。

第十九章　逃兵与勇士 / 241

第 18 师师长李芳郴率部守卫富池口要塞。日寇猛攻，战斗惨烈异常，李芳郴竟吓得弃部逃隐。形成对照的是第 193 师 385 旅守卫半壁山，官兵坚忍苦战，誓与要塞共存亡……

第二十章　薛岳不买账 / 253

第74军军长俞济时率部防守岷山，中途与日寇遭遇，一触即溃，派部增援，又遭败北。兵团司令长官薛岳严令夺回岷山。不想俞济时自恃"有背景"，打通关节，得蒋介石允其所部撤往湖南整补，薛岳好不恼怒……

第二十一章　血洒麒麟峰 / 267

9月，第91师和第142师在麒麟峰、复盆地与日寇展开争夺战。第360团乘夜幕扑上阵地，与敌展开残酷的肉搏战。中国军队伤亡惨重。团长杨家骝大吼一声，和营长黎长祈一起冲入敌阵，鬼子成双成对地倒在他们的刺刀下……

第二十二章　第二个台儿庄 / 279

薛岳在马回岭摆下"反八字"阵，鬼子106师团在阵前徘徊20余日，不得前进，忽然窜往万家岭。薛岳抓住战机，调集重兵，将其包围。日军反复冲击，终不能突围，慌忙派军增援，空前的激战在万家岭展开……

第二十三章　蒋介石苦中自乐 / 291

万家岭围歼战在9月下旬开始。敌人以小集体对付大兵团进攻，灵活多变。中国军队针锋相对，选拔出200至500人组成10余支奋勇队，专门对付日寇分散的小作战集体，大部队随后跟进，逐渐缩小包围圈……

第二十四章　广州重镇设防无兵 / 305

武汉外围战事紧张之际，广东省主席吴铁城和第四战区副司令长官余汉谋,电告广东危急,请增兵广东。蒋介石以为敌正谋武汉,无力顾及广州,对告急电未予理睬。不想,广州很快沦陷,更加剧了武汉危机……

第二十五章　武汉陷落 / 321

胡宗南擅撤南阳,日寇大兵压境。李宗仁将司令部移至平汉线花园站以西陈村准备阻敌,然第64军联络中断,第84军退守应城。10月20日蒋介石宣布"放弃"武汉。李率部西撤,刚走约2小时,日寇即进陈村……

后记 / 329

楔子

1937年12月13日,国民党政府首都南京陷落。国民党中央政府各机关迁往陪都重庆,军事委员会迁至武汉。

武汉骤然成为军事、政治中心。

蒋介石由南昌飞抵武汉,在交通银行设立临时办公处,作保卫大武汉的战略部署。国民党高级将领也云集武汉。

当时形势十分严峻,华北大片土地沦陷,淞沪抗战、台儿庄会战、南京保卫战,国民党精锐部队都受到重创,急需整补;士气低落,一些人悲观失望,抗战信心动摇。日寇占领南京后,一面积极策划成立傀儡政府,一面向蒋介石诱降。

面对如此形势,蒋介石十分烦躁。他召见陈诚时叹息道:

"南京保卫战的结果,不幸被你言中!日前唐孟潇(唐生智字)[①]来请求处分。我说算了吧,一切责任由我来负。他说,如果我不迭下命令要他撤退,他是决心与南京共存亡的!这也毫无必要。兵家胜败乃是常事,更何况敌强我弱呢?我们是准

[①] 当时在社交场合以称呼字为亲密或熟悉的表示。国民党军政界亦有此习惯。

备长期持久抗战的,不在一地一域之得失。"

陈诚听了蒋介石这番话,不禁感慨万千。"八一三"淞沪抗战后,在南京蒋介石曾经征询他对南京保卫战的意见。他认为按原作战部署,放弃上海后,昆山、无锡、苏州、杭州为第一防线;江阴、镇江为第二防线;南京、京杭公路为第三防线。根据上海总撤退后的战局来看,由于第一、二防线未布置兵力防守,仅靠溃退下来的部队节节抵抗,这些部队已在上海作战中伤亡惨重,残缺不全,士气低落,加之在这些防线上修筑的所谓"永久性国防工事"都是一线式的,而且暴露在地面,既无纵深工事退守,也无侧防工事掩护,容易形成兵败如山倒之势,各部队都站不住脚。南京地处长江弯曲部内,背水而无险可守,日寇可以由江面用海军封锁和炮击,陆路上由芜湖可截断我后方交通,制空权一直掌握在敌手,这样,日寇以陆、海、空协同作战,南京则处于立体包围形势之下。要保卫南京,不仅要付出极大代价,而且也不可能长期固守。但蒋介石却固执地认为南京乃国际观瞻之首都,国父陵墓之所在地,轻易放弃将会受到外人耻笑,因而不听陈诚所谏。在召开军事会议商讨南京战守问题时,绝大多数将领看出蒋介石的倾向,均沉默不言,唯有唐生智发言慷慨激昂,甚合他意,于是在11月24日任命唐生智为南京卫戍司令长官,罗卓英、刘兴为副司令长官,集结10余万兵力展开保卫战。结果一败涂地,惨烈异常。日寇在占领南京后兽性大发,奸淫烧杀,惨绝人寰,屠杀手无寸铁的中国人民30余万,奸淫妇女2万余人,烧毁南京房屋达1/3以上!日寇滔天罪行使国人痛恨,诸将领便要求处分唐生智,蒋介石心中有数,只好将"责任"揽过来。

现在时过境迁,再提这件事又有什么意义呢?

陈诚默默无言。

蒋介石却激动起来,声色俱厉地说:"南京失陷后,东洋人以为我们惊慌失措,动摇了抗战决心。所以他们又让德国驻华大使陶德曼来做说客,表示只要我们能承认'满洲国',东洋人就可以退出苏、浙、皖三省。"说到这里,他愤慨地拍了一下坐椅扶手:"娘希匹!他们为什么闭口不提占领的大片华北领土!是不是将来还要逼我们承认华北自治?这样蚕食下去,最后便是亡国!所以,我已明确告诉陶德曼:'谁敢放弃尺寸领土主权,谁就是中华民族的千古罪人!'"

陈诚仍旧默默无言,因为在上次蒋介石询问他对南京战守意见后,要求他:

"你再去与何敬之（何应钦）、顾墨三（顾祝同）、白健生（白崇禧）以及德国顾问法根浩森等人商量一下，看看他们的战守观点如何。"他当时便提醒蒋介石："法根浩森是德国人，德国与日本关系暧昧，这是值得注意的。所以部下认为我们的军事机要，不应该让过多的外人参与……"蒋介石却不以为然："我看没有关系的，既要用人家，就要相信人家嘛。"现在日本帝国主义谋求侵略合法化，又让德国人出面诱降，其狼子野心昭然若揭。他希望蒋介石由此悟出道理，未尝不是亡羊补牢。

"戴雨农（戴笠）向我报告，说东洋人在积极策划成立傀儡政府，可恨有那些民族败类趋炎附势，甘当汉奸！张向华（张发奎）报告说汪兆铭（汪精卫）请他和唐孟潇在汪家吃饭，汪竟说：'淞沪、南京一败，我们空军损失殆尽，陆军主力也被消灭，财力枯竭，武器弹药没有来源，这样还怎么打下去呢？所以要另想办法了！'另想什么办法呢？这个人是很卑鄙的，将来有可能去做汉奸！"

陈诚知道蒋介石在情绪不佳时便乱骂人，汪、蒋之间矛盾由来已久，骂骂也是很自然的，尚未料到"不幸而被言中"，尔后汪精卫竟成了中国最大的汉奸！

事实上日本军阀招降的最大目标始终是蒋介石。因为其"主和派"已经看到了深入侵略引起的国内经济危机和日本人民日愈高涨的反战情绪，以及国际上的反日压力，企图以军事力量压迫蒋介石就范。他们也认识到只有蒋介石屈服才能达到目的。所以从入侵东三省以来，他们就不断与蒋介石进行讨价还价的谈判，尔后又通过德国驻华大使陶德曼与蒋介石接触进行斡旋，其条件也是随着侵略的深入逐步升级，一开始只不过争取伪满的合法化，继而要求蒙古自治、华北自治以及战争赔款等等，完全沿袭满清的"割地求和"老路子进行。占领南京后，提出的条件最苛刻。在遭到蒋介石断然拒绝后，日本政府对蒋介石完全绝望，于1938年1月16日近卫第一次声明中表示"不以蒋介石为交涉对手"，决定另找对象。汪精卫正是看到了日寇这种迫切要求而得不到蒋介石响应，便决心趁机投靠日寇。1938年12月23日，汪精卫在河内响应近卫首相12月22日的第三次声明而发表声明，表示愿与日寇妥协，"挽救东亚局势"。这样，日本军部特务机关长影佐少将（先是土肥原中将）派船到河内将汪精卫接到日本进行谈判。对于由汪精卫组成傀儡政府，在日本政府内部意见分歧，主要认为如果让汪精卫组阁，则是彻底地断绝了招降蒋介石的希望。所以，一直拖到1940年11月4日"日中基本协定"才最后签订。汪伪政权的难产，经历了日本军阀对蒋介石寄予希望和彻底绝望的漫长过程。

戴笠曾奉命派遣特务到河内刺杀汪精卫，却错刺了曾仲鸣，使这个特大汉奸得以逃脱。

蒋介石见陈诚半晌不答话，意识到自己这样发牢骚也使人无法搭茬，于是作一停顿，然后"言归正传"："辞修（陈诚字），你看今后形势会如何发展？"

陈诚此时虽已是三星上将，但在蒋介石的面前仍旧毕恭毕敬："报告委座，部下认为戴雨农的报告很值得注意。因为日本既在策划傀儡政府，说明已放弃诱降幻想。那么，下一步便是疯狂进攻，以达到他们的'速战速决'目的。"

"是的，是的……"蒋介石频频点头，"我们一定要以持久战把那弹丸之国拖垮——这就是节节抵抗！现在保卫大武汉迫在眉睫，你有什么意见？"

"部下认为首先应接受南京保卫战的教训……"

"唔，唔……"蒋介石皱皱眉头，"这个……这个……你看保卫大武汉的战略如何？"

蒋介石绝无口吃的毛病，但在谈话时，为了思考措词或有难以启齿之事时，他习惯用一连串"这个"来过渡。现在他显然不愿再提南京战役的"往事"了。陈诚见蒋介石已"翻过那一页"，也不便旧事重提了。他见蒋介石办公桌后张贴着大幅地图，为了便于说明，便走过去指着挂图说："武汉三镇不易守，尤其江北方面无险可守，中隔大江，地杂湖沼。所以，要想保卫武汉，应东守宿松、太湖，北扼双门关、大胜关、武胜关诸要点，依大别山脉以拒日寇，并与平汉线北段之积极行动相呼应。"

蒋介石这才有了笑容："有道理，有道理……现在，我决定委任你为武汉卫戍总司令，担负起保卫大武汉的重任。"

"如果是命令，我服从！"

蒋介石安慰道："事情要从头做起，以后根据发展，我会另作安排。总之，决不会让你重蹈南京保卫战覆辙。"

蒋介石接着说："还有一件颇为棘手之事，就是与共产党的合作。既然局面已经形成了，只好应付下去。我打算改组一下政治部，让共产党派人来加入政治部——应该承认他们的政治宣传工作做得极好，这在黄埔军校以及北伐时期就看出来了。为此，就需要可靠的人掌握政治部。我打算再委任你为政治部部长，希望你能帮我掌握好。这两件大事你从现在起就着手准备，委任令随后就发表。"

原政治部长是邵力子。国民党对政治工作历来不大重视，政治部也形同虚设。现在既要让共产党加入，蒋介石便不能对这个部门掉以轻心了，必须要一个他们信得过的人来掌握，他们的"改组"，也只基于这样一个目的。陈诚虽不愿担负这项任务，但他知道蒋介石非让他任此职不可，甚至比让他任武汉卫戍总司令更迫切、更重要。他常怀报蒋介石"知遇之恩"的心情，对所交一切事情都义无反顾地去完成，他只有一个想法："我不下地狱，谁下地狱！"

第一章

同仇敌忾

　　武汉会战前,国共合作的军委会政治部成立,陈诚任部长,周恩来任副部长。周提出要求,经陈斡旋,组建新四军,在敌后广泛开展游击战,以牵制和重创日寇。

第一章 | 同仇敌忾

南京保卫战开始前，国民党最高统帅部迁到武汉，并在远后方重庆设立"陪都"，重新建立起作战基础，在西南重新整编军队，作持久抗战之准备。

最高统帅部为适应新的抗战形势，改组机构，把一切军政及外交、内政诸职权，均由最高统帅部综合处理。重新调整与部署兵力，划为第一、第二、第三、第四、第五、第八各战区，并于武汉设立卫戍总司令部。当时全国总兵力共有210个步兵师，35个步兵旅，11个骑兵师，6个骑兵旅，10个炮兵团，8个炮兵营和其他的特种部队，军需和民用工业，已陆续迁往内地继续生产。

1938年元旦，明令发表陈诚任武汉卫戍总司令。国民政府军事委员会又设立政治部，任命陈诚为部长。周恩来和黄琪翔任副部长，下属主管宣传的第三厅厅长为郭沫若，田汉任该厅处长之职。

"西安事变"促成了国共两党合作抗日局面。蒋介石迫于内外压力，不得不暂且放弃"攘外必先安内，安内必先剿共"的政策，与共产党携手抗日。成立政治部固然是抗战政治宣传工作之所需，但容纳共产党领导人进入政治部，却是蒋介石作出的一种姿态。

这件事酝酿已久。

1924年成立黄埔军校，是国共两党第一次合作时期，蒋介石任校长，周恩来任政治部主任，两人有过一段时期的紧密相处，蒋介石对周恩来有所了解。"西安事变"时，宋美龄与周恩来接触，就十分感叹像周恩来这样的人才不为"党国"所用，实在太可惜。陈诚入黄埔军校先任校长办公室上尉特别官佐，后改任炮兵营连长、营长等职。两次东征，消灭陈炯明叛军。作战中，陈诚与周恩来有过接触。陈诚对周恩来的为人处世也十分佩服。

共产党派周恩来到军委会来任职，蒋介石不免煞费踌躇，尽管陈诚是他信得过的亲信，事先也不免再三叮咛：

"为了表示团结抗战，我们不能不吸收一些共产党分子到政府部门任职。当然，兵权是不能让他染指的，我决定在政治部安插一些共产党人。

"记得在黄埔军校成立后至北伐初期，共产党的宣传工作是很有威力的。现在，我们不妨利用其长处，让他们来帮助我们鼓动全民抗战。但要密切注意他们的行动，千万不能让他们利用我们的宣传工具搞赤化。"

陈诚听了这件事不免皱起了眉头。他自认已是职业军人，不愿干预政治。现在把这个任务交给了他，让他相夹其间，处境将会十分困难。但他也知道像这样的事，蒋介石决不会交给别的人去做。他谨慎地问：

"不知共产党方面派谁来任职？"

"周恩来。"

陈诚舒了一口气："这倒也很合适——此人识大体，顾大局，办事颇沉稳……"

"不！"蒋介石迫不及待地提醒对方，"对于共产党分子，千万不能掉以轻心，放松警惕，他们的斗争艺术是相当高明的，你千万不要被表面现象所迷惑。"

"周恩来可谓盖世奇才……"

"是的。"蒋介石点头承认，"但不为我所用，便是最可怕的对手。你一定要严密控制，不可大意。"

陈诚对蒋介石这番话是很不以为然的。他认为既然蒋介石提倡"精诚团结"，在此国难当头之时，更应捐弃前嫌，推诚合作，一致对外，否则必然一事无成。但这种话一出口，必会遭到斥责，所以默默无言。

停了停蒋介石又问："委你任武汉卫戍总司令是第一步，以后视战事发展，要你掌握的事会更多。在外围防御战中，你打算用哪些人做指挥官？"

陈诚不假思索地答道："薛伯陵（薛岳）和张向华。"

蒋介石听了沉吟半晌，念叨着这两个人的名字："薛伯陵……张向华……"

陈诚知道蒋介石对这两个曾经屡次反对过他，并曾几次兵戎相见的广东将领耿耿于怀。于是说道："在江西'围剿'之时，为起用薛伯陵、张向华，部下曾向委座担保，现在部下仍愿为他们担保，大敌当前，用人之时，望委座无疑。"

蒋介石颇为尴尬："啊……啊……这个这个……既然如此，那就这样吧。命张向华在长沙编组第8集团军指挥机构，负责长江南岸鄂东一带的防御。"

陈诚邀请周恩来商讨组建政治部意见。尽管在当时是以陈诚为主，但陈诚仍以过去在黄埔军校时对周恩来的尊敬态度来听取意见。因为在国民党军界有"念旧"的传统观念，"老长官"因某种原因屈居下级了，"老部下"在"老长官"面前仍旧恭而敬之，不敢摆上级的架子。

在商讨完组建事宜后，周恩来郑重其事地说道："辞修，有一件事想和你商量，不知你有没有时间加以考虑？"

陈诚很殷勤地说："请讲，辞修洗耳恭听。"

周恩来对陈诚的态度很满意。"我要谈的是一件往事，但要声明并非和你争论长短曲直，而是要'从头说起'，才能商讨解决其中的具体问题。

"当年红军从江西撤退，在湘、赣、粤、浙、闽、鄂、豫、皖8个省都留下了游击部队。坦白地讲，这些游击部队便是革命的火种。西安事变后，我曾几次向政府提出停止对这些地区红军游击队进攻的要求，在将陕北红军主力改编为国民革命军的同时，尽快改编这些游击队，增加抗日力量。但是政府没有接受这个正当要求，在去年（1937年）1至7月份，更是加紧了对这些游击队的清剿。直至'七七事变'后，才被迫停止了进攻。

"时至今日，我认为是解决这个问题的时候了。"

陈诚毫不犹豫地回答："好，我支持！"

周恩来似有怀疑地说："辞修，口头上的支持容易，落实到行动上，恐怕困难就多了。要说服蒋委员长，你估计会不会大费周折？"

陈诚却不以为然："蒋委员长早就说过，只要（抗日）战端一开，地不分南北，人不分老幼，皆有抗日守土之责。现在我们两党第二次合作，一个共同目标便是抗日。彼此都应该捐弃前嫌，将一切力量投入抗战，全力以赴去争取最后胜利。将游击队组织起来，编成正规军，投入正面战场，这是有利于抗战的事，我相信蒋委员长不会拒绝的。请放心，此事包在辞修身上——相信一定能说服委员长的。"

"好，我恭候佳音。"

陈诚当然很了解蒋介石是被迫容共的。因此，限制共产党的活动及发展，是不言而喻的事。在这种情况下，提出扩充共产党军队实力的事，岂不要碰钉子吗？像这样的事，别人绝不敢去说，陈诚是蒋介石最宠信的人，但他并不恃宠莽撞，事先想好了说辞，才去见蒋介石。他不提周恩来的要求，先指明利害：

"委座大概也清楚：当年我们对江西红军凡五次'围剿'，非但未尽全功，而且遗患无穷。现在除延安以外，过去红军所经之地，大多留下游击队。'星星之火，可以燎原'，这些游击队是共产党东山再起的基础，江西红军的发展以及我们'清剿'所耗费的人力、物力，都说明对这些势力不能等闲视之。有这些势力存在，即便当初无张、杨发动的西安事变，对延安共产党'清剿'成功，也不可能从此根绝，各地共产党游击队，都可以逐渐发展起来，成为那样的心腹大患。何况前一个时期，我们一直用重兵清剿这些游击队，虽不能说劳师无功，却也是事倍功半，现在我们面临抗战，根本无力应付。所幸两党合作，结束了军事对抗，一致全力投入抗日，何不趁此时机，将这些游击队集中起来，编成正规军，投入正面战场，增加我们抗战的一份力量。"

蒋介石皱着眉沉吟半晌："我看不如令其解散为好！"

陈诚指出："游击队生根地方，决非一纸命令便能解散的。何况即便解散了，这些人生活无着，武器在手，对地方治安将是极为严重的威胁。聚之为任，用于抗战是最上策。"

对蒋介石来说，这确实是一件举足轻重的大事，也是一件令他极感痛苦的事情。

在黄埔军校创办之初，他与共产党人有过极其频繁的接触，他承认如果当时没有苏联的帮助，就没有黄埔军校的成立，也就没有他今天赖以掌权的军事基干；他也承认在两次东征和北伐初期，没有共产党的配合，就不会取得那么快、那么大的成功。他佩服共产党人的坚强勇敢，在作战中的忘我牺牲精神；也佩服共产党政治宣传工作的活跃和深入人心。但同时他也清楚地看到，在黄埔军校的学生中，马克思主义比三民主义受更多人拥护。学生中的优秀分子，几乎都加入了共产党。这是他与共产党决裂的根本原因。1927年汪精卫在武汉跟他闹分裂，曾经一度与共产党合作反对他。于是，他陷入了与各系军阀争权夺利的斗争。从1928至1930年的几年中，他被纠缠在与各派军阀刀兵相见的战乱之中，就在这段时期内，共产党在江西南昌起义，等到他打败了各系军阀，红军已在江西建立了根据地，以致使他一战不克，二战败北，三战四战盔丢甲卸！凡五次"围剿"却未尽全功，他动员了百万大军，国库几乎耗尽，置外寇于不顾，冒天下之大不韪！就在关键时刻，张学良、杨虎城发动的西安事变，终于使历史改写，迫使他不得不放弃"安内"的策略，再次与共产党携手合作抗日。

这自然非他所愿，也绝非长久之计。共产党的存在，是对他的政权最大的威胁。因此，他对共产党的容忍，是极其有限的。他不能放过共产党。在目前情况下，他认为自己应该做的，是维持表面上的"客气"，限制共产党的发展，在一定时期内，把共产党的势力压迫在一定的范围之内，以便到时予以"解决"。

将游击队扩充成正规军的要求，非今日才提出，早在西安事变以后，共产党方面就多次提出了。为抗日大计，他不能公然反对，支吾至今，这个问题又提出来了。像这样的大事，就该找心腹之人商量，而在这时他却发现能与之共商心腹大事的人并不多，或说他能完全相信的人实在太少了。他的政权中的一些支柱，如舅兄宋子文，他讨厌对方那种西洋派头，和他谈论什么事，都要拿西方来做例子。中国就是中国，怎么能跟西方扯在一起？于是彼此对对方的作为不以为然，常常有所抵触，他怀疑对方与英、美关系暧昧，而对方却总要以与西方的关系作炫耀的资本；他的连襟孔祥熙，那是个地道的财阀，除了捞钱之外，似乎再没有别的能为；何应钦是他曾经相信过的左膀右臂，结果在"宁汉分裂"时，何应钦竟然伙同李宗仁、白崇禧逼迫他下野，使他失望了，西安事变中何应钦的表现，进一步使他明白其野心。由失望变为对这个人的绝望，再也不能视其为亲信。除此之外，他还能将那些曾经屡次反对过他，甚至与他几度兵戎相见的各系军阀视为心腹吗？

于是他骤然产生了一种孤独感。

宋美龄悄悄地将一杯白开水放在丈夫面前，然后坐在他的身边。这位曾经在上层社交界享有盛名的宋家三小姐，自从成为蒋夫人以后，就把全部的身心倾注于与她共命运的丈夫身上了。她最了解丈夫的处境，甚至怜悯他长期所处的困境，高而堂皇的领袖地位是极其虚伪的，说是掌权了，这是怎样一个政权呢？满清近300年的统治，已经使大好河山支离破碎，民不聊生。接着便是军阀割据，战乱不休，山河破碎，人民被置于水深火热之中。她是在上海一个交际舞会上认识他的，他那时便是一身戎装，在国父孙中山的身边服务。戎马倥偬中给她写情书。是的，这段婚姻有其感情以外的原因，但婚后她看到他几乎没有一天停息过与人争斗，她开始怜悯他了。除了她能给他一些安慰以外，他几乎再没有什么可以感到欣慰的事了。

蒋介石端起茶杯来抿了一口，摇摇头又把茶杯放下了。他并不是觉得白开水淡而无味。自从穿上了军装，过去在十里洋场染上的坏习惯便彻底戒绝。多少年来他已经不吸烟、不饮酒，连茶也不喝一口了，表现得像个禁欲主义者。"美龄，我觉得很对不起你——自从我们结婚以来，就没有让你过安稳日子。我成天在跟人打仗，使你也为我操心，跟我东奔西走。你看，南京'吃紧'时你跟我到南昌，现在又到武汉了。将来还要跑，不知何时是了。"

"达令，你快不要这样讲了。"宋美龄娇笑道，"我知道你并不愿这样，你是被逼的。尤其是现在，全民族抗战时期，每一个中国人都在受着苦难，我为什么就应该特殊呢？但是，自从淞沪抗战以来，我看你一直情绪很不好，这样对身体不好，于事也无益。你需要保重身体，以更充沛的精力指挥抗战和其他国家大事。因为我最清楚，没有几个人能真正替你分忧解愁的。"

蒋介石几乎要欢呼："知我者，美龄也！"转念间，他却又长叹一声："是的，没有几个人能替我分忧解愁，也没有几个人可以共商心腹大事，什么事都需要我自己拿主意，他们还骂我独裁，好像我只有听了他们的话去做才不独裁，但是，他们要我去做的，都是从他们的利益出发的，全然不是为国家、为民族利益着想的，我能做他们的傀儡吗？"

"那些人的话，你大可不必听。你如果听了，真的动气了，那才真的上了他们的当了。"

"唔，有道理！有道理！"蒋介石频频点头。"不过今天并不是因为他们的议论而烦恼，陈辞修来谈了一件事，使我犹豫不决。"他将陈诚前来要求将共产党游击队编成正规军的事和陈诚所说的理由告诉了宋美龄。

"达令，陈辞修是唯一忠实可靠的人，他提的建议不会有错的呀。"

"是的，我也知道辞修忠实可靠，他既不会暗地里与共产党勾结，也不会有别的野心。他讲的话也有一定的道理。但是，游击队编成了正规军，无疑是增强了共产党的军事力量，将来就后患无穷了。"

宋美龄却劝道："西安事变的谈判我参加了的，并代替你签了字。达令，你是领袖，应该有一定的风度。现在我们掌握几百个师，军事力量百倍于共产党，有什么可以担心的呢？再者，共产党的要求不过是合法化，退一步讲，你不批准，他们的武装力量不也是客观存在吗？为什么就不能表现得大度一些呢？"

"唔，有道理，有道理……"

宋美龄的"有道理"起到了一定的积极作用，但关键还在于陈诚的详细分析提醒了他：一旦两党合作破裂，这些游击队四面开花，那是十分可怕的。以正规军去对付游击队，十有八九事倍功半。江西的五次"围剿"，使他不能不痛定思痛。权衡利弊，他觉得不如答应陈诚的建议，将这些游击队集中起来，使其星散变为集聚，使其潜伏变为公开，用于正面战场。日寇的火力之强大，使他的嫡系部队大有一触即溃之势，他不相信这些未经正规训练、装备又差的游击队，能在日寇炽烈炮火下坚持多久。这未尝不是一条极好的"借刀之计"。

次日，蒋介石召见陈诚，说道："昨天你提的事，我考虑过了，倒不妨试着办。共产党方面也屡次提出要求，为了表示合作诚意，我批准了，并与敬之（何应钦字）商量好了，给他们一个番号——国民革命军新编第四军。这个这个……这个这个……有一个很重要的问题，即派谁去掌握这支具有危险性的部队呢？"

"叶希夷（叶挺）！"陈诚胸有成竹地提出了最佳人选。

"为什么？"

"因为如果由共产党派个将领来，我们不能接受；由我们派个黄埔将领去，共产党和游击队不能接受。叶希夷是'中间人物'——双方都可以接受的人物。"

蒋介石一手摸下巴，一手背后，在办公室里踱来踱去。"哈——叶希夷怎么能说是'中间人物'呢？他参加过共产党搞的南昌起义和广州起义，应该是共产党方面的人啊。"

"是的，他曾经参加过共产党的活动。据部下所知，广州起义失败以后，他受到了批评，颇为不满，便脱离了共产党的活动，去了香港。抗战爆发以后，他给部下来信，表示军人应有守土卫国之责，部下便邀请他回来，正准备保荐他任一适当的职务。"

蒋介石又犹豫了半晌，才说："好吧，你写个报告来……"这虽是"惯例"，却也是缓冲步骤。因为此事非同小可，他还要再考虑。

叶挺毕业于保定军校第6期，陈诚在保定军校第8期炮兵科受训时期，叶挺任过他的分队长,所以也是陈诚所尊敬的师长,彼此都很了解。叶挺久居香港,颇为灰心。抗战开始,激发了军人的报国热情。他知道陈诚是蒋介石身边的红人,便写信告知陈诚,表示愿回内地参加抗战。陈诚极表欢迎,待为上宾,适逢这一机会,陈诚便保荐他出任新四军军长。

1938年1月6日,新四军军部在江西南昌成立,叶挺任军长,项英任副军长,张云逸任参谋长,周子昆任副参谋长。共辖4个支队:第1支队司令员陈毅,副司令员傅秋涛。由湘赣边游击队编成第1团,由湘赣边、赣粤边、赣东北游击队编成第2团,共2300余人。第2支队司令员张鼎丞,副司令员粟裕。由闽西、闽赣边游击队编为第3团,闽西闽南、浙南等游击队编为第4团,共1800余人。第3支队司令员由军参谋长张云逸兼任,副司令员谭震林。由闽北游击队编成第5团,由闽东游击队编为第6团,共2100余人。第4支队司令员高敬亭。由鄂豫皖边区游击队编成第7团和第9团,由豫南桐柏山游击队编成第8团,共3100余人。全军共10300余人。军政治部主任袁国平,副主任邓子恢。

原驻湖北、河南、安徽等省长江以北地区的游击队,向安徽霍山以西地区集中,原在江西、福建、浙江、湖南、广东地区的游击队向安徽南部歙县岩寺地区集中。尔后叶挺率军指挥部进驻岩寺。

这件事由陈诚斡旋成功,所以陈诚的顾大局、识大体,甚得周恩来的称赞。1965年7月18日,周恩来总理到上海,欢迎李宗仁回归大陆,在虹桥机场候机厅里,对前往欢迎的民主党派及各界人士谈话,提到陈诚时,有极高的评价:"……陈辞修是爱国的人。他坚决反对美国制造两个中国的阴谋。可惜他的身体不好……他临终时留有遗嘱,台湾当局要修改发表,他夫人反对,说要不就不发表,要发表就全文发表。看来他的主张不受台湾当局欢迎……"这也充分说明周总理在与陈诚共事的一段时期,对陈诚有很深的了解。

当然,蒋介石同意成立新四军,是有他的如意算盘的。然而,事物的发展,却不以他的意志为转移,最后酿成"皖南事变"的结果,就是这个原因。

新四军成立后,共产党中央决定成立中共中央东南分局及新四军军分会,项英为分局书记兼军分会书记,陈毅为军分会副书记,并在部队建立和健全党的各级组织及各级政治机关,加强政治思想工作,发展党员。

显然，尽管新四军已编入国民革命军，蒋介石的国民政府军事委员会并不能控制其行动，更不可能将其推向正面战场。中共中央对新四军的指示，仍旧是以敌后游击战为主。1938年5月，武汉保卫战拉开序幕，中共中央指示新四军："应利用目前的有利时机，主动地、积极地深入到敌人后方去，以自己灵活坚决的行动，模范的纪律与群众工作，去发动与组织群众，建立地方党，组织与团结无数的游击队在自己的周围，扩大自己，坚强自己，解决自己的武装与给养，在大江以南，创立一个模范的根据地，以建立新四军的威信，扩大新四军的影响。"

1938年4月下旬，新四军组成先遣支队，在粟裕带领下向苏南敌后进军，5月中旬到达镇江地区；陈毅率1支队由岩寺向苏南挺进。两军会合后，在南京、秣陵关、溧水之线进行游击战，主力在茅山山脉及溧水一带，以天王寺以南的山地为根据地，6月17日首次出击，第2团在镇江至句容公路上的韦岗首战获胜，击毁敌汽车4辆，日寇官兵27人。这一次的首战告捷，对在敌占区猖獗的日寇是既突然又沉重的打击，告诫了日寇：在中国领土上横行霸道，是要付出代价的。同时也大大鼓舞了敌占区受压迫的人民群众，使他们在黑暗中看到了一线曙光。

从此由陈毅率领的第1支队和张鼎丞率领的第2支队更加活跃，在苏南地区广泛出击。7月1日，夜袭宁沪铁路新丰车站，歼敌40余名；10日，又在新丰伏击汽车队，毙伤敌数十名；8月13日，夜袭句容城及其北飞机场，摧毁了伪政府，毙伤敌伪40余名，打击了汉奸的气焰；20日又在珥陵河川伏击战中毙伤日寇49名，生俘1名。

在新四军的胜利鼓舞下，苏北地区8个乡抗日自卫团和当地群众1000余人，在地方党领导下，协同新四军破坏路基、拆铁轨、拔电线杆、割电线，切断了日寇交通线和通讯联络，使宁沪铁路交通数度中断，震撼了日寇，也更加鼓舞了抗日军民。在此大好形势下，陈毅等领导多次出面召开各种座谈会，贯彻党的统一战线政策，广泛团结各阶层抗战力量，转化消极因素，在"有钱出钱，有力出力"的号召下，许多开明绅士、地主和资本家自愿捐献，支援了新四军大量粮食、枪支和现金等。

新四军的英勇善战以及严明的纪律，也感召了一些地方游击队，纷纷向新四军靠拢。如丹阳抗日自卫团领导人管文蔚，便是主动向新四军靠拢的，并在陈毅关心和指导下,很快发展成6个支队4000余人,改编为"江南抗日义勇挺进纵队",委任管文蔚为司令员,又派去一批党员干部加强改造,使其成为一支坚强的抗日武装。

新四军的活动大大牵制了日寇用于正面战场的实力。原在宁、镇、芜地区的日寇兵力仅3个联队,20多个据点,在受到新四军打击后,他们不得不将第15和第17师团等调来加强防守,据点也增至156个,企图对新四军实行封锁包围,分进合击。从9月至12月,日军搞了20多次"扫荡",均被新四军灵活机动的游击战术所粉碎。

新四军第3支队在谭震林率领下,于1938年7月1日进入皖南抗日前线,活动于东自芜湖、宣城,西至青阳、大通,南自章家渡,北至长江宽100余公里,纵深60公里的狭长地带。这一地带乃长江交通重要侧翼,日寇以第15和第116师团防守,故不容新四军存在,频频出动"扫荡",第3支队以机动防御方式与敌周旋,先后取得了清水潭、马家园等战斗的胜利,毙敌伪400余人,坚守住了这块阵地。

新四军第4支队于1938年4月相继在舒城、桐县、庐江、无为地区展开活动。5月16日在巢县东南秦家河口初战告捷,毙伤日寇20余名,徐州失守后,津浦线主要城市均陷敌手,第4支队依靠人民群众,坚持游击战。9月初,在桐城附近范家岗、棋盘岭连续伏击日寇,毙敌70余名,毁汽车50余辆;又在铁铺岭战斗中,与敌短兵相接,白刃交锋中毙敌29名。10月,攻克无为、庐江等地。11月,第8团进入淮南以东地区,与当地共产党组织的游击队和由共产党掌握的东北军挺进团取得联系,初步开展了皖东敌后游击战。新四军军部决定将当地共产党领导的一部分游击队和人民自卫军统一编为"新四军江北游击队",以孙仲德为司令员,黄岩为政委,担负皖中抗日任务;以第8团和东北挺进团担负开辟皖东任务。

关于保卫武汉和坚持抗战总方针,毛泽东于1938年8月6日致电周恩来,指出:"重在发动民众,军事则重在袭击敌人之侧后,迟滞敌进,争取时间,务须避免不利的决战,至事实上不可守时,不惜断然放弃之。""在抗战过程中巩固蒋介石之地位,坚持抗战,坚决打击投降派,应是我们的总方针。"

1938年9月2日,共产党河南省委武装部长彭雪枫奉命率新四军游击队300余人挺进豫东,与八路军冀鲁豫边区部队沟通联系,开创位于津浦、陇海铁路与新黄河、淮河之间,包括豫东13个县、皖北8个县的豫皖苏边区根据地,10月1

日，游击支队在进军途中与第3支队一部及先遣大队合编，扩大为3个大队，共1020人，由彭雪枫任司令员兼政委，芒圃任副司令员。

1939年10月16日，毛泽东致电周恩来，"为着直接有力地配合支持武汉以及武汉失守后滞阻敌人继续前进，以八路军一部进至鄂豫皖地区活动为有利。在朱德到武汉见蒋介石之前，请向陈诚、白崇禧透露此意，让蒋知道。"

1939年1月初，游击支队在粉碎了日伪军冬季"扫荡"之后，继续东进，开辟了商丘、亳县、永城地区。3月，东征肖县、宿县，又开辟了大片地区。11月，游击支队改名为"新四军第6支队"，已发展至9个团，12000余人，打开了豫皖苏边的抗战局面。

1939年2月，周恩来为贯彻中共六届六中全会发展华中的战略方针来到皖南新四军军部，与新四军领导人商定向南巩固、向东作战、向北发展的战略方针。为此，第1、2支队合并，成立"新四军江南指挥部"，陈毅任指挥官，粟裕任副指挥官，同时又成立"江北指挥部"，张云逸、徐海东任正副指挥。又进行部队整编，由徐海东任第4支队司令员。另外，第8团为基干，成立第5支队，由罗炳辉任司令员，郭述申任政委，开展淮南地区津浦路东的根据地。

1939年1月和4月，李先念和陈少敏先后奉命各率一支武装和干部向豫鄂边区敌后挺进，联络各地党组织和党所领导的武装，创建信阳四望山根据地，6月，建立起豫鄂独立游击支队，李先念任司令员，陈少敏任政委，于是豫鄂边区亦有了共产党领导的游击兵团。

至1940年夏，新四军在豫鄂边区对日伪作战280余次，歼敌14000余名。

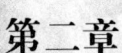

第二章

兰封受挫

日寇占领徐州后，分兵向陇海路西进，企图截断陇海路，阻止中国军队东进增援。蒋介石调集重兵与敌决战，对敌形成半包围态势。但由于桂永清、邱清泉的轻敌，结果令人意外……

第二章 | 兰封受挫

万恶的日寇攻陷南京后，虽在军事上取得一些胜利，但自淞沪抗战以来，南京保卫战、台儿庄大战，日寇亦付出了几十万伤亡的沉重代价。对作为弹丸之国，兵力、经济不免呈现捉襟见肘之势，而且日寇狼子野心，不仅侵略中国，还要入侵东南亚。形势迫使日寇要速战速决，尽快结束中国战场的战争。

日寇陆军部认为，只要攻占武汉，控制中原，就可以支配中国，迫使中国政府屈服。因此，日本帝国御前会议决定：集结重兵，攻取武汉。

为此，日寇调集近卫师团、山下师团、波田旅团、海军陆战队10个团以及第3、第6、第9、第10、第13、第16、第27、第101、第106共9个完整师团，和第116、第15、第17师团部分支队，1个机械化兵团、3个航空兵团和海军舰艇140余艘。这是日寇侵华战争中，集结兵力最多的一次战役，也足见日寇对赢得这一战役孤注一掷的赌徒心理。

在台儿庄大捷后，蒋介石为扩大胜利成果，准备在徐州进行决战。第五战区司令长官李宗仁认为在平原与优势火力的日寇决战，是违背不打消耗战的既定方针的，于持久抗战不利。但蒋介石一意孤行，从各战区调集兵力，使第五战区原29个师增加到64个师、3个旅，总兵力约45万人。日寇也将从台儿庄撤退的板垣、矶谷两师团重新集结，补充兵力，并从平、津、晋、绥、苏、皖等地增调13个师团，约30万人，分六路对徐州形成大包围，结果正如李宗仁所料，各部队在徐州附近地区进行逐次激烈抵抗，付出惨烈代价，都未能阻挡住日寇的攻势。在徐州处于日寇四面合围情况下，蒋介石才同意放弃徐州，在张自忠部掩护下，各部队纷纷突围而出。蒋介石也深感形势险恶，亲临郑州，指挥归德的第一战区前敌总指挥薛岳率第8军黄杰部，第64军李汉魂部，第74军俞济时部，第3集团军孙桐萱部，第71军王敬久部以及新编第35师及第88师所属264旅等部队牵制日寇土肥原师团,以便从徐州撤退的部队得以安全到达皖西和豫南。

日寇为消灭在陇海路东段的中国军队的主力,由东、北两方面发起进攻。

5月11日,日寇土肥原部在菏泽以北地区强行登陆,守军虽顽强阻击,终因兵力不支,在日寇强大炮火的攻击和空袭下,只能撤退。守卫菏泽的部队系第20集团军所属第32军之一部,约1个多团的兵力,也经不起日寇猛烈攻击,14日即放弃菏泽。

土肥原师团占领菏泽后,分兵向陇海路进发,企图截断陇海路,阻止我军东进增援,并相机歼灭在兰封一带之我军。日寇对我军部署似了如指掌,认为第32军商震(第20集团军总司令兼第32军军长)兵力分散,抵抗能力薄弱,所以土肥原师团由菏泽南下时,几百辆装甲车和炮兵牵引卡车,排成五六华里的阵线,践踏着正在成熟的麦田,肆无忌惮地扑来。

蒋介石命第27军军长桂永清率李良荣的第46师及邱清泉的第200师到兰封防守,又命宋希濂的第71军向兰封与考城之间的红庙附近集结,攻击敌之侧背。

第71军军长原是王敬久,因与洛阳地区警备司令祝绍周闹意见而被调职。此事在国民党军政界一直引为笑谈:

在国民党军界讲究上下级关系的观念极强。1932年王敬久任第87师副师长(师长是张治中),祝绍周任该师参谋长,祝为王之下级。参加南京保卫战后,王敬久率部到洛阳地区整编,升任第71军军长。当时在此一地区整编的还有关麟征的第52军,同属保定行辕主任、第一战区副司令长官兼第2集团军总司令刘峙指挥。祝绍周任中央军校洛阳分校主任,刘峙胸无城府,任命祝绍周为洛阳地区警备司令,这样,凡在洛阳地区的部队即受警备区辖制。

王敬久认为祝绍周曾任过自己的幕僚——参谋长,现在居然成为上级了,颇为不服。当时也在洛阳地区的第52军军长关麟征,也是"两眼长在头顶上"的角色,祝绍周也当过他的幕僚,就更看不起祝绍周了,于是闹剧发生了:祝绍周召集开会,二人拒不参加;祝绍周签发的文件,王敬久拒收,关麟征却在文件上批示:"此文件送错了,退回!"

祝绍周受了两个"下级"侮辱,忍无可忍,告到刘峙那里,说:"我这个警备区司令不能再干下去了，请钧座另委他人吧。"

此事早已闹得沸沸扬扬，刘峙也有耳闻。但关、王二人乃"天子门生"，恃宠骄横，也难压制，于是分别找关、王二人劝勉，解释说："祝绍周在洛阳兼任警备区司令可以兼顾军校的工作，你们两人都是带兵的，又面临抗战，部队流动性大，在某一地驻防，不是固定的。这样安排也是不得已呀。我们都是军人，军人以服从命令为天职，决不可以对上一级持抗拒态度啊！"

关、王二人当面默默无言，回去依然故我，闹得祝绍周只好写辞职报告。刘峙也弄得进退两难——是自己委任的人，再撤换他人，将会被人嘲笑他考虑不周，所以他将祝绍周的报告搁置不批。祝绍周见辞职不成，也不愿继续受气，便往洛阳分校一缩，拒不去警备司令部视事，弄得一时工作瘫痪，舆论哗然。

当时大家议论此事，虽都说王敬久和关麟征不该做得太过，但也认为刘峙在委任祝绍周一事上欠考虑，没有注意人际关系，以致影响了工作。

蒋介石对这件事也非常恼火，他认为下级对抗上级是不能容许的。便决定将王敬久暂且免职，调荣誉师（以作战负伤归队的官兵组成的师）师长宋希濂升任第71军军长，命何应钦通知宋希濂由湖南浏阳速到武汉。

宋希濂尚不知是为升迁之事，只身到了武汉，何应钦才告诉他立即上任：现在战况紧急，第71军正由洛阳向豫东运送中。委座昨晚已去郑州，命你即刻赶到郑州去见。所以你不必再回浏阳了。

宋希濂听说蒋介石召见，刻不容缓，便面保副师长林英升任荣誉师长，随后赶赴郑州。

事过不久，王敬久即被起用，任命为第37军团军团长兼第25军军长，关麟征升任第32军团军团长兼第52军军长。

20日，日寇到达内黄、仪封、野鸭岗、楚庄砦及附近地区。蒋介石命令前线所有部队统归前敌总司令薛岳指挥，围歼土肥原师团。

薛岳向前线各部队下达作战命令：

（1）命第64军、第74军为东路军，沿铁路两侧向野鸭岗、楚庄砦、贺村攻击；

（2）命第71军、第27军为西路军，自西而东，向仪封、内黄、马王砦攻击；

（3）命新编第35师向宋庄、纸坊集攻击；

（4）命第3集团军向旧考城、贺村攻击，并以一部埋伏于鲁道、大寨集、王庄等处，相机袭敌，其余部队仍继续担任河防；

（5）定于21日开始发动进攻。

在这些部队中，以第27军装备最精良。因为第200师是国军中的机械化部队，配备有装甲车。军长桂永清和师长邱清泉都曾留德学习军事，所以很受蒋介石器重，此二人也颇有骄傲情绪。薛岳给该军的任务是东进攻敌，并力保兰封重镇，是对该部寄予厚望。

宋希濂率第71军军直属部队及所属第87师分两个纵队向仪封挺进，向东转南，于午后与敌接火。

仪封原为土寨，有二三百名日寇据守，第87师先头团在军直属山炮营掩护下，向东南角一带进攻，另一团向南迂回，攻敌之侧背。日寇顽强抵抗，以密集火力压制进攻，以致进攻部队伤亡颇大，中国军队集中全部火力予以压制，一部得以突入寨内。日寇仍负隅顽抗。中国军队后续部队不断突入，战斗愈渐激烈。日寇在国军强大压迫下，终于不支，向南逃窜，尸体遗弃甚多。

第87师在追击溃敌途中遭到日寇炮击，少顷，日寇增援部队到达，开始反攻，但兵力并不多。双方僵持在原地，战至入夜。

第64军由东向西攻击野鸡岗，经过激烈战斗，克复内黄、野鸡岗等地。

22日，第64军与第71军会合，薛岳指示两军由第64军军长李汉魂统一指挥，向仪封西南之敌攻击前进，于是两军分左右两路攻击前进，在仪封西南一带形成弧形攻击线，战斗十分激烈。经过一天激战，日寇放弃一些村庄，集中兵力顽抗。

第27军在兰封方面集结后，桂永清留第88师防守兰封，率第46师及第200师向东搜索前进，装甲搜索车与日寇骑兵搜索兵遭遇，敌骑兵被击溃，桂永清挥师前进，占领日寇一些阵地，日寇侦察兵回去报告说中国军队配备战车，日寇便以为是主力所在，于是调集战车防御炮及主力军猛扑而来。

原来土肥原师团集结于仪封西南地区，由于中国军队东西两路军的会师，逐次向其压迫，形成包围态势，处境极危险，尤其是与后方联络线阻断后，军需物资的补给十分困难，粮食、弹药均依靠空投，但其数百辆各种车辆所需汽油却无法空投。（当时直升飞机还极少见）。没有汽油其机械化之优势便完全丧失，以其步兵的顽强是很难支撑的，所以土肥原也急欲攻占兰封，然后将其部队的主力转移于三义寨、曲兴集、罗王寨等靠近黄河的村庄，以期能从黄河北岸经柳园口获得物资的补给，得兰封后，留一部于兰封及罗王车站，成掎角之势，以分散我军的兵力和滞延我军的进攻。

桂永清对敌情并不了解，以为敌在半包围之中，而自己据优势实力，所以掉以轻心，不料他尚未部署好兵力，日寇主力便在飞机大炮掩护下猛扑而来，邱清泉发现日寇有战车防御炮，唯恐战车受损，便忙向后撤退，第46师受第200师撤退影响，也守不住阵地，向西撤退。桂永清见部队失去控制，便匆忙写一道手令给第88师师长龙慕韩，命其确保兰封，便退到罗王车站，力图整顿部队，再举反攻。但原计划撤退的部队各自为阵，很难收整，最后还是退到了开封才勉强将部队修整起来。

日寇主力围攻兰封，第88师奋力抵抗，但由于敌寇主力来攻，在飞机大炮炽烈火力下，第88师勉强支撑了一昼夜，最后放弃兰封，突围而出。

兰封失守，破坏了围歼土肥原师团的作战计划。薛岳大怒，当即向蒋介石控告桂永清贻误战机，请予严惩。

对于桂永清，蒋介石是有极深刻印象的。

1925年蒋介石率黄埔军第一次东征时，桂永清由黄埔军校第1期结业后，分配到教导团任上尉连长，当时正是国共第一次合作时期，军队中有党代表，桂永清所在连队党代表控告桂永清私取老百姓财物，蒋介石为严肃军纪，准备严惩，适值孙中山在北京逝世消息传来，全军哀痛不已，而且正在对敌作战，下面的一些人也有意庇护，这件事便不了了之。

1928年，桂永清已升任第11师31旅旅长。当时第31旅缺一副旅长，蒋介石拟委派杜从戎充任。桂永清认为杜从戎作风不好，难于合作，便向师长陈诚表示不愿接受。陈诚劝他要学会与各种人合作，才是做大事业的人应有之心胸，但他仍不肯接受，陈诚无奈，只好说："你实在不愿接受，不妨向总司令（当时蒋介石还只是国民革命军总司令）说明理由，看看能否改变。"他不知深浅，便向蒋介石发电报申诉理由，请求改换他人。蒋介石接电报后很生气："他的同学他不用，我的命令他不听，这还了得！马上叫他来！"侍从室便通知他去南京面见蒋介石，他应召而去，却在蒋介石办公室门外站了几个小时而不得召见。他知道自己闯祸了，无法再回第11师，便去找何应钦设法。何应钦赏了他几千元，安慰他等候时机，后来何应钦便保送他去德国深造。

此次兰封失守，薛岳向军委会控告，蒋介石也打算严惩桂永清，但何应钦和陈诚都力保，都说失守兰封的责任应由第88师师长龙慕韩承担，蒋介石也觉得桂永清既是黄埔1期的，又曾去德国深造，是有用之才，便批示将其撤职查办，其部队编入胡宗南部。龙慕韩贻误战机，着即枪决，其部队归入第71军建制，由宋希濂任师长。

兰封失陷，在郑州的蒋介石和第一战区司令长官程潜等均大为震惊，唯恐日寇长驱直入，西取开封、郑州，以至影响整个战局，于是急调在西安至潼关一带设防的第17军团胡宗南部星夜兼程至开封，程潜亦在开封设立临时指挥所，制定围歼土肥原师团作战计划：

（1）着胡宗南部附第200师战车营并配属重炮营，向曲兴集、罗王寨之敌攻击；

（2）着朱怀冰部向柳园口黄河北岸活动，截击敌之增援，切断其补给线；

（3）着俞济时及孙桐萱（第3集团军共3个师：第20师师长张测民、第22师师长时同然、第81师师长展书堂，由这三个师组成第12军，孙桐萱兼任军长）部之第20师、新35师、106师等部攻击三义寨；

（4）着宋希濂部攻击兰封；

（5）着李汉魂部先攻击罗王车站，占领后再协同胡宗南部攻击罗王寨；

（6）着商震部逐次西移，担任守备兰封、开封、郑州之间防务。

5月24日，第71军接到向兰封攻击命令，25日，宋希濂部署由第87师攻击兰封城东北，第88师攻西南面。

兰封原为小县城，土筑城墙亦不高，但城之周围开阔平坦，进攻部队无掩体可逐次推进，日寇火力又炽烈，所以颇难接近城垣，第71军利用夜幕掩护挖掘战壕，绑扎登城云梯，做好充分准备。

26日拂晓，第71军炮兵向已测定的目标猛烈轰击，摧毁敌城上工事，掩护步兵突进登城。日寇十分顽强，在城上以密集火力扫射进攻部队。中国军队英勇突进，先后组织三次冲锋，伤亡十分惨烈，却未成功。

宋希濂调整兵力部署，在困难中他忽然想起第二次东征时，攻打号称天险的惠州城时，也是屡攻不克。陈诚时任黄埔军第一炮兵营营长，向蒋介石提出建议，将大炮移近城垣，直接射击，其威力和命中率都极高。果然此举得手，使登城部队得以登城，于是他调两门炮，直射城垣，终于打开几个缺口，步兵前仆后继，奋勇由缺口突入登城，在城上建立起几个据点，与敌守城部队激战，日寇企图消灭几个据点，火力转移，给后继部队造成继续登城良机，不断扩大战果，双方在城上展开争夺，鏖战终日，至夜，双方都已战疲，一度沉寂。

27日拂晓前，日寇发动反攻，其势十分猛烈，中国军队坚决抵抗，并不断增援。经两小时激战后，敌攻势忽然锐减，至拂晓已无枪声。国军尚以为日寇攻势力竭，正准备组织进攻，经搜索发现日寇已悄然逃遁。显然那一阵激烈的进攻，便是为逃遁作的掩护。第57师在城下的后卫部队曾发现逃敌，奋勇追击，袭其尾部，颇有所获。宋希濂从战利品中选得高头大马一匹，称之为"土肥原"作为自己的战马，从此军旅之际经常骑于胯下，以示对日寇之仇恨。

在第71军克复兰封同时，第64军亦克复罗王车站。两军正准备乘胜分兵协同友军进攻三义寨、曲兴集、罗五寨之际，不料战局发生变化，致使这次围歼计划落空。

原来在发动围歼土肥原师团战役时，前敌总司令部署第8军黄杰部驻守归德附近，严防日寇由鲁西南下西进。果然日寇增援部队扑来，第8军未作全力抵抗，而自行撤退，致使归德失陷，影响整个战局。

两次围歼计划失败，薛岳大怒，当即写了一份措辞强硬的报告，要求严厉惩办黄杰，以儆效尤。何应钦先安抚薛岳，然后又向蒋介石力保，蒋介石便在薛岳的报告上批了"着即撤职查办"。但"查办"二字是官样文章，实际上是不查不办，稍后"冷却"还可重新起用，这在国民党军政界已屡见不鲜。如桂永清后为海军总司令，黄杰任20集团军总司令。

日寇占领归德后，分兵两路西犯，一路沿铁路西进，一路攻击宁陵、睢县。薛岳命第64军及第71军等部于民权、杞县、太康一线迎击西犯之敌。

尽管形势已极为不利，薛岳仍不放弃围歼土肥原师团的计划。胡宗南部在攻击罗王寨、曲兴集、三义寨的日寇据点，将士虽十分英勇，日寇也十分顽强。进攻部队伤亡颇重，却无大进展，薛岳拟增厚兵力，积极组织调运弹药物资。

在郑州的蒋介石看到前线战局逆转，十分焦躁不安，他召见程潜和薛岳，询问他们对目前局势的看法。

薛岳的态度比较积极，他说："尽管两次围歼计划没有实现，但土肥原部并没有摆脱包围。以兵力而言，我方仍占优势，只要我军阻止敌增援得力，仍有希望将土肥原部歼灭。"

蒋介石颇欣赏薛岳的态度，转面问程潜："颂云（程潜字），你看伯陵的意见如何？"

程潜苦笑道："我们均有一举歼敌的迫切愿望。但是，作战不仅要运筹帷幄，指挥有方，而且也要依靠下面将士用命。"

这番话分明是指一些将领在作战时贪生怕死，不肯力战，对此，蒋介石也颇有"恨铁不成钢"之意，十分激动地说："娘希匹！今后还要杀几个败类，以振我黄埔精神！"

听的两个人都有共同的感叹："一些黄埔将领养娇了，没有与士卒同滋味共安危的作风，更没有身先士卒，马革裹尸的决心。这绝不是'杀几个人'可以扭转的。"

薛岳见蒋介石皱着眉十分不悦，便说道："从此次作战情况来看，大多数将领还是十分努力的。个别将领……已受到惩办，足以起到以儆效尤的作用，所以此时增调兵力，围歼土肥原师团尚不失时机。"

蒋介石转而看着程潜，要再听听他的意见。程潜指出："归德失守后，日寇兵分两路，其中一路沿铁路两侧西进之敌，已不单纯是为援救土肥原师团，似有进犯平汉线许昌、郑州一线之企图。伯陵所言我方兵力上的优势，无非是以数量而言，但一些部队的士气和装备，是不可乐观的，时值雨季，进攻、转移都会很困难。伯陵的意见是很积极的，但要考虑实际和不利因素，我也承认绝大多数将领作战很努力，将士亦英勇，但突破一点即可影响全面。这在前两次计划中已经出现。我们谁也不能料定在此后作战中就不再出现第二个黄杰、第二个桂永清。在战事不利时，如果再出现某部作战不力的现象，就难于弥补了。"

薛岳想想过去的情况，也觉得还是以稳健为妥，于是说道："程长官老谋深算，我不再坚持己见了。"

蒋介石见二人意见统一，便更加忧虑了："如果抵挡不住日寇的进攻，日寇即可近窥武汉，形势就更糟了。你们有什么办法阻止日寇控制平汉线？"

程潜答道："现在我军疲惫，需要休整，所以战力难于阻止敌人。"他沉吟片刻后，试探地问："据说陈果夫早些时候有一建议，不知委员长考虑过没有？"

蒋介石看看面前二将，喷喷嘴说："是的，我考虑过了，但我一直希望还是以军事解决为好。我在考虑是否值得以政略的牺牲换取战略的需要。"

程潜很想说："你为政略的需要牺牲战略已非一次了，时值今日，怎么又考虑起政略和战略的问题了呢？"薛岳沉不住气，说道："夫兵者，乃凶器也，为战略需要，不该有过多考虑，至于说舆论，部下认为亦是罪在一时，功在千秋。"

蒋介石点点头："好，好……再等等吧！我回武汉召开一次军事会议，然后决定行动……总之，一切责任由我来负……"

第三章

牺牲已到最后关头

兰封失守,中国军队伤亡惨重。而寇势猖獗,中国军队又难以组成坚强抵抗。第一战区代司令官程潜及前线总指挥薛岳主张采取措施阻敌。蒋介石由郑州匆返武汉,一个触目惊心的决策终于期期艾艾地出笼了……

第三章 | 牺牲已到最后关头

1938年6月1日，日寇攻陷睢县，迫近兰封、杞县，另一股日寇由亳县方面经鹿邑、柘城向太康迫近，逐渐形成对我军在开封、兰封之间的主力部队包围的态势。蒋介石决定放弃对土肥原师团的围歼，命第32军派一部守备开封，阻敌西进，并掩护主力部队绕向平汉路以西撤退。

为了围歼土肥原师团，我军集中了10多个师的兵力。这些部队本因长期作战残缺不全，再经这一次激战，更是疲惫不堪。接到撤退命令，各部纷纷争先。撤退路线既定，秩序却极度混乱，10多个师在铁路两侧拥挤不堪，时值雨季到来，连日阴雨绵绵，道路泥泞，行军困难，加之日寇飞机跟踪空袭，各部队损失惨重——"八一三"淞沪抗战后总撤退，在常熟公路上发生的惨烈情况再次发生！

各部队撤至郑州及以南地区，程潜和薛岳前往观察，不免相对摇头叹息。

"伯陵，看来这些部队若不经过一段时间的休整、补充，继续强逼他们再去抗击武装到牙齿的日寇，那真是拿他们去当炮灰——太残忍了！"

薛岳点点头说："长官说得是，但大敌当前，我们总不能束手就擒啊！"

"我想还是将真实情况向委座报告，请他决断吧。"程潜无可奈何地说。

薛岳听了略加思索，才恍然大悟：程潜说这番话，是希望和他"统一口径"去说服蒋介石早下决心。因为众所周知，蒋介石在军事失利时脾气大得很，谁去报告就向谁发作，所以往往一些人不敢据实报告，尽量把实情说得缓和一些。

"长官放心，现在军情紧急，不能再顾及委座是否高兴了。"

程潜点点头："好，既然所见略同，那我们就去向委座报告吧。"

出乎意料，蒋介石听了报告并没有发脾气，只是皱着眉头半晌无言。部队打了败仗，撤退时的混乱，他已经听过无数次报告了，为此，他曾经处分过一些将领，却无济于事，现在他似乎逐渐悟到：每次撤退，说是"有计划"的，但却不是有准备的。担任掩护的部队阻击不力——或说没有足够的力量阻止日寇追击撤退部队，加之制空权始终操在敌手，形成后有追兵，上有空袭的局面，部队怎么能不乱！将领们又怎么控制得住呢？要改变这种局面，绝不是惩办几个将领就能强迫做到的，最根本的办法，是要从兵器上转变劣势——有足够的空军和大炮压制日寇。然而，要做到这一点，首先要拿出国库的大量黄金去购买军火，其次要有军火供应方。

国民政府是在与军阀们夺权中成立的。从成立到抗战，几乎天天在打内战，根本没有精力去搞各种建设，本已空虚的国库，始终充实不起来，现在哪里能拿出多少黄金来向海外购买军火呢？当初，能供应中国军火的国家较多，德国就是最大的供应者，但现在由于日本帝国和希特勒政府暗通消息，私下勾结，德国已经不愿再提供军火了；西欧各国都持绥靖政策，不愿得罪日本帝国主义，也就不敢公然向中国提供大量军火，唯一的卖主就只有苏联了。苏联似乎对日本毫无顾忌，可以大量提供国民政府所需要的军火，而且派遣大量志愿人员帮助中国抗战。但是，在出售给中国用于抗战的武器价格上，斯大林却坚持分文不让。

"我知道了，"蒋介石突然开口说道，"各部队需要休整，我们一时抽调不出更多的部队，更重要的是远水不救近火，日寇不会等我们将援军从别的战场调来后才再发动进攻。

"看来在短时期内，战局的颓势非战力所能挽回，其实，关于采取非常手段，亦非只陈果夫一人提出建议，我收到来自各方面的报告约有10多份。最近辞修还转来炮兵第16团团长王若卿一份报告建议。非我无决断，总认为不到最后关头，决不能采用此手段，我一直在等待有所转机，结果却是如此！"

程潜和薛岳看到蒋介石表情十分痛苦，却不知该如何劝慰，而且事关重大，都认为还是让他自己决断为好。

蒋介石叹了一口气：接着说，"现在必须争取充分时间，一方面是让各部队稍事休整、补充，另一方面也是为了重新部署兵力，修订保卫武汉作战计划，好吧，我马上回武汉召集一次会议作出决定，你们同时做好准备，待命实施！"

蒋介石吩咐完毕，即匆匆返回武汉，命侍从室通知在武汉的高级将领前来参加紧急会议。

国民党高级将领云集武汉。因为这是一次极重要的会议，所以连在东湖疗养的李宗仁、李济深、黄绍竑、方振武等人都赶来参加。

高级将领几十人聚集在会议室。蒋介石在侍从官簇拥下走进会议室，全体起立致敬。他在首席位置前站定，环视诸将领，然后点点头说："大家请坐吧。"待他坐定之后，诸将领才正襟危坐，目不旁视。

会议室在一阵骚动之后，出现了短暂的沉默。形势的严峻在座者都心中有数，关键是蒋介石那阴沉的脸色，使在座者不免心怀忐忑。战局失利，蒋介石爱发脾气，乃至于破口大骂，都是常有的事。然而到了十分严重之时，他把脸一沉，反倒不那么急躁了，就更让人觉得可怕。大家记忆犹新的是在1938年1月10日和11日，蒋介石在开封召开的第一战区和第五战区团以上军事会议上，他就是以这种阴沉的态度出现的——一开始足足沉默了五分钟。大家看到他的脸就像阴暗的天气，秃顶上青筋暴跳犹如闪电，预示着滚滚沉雷即将划破沉寂，撼天动地般地打将下来。当时与会者也无不心怀忐忑，不知这雷霆万钧将打在谁的头上。结果沉雷足足响了两天，在与会者的头顶上转来转去，最后命中了第3集团军总司令韩复榘——将其逮捕，并在当月24日下令将其处决，尽管韩复榘的遭遇有其深远原因，但其不抵抗——几乎是敌人一到即行撤退，丢失了山东大片土地，使津浦线北段轻易落入敌手，也是罪有应得。此一行动倒也振奋了士气和民心，使得第3集团军所部在继任司令长官孙桐萱指挥下，在进攻汶上、济宁战役中表现得十分壮烈，予敌以重创。现在放弃了徐州，日寇向武汉逼来，为了再鼓士气，蒋介石的"雷"，这一次又会打在谁的头上呢？

沉默继续，空气几乎要凝聚，在座的每一个人都产生一种迫切愿望：把风纪扣（即领扣）解开，因为人人都有窒息感。

"我刚从前线回来。你们大概想不到前线一些将领的仗是怎么打的吧？"蒋介石操着"浙江国语"说道。他的声调不紧不慢，似乎很平和，而且还咧嘴笑了笑，好像他一是个惯于冷嘲热讽的旁观者。"让我来告诉你们吧——有的将领胆子比兔子还小，把日寇看成不可冒犯的天神，临战前便战战兢兢，不知所措，一接触便望风而逃，甚至丢下部队不顾，哪有一点为将的风度？简直不配当军人！这种将领不仅是黄埔军人中的败类、耻辱，也是国家民族的罪人。在郑州时我对程颂云和薛伯陵说了，一定要杀几个——已经杀了几个，今后还要再杀几个。不如此不足以振奋军纪和士气，不如此不足以告诫那些贪生怕死的将领！

"所谓'养兵千日，用兵一时'，老百姓用血汗钱养活军队，就为了保卫疆土，保证和平与安宁。在此国家遭受日寇侵略之时，正是我们军人效命疆场之日。每一个军人，都应该以必死的决心去抗击来犯之敌，与阵地共存亡。军人死在战场死得其所，死得光荣，国家民族永远不会忘记死难烈士——烈士将永远名垂青史，万古流芳，共河山不朽，与日月争光！但那临阵脱逃而受军法处以极刑的，也将遗臭万年！

"这些道理很通俗，人人皆知。我不懂，为什么就有这样一些人，置荣辱于不顾，苟且偷生，宁可冒天下之大不韪，而要做那人类所不齿之事。

"在处理一些贻误戎机事件中，不断有人来向我讲情，说什么'给党国保留有用之才，令其戴罪立功'等等。是的，我们在培养人才方面，做了很大努力，先总理创办黄埔军校，就为了造就军事人才，孔夫子三千弟子，七十二贤人。足见有贤愚不等。军人的实践是战争，那些不合格的，就在实践中被淘汰。所以今天我正告诸位，此后不必再为那些不争气的东西讲情了，否则这类人更有所恃，贻误戎机之事更会多起来，我们的损失就会更大了。"

这一番话使诸将领神经更为紧张，因为显然蒋介石已怒到极点，"有脾气不发出来"，就像定时炸弹时针"得得"作响，一波一波地震荡着心弦。关键在于谁也不知蒋介石这番话的用意何在。

"当然，英勇作战者还是大多数，否则我们就没有淞沪抗战 3 个月，台儿庄大捷等等的辉煌战绩。就目前来说，自从去年 12 月 13 日失陷南京，到我们主动放弃徐州，在津浦线上，我们与万恶的日寇周旋了整整 5 个月，不仅消耗了日寇大量有生力量，而且也确实达到我们的战略目的——以空间换时间，粉碎了日寇的速战速决企图，为我军的休整、补充及部署赢得了可贵的时间，对于争取国际上的同情和支持也十分有利。这些辉煌的战绩，就是我们的英勇将士，用鲜血和生命换取来的。"

在作一长时间停顿后，他继续说道："现在，平汉线方面战事十分紧张，日寇企图攻占郑州和开封，倘若郑州、开封有失，日寇便可以近窥我武汉了。

"武汉居长江上游,为天下之中。保卫武汉外可控制东南和华北之敌,内可保持与西北之联络,进可徐图光复失土,退有西南做后盾。武汉又为全国交通总枢纽,东、南、北战场之桥梁,兵员、粮、弹接应,指挥运用之灵活,均有赖坚守武汉。

"南京失陷以后,武汉已为我国军事、政治、文化之中心,其得失足以影响抗战前途,甚至国际局势;武汉又是辛亥革命中心重镇,中华民国诞生圣地,无数革命先烈为光复武汉抛头颅,洒热血,我们岂可轻易拱手让人!

"我们判断日寇今后侵袭路线有三:一是沿陇海线西进图取郑州,以断我平汉线之联络,同时安阳方面之敌沿平汉线进犯,以夹击黄河北岸之我军;二是由合肥以六安、潢川趋信阳,以图截断平汉线,再转南下进逼武汉;三是沿长江北岸,经大别山脉南麓,由安庆、大湖、宿松、黄梅与海军协同而合攻武汉。

"这就是当前的形势——我们死守武汉,日寇拼命要攻占武汉!"他的讲话戛然而止。

在座高级将领对于南京保卫战研讨会的情况记忆犹新。当时蒋介石也是慷慨激昂地讲着必须确保南京的理由,什么"首都乃国际观瞻",什么"国父灵陵所在","国际声誉"以及"国父在天之灵"令他执意要在南京作明知不可为而为之的"背城一战",他的态度坚决得近于蛮横,所以诸将领谁也不敢丝毫表示疑义,若非唐生智自告奋勇,应承下了守卫南京之责,那次的会议几乎难以收场。武汉的情况与南京有相似之处,即本身无险可守,保卫战应在外围进行,保卫武汉而不战于武汉才是上策。大家希望蒋介石能接受教训,不再做无谓的牺牲。

然而蒋介石"重振旗鼓"的继续讲话,更加激动了:"为确保武汉会战之最后胜利,我要求在座诸位抱定必死之决心,誓与武汉共存亡!为此,各位长官应始终不离部队,与士卒同患难,共生死,虽天崩地裂,此志不移!"

这一番话使所有听者内心震颤不已,"难道他又要蛮干吗?"这是大家最担心的一个问题了。因为陈诚是武汉卫戍总司令,保卫武汉的重任落在他的肩上,所以大家不约而同地将目光移向他,不无同情地暗想:"你可不能再蹈唐生智的覆辙啊。"

蒋介石似乎敏感地觉察到了诸将领此时心态不稳,于是继续说道:"关于武汉战守,我已任命陈诚任卫戍总司令,全权负责。现在让辞修讲一讲战守计划。"

对此次紧急军事会议陈诚也莫名其妙,当然想不到会让他在会上发言谈战守计划。实际上整个战守计划应由最高统帅部制定,不是他能说了算的,更何况武汉外围战多属第五战区和第一战区防地,资深的战区司令长官都在座,自己谨言慎行为好,实不便在这种场合谈自己的主张。但是,既已点到名,而且众人已把目光移向他,似乎对他有所期望,他顿然悟到:现在大家都把他看成能够影响蒋介石决策的亲信,或是希望从他的发言中了解蒋介石的意图,或是认为他的主张能影响蒋介石的决策。所以他只得硬着头皮说道:

"委座所言甚是——保卫大武汉在战略及政略两方面都是极为重要的。去年年底委座召见,委辞修为武汉卫戍司令,同时征询辞修对战守意见。辞修认为武汉三镇不易守,尤其江北方面无险可守,因此保卫大武汉战役只能在外围进行,即守武汉而不战于武汉是为上策,我们的目的是针锋相对,日寇欲速战速决,我们要迫使日寇作持久消耗战,以空间换时间。所以外围战役至关重要,如果外围守不住,武汉便无固守之必要,否则便重蹈南京保卫战之覆辙。辞修认为最高统帅部对未来战况之预想,是切合实际的。即保卫大武汉应东守宿松、太湖,北扼双门关、大胜关、武胜关诸险要,依大别山脉以拒敌军,并与平汉线北段积极行动相呼应,如果日寇深入,则可临机予以各个击破,或在大别山预为隐伏,待其深入,出奇兵拦腰截击,足以制胜。否则据三镇而守,于近郊而战,便是重蹈南京保卫战之覆辙……"

陈诚在一段发言中几次提到"南京保卫战"之"教训",大家都"闻弦歌而知其雅意",这是在告诫蒋介石再也不要一意孤行了。然而蒋介石的固执,往往不是别人能劝得动的。"八一三"淞沪抗战,按原作战计划,在上海抵抗到10月下旬,要有秩序地逐步退守吴江——福山和江阴——无锡——海盐一线既设阵地,一面继续抵抗,一面从事整补,虽败却不乱,各部队尚能作较长时期抵抗,消耗日寇有生力量。蒋介石却迷信国际联盟及九国公约开会"制裁"日本侵略者,下令各部队再坚持两周。日寇却利用中国军队在沪西苦拼之机,调集兵力,由柳川平助率领两个师团和80余艘军舰,在杭州湾金山卫登陆,占淞江,袭青浦,进行侧背迂回。陈诚、白崇禧迭请蒋介石下令总撤退,结果在仓猝撤退中秩序大乱,十几个军拥挤在常熟一条公路上,后有追兵,上有空袭,夺路逃命自相践踏,惨不忍睹。使得本已在上海战场苦战3个月，由于伤亡严重而残缺不全的各部队，士气低落，抵抗能力极差。因此第二线第三线很快就被日寇突破。就是在这样的情况下，蒋介石沽名钓誉，还要坚持"保卫首都"，使10多万部队在南京巷战中惨遭伤亡！往事仍历历在目，今天又谈武汉会战了，尽管作战计划已定，谁又能料定蒋介石能不能按预定的作战方案进行呢？陈诚的发言，不也是在担心"重蹈覆辙"吗？

蒋介石先是眉头越皱越紧，最后终于忍无可忍地一挥手打断了陈诚的发言："现在是讨论保卫大武汉，不是检讨过去！"这一突然发作，颇出众人意料，大家不免有所遗憾地认为："委员长太没有风度了！"他似乎也感到了众人的反应，便清清嗓子，借题发挥："要说检讨，从抗战以来各战役都有检讨之必要，尤其这一次自徐州会战到兰封会战阶段，更应检讨。兰封会战最高统帅部调集了13个师的兵力，将近15万人，而土肥原师团及后续部队加起来还不到2万人。我以8倍于敌的兵力，而不能歼敌于兰封外围，最后竟失去许多战略要地，恐怕在中外战史上都没有先例。

"这是为什么？这是因为我们的部队长官作战不力，甚至有的贪生怕死！更有卑劣无耻之徒，怀着保存实力的心理，不顾国家存亡，不顾民族的生死，望风退却，后撤的速度比鬼子进攻的速度还快！这样下去，抗战还有什么前途？只好等鬼子来毁灭我们祖宗的坟墓，残杀我们的同胞，绝灭我们的子孙！对这样的将领，不杀几个士气何以得振！抗战何能取得最后胜利！所以，等此次武汉会战之后，我要专门开个检讨会，把所有将领召集起来进行检讨！"

蒋介石的巴掌在桌面上几起几落，虽未拍响，却使诸将领的心跳随之起落。他的牢骚固然因陈诚"不合钧意"的发言而起，但却具有极大威胁性。自从处决韩复榘，"杀戒"已开，"杀几个"的叫嚷时有所闻。在座者多有败绩，他若真搞个集体大检讨，那实在太不堪设想了！

蒋介石抿紧了嘴，也在调整着自己的情绪。沉默了半晌，语气缓和地改换了话题："现在第一战区部队为避免与西犯之敌决战，只能向平汉线以西地区撤退。看来开封亦将不保！日寇夹击武汉势态已形成，但我们必须粉碎敌人的这种企图，在南战场布置重兵防守，北面要防止日寇沿平汉线南下。困难是很多的，我们的弱点，在放弃徐州以后的各战役就已经暴露出来了，而日寇的机械化优势也体现出来了。在这种情况下，要阻遏敌人之进攻，非另想办法不可！只要能阻遏敌人，将不惜一切代价！"

这一番话倒使诸将领松了一口气，因为大家意识到此次会议目的起码与"杀"字无关，而是要研讨如何阻遏日寇快速沿平汉线南下。这倒也是当务之急，然而在北战场的兵力，正如蒋介石所说，经过两大战役，各部队尚无喘息之机，一时组织不起较为坚强的抵抗，必须调集其他方面的兵力组成新的防线。而当时面临几面作战，抽调兵力是有困难的。如何调整兵力是举足轻重的大事，所以在此关键时刻谁也不敢贸然插嘴。既然蒋介石已提出这个问题，显然成竹在胸，大家都等待蒋介石把话挑明，不料蒋介石来了个"迂回"战，竟又把话往回说起来：

"现在全国乃至全世界都在关注武汉的安危，因此，我们要不惜一切代价保卫武汉。为了保卫武汉，我们不仅几乎调集了全部的兵力，而且，在财政极端困难的情况下，还拿出大量黄金，从海外购买了飞机100余架，轻、重榴弹炮、野战炮、高射炮、战车防御炮等100余门，用于这次保卫战。这就表明我们的决心虽天崩地裂也决不动摇！"说到这里，他作一长长的停顿。当他重振旗鼓，调门高了半拍："自淞沪抗战以来，有人说我们付出了太大代价。是的，我们的牺牲是很大很大的，我曾经说过，和平未到绝望阶段决不放弃和平，牺牲未到最后关头决不轻言牺牲。现在，和平已然完全绝望，牺牲已到最后关头，我们只好牺牲到底！用最大的牺牲去换取最后的胜利！"

大家看到蒋介石攥紧了拳头，脑门上青筋暴跳，便预感到会有惊人的决策提出来。果然，再一次长长的停顿后，蒋介石以极其坚决的口吻继续说下去：

"前两天我在郑州前线，与第一战区长官部将领研究对敌作战计划，大家一致认为以现在敌我态势而言，既要避免与日寇在豫东平原决战，又要阻止日寇由陇河路西进，唯一的办法，便是利用黄河伏汛期，打开河堤，造成平汉路地区泛滥——效当年关云长水淹七军的战术！"

这一番话使在座将领为之一惊，显然是大大出乎在座诸将领预料。从战略上考虑，"水攻"、"火攻"都是可行的手段，而且在历史上，这样的战例都收到奇效。然而"水火无情"，黄河之水泛滥成灾固然能阻挡日寇快速挺进，为军事上赢得时间，但是，受害的广大民众又如何安置和补偿呢？在这战争极端困难之时，谁也不相信能够"善后"。但是，既然蒋介石提了出来，态度又是如此之坚决，几乎已是肯定要实行的了，更何况现在谁站出来表示疑义，谁就要承担责任，至少必须提出可行的另一方案，恰恰现在是"别无良策"。

会场再次出现漫长的死一般的沉默。

"大家对这个决定有没有不同意见？没有，很好！我们是军人，而且是指挥官，作战之时，我们只有一个信念——胜利！为取得胜利，我们不择手段。战争本身是残酷的——打仗就要死人。如果我们计较牺牲，就无法取得胜利，用牺牲换取胜利，用胜利制止战争。所以牺牲是有代价的，很值得的，无可厚非的。

"当然，老百姓会有非议，因为他们不会认识到牺牲的价值。今天大家对这个提议不置可否，大概就是因为害怕事后的非议。好，这个责任由我来负——我并非不怕负责，但是，责任总归要有人来负的，与其由怕负责任的人去负，不如由我来负。是非曲直一时不明，终有明白之日——千秋功罪，后人评说。

"我决定（1938年）6月4日在中牟县掘堤放水，视情况再作进一步决定！"

会上没有人发表意见，会后也没有人议论此事。大家似乎都在避免谈论此事。这是因为此举实在关系太重大了，谁也不敢肯定地指出该不该这样做。轻言的责任，也许会比决定这样做的责任还要大！

第四章

花园口决堤

蒋介石用军队阻止不了日军,便在花园口决堤用黄河水阻敌。事关黄河两岸千百万人民生命财产安全,蒋介石不无顾忌。荒唐的是,这种顾忌的结果,除了多拉几个人垫背,便是炸毁许许多多的民房……

散会以后，蒋介石留下何应钦、白崇禧和陈诚等人，继续商讨这件大事。

"这件事我考虑很久很久了，直到返回武汉前，我还希望转机会出现，而不使用这一办法。但是，我看到从前线撤退下来的部队几乎溃不成伍，决不能指望再用这些部队去阻挡日寇的进攻。如果再抽调部队，不仅有困难，而且远水不救近火，日寇是不会等我们重新部署好兵力再进攻的，所以我才下了决心。"

白崇禧与陈诚都默默无言，何应钦却附和道："委员长的决心下得对，完全符合我们以空间换时间的战略。"

蒋介石向侍从室主任林蔚示意，林蔚便从公文夹中取出几件电报信件，双手呈递给蒋介石。蒋介石没有接，示意传阅。林蔚便将信递给何应钦，然后一一传阅。

原来这是陈果夫在1938年4月13日写给蒋介石的一封信：

委员长钧鉴：

　　台儿庄大捷，举国欢腾，抗战前途或可以从此转入佳境。唯黄河南岸千里，颇不易守，大汛时且恐敌以决堤致我。我如能取得武涉等县死守，则随时皆可以水反攻制敌，盖沁河口附近，黄河北岸地势低下，敌在下游南岸任何地点决堤，只需将沁河附近北堤决开，全部黄水即可北趋漳卫，则我之大危可解，而敌反居危地。敌人残酷不仁，似宜预防其出此也。肃呈，敬请察夺。

并叩崇安

职陈果夫谨呈

民国二十七年四月十三日

熊式辉转呈蒋介石密电：

武昌　限即刻到　12345　郑县长　密
熊次长哲民兄勋鉴：

　　黄河旧冷地方在考城以东者如河北省之刘庄，鲁省之东口，倘即施以决口工作，更于旧河道下流多抛埋柳枝，则河必改道南向，一时造成泛滥区域，虽不能淹没敌军，至少可使其行动困难，全战局形势必将改观，而于我有利。是否可行，请转呈委座核夺为荷。

弟姚宗叩

郑州司令长官转熊次长：

　　现黄河届桃汛，倘施工决口，则黄水即循故道直奔徐州，不特大地泛滥使敌机械化部队失其效能，抑且足以摧毁其战力，使其打通津浦之企图乃归泡影，幸及早图之。

职何成璞叩

洛阳　即到　委员长蒋　密

　　徐州失陷，敌主力深入豫东、鲁西，若不破釜沉舟，中州将不守。生等拟掘黄河之水，陆沉敌主力。明知牺牲惨重，为急于救国起见，易忍痛为之。井底愚见，唯钧座是择。

豫西师管区司令部　刘仲元　谢承杰同叩

转呈蒋介石信函数件：

敬呈者窃

　　钧座领率全国抗战，凡为国民者，莫不爱戴关切，今谨有一策献上陈，于抗战前途大有关系，方今敌人南北夹击，欲谋打通津浦，然若由河南铜瓦厢决黄河，使入咸丰五年以前故道，经徐州淮阴城北入海，则敌南下之势，必为之一沮，敌之北上亦无多大意义。然后据河之南岸而守，并移大军以肃清长江以北之敌，则于抗战前途必大有进步也。是否有当，伏望钧裁施行。　此呈
蒋委员长钧鉴

职罗仁卿谨呈

委员长蒋钧鉴：

关于挖掘黄河堤以歼寇军一层，业于一日呈奉一函，有所说明，不知钧座阅及否？兹因军事紧张，特为再陈之。查黑岗口地方，如尚为我方掌握，即由该处掘堤，则溃决之水，可冲至权、睢、柘城、涡阳、蚌埠而入洪泽湖。是水线经过之处，即敌人主力所在之地，其受创必无疑议。如我方再加以有计划之反攻，即可以致敌全军覆灭，不惟陇海线之威胁可减，整个战局可望好转。虽此种办法不免有若干县罹于水灾。然为整个国家着想，亦不能有所顾全。与其失陷后受敌宰割，不若用此非常手段而歼敌寇。专呈
敬叩钧安！

职黄新吾谨呈
六月七日

几个人传阅了电报、信件，却各有感想。白崇禧认为，蒋介石这样做，不过是表示接受众多人建议而为之，并非他一时心血来潮，独断专行。事关重大，虽主要责任应由蒋介石来负，拉出几个"垫背的"也是一种"招数"吧。但他对这件事始终持沉默态度。他不反对，从军事上考虑，认为未尝不是一种手段，他没有把握是否可以收到效果，更不愿让蒋介石拉去"垫背"，所以他认为对这件事不置可否是最佳选择。他不相信能如建议者所言，置敌于死地。陈诚也认为此举是一种破敌的手段，但最多不过起到延缓敌人进攻的作用，当然相应也能使敌受到一定程度的打击。因此他怀疑以如此大的牺牲换取战略上的"空间"是否值得。但他不能在此时表示出怀疑，因为他最清楚现在蒋介石几乎别无选择。他也提不出更好的建议，不如缄默不言为好。何应钦却并不考虑此举的得失，他所想到的是自己身为参谋总

长，应该是蒋介石身边运筹帷幄之人。战局一败再败，他应该负一定责任；处在目前状况，他应该有良策解救倒悬之危。结果自己却束手无策！现在蒋介石决定采取非常手段，他只能积极拥护，竭力促成。所以看罢之后，他便连声称"好"，而且说了句："英雄所见略同！"表示他也原有此设想的。

蒋介石示意林蔚将信件、电报收好。然后摇着头说："我所以叫你们看这些信函、电报，并不是有推卸责任的意图，只不过希望你们理解——我虽早已收到这么多人的建议，却迟至今日才实施，实在是万不得已了。而且我也并不认为此举能予敌有多么重大的杀伤，因为日寇有海、空优势，对于处境艰难的部队，会派出海、空军援救。我们采用此种手段，却要使几个乃至于十几个县顷刻成为泽国，几十万老百姓受害。但也正如黄新吾所言——'然为整个国家着想，亦不能有所顾全'，我们看到早有那么多人提出建议，也说明此举是得到多数将领支持的啊。"

"可惜有胆识的将领太少了。"蒋介石不禁叹了一口气，"好，我已在会上公开说了，责任由我来负。现在就剩下具体实施的问题了，你们总可以发表发表意见了吧？"

白崇禧手指头在桌面上敲击了一阵，然后微侧着头说："依我看责任应该由日本人来负才对！"

众人当时尚未理解白崇禧的话意，少顷才回过味来，不禁相视微笑。

何应钦几乎是在欢呼了："健生兄果然不愧人称小诸葛——的确是高见！这责任完完全全应该由日寇来负——日寇若不紧逼，我们何至于出此下策……"

白崇禧干咳了两声，打断了何应钦的话。何应钦看蒋介石又皱起了眉，才顿然悟到自己失言——"下策"二字冒犯了蒋介石。于是颇为尴尬地解释道：

"我的意思是说……是说……委员长刚才说得好，我们是不得已而为之的，是被日寇逼出来的办法，自然应该由日寇来负责。健生兄，你看具体办法如何呢？"

白崇禧微微一笑："辞修是政治部长，主管宣传——舆论导向。到时候中央社发消息，指责日寇轰炸、炮击造成决堤。辞修不妨召开记者招待会，发布新闻，统一口径，并组织外国记者前往实地观察，这样国内外舆论一致声讨。日寇本性凶残，世人所知，必能相信此举是日寇所为！"

"妙极了！"何应钦终于忍不住欢呼起来。"此一举两得，健生兄妙算神机……"

蒋介石忽然站起，在座将领慌忙起立。"好，就这么办——（1）着第一战区司令长官部实施决堤计划，限3日内必须完成，不得违限；（2）由政治部负责发布消息，组织中外记者实地采访……"

陈诚见蒋介石即将离去，赶紧补充道："报告委座，在命第一战区实施计划的同时，要注意两点：（1）疏散、安置百姓，河南省政府应有切实的准备和善后计划；（2）对实施计划的部队要讲明情况，做好准备，以免记者采访时发生不愉快的情况……"

"好，好……"蒋介石又皱起了眉，颇不耐烦了，"就这样吧……这些事都交给敬之去办……"

何应钦忙答："遵命！"但他未说完话蒋介石人却已经转了身。他尚未悟到是他刚才对白崇禧的过分颂扬，引起了蒋介石的不快。

最高统帅部向第一战区司令长官部下达命令，指定在中牟县境赵口决堤，并限在6月4日午夜12点前放水。战区长官部又指定由第20集团军总司令商震负实际责任。商震则指派原属张学良的东北军第53军万福麟部实施。万福麟当即指派一个团前往施工，向该团长交代此系委员长亲自指定任务，必须如期完成，不得违限。

一团部队从晨至夜不停挖掘，怎奈堤坝坚固厚实，虽各级部队长严厉督促，仍未能如期放水。

原因是多方面的，黄河两岸堤防各地带不同，通常为二至三道，这是因为堤防结构不坚，多以泥沙筑成。也有一道堤防的，其结构十分坚固，以砖石筑成，赵口及尔后挖掘的花园口，便是其中坚固的一道堤防。赵口堤防顶端距水面约10余公尺，宽约30公尺，水面比堤外自然地高出约2公尺，土质为流沙积成，堤内侧面接近水际部分，则为多年堆积砖石而成。堤防累年重修加固，其坚固可想而知。再者，黄河水位随季节增减，夏季洪水暴涨时，往往与主堤平漕，常有决口之虞，春季水位下降，相差几公尺。时值春季，水位较低。所以该团奋力挖掘一昼夜，付出了极大劳动，结果却劳而无功。

当时形势十分紧张，日寇已逼近开封，并已与城防部队接火，战斗十分激烈；第141师在开封方面也与敌展开血战；第39军在柳园口与敌接触。蒋介石焦躁异常，迭电催促。商震不敢怠慢，亲自到赵口现场视察，发现负责施工的一个团将士因连续劳作，已疲惫不堪。于是急调第39军一个团前来协助，并悬赏千元。

新的一团官兵投入挖掘，仍旧没有成功。因为所挖缺口上宽下窄，两侧面又过于急峻，一经放水冲刷即行塌陷。积土必须远运才不至阻挡水道，一团人又不能同时工作，运输速度也极缓慢。该团感到非人工挖掘可以达到目的，便建议炸药爆破，于是调来工兵营，用炸药和地雷爆炸，但效果亦不佳，因爆炸后砂石土壤虽被炸起，却落下来多在原位，仍旧要人工搬运土方。

第39军军长刘和鼎深知此项任务系蒋介石亲自指挥，而且一日必有三四次电话催逼，深感不安，于是又派出一个步兵团，在第一次决口东30米作第二道决口，也不放弃第一道决口之掘进。但6月6日开封失陷，在赵口决堤作用已不大，因此蒋介石决定改在郑州以北花园口炸开黄河大堤，仍由商震负责督促。

商震指定由第8师完成在花园口决堤任务。

第8师师长蒋在珍曾在2月份奉命爆炸黄河铁桥成功。所以对于决堤任务颇为积极。蒋在珍接到命令后，以一个团在花园口以东守卫河防，掩护决堤部队，以两个团执行决堤任务。为隐秘起见，将周围10里以内百姓疏散。施工部队编成几个组，以便昼夜轮番施工，夜间因无照明设备，便用卡车灯照明。

战况愈渐险恶，日寇兵分数路，中牟及郑州方面炮声隆隆。商震亲临花园口施工现场，再次悬下重赏：若能在8日午夜12点放水，赏洋2000元；若在9日晨6时放水，赏洋1000元。

正在紧张施工中，薛岳以电话指示蒋在珍立即将决堤附近至小龙王庙一带房屋和大树一起炸毁，蒋在珍尚不明用意，在电话里问了一句："部下正组织人力积极决堤哩，请问长官为什么要炸毁房屋、大树？"薛岳极暴躁地答道："这是命令！与决堤同样重要，你必须马上执行！""有理（打）三扁担，无理（打）扁担三！"在国民党军队里只有绝对服从一条，下级是不能深问情由的。蒋在珍只好再分兵去执行这一新的任务。事后中外记者团前来实地采访，蒋在珍才悟到炸毁房屋和大树，是要制造日寇轰炸、炮击此一地区，以至形成决堤的假象。

第8师官兵在堤上奋战。蒋在珍为鼓舞士气，命师政治部组织战地服务队到工地慰问。男女队员唱歌，表演节目，给施工官兵送水送食，确实起到了极大鼓动作用。

在施工时刮起大风，黄河两岸多沙土，大风将掘出来没来得及运走的沙土吹回，回填决口，造成重复劳动，官兵们对出现的这种情况急不得恼不得，毫无办法。后来还是附近一农民出了个最简单的点子：将挖掘处先浇水，这样挖掘出的沙土就不会被风吹动了。真所谓"旁观者清，当局者迷"。

6月8日夜，河堤挖穿出水。当时施工者只急于出水，未考虑后果，挖开的决口仅1公尺宽，出水后水从高处向下倾泻，再要扩大决口，施工者却无法靠近。

蒋在珍一面向蒋介石告捷，一面向薛岳要求调派平射炮来"扩大战果"。薛岳当即派一炮兵排，由一炮兵连长率领，用卡车拉来平射炮两门，对准出水处两侧，连发六七十发炮弹，终于将缺口拓宽两倍，黄河之水汹涌而出，随即堤防在洪水冲击下自行溃坍，决口越来越大，黄河水以万马奔腾之势，扑向豫、皖、苏三省平原。

花园口决堤把日寇的战略部署彻底打乱，其辎重及机械化部队被阻滞，损失极大。日本防卫厅防卫研究所编的《中国事变陆军作战史》中，对花园口决堤后的情况，有两段记载。

其一

6月12日夜，中国军队在三刘寨（中牟县西北17公里）及京水镇（郑州北15公里）附近，掘开了黄河南岸的堤防。因此，黄河浊流向东南奔流，中牟首先进水，逐日扩大，从朱仙镇—尉氏—太康一直影响到蚌埠。

第2军，6月13日为援救孤立在中牟的第14师团的一部，从第5、第10、第114师团、军兵站都抽出工兵，各得一个中队及架桥材料一个中队，配属给第14师团，随后于16日又从第1军调来独立工兵第2联队主力及渡河材料一个中队。

6月15日以后，由于泛滥的河水扩大到尉氏附近的第16师团方面，第2军除调用第14师团工兵两个中队外，又逐次增加了架桥材料两个中队，折叠艇40只，独立工兵第11联队主力，然后向泛区以外地带撤退。

方面军于6月17日命令临时航空兵团全力以赴援救第16师团方面的补给。用运输机经重轰炸机在6月16至24日之间给两个师团投下粮秣、卫生材料等，合计 61.50 吨……第 14 师团中牟部队，至 6 月 23 日夜大部已集结在开封附近。

第 16 师团主力，于 24 日在尉氏西南地区给接近来的约两个师之敌以沉重打击，25 日夜渡过尉氏东面的大泛滥地带（幅宽 600 米，速流 2.5 米）的难关，接着通过泛滥的数条水流及湿地。到 7 月 7 日左右，远离浸水地带，在通许附近集结。

第 2 军……29 日在徐州举行联合追悼会（第 2 军有关战死人数为 7452 名）。

其二：

12 日黄河决口，使得淮河泛滥，作战军主力若利用淮河水运前进实为困难，因而确定主力沿扬子江前进。为了增加华中派遣军的兵站部队，大本营从华北方面抽出相当数量的兵站部队，6 月中旬起派到华中各地。由于河水泛滥，津浦沿线的交通网（铁路、道路）被破坏，给兵力移动带来障碍。"

事实上日寇的损失是巨大的，如日寇的第 14 师团一个支队进至新郑附近，因被洪水截断归路，被中国军队包围，且因为洪水所阻而无法救援，致该军被全歼，我军缴获 15 厘米口径榴弹炮 4 门。其他在泛区的炮兵、坦克、车辆难以撤退，日寇绝望之余，自行炸毁不少。日寇来华侵略，本有水土不服之弊，官兵患病者达十分之二三，遭到洪水围困后，病号猛增，严重影响其作战能力，以至一度无力发动攻击。这打乱了日寇的全部进攻计划，他们不得不在忙于撤出被洪水围困的部队之后，重新部署兵力，另作新的作战计划；不得不放弃沿陇海路两侧向武汉作战略迂回的设想。

中国军队方面，则是以此手段争取到了喘息之机，得以从容调整部署，休整军队。

因日寇攻击郑州，长官部移驻洛阳，花园口决堤成功，6 月 11 日，蒋介石密电程潜：

洛阳　限即刻到　程长官　0448密

（一）须向民众宣传敌机炸毁黄河堤；（二）须详查泛滥景况，依为第一线阵地障碍，并改善我之部署及防线；（三）第一线各部须与民众合作筑堤，导水向东南流入淮河，以确保平汉线交通。

中正　真申　令一元

6月12日《大公报》引援国民党中央社电讯报道颇具代表性：

[中央社郑州11日上午9时电]敌军于9日猛攻中牟附近我军阵地时，因我军左翼依据黄河坚强抵抗，敌遂不断以飞机大炮猛烈轰炸，将该处黄河堤垣轰毁一段，致成决口，水势泛滥，甚形严重。

[中央社郑州11日电]黄河南岸大堤被暴敌决口后，滔滔黄水由中牟白河间向东南泛滥，水势所在，庐舍荡然。罹难民众不知凡几。敌此种惨无人道之暴举，故不能消灭我抗战力量，且又增加我杀敌之决心。现我军民正努力抢修，固水势汹涌，恐难堵塞，现已越过陇海线，有沿贾鲁河直入安徽与淮河合流之势。

[中央社郑州12日电]敌机30余架，12日晨飞黄河南岸赵口一带大肆轰炸，共投弹数10枚，炸毁村庄数座，死伤难民无数，更在黄河决口处扩大轰炸，致水势猛涨无法挽救。又敌将豫北之卫河、广济河，莽河相继决口，泛滥之广，前所未有，各县东10余村庄，悉被河水淹没。沁阳城东水三四尺，哀鸿遍野，惨绝人寰。

[郑州22日8时本报特派员发专电]记者21日午视察郑州东北30余里核桃园决口处。该桃园至赵口相距80里，核桃园9日溃决，后于赵口。初溃仅10米突，现口达70米突。河水三分之二涌入溃口，循贾鲁河南下。因地势低于河床，河中现出甚多不连接之沙滩，三分之一水靠东岸，村落浸入水中。幸河水尚小，人民伤亡不大，然新的粮仓均被浸没。黄河汛期将届，汹涌

泛滥，自必更甚。黄河将由此改道入淮，赵口之水亦南下伴流。

在武汉新成立的《新华日报》于6月14日也有报道：

[中央社讯]政治部陈诚部长于昨（13日）招待驻汉各国记者报告半周战况概要及敌方炸毁黄河大堤之经过：
"敌军于9日猛攻中牟附近我军阵地，因我左翼依据黄河坚强抵抗，敌遂以飞机猛烈轰炸，遂将赵口杨桥一带河堤炸毁数处，河水决流，水势泛滥，甚形严重""又根据中央社12日郑州电，暴敌将黄河大堤决口后……敌机30余架，12日晨复飞黄河南岸赵口一带大肆轰炸……使水势愈猛，无法挽回。""然而惯作欺骗宣传的日寇，它还不知忏悔，它还在广播的消息中，在新闻报纸上，把决河毁堤的罪行，竟移驾到我们的身上来，说是我们自己毁决的。"

6月25日，《新华日报》发表题为《救灾与防汛》的社论：

今日的灾情具备着一种过去所无有的特点。这就是日本强盗之乱肆轰炸，不但炸死了千千万万的人民，不但炸毁了许许多多的房屋，生产机关和交通机关，而且炸毁了黄河沿岸工事，造成了一个很大的水灾，现在豫东皖北一带之变成泽国，就是日本强盗的暴行所造成的。

敌人这次轰炸赵口、花园口方面的河堤，到现在花园口的决口宽度已达100公尺，水势向东南流直冲中牟，而与赵口决口之水相会合，汪洋浩荡，黄河恐将改道入淮了。难民数目，就现在所知，计郑州2万，中牟12万，尉氏等尚封锁无法统计。

我们希望社会各方面人士，各处的救亡团体，和各种服务团体，认清这次灾情的意义，协助政府，开展广泛而深入的宣传，使全国人民，深深地认识敌人的残暴，加强其对抗战之努力，把救灾的运动，融合在抗日的总的巨流中……我们不但要努力去救济受灾的灾民，而且要设法防汛，使未受灾的人民，不至于再被灾祸。

中央社发布消息后，引起了国际上的注意，外国记者纷纷实地采访。由于长官部事先做了充分准备，又看到郑州专员公署已组织了2000多名民众与第8师官兵在奋力堵塞决口，而且事过多日，也看不出什么破绽来，他们拍了一些照片也就散去。但是，真相毕竟不能瞒人，法国报纸所发的报道，虽未明言，却透露了"心照不宣"之意：

[巴黎17日哈瓦斯社电]急进社会党机关报《共和报》顷评论中国黄河决口事云：前当法国国王路易十四侵入荷兰国时，荷国曾以决堤为自卫之计，其国人虽患水灾于一时，其领土幸赖以保全。厥后1812年冬季，拿破仑一世攻俄时，俄国亦以坚壁清野之法阻止法军前进，并将莫斯科付之一炬，卒致拿破仑一世所统大军，为之败绩。似此，某一民族受人攻击，而有灭亡或沦为奴隶之虞，辄利用水患与冬季凛冽气候以御敌，其事又安足怪异？时至此际，中国业已准备放出大龙两条，即黄河与长江，以制日军以死命，纵使以中国人10人性命，换取日本人1人性命，亦未始非计，此盖中国抗战心所由表现也……

尔后在日寇开始向江北行动后，蒋介石曾手令杨森掘堤泛滥飞机场，并曾分电各沿江将领，广泛进行泛滥：

限2小时到　武汉陈（诚）长官、屯溪顾（祝同）长官转唐（生智）、罗（卓英）总司令、潢川李（宗仁）长官、英山李（品仙）副长官转徐（源泉）、杨（森）总司令，九江刘（兴）江防总司令转马当李指挥官韫衍王行　密
（一）乘江河湖涨水之期，凡在我军作战有利方面，务处之构成泛滥，并望先行后报。（二）江北方面：在宿松以东，江北岸地方，务尽量构成泛滥，以利我军作战为要。实行过程，望随时电告。（三）构成泛滥后，对敌汽艇毋庸顾虑，因较敌陆军易于击灭也。

　　　　　　　　　　　　　　　中正　24日19时　令一　元　鄂

以上足见蒋介石认为用泛滥阻敌是一种极为有效手段，所以下令部将可以"先斩后奏"。但如果各地都搞决堤放水，其后果将会如何？他似乎未加考虑。所幸由于战机紧迫，各部又缺乏技术力量，也有地理条件的限制，所以对此命令未能遵照实施。

第五章

应战部署

　　国民党政府机构庞杂，往往相互掣肘，为应付武汉会战，决定改组军委会，缩并为军令、军政、训练和政治四部，以陈诚为第九战区司令长官兼湖北省主席，并以长江分界，江北为第五战区，江南统属第九战区，保卫大武汉。

为了适应抗战新的形势，国民党政府决定改组军事委员会，将原先庞杂的机构归并，6个部改为4个部，明确蒋介石为陆、海、空三军最高统帅，下设参谋总长（何应钦）为最高统帅幕僚长，对4部各厅工作负指导之责。

军委会下设4部，即军令、军政、军训和政治部。

军令部下设总务厅及一、二两厅，主要负责四项任务。即（1）国防建设，地方绥靖，陆海空军动员作战；（2）后方勤务之筹划运用；（3）国际政情之搜集；（4）参谋人员，陆军大学，侧重总局，驻外武官之统辖与运用。

军政部下设总务厅及军需、工兵、军医等署，主要负责四项任务：即（1）陆海军之建设改进；（2）陆海军军费、粮食、被服、装具、营膳及其他军需品之筹办分配；（3）军械、弹药之筹办分配；（4）陆海军卫生保健及卫生机关之筹划运用。

军训部下设总务厅及一、二两厅。主要负责两项任务，即（1）陆海军之训练整理及校阅；（2）军事学校之建设改进。

政治部下设总务厅及秘书厅和第一、二、三厅，指导委员会及设计技术委员会。主要负责任务三项，即（1）陆海空军之政训；（2）国民军事训练；（3）战场服务及民众之组织与宣传。

其中以何应钦兼任的军政部长较有实权，不仅"权衡军界百官"，而且各部队装备、给养与补充也权操其手。何应钦办事缺乏干练，对于杂牌部队不予照顾。从各战场撤退下来的各地方杂牌部队都损失惨重，急待补充休整。何应钦深知蒋介石一向主张使杂牌部队自生自灭，所以对这些前线撤下来的杂牌部队不予理睬，使其投靠无门。兔死狐悲，这就使得一些杂牌部队作战时更不肯拼尽全力了。陈诚却利用这一时机，收编了不少杂牌部队，以致在蒋介石军事集团中形成庞大的派系①，如在武汉时期陈诚除将原武汉警备旅改编扩充为第 185 师，由郭忏兼任师长，并调第 18 军系统干部加以控制外，还将原属韩复榘的第 55 师改编，调第 18 军 14 师的旅长李及兰任师长，又改编第 121 师，调第 18 军干部牟庭芳任师长（该师后拨归第 86 军建制），于是组成第 94 军，以郭忏任军长，再调第 14 师干部方天任第 185 师师长，形成蒋介石在武汉的卫戍部队。尔后陈诚还改编了原属丁炳权的第 197 师、王育英的第 198 师，原属张学良部的第 118 师，湖南保安团编成的暂编第 5 师、第 6 师以及暂编第 9 军（后改为第 66 军）、第 86 军等等。这固然也因为陈诚得宠于蒋介石才允许其扩张，但也说明何应钦的军政部很不得力。

　　陈诚所主持的政治部，在武汉时期极为活跃。他放手让第三厅郭沫若等人搞宣传工作，致力于举办珞珈山军官训练团，明确此一时期的训练任务，是坚定各级军官对持久抗战的信心。他在多次训话中指出：日寇在发动侵华战争的最初 10 个月，动员人力达 167.5 万人，兵力约 30 个师团，伤亡总数达 40 万。而且日寇各部队患病率也相当高，所以虽不断增援，战斗力却未提高多少。我国的兵力已由抗战初期的 100 多个师，扩展成 200 多个师，充分说明我国地大物博，人口众多，足以用持久消耗战，来拖垮物资贫乏之岛国。战争愈是拖延，敌人愈是疲困；敌人愈是深入侵略，补给就愈困难，经费消耗愈大，终有财政破产之日。而且，以后主战场多在山地，敌重兵器和机械化部队效用将大大减弱。因此，过去作战伤亡是 1∶3，今后作战伤亡将可能达到 1∶1。只要我们将抗战坚持到底，侵略者亡国亡种指日可待。他还分析了日本国内的反战情绪和政府内部的矛盾：敌外相宇垣上台不久，曾公开声明，以为战事不久会结束，如第三国有出面调停之举，日本有接受之意。但敌陆相板垣发表谈话，又推翻了宇垣的讲话，说日本要长期作战，无论何种提议均不能接受，日本非把中国打得不能再起而止。同一内阁阁员，作两种相反的谈话，表明其内部对立的尖锐化。同时也表明过去他们放出的种种和平空气，只不过是毫无诚意的政略表现而已。因此，我们不能有任何幻想，必须坚持抗战到底！这些分

---

① 在国民党嫡系部队中分两大派系，即何应钦派（以关麟征、杜聿明为主）和陈诚派（以霍揆彰、周至柔为主）。陈诚是以第 11 师发展成第 18 军起家的，"十一"和"十八"可拼为"土木"二字，故陈诚派又称"土木系"。

析形势的讲话，对颓丧的士气大有振奋，坚强了各部队抗日必胜之信心。

在调整机构的同时，也重新调整了部队的战斗序列。这是一件关系到武汉保卫战成败的大事。蒋介石找来参谋总长何应钦，副参谋总长白崇禧商讨这件事。他对两人说：

"现在形势已经很明朗：日寇已向武汉逼近，在武汉外围的决战已经开始了。

"武汉地处长江，汉水之交，居平汉、粤汉两条铁路交接点，素有九省通衢之称。北连四战之地河南，南接山川雄固的湖南。像这样四通八达的战略要地，我们绝不可放弃。敬之，对今后战守大计，请谈谈看法。"

何应钦在喜怒无常的蒋介石面前颇为谨慎，他推推鼻梁上的眼镜，慢条斯理地说："委座所言甚是，就武汉三镇本身来说，汉口是华中经济中心，武昌现在是政治中心，汉阳是军事工业区（有兵工厂和炼铁厂）。所以武汉会战非同小可，一定要周密部署。健生素有小诸葛之称，还是请健生兄先谈谈吧。"

白崇禧没有料到何应钦会把"球"踢给了他。形势险恶，在此情况下，献计献策都要担负极大的责任，何应钦未尝不是出于此而将责任推卸给他。既是"小诸葛"，焉能受人愚弄？于是淡淡一笑，不着边际地说：

"刚才委座和参座所言武汉的重要性都极透彻。武汉保卫战在于守武汉而不战于武汉，这是早已明确了的。徐州失守以后，武汉战场分为江南和江北两个了，日寇对武汉实行南北夹击，也是明朗的，既然形势明朗，如何部署兵力，应由委座决定了。"

蒋介石看看对方两个，不禁皱了皱眉。今天，他是希望由这两个人说出计划，或者说是想引诱他们提出符合自己设想的方案，以表示自己"民主"。但是，这两个对手老练，显然不是他所能利用的。他只得把话挑明：

"我想将战区划分重新调整一下。江北归第五战区，另成立第九战区，负责江南作战。两位的意见如何？"

白崇禧和何应钦对视了一眼，也就是说在"恍然大悟"之后，彼此问对方："你明白他的意思了吗？"虽说蒋介石是以"我想"来说出自己的意见的，但他既已说出，便是"金口玉言"，尽管听的两个对蒋介石的"雅意"颇有抵触，却不能作无谓的反驳。白崇禧不愧为"小诸葛"，反应较快，抢先表态：

"委座的决定很英明,应该根据战局变化调整部署,成立九战区可以划分大江南北的统一指挥,增强战斗力。"

何应钦不甘落后,跟着附议:"很对!很对!应该赶紧成立第九战区,适应江南的作战形势。"

蒋介石点点头:"唔……这个这个……这个这个……你们看如何组建呢?"

这是问题的实质。很显然,现在要组成第九战区,时间不能拖长,要有现成的班底,这就莫过于将武汉卫戍司令部加以改编,是最简捷的了,这是摆明了的事,蒋介石话到嘴边却不肯说明,除了要体现"民主"之外,还有个原因,那就是在国民党军界,委任是需要上一级"保荐"的。第九战区司令长官这一人选,需要何应钦或白崇禧"保荐"才能经军委会批准,军令部正式行文。既然蒋介石已表明了态度,何、白二人也应顺水推舟才是。然而何应钦与陈诚旧有隔阂,而且陈诚的崛起,使得取而代之的趋势日渐明朗,所以何应钦实不甘心保荐陈诚,而在1927年后,李宗仁和白崇禧屡次反蒋,刀兵相见,都败在陈诚手下,虽然现在"化干戈为玉帛",过去不愉快的阴影却极难消除,所以白崇禧也不情愿出头。

两人的沉默使蒋介石再一次皱了皱眉,他没有耐心等待,也是觉得对方两位明知如此而不肯表态,未免太不识相了。于是拍了拍沙发扶手:"如果把武汉卫戍总司令部改为第九战区司令长官部,委任陈辞修任司令长官,你们看,这样好不好?"

摊牌得这样早,颇出两人意料。他们马上意识到蒋介石是在向他们表示:丧失了耐心。再沉默下去,彼此都难堪了。

"这样太好了!"白崇禧又抢先表态,"武汉保卫战整个指挥权应在最高统帅部,这样,卫戍司令部形同虚设,或者说是多一层机构,倒不如改编为第九战区长官部,专职负责一面战场更为有效,而且改编比新组简便得多。"

蒋介石看着白崇禧把话说完,目光转向何应钦。何应钦此时还低头沉吟,他便迫不及待地问:"敬之,你以为健生的主张如何?"

何应钦一惊。他没有料到蒋介石居然把自己说出口的主张强加给白崇禧,又反过来问他。他不能再犹豫了:"啊……好……很好。健生兄愿意保荐,再好不过了。"

白崇禧听何应钦又把"球"踢了过来，不禁瞪了对方一眼。刚想说"这是总长分内之事"，再把"球"踢回去。蒋介石却"哼哼哼"地笑了起来：

"好，既然所见略同，那就这样决定了。"

对方两个以为蒋介石要指定由谁来"保荐"了。却不料沉默了一阵，蒋介石的话锋一转，提出了另一个问题：

"现在我们已进入全面抗敌，而不同于过去的局部抗战。在全面抗战的原则下，所有地方人力、物力以及全民抗战精神，都应纳入抗战元素之中。战区司令长官必须有地方行政权，节制和调动地方工、农业以及教育、经济、物资和交通。你们以为如何？"

听的两个人又不禁面面相觑。1924年陈诚进黄埔军校时，还只不过是校长办公室上尉特别官佐，他的飞黄腾达，早已引起许多资深者嫉妒，何应钦不止一次公开愤愤地说："陈诚算个什么东西！我当师长（东征时期）的时候，他还只不过是上尉炮兵连长嘛。"到了1928年蒋介石第一次下野复职时，陈诚已经是中将"总司令部警卫司令兼炮兵指挥官"了，现在又以战区司令长官兼省主席的高位，岂不要凌驾于资深者之上吗？

白崇禧看看蒋介石抿紧了嘴，摆出了非逼他们表态不可的架势。他把心一横："一个人情做到底吧！"于是勉强笑道："委座考虑得很周到，军政统一是战时的需要。辞修文韬武略均有独到之处，堪当重任。"

"敬之呢？"

"啊……是的……是的……"

"那么好吧，你写个保状上来！"蒋介石以不容商量的口吻说道，"今后两战区作战地境概略长江之线，沿长江北岸的武穴、田家镇要塞归第九战区指挥。参谋部要根据我的意见，拟出作战方针和计划，然后拿到国防最高会议上讨论通过。"

这样，第九战区的形成、陈诚的任命，就在参谋部的计划中提了出来。1938年6月初，任命陈诚为第九战区司令长官，又由陈诚保荐：罗卓英任武汉卫戍区司令，郭忏任武汉警备区司令，薛岳为江北兵团指挥官，张发奎任江南兵团指挥官，迅速形成控制各作战部队的系统。6月14日，又任命陈诚任湖北省主席，达到了军政一体的目的。7月9日，成立三民主义青年团，蒋介石自兼团长，任命陈诚兼书记长，负实际责任。

1927年夏，蒋介石率北伐军打到南京。正渡江准备北进时，在武汉的汪精卫与在南京的蒋介石闹矛盾，互不承认对方政府，是为"宁汉分裂"。李宗仁、白崇禧在这时勾结何应钦逼蒋介石下野。8月12日蒋介石召集将领开会，看到大家都不敢明确表态，于是愤然辞职东渡日本。当时陈诚任第21师师长。北洋军阀看到南京政府内部分裂，以为时机成熟，率部渡江攻打南京。陈诚奉命率第21师在龙潭应敌，适因他胃病复发，不能骑马上前线指挥作战，便乘轿前往。此事后被人告知何应钦，何不明原因，即将陈诚撤职，这就是陈、何矛盾的起因。1928年1月，蒋介石复职，陈诚以"与领袖共进退"而得到蒋介石进一步信任和重用。此后蒋介石与各派军阀交战，如唐生智、李宗仁、白崇禧、冯玉祥、阎锡山以及张发奎、薛岳等等，陈诚是蒋介石得心应手的一把锋利匕首，不但在战场上打败对手，而且也帮助蒋介石分化瓦解各系军阀内部，薛岳、张发奎就是陈诚拉拢进来的，江西5次"围剿"，陈诚是主要干将。所以逐渐形成"中正不可一日无辞修"（蒋介石给阎锡山的信中语）。这一次在会战关键时刻，陈诚又骤然身兼数要职，进一步证明蒋介石在军国大事上"非陈莫属"。

陈诚一时接到数个任命，只好在湖北省政府设立联合办公室。

在最高军事会议上，作战部队进行了调整。

第五战区司令长官李宗仁（后因病由白崇禧代），副长官李品仙。

下辖：

第2集团军（孙连仲）第30军（田镇南）——第30师（张金照）、第31师（池峰城）；第42军（冯安邦）——第27师（黄樵松）、第44独立旅（吴鹏举）；第26军（萧之楚）——第32师（王修身）、第44师（陈永）；第55军（曹福林）——第29师（曹福林兼）、第74师（李汉章）。

第5集团军（于学忠）第51军（于学忠兼）——第113师（周光烈）、第114师（牟中珩）。

第11集团军（李品仙）第84军（覃联芳）——第188师（刘任）、第189师（凌压西）；第48军（张义纯）——第173师（贺维珍）、第174师（傅光玮）、第176师（区寿年）。

第 17 军团（胡宗南）第 1 军（胡宗南兼）——第 1 师（李正先）、第 78 师（李文）。

第 19 军团（冯治安）第 77 军（冯治安兼）——第 37 师（张凌云）、第 132 师（王长海）。

第 21 集团军（廖磊）第 31 军（韦云淞）——第 131 师（林赐熙）、第 135 师（苏祖馨）、第 138 师（莫德宏）；第 7 军（张淦）——第 170 师（徐启明）、第 171 师（漆道征）、第 172 师（程树芬）。

第 24 集团军（顾祝同）第 89 军（韩德勤）——第 123 师（贾韫山）、第 117 师李守维；第 57 军（缪澄流）——第 111 师（常恩多）、第 112 师（霍守义）。

第 26 集团军（徐源泉）第 10 军（徐源泉兼）——第 41 师（丁治磐）、第 48 师（徐继武）。

第 27 集团军（杨森）第 20 军（杨森兼）——第 133 师（杨汉域）、第 124 师（杨汉忠）。

第 28 军团（刘汝明）第 68 军（刘汝明兼）——第 119 师（李金田）、第 143 师（李曾志）；第 86 军（何知重）——第 103 师（何绍周）、第 121 师（牟庭芳）。

第 29 集团军（王缵绪）第 44 军（彭诚孚）——第 149 师（王泽浚）、第 150 师（廖震）；第 67 军（许绍宗）——第 161 师（许绍宗兼）、第 162 师（张竭诚）。

第 33 集团军（张自忠）第 59 军（张自忠兼）——第 38 师（黄维纲）、第 180 师（刘振山）、第 13 骑兵旅（姚景川）。

另有：第 45 军（陈鼎勋）——第 124 师（曾甦元）、第 125 师（王仕俊）、第 127 师（陈离）。

第 71 军（宋希濂）——第 87 师（沈发藻）、第 88 师（钟彬）、第 36 师（陈瑞珂）、第 61 师（钟松）。

江防总司令刘兴，副总司令曾以鼎。

马当守备区指挥部、第 16 军（李韫珩后董钊）——第 53 师、第 167 师。

湖口守备区、第 167 师（薛蔚英）及湖口总队。

九江守备区指挥官郭汝栋、第 43 军（沈克）及九江警备司令部（陈雷）。

田家镇守备区、第 73 军（王东原）。

第九战区司令长官陈诚。江北兵团总指挥薛岳，江南兵团总指挥张发奎，武汉卫戍区司令罗卓英，武汉警备区司令郭忏。下辖：

第3集团军（孙桐萱）第12军（孙桐萱兼）——第20师（张测民）、第21师（时同然）、第81师（展书堂）。

第9集团军（吴奇伟）第4军（欧震）——第59师（张德能）、第90师（陈荣机）；第8军（李玉堂）——第3师（赵锡田）、第15师（汪之斌）；第66军（叶肇）——第159师（谭邃）、第160师（华振中）。

第11军团（李延年）第2军（李廷年兼）——第9师（郑作民）、第57师（施中诚）、田家镇要塞部队。

第20集团军（商震）第32军（商震兼）——第139师（李兆瑛）、第141师（唐永良）、第142师（傅立平）、税警旅（蒋冗珂）；第18军（黄维）——第11师（彭善）、第16师（何平）、第60师（陈沛）。

第29军团（李汉魂）第64军（李汉魂兼）——第187师（孔可权）、预备第9师（张言传）；第70军（李觉）——第128师（顾家齐）、第19师（李觉兼）。另有第91师（冯占海）、预备第6师（吉章简）。

第30军团（卢汉）第60军（卢汉兼）——第182师（安恩溥）、第184师（张冲）、第49师（李精一）、第102师（柏辉章）。

第31集团军（汤恩伯）第13军（张雪中代）——第23师（欧阳棻）、第89师（张雪中）、第35师（王劲哉）、第110师（吴绍周）；第98军（张刚）——第82师（罗启疆）、第193师（李宗鉴）、第195师（梁恺）。

第32军团（关麟征）第52军（关麟征兼）——第2师（赵公武）、第25师（张耀明）；第92军（李仙洲）——第21师（侯静如）、第95师（罗奇）。

第37军团（王敬久）第25军（王敬久兼）——第52师（冷欣）、第190师（梁华盛）。

另有：第74军（俞济时）——第51师（王耀武）、58师（冯圣法）；第29军（陈安宝）——第40师（李天霞）、第79师（陈安宝兼）；第54军（霍揆彰，兼田南要塞指挥官）——第14师（陈烈）、第18师（李芳郴）；江北区指挥官万耀煌第9军（甘丽初）——第93师（甘丽初兼）；第16军（李韫珩）——第28师

（董钊）；江南区指挥官周嵒第 75 军（周嵒）——第 6 师（张瑛）、第 13 师（方靖）、黄鄂要塞部队；第 94 军（郭忏）——第 55 师（李及兰）、第 185 师（方天）；第 37 军（黄国梁）——第 92 师（黄国梁兼）。

湖北全省防空部队。

江西省保安部队。

最高统帅部在部署兵力的同时，决定了作战方针：以一部守备华南沿海及华东、华北现阵地，并积极发展游击战，妨碍长江下游之航运，牵制消耗敌人。另以有力一部支援马当、湖口要塞，迫敌于鄱阳湖以东展开，妨碍敌溯江向九江集中。我军主力集中武汉外围，利用鄱阳湖、大别山地障，及长江两岸丘陵、湖沼，施行战略持久，特别注意保持重点于外翼，争取灵活机动。预期在武汉外围与敌主力作战 4 个月，予敌以最大消耗，粉碎其继续进攻之能力。

第五战区以第 4 兵团李品仙部为右翼，利用长江北岸大别山南麓丘陵湖沼之有利地形，以一部在广济东西亘浠水一带占领纵深阵地，拒止敌寇；以第 21 集团军廖磊部为中央兵团，于太湖、潜山西北山地，相机南下侧击西进之敌；以第 3 兵团孙连仲部为左翼兵团，于大别山北麓与淮河之间，利用地障，拒止该方面之敌；苏北兵团为第 24 集团军韩德勤部，指挥第 27 军及第 89 军任敌后游击；以第 29 集团军王缵绪部为第 2 线兵团，策应第 1 线作战。

第九战区当以击破敌于鄱阳湖西岸及田家镇要塞以东地区为目的，拟定作战计划，以第 1 兵团薛岳部防守南浔线，并沿鄱阳湖沿岸配置兵力，以南昌为基地，防止敌进攻南昌及迂回长沙为目的。第 2 兵团张发奎部以确保九江及田家镇，并沿江构成阵地带，必要时逐次抵抗，消耗敌人，以防止敌寇由瑞昌西进，直趋岳阳、蒲沂、咸宁。同时将有力兵团，分区控制于瑞昌、汤新间，丰城、清江间，高安、上高间，宜春、万载间，咸宁、蒲沂间，武汉、长沙等地区，策应尔后之作战。其司令长官部设于武昌。

第六章

安庆失守

  1938年6月,日军以畑俊六为华中派遣军司令大举南犯,竭力将战火烧到武汉。川军杨森部奉命守安庆至桐城及其以西地区,结果一触即溃。恼怒的蒋介石责令将杨森交军法处严办……

第六章 | 安庆失守

1938年6月15日，日本帝国御前会议悍然决定将战争推进至广州、武汉。任命畑俊六为华中派遣军司令，率东久迩宫稔彦的第2军，辖藤田进的第3师团、筱塚义男的第10师团、荻洲立兵的第13师团、藤江惠辅的第16师团、派遣军的野战重炮第1旅团、小岛吉藏的骑兵第4旅团、冲田一夫的战车第1联队；冈村宁次的第11军，辖稻叶四郎的第6师团、吉住良辅的第9师团、本间雅晴的第27师团、伊东政的101师团、松浦淳六朗的106师团；直辖兵团：岩松义雄的第15师团；广野太吉的第17师团、牛岛贞雄的第18师团、派遣军的第22师团、清水喜重的第116师团。另有石原支队、清田支队、锦不海军陆战队、土师池海军陆战队、町几机械化兵团、野战重炮旅团、战车第2联队、海军第3舰队、航空兵团司令德川好敏第1、第3、第4飞行团、共有飞机300～500架。

日寇气势汹汹，第五战区、第九战区及武汉卫戍司令部相应各制定作战计划和发布作战命令。

当时第九战区尚未全面接触战斗，只积极作战前准备工作，以构筑防御工事为主，如命赵锡田的第3师及汪之斌的第15师守备武宁附近，并在该地区构筑阵地工事；李仙洲的第92军在通山一带筑防御工事；关麟征的第52军及李及兰的第55师在咸宁一带构筑防御工事。作战境地为：上高—武宁—阳新—靳春之线。线上属于薛岳的第1兵团，线下属于张发奎的第2兵团。

在制定作战方针时，第九战区认为其防线在长江纵贯两岸湖沼地带特种地形作战，江河与湖沼对防御有利，对进攻者却有行动上的困难，因此颇有乐观设想，即待工事构筑完毕，各部队也补充整顿就绪，便协同第五战区转守为攻，将日寇包围于武汉外围湖沼地带而歼灭之！于是计划：第1兵团以最大努力侧击日寇，万不得已时须固守永修城、武宁之线以北各要点；第2兵团以主力会合在武宁（不含）、通山、咸宁各线作战，一部向保安、金牛山，利用山地的有利地形抵抗。其总的目的在于迟滞日寇西进，消耗敌之有生力量，以空间换时间，等待条件成熟，便聚敌于武汉外围而歼之。然而事后证明：在敌优势装备下，"特种地形"并没有给敌人造成多大困难，水道变为敌人运输大动脉，兵员的输送、物资的补给都通过水道得以解决，而且日寇还利用水道，在长江两岸任意选择登陆点。原以为有"地利之便"的特点，反给我军造成了转运的困难；湖沼地障，限制了兵力的伸缩使用，而沿江湖沼必须配备兵力防守，对集中优势兵力与敌决战是一最大妨碍。河川战斗原为隘路战，但我军却反受限制。

武汉卫戍区的任务是固守三镇，相机策应第五、第九两战区夹击日寇。除此之外，便是着手卫戍部队加强训练，加紧构筑工事。国民党最高统帅部所作的"对武汉附近作战之意见"中有"守武汉而不战于武汉是为上策"之说，根据这一意见的原则，即是：只要外围不守，则应放弃武汉。武汉外围已由第五和第九战区负责防御，武汉卫戍区的任务主要是防备日寇空袭和对各作战部队的兵员、物资的补给供应。唯一的作战防御，应该是警惕日寇突破防线，溯江而上突然袭击三镇。如果发生这种情况，卫戍部队应坚守三镇以待外围部队救援，并策应夹击来犯之敌。但在"武汉卫戍部队作战计划"中，竟有一条是："万不得已时卫戍部队应独立固守3个月以上，以消耗敌之战力，并使各战区有准备尔后会战之余裕时间。最后亦须固守武（昌）、（汉）阳、汉（口）任何一镇，以表现国军抗战守土之精神。"大有"与武汉三镇共存亡"之气势。显然，如此作战计划只不过是鼓励士气的一种形式而已，并无实际意义。否则南京保卫战之悲剧便要在武汉重演。

第五战区则始终是在与敌鏖战之中。

6月上旬，日寇2000余人在20余艘战舰掩护下，在安庆下游强行登陆成功，即向第20军所扼守的大关阵地进攻。尽管花园口决堤对日寇的攻势起到了一定缓解作用，但我军的转运同样也因此受到一定影响。

第五战区长官部对敌情判断：日寇以长江为进攻武汉之干路。在夺取安庆之后，将其主力集中于安庆、合肥，一部由潜山趋太湖、宿松，一部由岳西、莫山迂回，与长江各口上陆之敌呼应，策应其主力之作战。合肥附近之敌或向六安、霍山攻击，以牵制我军兵力运转。根据对敌情判断，第五战区下达了作战命令，要求各集团军积极行动起来。

此一时期,第五战区代司令长官白崇禧不辞辛苦,在前线各地视察、督战。他来到第 27 集团军杨森的司令部,了解部署情况。

杨森部奉命控制安庆、桐城及其以东地区,迟滞敌之南进并防止敌之登陆,务必长久保持安、桐之线。不得已时退守潜山附近,准备向南侧击。但在日寇向皖中窜犯时,国军部署略有变更,即李品仙部区分为左翼军、中央军及右翼军。即以第 48 军为左翼军,以漳河亘正阳关、淮河右岸寿县附近为主抵抗地带,左与淮北兵团、右与中央军密切联系;以第 26 集团军徐源泉部为中央军,以舒城、六安站漳河之线为主要抵抗地带,右与第 48 军左与第 27 集团军联系;第 27 集团军杨森部为右翼军,其集团军原只有川军两个师,即第 133、134 师,后由第三战区调来第 21 军陈万仞部两个师,即第 145 师(佟毅)、第 146 师(刘北黎),共 4 个师的兵力担任江防并以安庆、桐城、舒城之线为主要抵抗地带。必要时还需以一部兵力策应第 26 集团军。

杨森见到白崇禧,当即诉苦说:"我这个集团军虽然增加了两个师,但所担负任务正面过大,江防极为重要,万一有失,我如何负得起责任。务请健生兄向委座报告,增派兵力,加强防御。"

杨森早年毕业于四川陆军速成学堂,加入过同盟会。辛亥革命后,他先后参加过反袁运动、护法运动。1921 年任川军第 2 军军长,军阀混战中被川军第 1、第 3 军击败,率残部迁到湖北,被吴佩孚的北洋政府改编,任所谓的中央军第 16 师师长,在吴佩孚的支持下率部返回四川。击败对手,进入成都,自封四川省长。1925 年北洋政府委任其为四川军务督办,成为吴佩孚控制四川的代理人。

1926 年北伐军进逼武汉,杨森要求参加北伐,国民政府委任其为第 20 军军长兼川鄂边防军司令。"宁汉分裂"时,蒋介石也令他率部讨伐汪精卫的武汉"国民政府",他虽率部进逼武汉而战败,蒋介石由此对他另眼看待。1933 年红四方面军由陕南入川,蒋介石命他在川北堵击,他曾 3 次率部攻击,却劳而无功。1935 年中央红军长征进入四川境内,他又奉蒋介石之命率第 20 军在大渡河布防;红军突破其防线后,他又率部追击。这些举动,都是各系军阀所不肯做的,他做了,所以蒋介石对他也逐渐器重。这就是他的第 20 军在参加淞沪抗战后,撤到武汉外围整补，蒋介石指示军政部拨给 4 个团的新兵，全军装备彻底更新的原因——这点优惠，原只有嫡系部队才能享受得到，其他杂牌部队绝不可能享受到的。所以他对蒋介石的忠诚，实不亚于黄埔将领。尔后蒋介石任命他长期担任重庆市市长，当然也出于这些原因。

淞沪抗战，第 20 军颇有战绩。撤到安庆整补时，杨森对部队的整训倒也下了一番工夫。虽然蒋介石给了他一个第 27 集团军总司令的头衔，实际部队还是只有第 20 军的第 133、134 师两个师，他还不得不自兼第 20 军军长，否则更成了"光杆司令"了。他知道要取得更大的兵权实力，只有更进一步取得蒋介石的宠信。其积极的行动便是把部队训练好，训练成一支纪律严明、作战能力强的部队，在杂牌部队中独树一帜。于是他效仿红军的"三大纪律、八项注意"，编了个"四大纪律、十四项注意"。四大纪律的内容为：（1）决心英勇抗战；（2）服从长官命令；（3）不要人民东西；（4）坚固国军团结。"十四大注意"极其具体，几乎把国民党军队中的弊病都包罗进去了：（1）逢人宣传（抗日）；（2）说话和气；（3）爱惜武器；（4）不当散兵；（5）整洁驻地；（6）买卖公平；（7）借物送还；（8）损物赔偿；（9）不乱拉屎；（10）远让（让道）汽车；（11）不嫖不赌；（12）自己洗衣；（13）负伤（伤兵）守纪；（14）负伤交枪。

就其"四大纪律、十四大注意"内容来看，虽对国民党军队的纪律具有讽刺意味，但其动机和主旨仍旧是积极的，如果杨森部能够贯彻，并推广开来，影响其他部队，那么，军民亲如一家的局面，在国民党统治区也会实现。但可惜如此好的倡议，并未受到蒋介石的注意，也就谈不到推广。更遗憾的是在第 20 军内也没有认真贯彻，在当时流于形式，随后便不了了之。

当然，这也与当时部队在频繁作战以及尔后杨森脱离了部队不无关系。

正因为杨森有此经历，才能与白崇禧称兄道弟。

白崇禧也认为杨森所言极为有理。而且该部虽经补充，新兵几乎超过半数，实难负如此重大的防务。但是，从本战区内调拨兵力有困难，而且作战部署基本经蒋介石亲自决定，如要调动，即改变兵力部署，引起蒋介石怀疑倒在其次，倘若战况不佳，或有失利，蒋介石必会怪罪擅自调动兵力之人。白崇禧心中有数：现在蒋介石用他们这些军阀，也是迫于形势，是一种"用而不能重用，信而不能全信"的矛盾心理状态，在如此情况下，彼此都有所防范。作为他来说，是反蒋屡败之后，不得已而投靠的。"寄人篱下"，"怎敢不低头"，所以处处小心谨慎。他不能因同情而为杨森冒此风险，然而杨森与他的处境不同，川军与蒋介石的矛盾并不大，杨森属于"望风归附"蒋介石的一类。他有许多话还不便对杨森明说，沉吟半晌，还是以嘲讽的口吻道：

"伯坚（杨森字）兄，你的处境我很同情。是的，我现在是副总参谋长兼代第五战区司令长官，按理说我对于本战区的兵力部署，应有全权处置。更何况我非庸才，带兵打仗，还是可以的。但是，蒋介石向来都是大权独揽，小权不放，事无巨细，都要干涉过问。从淞沪抗战以来，我领教够了。有时兵力部署得好好的，打起仗来，正在紧要关头，想要调一部队增援，却发现这个部队失踪了！再追查，才知道是蒋介石亲自下手令把这个部队调开的。仗打坏了，他要骂人，要处置人，但如何用兵，却不得由你做主。

"更何况现在黄埔军将领充斥，这些将领以蒋介石马首是瞻，你想不通过他调黄埔将领所率领的部队，那简直就是妄想。

"说穿了，现在抗战是以他为首，我们这些人是帮他干，但他却不能推诚相待，总对我们有所偏见。这样，又怎么搞得好合作呢？"

杨森听了颇觉尴尬。"李、白"与蒋介石的矛盾，他是很清楚的。对于蒋介石，他却了解不多，然而以其军阀的逻辑来讲，"胜则为王败则寇"，蒋介石打赢了，当然是领袖，你李、白打败了，就应该服输"称臣"，其他的废话多说何益？他没有李、白二人那样大的野心，倒有四川"袍哥"的义气。他觉得既然跟了蒋介石，就像入了青洪帮，拜了老头子那样，不能再三心二意。白崇禧在讲着话的时候，他时时都想插嘴问一句："你哥子若是当初打赢了，今天也是委员长，你就能比老蒋好到哪里去呀？"但是，这样不客气的话他不能出口，他只能以劝解的口吻说：

"现在是抗战时期，国难当头，大家都应该捐弃前嫌，精诚团结。蒋委座好比一个大家庭的家长，'家家有本难念的经'，这'家'他在维持，他有他的难处。他把经念对头了，国家兴旺发达，自然很好；他要把经念歪了，那是国家的不幸，大家的不幸。我想，我们还是帮他把经念好才是啊。"

白崇禧听罢不免怅然若失。他在想：蒋某人胜就胜在有杨森这样一些有奶便是娘的人跟着摇旗呐喊！当然，他的这种愤慨，并不是因为听了杨森这番话，而是

"痛定思痛"的反应：1929年年初，他和李宗仁第一次举兵反蒋，就是因为他们手下的大将李明瑞、杨腾辉"倒戈"，以致至功亏一篑。尔后他看到许许多多反蒋的军阀，大多因为在关键时刻，手下大将"倒戈"坏了大事。而这些人，后来变得对蒋介石"愚忠"，连黄埔将领都望尘莫及！在这些人面前讲话，比在黄埔将领面前讲话还更需要谨慎哩。

"伯坚兄的话也颇有道理。我只想说'精诚团结'需要双方推诚相见，并没有别的意见。现在大敌当前，自然不是闹个人意见的时候，伯坚兄的困难，我若回到武汉，当向委座报告，请求调整兵力。但我现在一时还回不去，还要去视察其他的防线。所谓'救兵如救火'，那是等不得的。我看伯坚兄不妨直接向委座请示——说明理由，请求增厚兵力，这样即便不能马上解决，以后若在防务上有问题，伯坚兄的责任也就小多了。"

6月8日，杨森致电蒋介石：

> 限即刻到　武昌　委员长蒋　密
>
> 职部奉命守卫安庆、桐城、舒城之线，兼负有江防任务。唯日寇如以大部分兵力由合肥南下，与由长江西上之敌会攻安庆，则江南我军之正面太大，以职部4师之众实难以御敌，马当封锁线亦容易为敌所突破，再沿北岸西进九江，武汉将受最大威胁，职意欲求江南防线巩固，确保马当封锁线，必须确保安庆及巢湖西南地区，且以舒城、大关附近山地及庐江、盛家桥、白湖南侧山地至江岸间地区之地形尚属良好，若以相当兵力布守，再以一部配合地方武力，在巢湖东南游击，必能阻敌西进。唯正面甚大，职部兵力不敷防卫，拟请钧座增派两个师的兵力，以资应用。是否妥当，望祈钧裁。
>
> 　　　　　　　　　　　　　　　　　　职杨森叩　齐辰

蒋介石接到电报并未直接答复，只严令第五战区长官部督促杨森部坚守待援。原因是复杂的。当时各战场都十分紧张，抽调兵力有一定困难，这是客观存在的事实，然而蒋介石对杂牌部队的防范心理，起了决定性作用。他始终不愿这些过去的军阀将领染指他的嫡系部队，认为会"影响嫡系部队之纯洁"。

杨森得不到蒋介石答复，只得以现有 4 个师的兵力部署：第 134 师活动于巢县、无为、庐江一带，以牵制日寇；以 145 师部署于舒城附近；亲率主力部署于安庆、枞阳沿江一带，严密守卫江防。他告诫部下将领：

"我已向委座请求增派部队。但现在只能立足于我们现有的兵力与敌作战，关系重大，望各位好自为之。"

6 月上旬，日寇兵分两路，一路第 4 师团约 1 万人，主力由蒙城窜向凤台，一部由定远窜犯寿县；另一路第 6 师团约 3000 人由合肥西窜。第 4 兵团司令李品仙命令原守凤台、寿县的第 48 军张义能部退至淠河西岸布防。6 月 4 日，日寇攻陷正阳关。原在合肥以西监视日寇的第 26 集团军所属第 10 军（徐源泉总司令兼军长）部亦至大蜀山方面不战而撤至六安附近，合肥之日寇便转向舒城、桐城方面进攻第 27 集团军杨森部阵地。

战局危急，蒋介石迭命第 10 军主力向舒城方面侧击，以牵制日寇。徐源泉回电称因山洪暴发，进军困难，迟至 12 日才到达舒城近郊。日寇早在 8、9 两日先后攻占了桃溪镇和舒城，又向桐城方面进犯。

蒋介石又严电训斥徐源泉："该军以 3 师之众当二三千之敌，使敌如入无人之境，既失合肥，复陷要地，以致安庆告急，将何以自解？着该军迅速侧击向安庆突进之敌，否则安庆失陷，该徐总司令须负全责。"措词不可谓不严厉，甚至可以感到"非杀几个不可"的味道。但是，第 10 军战斗力极差，且部队作战情绪不高。徐源泉并非不怕蒋介石的警告，将士不肯努力效命，他也徒唤奈何，结果又没有完成侧击任务。

日寇因在淮南进展顺利，沿江方面的日寇陆、海军也开始活动。6 月 11 日，以波田支队为基干，配合海军陆战队，在空军掩护下，在枞阳镇及大王庙一带登陆。杨森严令江防部队坚决抵抗，务将登陆之敌驱逐。经过一日激烈战斗，我军虽在日寇海军炮击、空军轰炸扫射下牺牲十分惨烈，但终将登陆日寇驱逐，日寇也遗尸累累。

12 日，日寇改在安庆东南约 20 公里处再次强行登陆。这一次日寇投入更多战舰和飞机，炮弹、炸弹如雨点般倾泻，江防工事薄弱，以至守卫此一地带江防的第 146 师一个团和地方保安团队在抵抗中付出重大牺牲，终未能阻止日寇登陆行动。

日寇登陆成功后，首先抢占安庆机场，敌之运转有了便利，其势更为猖獗。杨森部主力过于分散，急切间互难策应，而且已陷于腹背受敌的不利势态。尽管杨森也知道放弃安庆，蒋介石将会追究他的责任，而且对今后战局也极为不利。但势难挽回，也只能率部向潜山、太湖一线撤退。

杨森的心情十分沉重。蒋介石曾严令他确保安庆，现在安庆失守了，蒋介石盛怒之下，有可能像处置韩复榘那样对付他。因此，在撤退中途，他向白崇禧发一电报，详细说明他曾向蒋介石请求过增派兵力，加强江防，战至最后而无增援，以及作战部队的苦战和惨烈牺牲情况，希望白崇禧能帮他在蒋介石面前"多多美言"，求得从宽发落。发出这份电报后，他还不放心，因为他知道白崇禧并不得蒋介石的信任，说话分量不大重，必须有个蒋介石宠信之人讲情才稳妥。他忽然想到了陈诚。

蒋介石在峨眉山创办训练团时（训练川军军官以及文职官员和中学校长等）陈诚任副团长，负实际责任。第5次"围剿"后，为追击红军，蒋介石在重庆设立行营，陈诚亦随到重庆。因此他与陈诚多有接触，而且深知陈诚为人颇识大体，顾大局，极受蒋介石宠信，在蒋介石面前几乎言听计从。若有陈诚在蒋介石面前帮他说几句好话，事情必有转机。于是他又向陈诚发去同样电报，这样他才安了心，着手部署新防地。

事实上舒城、安庆的失守，使日寇得以利用合安公路，取得进攻武汉更有利的交通要道，对武汉的震惊也是十分巨大的。蒋介石的震怒也可想而知。

参谋部将战报送侍从室转至蒋介石。

蒋介石看到安庆失守战报，竟拍案而起："非杀几个不可！"他拿起笔来，毫不犹豫地指示：第27集团军总司令杨森着即撤职查办，交军法处论处！所幸白崇禧先接杨森电报，当即往见蒋介石，婉转地说：

"部下曾视察第27集团军，当时杨伯坚对部下说防地正面过大，江防十分重要，请求增厚兵力防御。当时部下急于去马当视察，嘱咐他直接向委座报告请求。不知杨伯坚是否曾向委座请示过？"

蒋介石被问得一愣。少顷才颇为尴尬地说："这个这个……这个这个……我曾迭命其坚守待援，他为什么不坚守？"

白崇禧很想回说："'巧媳妇难为无米之炊'，你迭命其坚守待援，你的援军在哪里？"但如此顶撞的话他不敢出口，仍旧婉转地说："杨伯坚的川军本来装备较差，战斗力薄弱，能坚持几天，已经不容易了。关键是我们兵力太分散，难于相互配合。"

蒋介石想想杨森确有报告在前，参谋部的人都是知道的，自己不好赖账。但失守安庆终非小事，如不惩办将领，以后就难以整肃军纪了。于是蛮横地说：

"他放弃安庆重镇，总应该负责任的。你写个报告来，我批一下。"

果不出杨森所料，尽管白崇禧说得婉转，蒋介石却还有"死罪已免，活罪难饶"之意。白崇禧的报告尚未送到，陈诚接杨森电报，也来见蒋介石。他与白崇禧不同，敢在蒋介石面前直言不讳：

"据说杨伯坚先有电报请求增厚防御兵力，而且安庆的失守不是孤立事件。委座独责杨伯坚，杂牌将领颇有微词。四川乃我持久抗战之大后方，委座应考虑杨伯坚之流在四川是很有根基的。将来我们退守四川，借重他们的方面极多，更何况杨伯坚尚不同于李、白之流，一向对委座忠心耿耿。如果现在过分处置，必使多数杂牌将领寒心。"

蒋介石自然听懂了陈诚的话：（1）杨森请求增兵在先，命其坚守待援而援兵不至；（2）失守安庆不是孤立事件，要处置杨森，其他援救不力将领亦罪在不赦；（3）杨森在杂牌将领中是有影响的人物，处置不当将会使杂牌将领离心；（4）战局形势发展，最后必退守四川，杨森等在四川地方上是头面人物，将有所借重。道理是再简单明了不过了。

"辞修，你为什么要替他们讲情呢？"

陈诚明白蒋介石所指的"他们"，即是非嫡系的杂牌将领。陈诚不免有点愤慨了："你总不会以为我在搞哗众取宠的把戏吧！"

"钧座！我们的军队是在以黄埔系为基干，但是，部队的来源极其复杂，多半是由当初的军阀部队所改编，这些部队仍旧与军阀们保持着渊源关系。尤其一些中下级军官，与"老上级"的关系还很深，也就成了这些杂牌将领的基础，我们光有黄埔将领去控制部队是不够的。再者，一些杂牌将领并非都不可用，有些对钧座的忠诚十分可嘉。辞修非愿意保他们，实为钧座着想，能多笼络一些人为钧座效命，就是辞修的最大用意了。"

这番话听得蒋介石心里舒服极了,怒气也自然消除了。但他同时也意识到自己的一问,未免有怀疑陈诚之嫌,于是忙解释道:

"辞修,我对你是完全信得过的,你不要多疑。你说得对,我们现在还要用这些杂牌将领,还要笼络住他们。但是,一定要有原则,不能轻信;要确有把握掌握得住,不能放任他们胡来。"

陈诚知道蒋介石所谓的"原则",即是忠诚可靠。他很想告诉对方:这是相对而言的。你要人家忠诚,你就该善待人家;你要人家可靠,你就应该使人家有安全感。但是,这样的话,他恐蒋介石听不进去。

蒋介石在房间里踱了一阵,在考虑如何处置。他刚才在白崇禧面前说了硬话,不便全部推翻,便用商量的口吻说:"处分总是要给的吧,就给他个撤职留任处分如何?"

陈诚也觉得失守重镇还是该处分的。"委座宽容自然很好。只是尚须对杨伯坚稍事安抚使其更加勤于效命。"

这种"打一巴掌揉一揉"的事,蒋介石觉得实难做出。但他也觉得必须"揉一揉"才能摆平。于是在白崇禧报告上批了"撤职留任"后,又命军令部长徐永昌代其安抚杨森。

徐永昌对此任务倒也颇费踌躇,绞尽脑汁,才编了一电文:

潜山 第27集团军总司令杨伯坚兄勋鉴:
  据报安庆登陆之敌仅陆战队数百,未经力战,轻弃名城,腾笑友邦,殊属遗憾。委座对伯坚兄极为器重,徒以御众关系,尚祈我兄努力前途,有以自见,最小限须固守潜山、石牌,以策马当封锁线之安全为要。至于舒桐西方山地并太湖,如有余力,仍望兼顾,并请与徐克成(徐源泉)部切取联络。
               徐永昌删己 令一 元

杨森接到电报啼笑皆非,他真想破口大骂:你们这些躲在后方瞎指挥的老爷们,只知纸上谈兵——几百海军陆战队登陆!你们应该亲自到前线来尝尝挨日寇海军炮击、空军轰炸是什么滋味!尽管"撤职留任"属于警告性质的,但仍旧属于处分,颇不光彩,所以他再一次告诫部属们"努力作战,再不能后退了"!然而战事的发展，却不尽如人意。

6月14日，日寇向潜山窜犯，第133师杨汉忠部在源潭铺附近与敌展开激战。蒋介石又迭电令杨森以主力坚守石牌、潜山之线，以掩护马当封锁线。杨森不敢怠慢，亲临前线指挥督战，一场厮杀异常壮烈，激战三昼夜，双方伤亡枕藉。最后第133师伤亡过重，于17日撤出潜山。

在战斗炽烈之时，杨森一度与各师、团失去联络。最高统帅部见该部损失过大，散失亦多，于是命杨森将太湖防务交第31师，着该部撤到黄陂整顿补充。部队撤退下火线，杨森便着手清查阵亡将士，造册上报，请求军委会奖励抚恤。其中有第133师第397旅第794团在桐城北大、小关山地与日寇作殊死战斗，最后与友军和上级指挥机构失去联系，孤军陷于被包围中，团长李介立便命以连为单位分散突围，经潜山、浠水，最后到武汉集中。辗转许多时日，杨森同这个团一直音讯杳然，便认为全团被日寇歼灭，因此也列入阵亡名册上报。军委会尚未批复，这一团人忽然在武汉出现，众皆哗然。因为在战乱中个别人失踪，疑为阵亡，后又出现，倒也是常有之事，但一个团"死而复生"，实在绝无仅有。这就难免有人议论杨森带兵无方，指挥混乱了。

17日潜山失守后，第145师尚守卫界牌石、小池驿、太湖地区，第10军及第31军已进至王家牌楼以北山地，第7军也进到广济、黄梅间，因而日寇侧背受到威胁，不敢贸然西进。敌我双方曾一度对峙。

第七章

痛失马当

位于江西彭泽县城南30里的马当要塞,为扼守长江的重要防线。国民党军政部门耗巨资在江上筑起阻塞线并广布水雷,以阻敌进犯武汉。令人不可思议的是,6月14日凌晨,当日军发动进攻,江防部队竟无人指挥……

马当位于江西省彭泽县南 30 里,距九江 80 里,太白湖横亘东南,地处长江中游,与皖、赣两省接壤。马当山横距江滨,与孤岛山为犄角,是十分重要的战略要地。江中流沙甚多,冲积成洲,将长江水流一分为二,左道原甚狭窄,逐渐因积沙淤塞不通,右道水流经马当山下,为主要航道,江面为长江中游最狭窄处,宽不及一里,故形成要隘,设有马当要塞及要塞工事。

上海、南京失陷以后,保卫大武汉提到议事日程,政府为加强马当要塞江防力量,在 1937 年冬,成立长江阻塞委员会,专门负责在江心筑建阻塞线以阻止日寇溯长江西进;另成立江防委员会,以国民党江西省主席熊式辉兼任主任委员,协助办理阻塞工程的后勤工作。

阻塞线即是在江心中横贯两岸筑一道拦河坝式的阻塞屏障。

显然日寇也注意到这一长江天堑的重要性,当阻塞工程开始,日寇便轮番派飞机来轰炸扫射,干扰工程的进行。由于空防力量薄弱,只能采取消极的躲避空袭办法,阻塞工程基本是在夜间进行。

阻塞工程的要求,即是在河床上架设阻塞物,起到暗礁作用。由于此处水流湍急,施工难度较大,于是设计先在河床上打下木桩,以阻拦投入物被水冲走;又用铁丝网内置入柳条和乱石,再用水泥加以凝固,分段沉入江底,上游用铁锚拉住铁丝网,加固沉入物的固定。这就是阻塞线的底层。再在大帆船和驳船中投放铁锚和大块乱石,也用水泥凝固,沉列于铁丝网上,是为中层。这种网层障碍物约低于水面两公尺。在中层上再密布水雷,隐伏于水面,使敌舰决难通过。为保证非战时航行,仅在靠近南岸留一条狭窄航道,以航标引导船只通过。

此项工程耗资巨大,动用人力物力亦多。由于乱石需要量极大,采掘供不应求,最后连彭湖县境内的街道路面石亦被挖掘用于阻塞工程。

安庆失守后，形势顿为紧张，国民党军委会任命刘兴为江防总司令，负责指挥马当、湖口、九江、田家镇诸要塞之防卫。

马当要塞指挥部指挥官由第 16 军军长李韫珩兼任（该军有第 53 师周启锋、第 167 师薛蔚英两师），王锡焘任要塞司令，下辖要塞守备部队及炮兵部队。

守备要塞的部队，原为驻青岛的海军第 3 舰队陆战队之一部分。这是中国抗战史上颇为辛酸的一页。

当时中国的海军极其弱小，在 8 年抗战中，几乎无海军在海上与敌对抗之战例。抗战爆发后，刚刚建立起来的海军，却无战力与日寇的强大海军对垒，本来用于国防的战舰，却没有用于攻击入侵者，而只是消极地将战舰沉没，用为水下障碍物以阻拦敌舰的航行。这种"自杀"性的措施，充分说明国防落后的可悲状态。弹丸之国的日寇，悍然入侵泱泱中华，也正是欺我国防的落后，以其先进的各种兵器，取得战争的胜利。

武汉会战以后，中国的海军便不复存在，海军机构也是虚设而已。

第 3 舰队便是在这种情况下，奉命拆卸下舰上兵器，将舰艇沉入海湾以阻塞航道。舰上官兵则由山东省主席兼第 3 舰队司令沈鸿烈率领一部分，在山东进行游击战，另一部分则由副司令谢哲刚率领到武汉，组成江防要塞司令部，下辖 3 个总队和 1 个陆战支队。其中，第 1 总队原属驻守南京的"海圻"、"海探"、"肇和"三艘兵舰上的官兵，也是他们在南京保卫战开始前，奉命拆卸下舰上兵器，将战舰沉入下游以封锁长江航道，该总队在武汉担任江防守备；第 2 总队所辖 3 个步兵大队及海军陆战队第二支队，守备马当要塞。在长山以南的洼地有隐蔽的炮兵阵地，8 门日制七五野战炮由第 2 支队操纵，3 个步兵大队在长山的要塞防御阵地守备；第 3 总队所属第 1 大队部署在香口江边阵地，以四七海战炮控制江面。第 16 军所属第 313 团部署在香口至东流以南江边阵地，防止日寇在这一带登陆。

海军转用为陆军，有战术上的困难。一些舰艇上的炮手，直接瞄准射击技术掌握得极好，却不懂得间接瞄准射击要领。军政部特派遣炮兵指挥官教习射向和标定射向等间接瞄准技术。

白崇禧在视察杨森部后，深感安庆一带防守薄弱，一旦有失便将危及马当，于是便到马当视察。李韫珩得知消息，便积极组织欢迎，除司令部全体官佐及直属部队外，还命令县、乡、保长组织欢迎队伍。

白崇禧对这位湖南人李军长本无好感，因为他曾听人说在江西"围剿"时期，李韫珩任第53师师长时，曾因克扣军饷，遭到部下抗议，有人在师部门前贴了一副对联：

  李师长，李旅长，李团长，李营长，同是湖南家族；
  六成饷，五成饷，四成饷，不发饷，长官坐地分赃。

还有横批四个大字："军阀嘴脸"！

上联说的是李韫珩用人唯亲，只用湖南同乡，还要姓李的；下联是说李韫珩发饷打折扣，有时甚至不发饷。如此将领，怎么能带好兵打好仗呢？

现在又看到搞出这种场面，显然阿谀奉迎也是能手，因此便板起面孔训斥道：

"现在战事如此紧张，我来视察，属于军事行动，应该保守机密才是。你搞如此的欢迎场面，无异于向日寇宣称我到这里来了。我个人的安危倒在其次，让敌人得悉我们的每一个行动，于战守是很不利的。"

李韫珩没有料到竟然"马屁拍到马腿上"了，当着如此众多部下，面子上很难堪。但白崇禧是副总参谋长兼第五战区代司令长官，他只能逆来顺受，并亲自陪同视察江防要塞。

经过一天的奔波劳累，回到司令部，酒筵已经备办好了。李韫珩知道白崇禧是回民，预先嘱咐按回民习惯准备好丰盛菜肴。白崇禧入席一看满桌鸡鸭鱼肉，便皱起眉说：

"抗战时期，物力维艰，前方将士在浴血奋战，我们做官长的，更应该艰苦朴素，勤于职守。如此铺张，实在太不应该了。"

再一次受到训斥，李韫珩窝的火实在太大了，虽然表面忍受了，却不免暗骂："一个桂系军阀——黄埔军人手下的败将，有什么了不起！跑到这里来摆架子了。你不识抬举，我也不买账！"

饭后白崇禧让李韫珩召集要塞指挥人员及参谋人员开会。在会上，白崇禧首先介绍了各战场情况，指明了当前形势的严峻性以及马当要塞的安全对保卫大武汉的重要性。同时也告诫大家：

"由于战况不佳，委座很烦躁。每遇重大战局失利，委座都会大发脾气，声言要'杀几个'，而事实上也已经杀了几个将领，所以，我希望诸位好自为之，切勿以身试法。"

接着他又指出在视察中发现的许多不足之处，并对兵力部署作了调整指示："要塞防御兵力不足，尤其沿江防守不可大意，日寇可以在沿江两岸任何地点登陆，一旦登陆成功，要想驱逐就困难了，就要付出极大的代价。因此，兵力部署必须调整。第一，着第167师由湖口推进至马当地区，以一个旅配置于营粟，一个旅配置于马路口；第二，着第53师以一个旅推进至江北的华阳和望江，另以一个旅分布于香山及下陷坂。为阻敌海军西进，仅有马当地区一条封锁线远远不够，我将指示在下游另设暗礁几十处，布雷网也要扩大。这些措施，也是为了保卫马当要塞。关键还在于你们自己严密防守，如果发生情况，可以直接向我报告，我当调派兵力支援你们。"

白崇禧的指示可谓十分具体，当时参谋人员也详细做了记录。如果能按照他的指示布置兵力，尔后在马当发生日寇突然强行登陆，至少不会那么顺利。但是，李韫珩在白崇禧走后，竟然对部下们说：

"我是一军之长，要塞指挥官，也曾身经百战。如何用兵，用不着别人来教。所谓'将在外君命有所不受'，他跑来指手画脚，算个什么东西！不要去理他。

"我认为当前最重要的，在于加强军民抗战意识，坚强军民抗战决心才是当务之急，因此，我决定即日开办'抗日军政大学'，除我军各级副职军官及连、排长外，马当、彭泽两地区乡、保长也要召集前来受训，此项任务由军政治部主办，参谋处协办，务必办好。每期受训2周，视第1期训练情况再办第2期、第3期……"

李韫珩此一举措也非一时心血来潮。军委会政治部曾要求各地驻军密切与地方联系，广泛宣传抗日，积极组织地方武装力量进行游击战争，办"抗日军政大学"不能说毫无必要，也非李韫珩的创举，在此之前及以后，其他地方的驻军也举办过类似组织，并收到一定效果，然而当此战事迫在眉睫之时，将各级指挥官召集起来受训，使作战部队群龙无首，实在荒唐之至。

马当要塞司令王锡焘觉得此举欠妥，于是提醒李韫珩："钧座，最近日寇经常空袭要塞，似有进攻要塞之企图……"

李韫珩冷笑着打断了对方的话："武汉也经常遭到空袭。日寇企图攻占武汉，是秃子头上的虱子——摆明了的嘛。但是，能今天、明天、后天就打到武汉了吗？大江南北我们有百万雄师，就是豆腐渣也够鬼子吃一气的，更何况我们也有枪炮！你放心，我看两三个月之内，鬼子是打不到我们这里来的。"

王锡焘见李韫珩执迷不悟，只好求其次："要塞部队主要是海军陆战队组成，缺乏陆战经验，炮手们甚至不会使用陆战炮，最近正在加紧训练。所以，请求钧座准许要塞军官暂不参加军政大学受训。"

李韫珩虽极为不满地瞪了王锡焘一眼，却也没有坚持己见。"好吧，那就暂不参加，等下一期必须参加啊！"

王锡焘勉强答了"遵命"二字。

"抗日军政大学"在李韫珩督促下开办起来，他本人也煞有介事地经常去训话，全然不把防务的事放在心上。

6月17、18日两天中，长山指挥部连续向李韫珩报告：观察哨发现东流一带江面上，有3艘敌舰在布雷区边缘游弋。紧接着又报告：发现装有机炮的日寇小艇向布雷区普遍扫射，时有水雷被击中爆炸声传来。其实李韫珩早已得到情报：日寇在大通一带江面集结舰艇40余艘进行扫雷。现在又接到观察哨报告，日寇登陆企图已暴露无遗。然而李韫珩反而斥责说：

"不要大惊小怪的。我们在下游江面布雷数以千计，鬼子要想扫除通过，那也绝非几天就能办到的。更何况还有几十处暗礁，鬼子是扫除不掉的。鬼子若敢来，触雷、触礁，炸沉了狗×的军舰，像捉王八似的捉活鬼子！"

此时他正热衷于"抗日军政大学"的活动。眼看第1期即将结业，他认为这是他的一项成绩，于是嘱咐副官处长：要热热闹闹举办结业典礼。"搞点好吃的，把各级部队长都请来观礼，让大家都解解馋。"副官处得了命令，便着手准备大办特办结业典礼。

"抗日军政大学"结业典礼定在6月24日上午8点举行，副官处奉命向各级部队长（连长以上）发出请柬，并特别注明"会后在司令部聚餐"。

副职都在参加结业典礼，正职都到会观礼，而且是大张旗鼓，等于向外界公开宣称在这一天各级部队长都脱离了部队！如此重要军事情报，日寇可不费吹灰之力便取得并予利用。

正如白崇禧所说："抗战期间物力维艰。"各部队给养困难，伙食都较差，在前线的作战部队更是艰苦。有此聚餐机会，就具有巨大的诱惑力了。接到请柬的各部队长，都踊跃前往，极少不去的。守江防的第313团连以上军官，甚至在23日下午便赶往司令部，等待一饱"口福"。

事实上早有警报：21日，敌机飞临马当上空轰炸、侦察，经空军迎击，击落敌机1架；22日，日寇以巡洋舰1艘、炮舰2艘、汽艇10余艘迫近马当封锁线，被要塞炮兵击沉汽艇3只，敌被迫退去。然而这些警报并没有使李韫珩改变主意。

6月24日凌晨约三四点钟，日寇舰艇5艘，运送海军陆战队8000余人，在香山东北江岸强行登陆，前沿阵地一个连当时只有一个排长和一个司务长，仓猝应战，抗击不住潮水般涌来之日寇，仅坚持10余分钟，防线即被突破，一连人仅剩下几个士兵溃逃出来。日寇登陆成功，即向香山发展。第313团团长伍郎如因故未去参加"结业典礼"，但下面的营、连长都离了岗位，日寇突然扑来，他披衣而起，来不及向上级报告情况，只控制住一个营的兵力，即指挥这个没有下级指挥官的营，与日寇反复争夺阵地。在肉搏战中，伍郎如身负重伤，该营也失去了控制。

日寇在争夺香山同时，分兵袭击黄山、香口；另一路日寇波田支队在毛林洲附近登陆，攻陷黄山后亦向香山攻击。

守卫香口的第3总队第1大队处于四面包围中，受到极其猛烈攻击。虽组织顽强抵抗，但敌众我寡，在日寇炽烈火力下，全部壮烈牺牲。

日寇从登陆至占领香口街，仅用了两个多小时。由于突然袭击，应战部队多无部队长，以致十分混乱，竟无人向上级和友军及时发出警报。随即日寇又切断了通讯联络线，以致日寇的登陆、阵地的丢失，竟无人得知。

拂晓时，要塞观察哨在高倍望远镜观察下，发现香口方向有可疑部队活动迹象。少顷，侦察兵报告香口街已被日寇占领！要塞忙用电话与香口方向及第313团联系，线路已被破坏，于是派出通讯兵检修，再向要塞司令部报告情况。

好容易接通了要塞司令部，接电话的参谋人员告知：王锡焘司令去参加"抗日军政大学结业典礼"了，而且司令部所有能负责的人都去了。要塞只好再与马湖区要塞指挥部联系，竟然无人接电话！在此军情紧急之时，发生这种情况，难怪要塞将士要骂娘了。所幸要塞与设在武汉的江防要塞司令部还有无线电通讯联系一条途径，便利用这唯一途径向武汉发出了十万火急的警报！

在紧张联系过程中，日寇由香口向洼地的炮兵阵地俯射发炮，于是双方展开了炮战。另有日寇步兵组成三个突击队，从太白湖向长山阵地突击。从太白湖口至江边约有800公尺宽、纵深约600公尺的水田，由于正是长江汛期，水漫堤圩，稻田形成浅湖荡。日寇突击队陷入齐腰深的水荡中，行动困难，已经无力进攻了，但"武士道"精神促使他们在水中挣扎，不肯后退。国军长山阵地岂能坐失良机，轻重机枪吐出愤怒火舌，一颗颗仇恨的子弹，击穿了鬼子的胸膛，敲碎了侵略者的脑袋，使其无一生还。此后顽固的日寇还组织了同样的两次突击，也得到同样的下场。

日寇19艘军舰入布雷区助战，炮击长山阵地，因为舰首舰尾只有两三门炮，火力不够炽烈，侧面炮位较多，所以敌舰便在江中蛇行游弋，充分发挥两侧火力。这样，敌舰每一回旋就有100多发炮弹倾向长山阵地，使阵地工事受到一定程度的破坏，一些人员也因此伤亡。同时，日寇在香山侧面的炮兵阵地也猛烈向要塞炮兵阵地轰击，由于日寇有俯瞰优势，致使炮兵阵地受到较大打击，并被日寇击毁山炮2门。

双方炮战持续数小时，在此期间，要塞不停地与马湖区要塞指挥部电话联系，直到下午3点左右，聚餐之后，李韫珩酒足饭饱，才来接电话。

负责守卫要塞的第2总队队长鲍长义向李韫珩报告："报告司令，日寇已于拂晓前登陆，突破江防，占领了香口街……"

如此军情应该使李韫珩大吃一惊，却不料这位军长兼两个要塞指挥官听了以后，竟不以为然，反而大着舌头打官腔："鲍队长，虽然现在情况比较紧张，也不要草木皆兵嘛。江防有313团，香口山有第1大队，日寇要登陆不是那么容易的。你放心好了，老实说是不是因为没有邀你们参加聚餐有意见啊？不是我分彼此，是因为这一期学员没有你们的人嘛。以后还有机会的，军政大学还要继续办嘛。"

鲍长义听对方在饱嗝连连下说出这样的话来，气得几乎要骂娘了。但军人的纪律习惯令他将怒火压制住了，于是忍气吞声地说："报告钧座，日寇的确已经登陆，香口山、香口街已被日寇占领了……"

"胡说！"李韫珩竟然呵斥道，"至今没有任何人向我报告日寇已登陆之事。香山、香口是我的部队，有情况必然会报告的。你要沉着，不可风声鹤唳，动摇军心！"

鲍长义忍无可忍，回嚷道："钧座！现在我的阵地已遭来自香山方面的炮击数小时，伤亡惨重，难道钧座的部队发生了哗变向自己人开火了吗？请问钧座，在香口方面的我军有炮兵吗？钧座若还不相信，请到要塞来看看嘛！"

李韫珩被质问得愣了半晌。"荒唐！荒唐！"不知他指谁"荒唐"，却把电话挂了，按兵不动。

要塞孤军奋战。

战斗在一阵激烈后，敌炮舰突然停止射击。要塞指挥官正密切注视日寇新动向，忽见国民党空军由宿松方向出动，9架飞机临空，敌舰以高射炮织成火网，迫使我方飞机只能在高空投弹，如此命中率自然极低。飞机投弹后返航，敌舰又恢复了对阵地的密集轰击。显然，刚才停止对阵地的攻击是为了准备应付我方空军的袭击，也说明日寇已掌握了我军在宿松方面起飞的空军动向，所以提前有所准备。

战斗至夜幕降临而沉寂。

次日，敌海军增援，火力更为炽烈，香口方面之敌也多次组织突击队，顽固地经湖荡向长山阵地猛扑，虽屡犯屡歼，湖荡中日寇遗尸累累，却仍旧不断来犯，大有以尸体填平湖荡的顽固劲儿。

要塞仍只有空军飞来助战。然而凡从宿松方向飞来的飞机都不能奏效——日寇都在事先停止对要塞炮击，改为准备对空射击，迫使飞机不能俯冲投弹。国民党空军指挥部也意识到了"机而不密"的情况，突然从其他基地起飞9架轰炸机，由东流方面扑来，敌舰果然毫无准备，还在向要塞发炮，当飞机临空时，要想改变"地对空"已来不及了，飞机便俯冲轰炸，命中率极高。一些敌舰被炸沉没，更多的是中弹着火，这样便大大削弱了敌海军炮击的力量。

同时，日寇的空军也来轰炸长山阵地，使要塞处于立体攻击之中。在此危急情况下，李韫珩始终按兵不动，王锡焘的司令部只有一个直属警卫营，无兵可调派。

第七章 | 痛失马当

要塞经过两夜三昼艰苦抵抗，人员伤亡过半，炮弹消耗罄尽，控制太白湖公路的两个重机枪掩体终于被日寇海军炮火摧毁，日寇步兵便由公路向长山阵地突击；长山要塞防御工事也多被摧毁。炮兵拿起步枪继续抵抗，惨无人道的日寇施放毒气，中国军队无防毒面具，亦无防毒常识，不免慌恐。终于阵地被突破，切为数段。

鲍长义看到再继续抵抗是无谓的牺牲，便对部下们叹息说："我们已尽最大努力了，弹药耗尽，增援不至，我们只好放弃阵地了。"

将士们含泪撤离阵地，尚不忘将完整的大炮拖走。在部队撤离阵地后的转移途中，方见第16军所属第167师先头部队一个团姗姗而来。这个团投入战斗后，并未能夺回要塞阵地。

6月15日，安庆失守后，潜山方面战斗异常激烈。18日，我军撤至小池驿、太湖一线，继续阻敌西进。白崇禧连日在前线指挥督战，当他在田家镇要塞视察时，才得知马当要塞受到攻击，他当即直接用电话指示第16军所属第167师火速驰援，他对该师师长薛蔚英的指示很具体：

"马当要塞情况危急，着你部由彭泽至马当公路兼程赴香山投入战斗，务必确保马当要塞，全歼来犯之敌！"

薛蔚英在电话里唯唯诺诺，实际上这个黄埔一期的"天子门生"并没有把属于桂系军阀的顶头上司放在眼里，全然不顾救兵如救火的紧迫，反将战区司令长官的命令，转用电话向军长李韫珩作了报告请示行止。李韫珩听了竟冷嘲热讽地说：

"什么——！他要你由公路去驰援？亏他还有'小诸葛'之称哩。大部队在公路上行军，目标这么大，敌人的飞机会不来轰炸吗？恐怕部队尚未到达作战地点就'报销'在公路上了！我看你还是由山道小路行进吧。"

薛蔚英听信了李韫珩的意见，率部由小道"驰援"。一个师的大部分行军，通过崎岖的山野小道，其速度之慢便可想而知了。

马当失守，彭泽、湖口告急。白崇禧勃然大怒，匆匆回到武汉，面见蒋介石。

"李韫珩不听我的命令部署兵力，香山已经失守，我几次问他，犹不肯承认，拒不调兵增援；日寇占领芷山矶，他非但不增援马当，反将指挥部撤到马路口。我见他不接受我的命令，便打电话请林主任出面告诫他，他仍不接受增援指示。我命令第167师驰援，限2日到达，薛蔚英竟在7天后才到达。在这些黄埔将领心目中,还有没有我这个副参谋总长!今后还怎么能指挥作战!照此下去,需要委座亲临前线指挥才有效了。"

当时在蒋介石的办公桌上,正放着陈诚发给蒋介石的一份代电:

军事委员会委员长蒋:

据悉江防要塞司令谢刚哲艳午鄂代电称:第二总队长鲍长义感成(27日)代电称:(一)职队已牺牲四分之三。昨晨因敌屡攻屡败,伤亡在2000以上,致恼羞成怒,不顾国际公法,竟施放毒气,我方中毒者极多,敌即乘机以千余人向我包围,致我牺牲极大,各中队长、队附大部均作壮烈牺牲,指挥所亦被包围。斯时,各山遍插日旗,各中队电话均不通,援兵不到。职不得已,率同残余员兵冲围而出。(二)第三总队附(湖口)崔重华感亥电称:第三大队已牺牲三分之二,炮毁4门。合计一、三两大队共有炮14门,现仅余7门。颜总队附刻在彭泽负责收容,已收容约250名。此间给养极端困难,有线电及长途电话均炸断不通。(三)陆战支队第二大队长金宝山感成电话:职队七五炮8门,被爆毁6门,已运到湖口,炮弹均已用尽。(四)第三总队长康笔祥(湖口)俭酉(28日)电称:马当区自与敌接触后,我守备部队苦战3昼夜,弹尽粮绝,伤亡惨重,援兵不到,今日午全线不支后退,本军大受影响。此役敌舰被职属各队击伤起火者甚多。第三大队长,附长一员、中队长、附长一员均为国捐躯,士兵伤亡甚重。职队各炮被炸毁及击损者甚多。现残余兵员均已离开马当区。各等情,谨闻。

职陈诚叩 卅辰 谍

各处都在抱怨"援兵不到"!因为援兵不到致使各部队牺牲惨重而又丢失阵地!"非杀几个不可"的怒气正在膨胀。

"好,好……"蒋介石阴沉着脸对白崇禧说,"你不要再讲了……不要再讲了……你写个报告来……马上写个报告来……"

白崇禧原是"有备而来",随手拿出已写好的报告呈递给蒋介石。他要看看蒋介石对黄埔一期的将领,能不能狠下心来"杀几个"。

蒋介石接过报告，毫不含糊地批了一行字："第167师师长薛蔚英贻误戎机，着即枪决；第16军军长李韫珩作战不力，着即逮捕，交军法处严厉制裁！"并指示以第28师师长董钊继任李韫珩的职务。

第八章

可悲的乐观

马当、湖口失守,武汉受到极大震动。这时发生"张鼓峰事件",日苏为争夺东北地区靠近朝鲜的战略要地张鼓峰发生争执。蒋介石以为日苏会开战,不免暗自窃喜起来,可事情的发展大出他意料……

第八章 | 可悲的乐观

陈诚任第九战区司令长官后,发现前线指挥机构重叠,造成指挥混乱。作战部队往往不知该听从哪一级指令为是,亦不知向哪一级请示最有效,严重影响作战的配合。尤其在某一地域战情发生变化,急需增援,调遣援军时,往往发生指挥机构相互掣肘、贻误战机的情形。于是他当机立断,指令沿江马当、湖口地区各部队,统归第19集团军总司令兼武汉卫戍司令罗卓英统一指挥,并嘱罗卓英重新部署兵力,积极夺回马当等失地。

罗卓英调整部署后,便严令李韫珩率领第167师攻击马当要塞核心之敌,夺回失地,并告诫李韫珩:

"马当失守,影响全局。白崇禧抱恨去武汉,告到委座面前,于你十分不利。你若能趁此未定案之时,努力夺回马当,尚有挽回可能。所以,望你努力作战,若有战果,我当报请将功折罪。"

李韫珩在马当失守后,亦十分懊悔惶恐,希望能有所进展补过,便努力督战,但第167师攻击能力极差,未能奏效。

第167师的兵器曾经德国军事顾问检查,认为该师的兵器存在严重问题,机枪、迫击炮是废铁,步枪堪用者不及半数。当然,这是德国人以其对兵器的标准而做的判断,但事实上当时国民党军队的兵器,确实都存在不同程度的问题。首先是兵器的杂乱。有日本制造的,德国制造的,捷克制造的,这些国家都不可能将优良先进的兵器卖给中国。其次便是国产的。在国产兵器中,以汉阳兵工厂生产的为最优质,其次便是一些地方兵工厂生产的,甚至有大量土造兵器,陈旧不堪。这是最影响部队作战能力的重大原因之一。但国民党政府没有能力统一和更新兵器,只能尽量将一些嫡系部队装备得稍好一些,其他部队保持原状。

第167师的兵器,虽没有德国军事顾问所说的那么严重,但与其他部队比较起来，确实相差很多。机枪、迫击炮在使用中经常发生故障，连步枪也多有卡壳，对作战力产生严重影响。罗卓英见第167师攻坚不利，便增派第16师，会同第53师协助进攻，但仍无大的进展，而且在攻击中第167师损失惨重。

第三战区所属第105师及第60师协力向香山之敌进攻，一度攻占香山，但继续向香山进攻时，遭到日寇顽强抵抗。

29日夜日寇继续在彭泽以西登陆，并冲入彭泽县城。次日上午，在彭泽下游约7公里处，又有一股日寇登陆。同时敌舰5艘，冲入彭泽西南的方湖，造成我军四面受敌，损失奇重，以至彭泽陷落。

罗卓英就近急调驻守湖口的第77师反攻彭泽，另调驻守浔、湖间的第26师推进至湖口。却不料日寇攻陷彭泽后，派一部以汽艇绕至上游登陆。当时第26师正于渡江的运动之中。兵法上素有"兵半渡而击之"一说，即最容易将半渡之敌歼灭。所幸第26师先头部队已登陆，牵制住日寇，使其不能袭击半渡的后续部队。这样，第77师尚未攻克彭泽，湖口已告紧张。

湖口地当鄱阳湖口，为九江之门户，若被日寇攻占，其舰艇即可直入鄱阳湖活动，威胁中国军队后方。为加强湖口的防御，陈诚当即调整部署，指派第43军军长郭汝栋兼任湖口守备区指挥官，归属第34军团军团长王东原指挥。再命王东原率部反攻彭泽。

郭汝栋即以第43军所属第26师驰赴湖口，接替第77师防务；王东原则指挥第77、第16师及第16军之残部向彭泽及娘娘庙进击。

当时日寇在湖口一带立足未稳，王东原部经过血战，将彭泽及娘娘庙附近之敌肃清，再派第77师所属第460团经流斯桥驱逐娘娘庙之敌，主力师则向太平关推进。

第460团于7月1日驱逐了棠山之敌，正向娘娘庙追击中，日寇一股约400余人在娘娘庙西侧登陆，该团即受到围攻，后退守杨家山坚决抵抗，战斗极为惨烈。该团长在率部冲突中身负重伤，全团只剩200余人，于是退守流斯桥继续抵抗，并向指挥部紧急求援。

王东原派一部增援流斯桥，主力攻占陈家桥后，继续向棠山攻击前进。

7月2日，第16师以凌厉攻势连破龙山、法官尖、双峰山之敌，推进至彭泽，与日寇波田支队约一个团展开争夺战。第16师将士十分英勇，向日寇多次发动猛攻。敌虽顽强抵抗，却付出了沉重代价。经一昼夜激战，日寇已不支，便从马当调军增援，第16师分兵阻击，歼敌数百名。在此战斗过程中，第16师亦伤亡700余人。王东原见该师一时难以得手，便指令该师留下4个营的兵力与敌对峙，主力集结于太平关以西地区待命。

7月3日，第77师当面之敌在飞机大炮掩护下，向宁家垅一举猛攻，双方几度短兵相接，各伤亡数百人，形成对峙局面。

同日，沿江进犯之敌两个联队，在飞机大炮掩护下，向第26师龙潭山阵地猛攻。第26师系新组建而成，多是未经正规训练之新兵，武器装备亦极差，迫击炮、重机枪全无，按规定每排至少应有一挺轻机枪，该师的轻机枪数亦不及一半，火力极差，难于大量杀伤进攻之敌，加之原属于湖口长江要塞守备总队，在湖口形势正紧张之时，竟然以奉谢哲刚司令电令为由，撤往安全地带休整，亦影响军心斗志。湖口正面太宽，仅第26师防御，显然难于胜任。就是在这种情况下，第26师仍勉为其难，奋勇抵抗两昼夜，并与突入要塞之敌反复肉搏冲杀，仅团长伤亡2员，仍踞守梅兰口一带与敌激战。日寇同样伤亡惨重，便以毒气攻击，第26师官兵中毒者甚多，以致阵地被突破，仅剩下500余人，以100余人死守炮台，300余人退守湖口城外阵地待援。

罗卓英命第34军团火速向湖口之敌侧击，第11师推进至太平关、王斯温桥之线，截击由彭泽西进之日寇，并掩护第34军团侧背，再另以一部于黄土岭附近，掩护第11师之右侧。

部署好兵力，罗卓英即指挥所属各部队在此地区与日寇波田支队及第106师团反复冲杀，双方都付出重大伤亡，然而奉命向湖口侧击驰援的第77、16两师，为日寇所牵制，始终不能按要求行动；王东原也始终未能与困守湖口的第26师取得联系。因此湖口终陷敌手。罗卓英虽率部努力争夺，至7月下旬，仍未夺回湖口要塞。

马当、湖口之役，我军伤亡数万人，其中阵亡团长陈乳奇、程福铨2名，营、连长以下军官伤亡无法统计。

日寇攻占马当、湖口后，因战区辽阔，兵力分散，不能集中用兵，攻势稍钝。

日本大本营于7月4日发布华中派遣军之新战斗序列,将原隶属华北方面军指挥的东久迩宫稔彦之第2军纳入华中派遣军畑俊六指挥下。畑俊六除以大兵团控制其占领的京、沪、杭地区,防备中国军队反攻外,还企图以第12、第2军对武汉实行南北呼应和分进合击战术。

马当、湖口失守,武汉震动。正在此时,发生的"张鼓峰事件",竟然使笼罩在武汉上空的阴云,仿佛被驱散了,虽未露出阳光,却使人们有了对晴天的盼望。

张鼓峰是靠近朝鲜、满洲以及沿海洲的边境,位于图们江北边的间岛地区的一座山峰。它与朝鲜北部相连,并有从罗津至珲春的铁路线绕过。

事件的起因极为复杂,但表面上却是因为张鼓峰的归属问题。清政府曾与沙俄签订过所谓《珲春条约》。这一条约无疑是将中国大块领土划给了沙俄。日寇占领东三省后,悍然成立"满洲国",并宣称与"满洲国"共同担任防卫责任,这就使得与中国东北有漫长边界的苏联顿时紧张起来。张鼓峰虽不起眼,却具有重大战略意义,苏联便根据以前沙俄与清廷签订的《晖春条约》,认为其国境经过西边的山峰。日寇自然亦不肯放弃此一具有战略意义的山峰,于是根据《珲春条约》的中文本解释提出,国界应从图们江开始,通过山峰经长湖西岸向北延伸的这一条线上。两下扯皮之时,苏联即派军队占领了张鼓峰,日寇便也以"武力解决",于是与苏联为争夺张鼓峰,乒乒乓乓地打了起来。

自从南京沦陷后,武汉三镇受到巨大震撼,尤其是尔后传出日寇在南京兽性大发,奸淫烧杀,惨绝人寰,屠杀手无寸铁的中国人民30余万,奸淫妇女2万余人,烧毁房屋达1/3以上的滔天罪行,在武汉三镇居民中引起极大恐慌,于是掀起一股巨大的逃难风,因为国民党政府已宣称重庆为"陪都",逃难的人便以重庆为目标。但长江上游的川江航道狭窄,招商局的轮船只能到宜昌,然后再换民生公司的川江轮上行,直接到重庆的轮船极少。而且当时军用船泊量极大,民用运输被挤占,更增加了逃难者的恐慌。票贩子趁机哄抬票价,老百姓要买到一张上游船票,需花十倍乃至几十倍的钱,而且多数只能到宜昌。即便如此,人们还是愿倾其所有争相抢购,这些人只有一个愿望:尽快离开武汉这块即将被战火燃烧之地。

然而,平型关大捷、台儿庄大捷,却又让人们产生了盲目的乐观,以为日寇吃了大败仗便会知难而退,当时有一种"速战速胜"论,也助长了这种错觉,以为胜利指日可待——至少，日寇攻势衰竭，不敢深入侵略，"和平"有望了。于是航运产生了"回流"现象，一些逃难者又纷纷返回武汉，尤其是一些尚滞留宜昌中途者，更是争先恐后返回武汉。

由于战事关系，很长一段时间以来，上行客轮几乎空载，"回流"却造成了下行客运的极度紧张，实不比当初上行逊色。

时过不久，徐州失守，尤其是蒋介石在花园口决堤，使人们骤然悟到：国民党政府的抵抗力量有限，日寇凶锋远远未挫，武汉三镇岌岌可危，于是再一次出现比上一次更为恐慌的逃难风。

战事的发展，仿佛在捉弄人。

日寇为扰乱民心，破坏抗战，对当时的政治、军事、文化中心武汉三镇恣意肆虐，狂轰滥炸，多则一日数次。国民党政府积极从苏联购进 E15 双翼机及 E16 单翼机和 SB 轻型轰炸机共 100 架，决心予来犯之敌以迎头痛击。

2 月 18 日，日机来犯，空军第 4 大队起飞迎击，一举击落敌机 13 架，武汉三镇市民翘首观战，受到极大鼓舞。

4 月下旬，孝感空军基地一架战斗机试飞中，偶然发现一架日寇的侦察机在低空飞行。基地指挥部闻报即命追击，务将该敌机击落。于是试飞的战斗机追赶上去。这架日寇侦察机十分狡猾，忽高忽低，忽左忽右，企图甩脱战斗机的追逐。该战斗机紧追不舍，终于咬住了狐狸的尾巴，居高临下，一排仇恨的炮弹打将下去，敌机猛颤几下，便拖着烟柱一头栽下去。

指挥部得到捷报，当即驱车前往敌机坠毁的地点。从敌机残骸处发现驾驶员所佩戴的金质领章，证明是一个高级军官亲自前来侦察。最大的收获是找到该日寇的一本日记，从日记中得悉一重要情报：4 月 29 日，是日本帝国天皇的生日，谓之"天长节"。日本军阀为了讨好天皇，决定在这一天对武汉三镇进行狂轰滥炸，用中国人民的生命财产，来为天皇"祝寿"，足见其惨无人道！该侦察机就为这个目的，前来为这次大轰炸预先侦察，选定轰炸目标。

空军指挥部将此重要情报及时上报，国民党最高当局即命令空军作好迎击敌机准备，予气焰嚣张的日寇以严厉惩罚。空军接到命令，各基地积极备战。当时有一部分苏联空军志愿人员，也兴奋地参加了这次备战。

4月29日上午，日寇果然按计划飞来轰炸。敌机群尚未到达武汉上空，空军已得到准确报告，各基地警报一响，战斗机群立即升空迎战。

空战的有利地形是高度，以居高临下为优势。但因为当局希望空军飞机起飞迎敌的行动为市民们所目睹，以鼓舞人心，所以命令空军在每次起飞执行任务时，必须在武汉三镇上空低空盘旋一周。这一次是出动几十架飞机，更要向市民展示空军雄风了。然而当空军在三镇盘旋时，敌机已临空，机群再爬高已来不及了，所以敌以优势对机群攻击，一开始便击中战机2架。

苏联志愿空军的经验和技巧都比较高明，迅速摆脱敌机追逐，爬高以掩护中国军队飞机冲出重围，形势极快发生了改变。日寇机群中多是轰炸机，比不上战斗机灵便。它们一见我军50多架战斗机包围而来，便慌得像无头苍蝇乱窜，敌战斗机也无法掩护，亦被我战斗机包围。

当时双方飞机100余架在武汉上空展开了激战，壮观的场面引得无数居民走出防空洞，站在街道观看。一些年轻人为了要看得"过瘾"，甚至爬到房顶去观看，以致高大建筑物顶上站满了人。市民们都为空军的英勇歼敌拍手欢呼，尤其是看到那些日寇的轰炸机被打得像下饺子一样往下掉，更是欢乐得蹦跳起来。

这一次空战约30分钟，共击落敌机23架，击伤10余架，敌机几乎无一完整飞回。中国军队亦损失飞机5架。在激烈的空战中，我空军英勇无畏的精神，震慑了日寇。空军英雄陈怀民在所驾驶的飞机中弹着火后，并不及时跳伞求生，而是驾驶着受伤的飞机向敌机撞去，与万恶的日寇同归于尽！

由于这一次给了日寇极为沉重的打击，使日寇在以后1个多月时间里，不敢再飞到武汉三镇肆虐。

这一次的空战胜利，对稳定民心确实起了极大作用，使逃难的趋势有所缓和。马当、湖口失守，本来是一件极重大的军事上的失利，对保卫武汉是极大的威胁。人心又浮动起来，"回流"尚未安定的人们，又急于踏上老路。

就在这时，忽然传来"张鼓峰事件"的消息，说是日本跟苏联闹翻了，各自操起家伙，马上要全面开战了！

这消息听起来有些荒唐，然而，这不仅是在民间，就是在国民党政府最高当局，也闻之喜形于色，认为有了"转机"。

蒋介石当即打电话召来白崇禧、何应钦、陈诚、张治中、林蔚等一些身边的大员，见面就兴奋地说：

"你们知道吗——东洋人和俄国人打起来了！"

众人没有料到竟是为这件事而被召见，更没有料到蒋介石竟会为这件事几乎乐得哈哈大笑。大家一时不知说什么是好，多数人只尴尬地陪着笑笑，唯有何应钦马上响应：

"是的，是的！我也注意到了这件事。想当年日俄战争就是在我国的旅顺打的，结果以俄国人的失败而告终。今天，他们又在我国的东北开战了——历史又重演了！"

陈诚与张治中对了一下眼光："这个人真无聊！"他们又彼此摇了摇头。

"啊，是的，是的！"蒋介石点点头，很满意何应钦的附和，但他觉得这还不够，看看众人似乎都无意表态，于是点名问陈诚："辞修，你说说看。"

陈诚朗声答道："如果将此次'张鼓峰事件'与过去的日俄战争相提并论，辞修认为实在没有什么值得高兴的。譬如说我们的左邻右舍两家不合，跑到我们家里来打架，他们固然两败俱伤，却也把我们家的瓶瓶罐罐都打烂了，试问，我们能高兴得起来吗？"

这一番话也出乎众人意料，而且谁也不好茬。于是尴尬气氛笼罩着房间里的人。

何应钦十分难堪，不禁暗暗诅咒："这个陈小鬼总是不失时机地跟我过不去！"因为陈诚身材矮小，他便以"陈小鬼"来诅咒这个政敌。人身攻击自然是极无聊之举，但尔后他的信徒杜聿明、关麟征之流，每回碰了陈诚的钉子，也都学着他诅咒"陈小鬼"。

蒋介石哼哼嗓子，然后说声："这个……这个……我记得在北平的中山公园里有块牌匾——'公理战胜'……这个这个……我们现在不也希望能够'公理战胜'吗？"他勉强地笑了笑。"当然，日俄在我们中国的地盘开战，确实是很岂有此理的！很岂有此理！但那时旅顺被俄国人霸占，如今东三省被日本人霸占，我们有什么办法呢？这个这个……这个这个……我现在要说的，是日俄开战，对我们抗日形势有利——日本人必须从对付我们的战场抽调兵力去对付俄国人，这样至少能减轻我们战场上的压力——我们就可以趁机反攻！你们说是不是？"

"是的，是的！"何应钦再次附和，"我也是这个意思嘛……"说罢，他看了陈诚一眼，意思是："我顺着'老头子'说，看你还敢说什么风凉话！"

陈诚却不买账："辞修认为此事不可过于乐观。日寇已深入侵略我国，而我们坚定抗战的决心他们也很清楚，所谓的'和平'条件，我们是不能接受的。那么，如果他不用足够的兵力继续其对我国的侵略，而将大兵团调去再与俄国人开战——尤其是俄国现在的国力很强，绝不是弹丸之国的日本能够征服。这一点日本人不会不明白。在此情况下，他既要保持与我国的不战不和局面，又要去与苏联那样的强盛之国开战，显然是不可能的。"

何应钦当即反驳："我看未必。辞修的分析虽有道理，但却忘了法西斯德国所起的微妙作用。日、德现在同是坚决反共的，日本帝国与法西斯德国签订了防共协定，斯大林也以共产国际名义宣称日、德为共产党之敌人！这样就已形成了誓不两立的局面。日寇侵占东三省，组成'满洲国'，并与'满洲国'签订了共同担任防卫协定，苏联当即与外蒙古缔结了同样协定。这说明日、苏两国针锋相对的局面早已形成了，局势一触即发——现在果然爆发了！我所以提到日苏战争，只不过是用这段历史，来说明两国的恩怨而已——我认为应该用历史来分析问题。"说完，他颇觉得意地瞟了陈诚一眼，似乎在说："你懂吗——陈小鬼！"

张治中唯恐陈诚再反唇相讥，惹得蒋介石不高兴，但何应钦的无聊也的确可气，所以他忙插嘴说："若说恩怨，日俄战争是沙皇俄国跟日本帝国的一笔旧账。沙皇俄国就像清廷一样被推翻了。现在是红色苏联，风马牛不相及也。我看还是按委座的意思就事论事吧。"

"唔——是的，是的。"蒋介石赶紧接话，也是唯恐陈、何二人争吵起来，他也难于调停，而且扰了他召集众人前来的目的。"我的意思是，根据国际局势的变化，我们应该配合一下，做好全面反攻的准备。文白（张治中字），还是你讲讲吧。"因为在他心目中，张治中是比较稳重而"善体钧意"的，现在正需要他来调和一下，以便尽快"言归正传"。

"委座的意思是恰如其分地分析目前国际形势，以便掌握形势，利用形势……"

"唔——是的，是的。"蒋介石很高兴地点点头，"我们不能错过打击日寇的机会！"他又转向白崇禧："健生，你讲讲看。"

白崇禧看出蒋介石现在多么盼望有人附和他的意见，或者说是"圆"他的"梦"。其情可怜！他能理解处于困境中的蒋介石，多么企盼着得到解脱。于是他附和道："出现'张鼓峰事件'，诚然可喜，但我们还应再观望一段时间，看看事情的发展再作决定也不迟。"

蒋介石却宁可相信"张鼓峰事件"会帮他解脱困境，他争辩道："我看日苏开战是不会有问题的。我的夫人告诉我，她从英、美电台收听到英、美两国对'张鼓峰事件'的发展也表示十分乐观——英、美都认为他们会打起来，而且越打越激烈！这样，日本肯定会从中国战场抽调兵力去跟俄国人打仗，我们的反攻时机也就到来了。"他又转向陈诚："辞修，你还有什么顾虑吗？"

在此之前，陈诚对"张鼓峰事件"也十分关注。但他认为日寇现在几乎把整个赌注押在中国战场上了，而且以攻取武汉压迫中国政府投降的意图也十分明显，不可能在这种关键时刻抽调进攻的兵力去和苏联开战。日本帝国主义野心确实很大，但也决不会在没有达到目的以前，去跟苏联那样的强国公然为敌。正在疑虑，适因政治部在他家开会研究宣传问题，他就将这件事提出来征求大家的意见。会上，也提到了英、美等国对此一事件的态度，一些人也以此为论据，认为有可能爆发第二次日苏大战。但周恩来却不同意这种观点。他指出：

"英、美对法西斯一向采取绥靖政策，现在希望日苏大战也是理所当然的事。当然，按其侵略本性来看，大战迟早要爆发，但不是现在。因为进行全面战争，不是日本帝国的力量所及，尽管日本军阀蠢蠢欲动，但其阵营中也不乏有识之士，不会允许军阀们恣意扩张。现在日本帝国主义与法西斯德国勾结甚紧，但侵略者尚未正式缔结同盟。只有在缔结同盟后，日、德两国方有可能采取一致行动扩大侵略战争。英、美现在还隔岸观火，他们甚至希望日本帝国和法西斯德国能打败苏联，更确切些说是帮他们消灭共产主义。这是因为他们还没有看透侵略者的本性，到头来必自食其果！"

郭沫若也指出："日本军阀虽蛮横，但日本天皇还是起着主宰作用。内阁一些大臣不会允许军阀们在主要目的尚未达到之前而又求其次，他们会促使天皇干涉军阀们的蛮干行为的。"

"对！"周恩来接着说，"我们决不能抱不切实际的幻想。因此，对于'张鼓峰事件'我们在报纸上的宣传应该低调，切不可大肆宣扬，造成人们思想上的混乱，麻痹对目前形势的敏感，涣散抗日斗志。"

陈诚认为他们的分析很精辟。他也认为日寇不可能在侵华战争已付出沉重代价，深入中国内地之时，放弃对中国的继续侵略。

他没有想到，这样简单的道理，居然会有高级将领琢磨不透，甚至连蒋介石也抱有不切实际的幻想。现在还要逼迫他表态，他还能说什么呢？

"啊，是的。"陈诚勉强说道，"我们应该密切注意事态的发展，如果日寇有所松动，我们应抓住时机进行反攻。但是，目前日寇尚无松动的迹象，前线枪炮声没有中断过，日寇还在向我们的阵地发动进攻。所以，当务之急仍旧是部署好兵力，坚决抵抗，并相对收复一些失地"。

张治中马上附和："我认为辞修的见解很有道理——在日寇没有松动之前，我们还应该立足于打！如果此时我们因此放松了防卫，或不切实际地准备大反攻而忽略了当前应该做的积极抵抗部署，那也未免乐观得太早一些。万一日苏打不起来，后果就严重了。"

林蔚也皱着眉说："日苏能不能打起来，打到什么程度，这都是未知数。确实不宜过早乐观。"

蒋介石原本一团高兴，却不料被几个人泼了冷水，而且是最亲信的几个人泼了冷水！高兴变为不高兴，却又不便发作。"好吧，我们先看看情况的发展再说。现在前线的战况如何？"他的不愉快的目光从所有的人脸上一一扫过，最后停在陈诚的脸上。

陈诚知道蒋介石从愉快变为不愉快是由他而引起的，现在蒋介石的态度多少含有对他的责难。但是，他认为没有必要为使蒋介石愉快而报喜不报忧。于是，他说："从日寇进攻的势头来看，最近似乎不那么积极了。当然，这可能是受'张鼓峰事件'的影响，但更可能是在调整部署，因为我军的反攻始终受到日寇坚决抵抗，丝毫没有松动迹象。"

"那就要加强反攻，"蒋介石沉着脸说，"要对下面的将领下死命令！"

大家看看蒋介石那种"非杀几个不可"的劲头又上来了，所以谁也不敢再接茬，免得碰钉子。

蒋介石觉得十分扫兴，但也无法重振旗鼓，只好无可奈何地结束了这次谈话。

"张鼓峰事件"，实际上是日本军阀的蛮干造成的。

日寇占领我东北后，成立所谓"满洲国"，对于与我国有漫长边界的苏联，无疑是极大的威胁。这正是对中国的抗战，英、美等国反应冷淡，而斯大林明知蒋介石是坚决反共的，却还要支援蒋介石政府的理由——用中国的抗战来牵制日寇，使其没有力量入侵苏联。

然而，日、德的加紧勾结，却又成了苏联一块心病。希特勒在东欧大肆侵略，如果日本人再在远东发难，苏联陷于两面受敌的境地，那就十分危险了。张鼓峰虽是不起眼的小山，但登峰东瞰，苏联海参崴尽收眼底。对于这样一座具有战略意义的山峰，再也不能像过去那样将之视为缓冲地带。于是在1938年6月中旬，苏联突然派兵占领，并加紧修筑防御工事。

苏联的举动，大大刺激了骄横的、不可一世的日寇关东军。但是，由于对中国的深入侵略，关东军方面兵力不足，于是又挑唆日本朝鲜驻屯军发动攻击。

在日本内阁中，长期存在争论，即以近卫首相为首的一派主张"南进"，继续深入侵略中国；但以参谋总长闲院宫及次长多田骏为首的一派，却主张"南进"的同时再"东进"，入侵苏联。正因为军方有后台，朝鲜驻屯军中村孝太郎才敢于在没有得到天皇裕仁的授意下，悍然以第19师团对张鼓峰发动了猛烈的攻击。

苏联在远东的兵力有限，在受到攻击后，不禁张皇失措。斯大林面临两面战争的抉择。但是，他当时意识到：如果对日本的进攻不作出有力的反应，使日本知难而退，那么，希特勒将会更欺他软弱，他必须以打败日寇的威力，来警告希特勒不可轻举妄动，所以尽管向远东调兵有较大的困难，他还是毅然决定迎击日寇。

第19师团几乎遭到毁灭性打击！日本内阁震撼了。裕仁也感到派遣在外的军队已经失去控制，如此各自为政的事再发展下去，是不堪设想的。当时朝鲜驻屯军还有力量组织反击，还可以把这场与苏联的战争继续打下去。但是裕仁动摇了，他认为，现在入侵中国的战争正处于关键时刻，不能两面作战。于是，严令军方停止进攻，派出外交官重光葵与苏联谈判。

这场战争实际上是裕仁与斯大林的意志较量，因为当时苏联也面临法西斯德国的重大威胁，不愿在远东进行这场战争。双方都不愿进行的战争既然开始了，就是坚持的问题。裕仁的松动，就只能是以失败告终。

　　裕仁的松动，也破灭了蒋介石的幻想，所以他不禁大骂裕仁是欺软怕硬的软骨头！

第九章

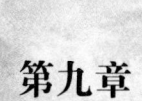

九江溃退

张发奎奉命担任江南防卫,在九江不敌日寇。经薛岳请示蒋介石,部队获准向第二线撤退;不久,蒋又下令"坚决抵抗",但为时已晚……

第九章 九江溃退

蒋介石从兴奋到冷却，到最后大失所望，回到现实中来，才发现前线战况毫无进展，而且日寇的攻势又开始了，不免焦躁起来，马上召见陈诚和李宗仁。

此时李宗仁已销假复职，回任第五战区司令长官，但尚未去前线司令部，逗留在武汉。

"辞修，又一次不幸被你言中——裕仁欺软怕硬，斯大林滑头，两个人又握手言和了，日本人全力以赴，又向我们压过来了。你们看现在该怎么办？"

陈、李二人不禁面面相觑——什么"怎么办"？"兵来将挡，水来土屯"。他们全然不能理解现在委员长被失落感所困扰，有点不知所措了。

陈诚勉强说道："现在日寇的企图已很明显，下一个目标将是九江……"

"九江一定不能失守！"蒋介石迫不及待地说，"你告诉张向华，一定要保住九江——一定要保住！"

陈诚默默无言。为将者谁愿意放弃阵地呢？大片国土沦入敌手，难道都是将士们不肯力战吗？"杀几个"只是一种手段，不能改变敌强我弱的局面，前线将士在以血和肉与武装到牙齿的日寇拼搏，真所谓"一寸河山一寸血"。谁都有民族感，当此国家危亡之际，贪生怕死的毕竟还是极少数，实无须再对将领们说什么威胁性的话了。

蒋介石转过脸来问李宗仁："德邻，第五战区方面情况如何？"

李宗仁答道："日寇下一步要争夺的重镇应该是信阳……"

"信阳一定不能失守！"蒋介石又迫不及待地说，"要派有力部队据守，并告诫必须死守，不得放弃重镇。"

李宗仁也默默无言。他在想："好吧，我指令胡宗南去守，看看你这个最得意的门生，是如何死守吧！"

"辞修,你的作战设想如何?"

陈诚答道:"前两天部下与张向华和薛伯陵研究过敌情,一致认为日寇将积极攻占九江、黄梅我前进阵地,以便其更有利于集中兵力,然后分头进攻。针锋相对,我第九战区以击破敌寇于鄱阳湖西岸及富池口以东长江右岸为目的,即由管枥市经九江至田家镇间,沿湖及沿江拒敌登陆。但是,在中外战史上,极少有计划登陆而失败者,更何况敌寇有强大的海、空军配合,而我军火力相比较弱,对阻遏日寇登陆没有炽烈火力是很难奏效的。所以,如果日寇登陆成功,我们再以大兵团予以歼灭。"

蒋介石强调道:"无论情况如何变化,我军应立于外线,向长江或鄱阳湖方面压迫日寇,迫使其原路退回或就地歼灭!这一点不仅要向张向华说清楚,还必须向各级部队长说清楚——对于作战要求,必须贯彻到底!"他发起牢骚来了:"我们作战失败,就因为作战要求不能贯彻,有的部队长'自由作战',想怎么打就怎么打,不顾前也不顾后,打不好一撤了之。这种情况应该由战区指挥官负责任!此外,战区指挥官也必须做到兵力部署心中有数。部署得当才能指挥有方。这就是所谓的'运筹帷幄,决胜千里'。我想知道第九战区是如何部署兵力的。"

陈诚听了暗想:"这大概是上一次的不愉快的后遗症了。现在当着李宗仁的面进行拷问,如果答不上来实在很难堪。他沉了沉气,然后走到挂图前,指着挂图从容不迫地将兵力部署讲解清楚:

"根据对敌情的分析,第九战区对所属两个兵团作了如下部署:

"薛伯陵之第1兵团主要任务是阻止敌寇由鄱阳湖入侵。以江西保安团及第74军一部,由管枥市至星子间沿湖设防,并加强工事的构筑。以第30军控置于车公、进贤,第66军控置于南昌,第74军主力控置于永修、德安间。

"张向华之第2兵团主要任务是确保九江及田家镇要塞。其兵力部署为:以第8、第25及第64军担任江防,控置星子、姑塘、九江沿江及沿湖一带;第2军配置于田家镇要塞,第54军配置于码头镇、富田口要塞。第3集团军配置于瑞昌、阳新间;第4集团军配置于黄老门、马回岭之间;第30集团军集结于富安、上高之间;第31集团军集结于丰城、青江之间;第32集团军集结于咸宁、蒲圻之间。

"第20集团军在南昌、万载之间对东构筑工事;第46军在通城、临湘、城陵矶间对北构筑工事；第 197 师守备长沙。

"炮兵主力配置于星子、九江、田家镇间沿江地带。

"武汉警备部队加强工事，完成战备。

"本战区防御情况大致如此，并已根据上述部署情况上报军委会批准。"

蒋介石很注意地听着，阴沉的脸色逐渐好转，仿佛雨过天晴。他倒也没有为难陈诚的意思，只不过在心情不佳时，有点找茬而已。现在看到陈诚竟如数家珍般地将兵力部署讲得清清楚楚，不禁喜上眉梢。一段时期很多人对他重用陈诚颇有微词，何应钦、白崇禧是最为反对的。李宗仁和白崇禧是多年的搭档，现在无意中让陈诚在李宗仁面前展示了指挥才能，多少证明了他用人得当。所以听罢之后不住点头说：

"好，好，好……一个指挥官就应该对自己负责的战区兵力部署了如指掌。德邻，我想如果我们的将领都能像辞修这样，就不会打败仗了。你说是吗？"

李宗仁只淡淡地一笑。他在想："哼，像小学生背书一样，那是纸上谈兵。台儿庄大捷不是吹出来的。你让陈诚也打两个漂亮仗，才真有说服力，真替你露露脸该多好！"

蒋介石猜到李宗仁在想什么，但他无所谓。对于这些过去曾经反对过他，并曾刀兵相见的人，因为他们有一定的潜在势力，他忍让了，并且任用他们了。他也承认在这些人之中，有的确有宏才大略。然而这些人一旦气候有变，就会兴风作浪，所以对他们的"忍"和"用"是有限度的，更不能看他们的眼色行事。他也承认他所重用的一些将领中不少是庸才，归根结底，他要靠这些亲信将领巩固政权。

"辞修，你看保卫武汉的前途如何？"

"这原已有既定方针啊。"陈诚很想朝对方大声叫嚷了。"保卫武汉只是我们长期抗战中的重要一环，持久消耗战的一部分。达到这个目的就足够了。"

"那也至少要再抵抗 3 个月。"蒋介石固执地说。"我们必须赢得国际上的同情和支持，否则我们今后的继续抗战就更困难了。"

又是国际同情！用士兵的血和肉去换取廉价的"国际同情"，代价未免太昂贵了。陈诚与李宗仁都很想争论：仗要根据战局的实际发展打，不能看外国人的脸色。但是，蒋介石的迷信"国际"，绝不是他们所能点悟的。

告辞出来，在上车之前，李宗仁对陈诚说："你我尽可能阻遏日寇，3个月内不要失去主动权。否则，上海总撤退的惨状将会重演，我们就成了无谓流血牺牲的罪人了。"

陈诚明白李宗仁所指，只能回以苦笑。

因为"张鼓峰事件"并非出于天皇旨意，日本大本营亦未因此发布任何命令，侵华日军本来已由关内关外、华北华中各自为政，争权夺利互不相让，所以实际上并未改变其继续进攻的决策。在此期间，除部署兵力于占领区外，还集中了波田旅团、第6师团、海军陆战队约一个旅团、第3舰队所属各舰及台湾、旅顺舰队各一部，大小舰只共约60艘、运输汽艇约七八百艘，准备向西进犯。

形势极为紧张，陈诚与薛岳和张发奎商讨完军机，又请他们到家中便饭，为两位广东籍将领饯行。

酒席间，陈诚看到薛岳和张发奎都流露出心情沉重的样子，便安慰道："两位只管放心前去指挥作战，军需、兵员若有所需，可直接来电，我当亲自督办，决不使前方有缺；战事紧张之时，我当亲到前线，与两位共同指挥作战。"

薛岳苦笑道："军需、兵员固然重要，但更重要的是指挥有效，能得上下理解。前一段时期作战，每每军令不能贯彻，此乃失败的主要原因。一些将领视作战命令为儿戏，奉命不到位，作战不向前，这仗还怎么指挥呢？一旦失利，委座盛怒之下不问青红皂白，动辄训斥，甚至加以处分，也很难让人接受。"

张发奎也叹息道："一些黄埔将领养骄了，自恃是'天子门生'，根本不把我们的命令当回事。这样指挥起来确有困难啊。"

陈诚承认他们说的都是事实，却还勉强安慰道："不听命令的，毕竟是个别人。而且前一段时期委座已严厉制裁了一些失职将领，我想总会起到一些积极作用的。刚才我说过了，关键时刻我会亲到前线，共同指挥军队。两位都知道，我是不讲情面的，所以若遇有这种事，两位不便处理，请告诉我，由我来处理好了。这一点两位能信得过我吗？"

薛、张二人不得不点头承认。因为在1930年蒋、阎、冯中原大战时，陈诚任第11师师长，在指挥部队作战中，团长刘天锋失守阵地，严重影响战局，陈诚便下令将其枪决。以一个师长枪决一个团长，这实在无此先例，尤其刘天锋是当时陈诚的顶头上司刘峙的侄子，陈诚也毫不买账！这件事当时在军队中引起极为强烈的反响，陈诚治军之严厉从此闻名于军界。在陈诚指挥下，令出如山，谁也不敢怠慢。然而张、薛二人却有别想："你是蒋介石的亲信，你有他撑腰，当然什么事都敢干。我们如果擅自处理将领，不必说会有什么反应，恐怕行都行不通哩。"

陈诚继续说："至于说到理解问题，两位只管放手去指挥好了。我们每做一件事，只要对得起国家、民众和做军人的良心足矣。我想是非虽一时不明，终有明白之日，何况战局的发展和结果，会证明我们的所作所为的。'人非圣贤，孰能无过'，在指挥中谁也不能保证不出错，这就是'战场上无常胜将军'的白话解释吧。如果我们总是顾忌出错，就不能大胆指挥作战，在战场上谨小慎微，只能被动挨打。两位放心去指挥吧，出了什么问题，有我一力承担。伯陵和我共事时间长一些，了解多一些，当能相信我这不是在开空头支票。"

薛岳对这一点确实深有体会，便对张发奎说："辞修的确是很有肩架的人，过去代我受过不少过，否则我早受委员长处分了。"

张发奎也听说过薛岳在"追剿"红军时，因乌江一役，第59师和第93师损失惨重，关键是没有堵住红军，蒋介石十分震怒，多亏陈诚竭力讲情，并把责任揽过来，才使薛岳免于追究。

"辞修的为人我是佩服的。"张发奎下了决心似的举杯一饮而尽！"好，士为知己者死——我一定努力指挥打好这一仗。"

"那我恭候佳音，但愿捷报一日三传！"陈诚也举杯一饮而尽。"向华兄，请问你对敌情的判断如何？"

张发奎沉吟片刻，才答道："我对敌情有两种判断。第一，日寇可能避开九江正面，以主力向星子附近登陆，进犯南昌指向长沙与岳阳、蒲圻、咸宁，切断粤汉铁路，以大迂回战来包围武汉。如果日寇按此战略进行，至少需要有5个师团以上的兵力，才能保持遥远的后方联络线。第二，日寇也可能于姑塘、九江同时登陆，溯江直上，进逼武汉。如果按此战略进行，虽犯了直接正面进攻之忌，但可使用较少兵力，与后方水道交通联络的安危和补给亦较为方便。如果是前者，我必须置主力于右翼，这样便于随时策应第1兵团作战；如果是后者，我必须采用直接而纵深的配备，控置主力于九江南侧地区。"

陈诚听着频频点头。"好！那么，向华兄以为哪种可能性大呢？"

"这一点我尚无定见，等到了前线，察看地形，了解敌情，再与各部队长磋商研究，最后拿出部署方案来，呈报你批准。"

陈诚对张发奎的稳健十分满意。"这样最好。关于兵力部署，是前方指挥官的权利，上级的部署只能作为参考，应该视前线战况的变化而更改。所以你不必对这些有所顾虑，你看准了就决定部署，毫无必要再征求我的意见。"

张发奎听了不禁暗叹："人言陈诚治军讲求民主。委员长若能这样，该有多好啊！"

张发奎于7月15日到任后，视察了各部队和主要防御地带地形。他发现几个较为严重的问题：各地防御工事薄弱，尤其是野战工事未及1/3；地方战时组织均未就绪；尤其严重的是过早破坏了交通，如九江附近之公路——九星、九瑞、瑞昌至阳新、瑞昌至德安、永修至箬溪以及南浔铁路北段等公路，均破坏得极为严重。这固然可以给尔后日寇的进展造成困难，但在当时对我军的运转也造成了极大的困难。尤其是战事开始后，各部队的运动就将遭遇大障碍。他下令抢筑工事，但材料奇缺，更不能指望在短时间内抢修公路了。尔后发生战事，这些问题都将困扰作战：由于工事不够坚固和缺乏野战工事的配合，会造成伤亡的增加和阵地不能固守；运输不畅，粮弹接济不上，前线士兵缺弹缺粮，会严重影响战斗力；在九江危急时，九江集结兵力约10万人，仅依赖九江至马回岭一条小径为后方联络线。更由于通讯器材缺乏，以至各军、师间及步、炮间纵横联络不畅，会造成互不相谋、不能适时互相策应的各自为战局面。

他到各部队与团以上指挥官接触，他们几乎异口同声抱怨部队新兵太多，战斗力差，表示出对战守的信心不足。

了解到这些情况，张发奎也心情沉重起来。但他已接受委任，而且也是义不容辞的，只能明知不可为而为之了。除了鼓励各部队长带好兵、打好仗外，也只能要求就现有条件加强修筑工事，其他的漏洞，他没有时间，也没有条件去弥补了。

当务之急是赶紧部署好部队。他原有两个方案，即他对陈诚所说的敌情估计，他召集师长以上部队长及参谋人员来共同商讨，研究部署方案。大家都认为日寇有兵力不足的缺陷，却有海、空军的优势和超越的战斗技术，所以敢于直接正面进攻武汉，用以弥补其兵力不足的缺陷。张发奎便以此决定作了兵力部署：

第52军辖第52师、第190师及第90师之一旅、游动炮兵二群（野战炮一团），防守星子至姑塘（不含）间既设阵地；第29军团辖第8军之第3师、第15师、预备第2师、预备第11师，第64军辖第155师、第187师、预备第9师及江西保安两团、游动炮兵二群（野战炮1营2连、重炮两营1连、高射炮3连、工兵1连）防守姑塘、九江、大树下（不含）沿江西岸及长江南岸，占领既设阵地，并置主力于九江东侧附近；第3集团军之第12军辖第20师、第22师、第81师，防守茨长山，亘大树下、倪湾铺（不含）江岸之线，扼守九瑞公路并阻敌登陆；第54军辖第14师、第18师防守倪湾铺、码头阵、富池口之线江岸，确保要塞，阻敌登陆；第9集团军辖第4军、第60军、第70军为兵团预备队，控置于马回岭、瑞昌、八里坡附近，构筑预备阵地。

如此部署可谓守、退有序。

在军事部署会上，张发奎对诸将领说："九江地扼赣、鄂门户，战略地位极为重要。我军若能坚守九江，可限制日寇之发展，确保武汉之安全。如日寇攻占了九江，西可夺取武汉，南可向南昌、长沙迂回。如此战略要地，陈辞公委我来守，倍感光荣。但能否守住如此重镇，全赖诸位将领的共同努力，保家卫国虽是军人职责，但我仍要向与我共担重任的诸位表示感激和重托。

"抗战至今，日寇之凶残及火力之强大，我们已深知了。对我守卫之如此重镇，日寇必会舍命争夺，其激烈是可以想见的。能否阻止住日寇登陆，谁也没有把握。一旦登陆，战斗将更加残酷。

"本指挥今天在这里把话讲明，只要诸位确实努力作战，听命调遣，万不得已失守阵地，本指挥决不追究责任，即使上面追究责任，亦由本指挥承担，与各级部队长无关。但是，如果因别的什么原因——不管其他什么原因，而使阵地失守，本指挥将按军法从事，决不宽贷！陈辞公教我：战场有极端军法，希望彼此自爱，切勿以身试法。"

张发奎在北伐时曾任过国民革命军第4军军长，资历较深厚；第4军有"铁军"之称，张发奎也列为名将。这都是足以服众的条件。现在他部署得当，讲话恩威并施，果然不凡。诸将领不敢怠慢，散会后便积极行动，按指令各自布防，并增修野战工事。

海军也在江面、湖面广面积布雷上千，加强封锁。

然而事物总是有两面性的。在诸将领中，也有对张发奎不满的，而且知他曾经反蒋，至今为蒋介石所猜忌，便蓄意跟他捣乱。明的不敢，就来暗的，尔后张发奎终于被这种人钻了空子，向蒋介石打的小报告几乎把他整垮。

7月上旬，已发现日寇在鄱阳湖扫雷，并经常有敌机前来侦察，预示着日寇即将攻击登陆了。张发奎向各部队发出警告：严密加强戒备，防备日寇突然袭击并强行登陆。因是三令五申，受到各部队重视，尤其沿江防守部队，更是十分紧张，又由于张发奎不断视察江防、湖防，各级部队长也不敢懈怠，层层敦促，各部队严阵以待。

日寇终于选择了一个有利的天气，开始发动进攻了。

7月22日，鄱阳湖刮起大风，伴着细雨绵绵，整天阴暗。日寇选择了如此天气，在夜幕掩护下，以战舰20余艘、汽艇100余只潜入鄱阳湖中鞋山附近，先以30架次飞机轰炸，再以炮舰轰击，掩护200余名日寇海军陆战队登陆。

这是日寇惯用的战术，早为我军所熟悉。守卫湖防的部队是第8军团所属预备第11师，前卫部队一个营的兵力，在营长张文美指挥下，当日寇炮击、轰炸时，部队隐蔽起来，等到日寇轰炸、炮击停下，部队马上回到射击位置。果然，当鬼子登陆，接近阵地时，张文美命一个连正面阻击，两个连进行侧击，打得鬼子哭爹喊娘，无处藏身。

此时双方短兵相接，为避免误伤"自己人"，日寇既不敢炮击支援，也不敢乱投炸弹。日寇登陆的海军陆战队，在黑暗中尚摸不清方向，又无掩体藏身，即被置于我军交叉火力网之下，一顿猛揍，顷刻即死伤大半，而且有2艘舰艇被我炮兵击沉。真是机关算尽，却大败输亏。登陆之残敌也顾不得维护"武士道"尊严了，看见中国军队复仇的火舌向他们舔来，只恨爹娘少生了两条腿，丢下死伤者不顾，扑下湖去只求逃生！

就像是演出完毕，欢闹的剧场突然人走一空，归于死一般的寂静。然而张文美营长告诫士兵们：日本鬼子是不会甘心失败的，很快就会反扑回来，而且会比上次更疯狂、凶狠。

果然不出所料，几小时后的拂晓时分，日寇故技重演，以更多的飞机、更炽烈的炮火掩护2000余日寇再次强行登陆。因为白昼可以观察到战斗情况，所以日寇炮舰上的火力，与登陆的海军陆战队的进展相配合，逐渐延伸火力，使得我军无法避开炮击。预备第11师前卫营的官兵在抵抗中全部壮烈牺牲！后继部队几乎难以接近阵地，只能在无掩体情况下坚持阻敌。多次组织的逆袭，都在日寇的强大炮火和空袭下不能奏效，为争夺滩头阵地，预备第11师付出了十分惨烈的牺牲。由于通讯不畅，在敌人登陆后4个多小时战报才传递到指挥部，以致增援部队未及时赶到。预备第11师残部向九江撤退。

第8军团长李玉堂闻知预备第11师阵地有失，即命第15师派一个团增援；张发奎亦从预备队中抽调第70军火速驰援，并指令该军暂拨归第29军团长李汉魂指挥（第8军团亦归李汉魂指挥）。

日寇登陆成功后，迅速向左、右发展。其左翼在姑塘西南方约5公里处的殼山被第190师阻击；其右翼主力突破第15师一个团的防线，占领猎桥铺、塔山顶一线，与第128师遭遇，展开激战。

张发奎指挥第25军之一师及第29军团主力全力反攻，力图驱逐登陆之敌，日寇始终以密集的炮火和轮番轰炸压制我军的进展，以致我军伤亡惨重而攻击不能奏效。

蒋介石闻报日寇在九江登陆成功，当即直接命令第三战区司令长官顾祝同指挥属罗卓英的第19集团军全力猛攻彭泽、湖口之敌，用以牵制日寇兵力；又命第九战区着前线部队努力作战，务必在登陆之敌立足未稳时迅速予以歼灭。

陈诚以为前线如何用兵，是指挥官的事，上一级不必干预过多。及时歼灭登陆之敌，也是理所当然之事，更何须三令五申。于是在转达蒋介石指令同时予以慰勉，并无多话。

日寇继续登陆，以装甲坦克开路，其势十分猖獗。同时敌机对九江街市轮番狂轰滥炸，以致烟火冲天。张发奎再调第70军、第190师及第4军一个旅进行反击，同时命第3师守卫狮子山的4个营抽出3个营向西集结，并命第4军主力向九江急进。当时各方面战况均处劣势，张发奎下令各部队固守现有阵地，希望在稳定战局后，再图反攻。

24日，第19师占领塔顶山，第128师占领普泉山。日寇以一个旅团兵力，在飞机、大炮掩护下猛攻，第128师阵地先被突破，其左翼第15师亦后退；第19师所属第57旅旅部被日寇飞机投弹炸中，旅长负重伤，阵地亦被突破。张发奎再命李汉魂以预备第2师固守雅雀山一带高地，第15、第3及第155师各一部守备沿江防线，军团主力向普泉山、雅雀山一线攻击前进，以侧击西进之敌，又命令第4军主力占领狮子山、螺丝山亘十里铺之线，支援侧击敌寇部队作战；预备第9师守卫九江，第187师守备九江以西江防。但各种努力均不奏效。

25日，日寇攻占雅雀山东南端高地。是日傍晚，日寇以战舰20余艘，飞机50余架猛轰九江街市，掩护其登陆部队。敌一股在洋油厂登陆，向砂子堆方向进攻第3师左侧背，另一股在九江东西两侧登陆，第8师虽顽强抵抗亦未能阻止。

战况发展到指挥官必须作出抉择的阶段了。当时我方虽处于劣势，各部队伤亡亦较大，但总的兵力还数倍于敌，还可以集中优势兵力与敌决战，不是毫无取胜的希望。张发奎面临这样的抉择：是集中优势兵力决战呢，抑是转移第二线既设阵地逐次抵抗？前者是孤注一掷，即使决战的最后取得胜利，但在敌寇的优势火力抵抗下，也将会付出惨重的伤亡。这显然不符合持久抗战的原则。但如不决战，放弃重镇，对保卫武汉的影响也是极大的。张发奎经过反复考虑，认为从保卫武汉的整个战局来看，就算倾注全部兵力保住九江，部队付出了重大伤亡而又得不到补充，日寇增援一到，九江还是保不住。那么，逞一时之强，勉强暂时保住了九江，又有多大意义呢？倒不如放弃九江，保存一定实力，退守第二线阵地，逐次抵抗更实际一些。经他反复考虑后，便打电话向薛岳谈自己的想法，并指出：敌突破雅雀山并在九江登陆，利用九莲公路，以装甲车及炮兵以及九江口的炮舰火力进攻，对我抵抗部队压力极大。不如转移至牛头山、金官桥、十里山一线山林地带阻敌更为有利。他认为薛岳与陈诚交厚，请薛岳转达自己的意见，商请陈诚批准。

薛岳曾参加过江西五次"围剿"，对地形了如指掌。他同意张发奎的设想，但却指出：

"像如此举足轻重的大事，请示辞修等于将责任加于辞修之身，不如直接请示委座决定为好。你不便说我来向委座报告吧。"

薛岳当即用电话向蒋介石报告九江情况及张发奎退守二线逐次抵抗等情。蒋介石略加思索才答道：

"这个这个……这个这个……我看可以吧……唔——就这样吧……"

薛岳加了一句："既蒙钧座同意，那——部下这就转告张向华向第二线转进了？"

"唔——好……好……"

薛岳再用电话通知张发奎，说蒋介石已同意退守二线的逐次抵抗方案。

张发奎当即向各部队下达向第二线转进命令：（1）第4军附第155师即于25日晚占领狮子山、张家山至富湖之线阵地，阻敌南进，掩护各部撤退；（2）第29军团同日晚退守牛头山、金官桥、十里山亘城门湖一线；（3）第25军26日1时，开始退守星子、东孤岭一带阵地；（4）尔后第4军及第29军团归吴奇伟总司令指挥。

因此，7月26日日寇占领九江。

在转守二线命令下达后，各部队已按命令行动起来，张发奎突然接到薛岳电话：

"向华兄，情况不好，啊——委座刚才来电话，命令第二兵团各部坚守原阵地，坚决抵抗入侵之敌！你是不是已下达转进命令了？"

张发奎简直惊呆了。如此军国大事，最高统帅怎么可以出尔反尔？他愣了半晌才勉强答道："是的，我已经在几小时前先用电话下达了转进命令，后又补发了书面命令。各部队抵抗得很艰苦，所以估计在接到电话命令之后，即行动起来。现在部队在运动中，若再返回推进，混乱自不待言，要想恢复原阵地，不知将要付出多大的牺牲。伯陵兄，为将者良心不容如此拿士兵生命当儿戏。我宁可事后向委座请罪，不能再改变部署了。"

薛岳也愣了半晌，无可奈何地说："事已至此，向华兄好自为之！"

张发奎放下电话，向参谋人员交代了与各部队保持联络，并决定将总部设于马回岭附近，自己便着手向蒋介石写报告，将战守失利情况一一说明，希望能得到蒋介石的谅解，显然，他对事态的严重性尚无足够的估计。数日后忽接蒋介石命令：着张发奎将指挥权交薛岳及吴奇伟，张发奎本人回武汉接受军法审判！

第十章

张发奎侥幸保职

九江失守，蒋介石以张发奎"只图保存自己实力"为口实，要将其革职，交军法审判。陈诚从中劝说，蒋氏冷静下来，一番前后权衡，又戏剧性地改变了决定。

1929 年年初，蒋介石为谋求统一，企图削减各派军阀兵力，于是召开编制会议，要求各系军阀大量缩编部队。这些军阀原本拥兵自重，形成割据，鉴于形势的逼迫，才率部参加北伐。北伐刚打到南京，各系军阀争夺领导权的野心便逐渐暴露出来。军队便是他们实现野心的资本，自然不肯削弱，于是编制会议不欢而散。

桂系军阀李宗仁、白崇禧以为时机成熟，便举兵向蒋介石发难。结果李、白兵败，逃往香港暂避。

接着，冯玉祥又通电反蒋，亦被击败。随后便是唐生智受汪精卫挑唆，也举兵反蒋，在河南确山、驻马店一战，唐生智以全军覆没而告终。

蒋介石连战告捷，各系军阀不免"兔死狐悲"，惶惶不可终日。1930 年 3 月，在北平召开扩大会议，推阎锡山为"中华民国陆海空军总司令"，冯玉祥、李宗仁、张学良为副司令，集各系杂牌部队 60 余万人，共同反蒋。4 月 1 日，阎锡山在太原宣誓就职。于是拉开了中原大战序幕。蒋介石先击败冯玉祥，再对付阎锡山，实行各个击破战术，终于使各系军阀认识到蒋介石以"黄埔军"为基础的实力。

张发奎在第二次东征时期，曾任第 4 军（军长李济深）第 12 师师长，北伐时期第 12 师扩编为第 4 军，他升任军长。正由于该军著有战功，被誉为"铁军"。"宁汉分裂"之初，他曾随汪精卫反蒋。但尔后蒋介石与桂系开战时，他又回到蒋介石这一边，被任命为第一路追击军司令长官。在击败桂军后，他再次受到汪精卫的蛊惑，接受了"护党救国军"第三路总指挥的委任，通电反蒋，竟与桂系合作，共同举兵，结果又被蒋介石击败。他即率部退入广西。中原大战爆发时，他随桂系举兵策应，失败后又退回广西，他本人离开部队去香港，将部队交给了副军长吴奇伟。

由于第 4 军在反蒋中屡次战败，桂系自然不肯予以补充，只得将第 4 军缩编成第90师，仰桂系之鼻息而生存。

张发奎尔后回国，比较消沉。他也未去广西找自己的部队，一个将军失去军队，就什么事也干不成了。这个一度风云的人物，在广东始兴老家，默默无闻地待了很长一段时间，直到得陈诚保荐才重返军界。

吴奇伟是广东大埔人，与罗卓英是小同乡。罗卓英还曾任过第4军教导队队长，与吴奇伟交厚。1932年第4次"围剿"期间，陈诚任中路军总指挥，正是蒋介石扶植陈诚，扩大其军事集团之时。陈诚了解到第90师在桂系中颇有寄人篱下之苦，便派罗卓英去说服吴奇伟率第90师开到江西。桂系多次举兵反蒋失败，颇有自顾不暇之苦，对于"桂系的孩子"第90师，实难照顾周全，以致第90师装备服装都破旧不堪。部队开到江西后，陈诚竭力照顾，补充兵员和装备，使其迅速恢复到"铁军"的阵容。

对于张发奎，陈诚认为其人确是个将才。既然其基本部队第4军已被拉拢过来，张发奎本人就无所能为了。他便向蒋介石保荐起用，并保证能控制住张发奎，不致再有反叛活动。

张发奎看到陈诚善待他的基本部队，又能竭力保荐他，着实感念陈诚，所以尽管他对蒋介石的一些做法不免有意见，但对陈诚却还是始终很敬佩的。

正因为张发奎与第4军有此渊源，当他到任第2兵团总指挥后，在部署兵力时，将第4军置于预备队，而且此后作战中，基本上也未动用第4军。这就给人以口实，在九江失守后，成为心怀不满者打小报告的材料，也是蒋介石找茬的一条理由。

张发奎尚以为蒋介石在接到他的报告后，根据作战情况，能够理解或谅解他的用兵策略。当然，失守重镇，危及武汉安全，免不了要气恼。按蒋介石的脾气，总习惯在接到战报后，暴跳一番，骂骂人，一纸训令，申斥和督促并加。张发奎也有精神准备，尽管受申斥是不光彩的事，但自抗战以来，几乎所有将领都受过申斥了，大家都逆来顺受，习以为常了，那就得过且过吧。万万没有想到这位委员长盛怒之下，竟然越级下令将他撤职召回武汉！

愤慨和委屈交织，对于一个性格冲动的军人来说，是什么事也干得出来的。但他又是个饱经风霜，世故阅历都极丰富的人，所以，经过一天烦躁不安后，他终于冷静下来，将吴奇伟叫去，递过蒋介石的电报。

吴奇伟接过电报，看罢后惊呼道："怎么能这样呢？他虽是最高统帅，但处理你应该是战区司令长官的事。至少应该通过战区司令长官下达命令才对呀！"

张发奎苦笑道："委座的作风你又不是不知道，事无巨细他都要亲自插手，尤其是对于人事的安排，部队的指挥，他甚至干预到团一级哩。往往会直接向某一个师，某一个团下命令，等到这个师或这个团按他指示行动了，上一级却还不知该部队的去向。这种事屡出不鲜，难道你会一点不知道？"

吴奇伟承认这是"公开的秘密"，许多将领因此很有意见，却连牢骚都不敢发。

"那么，你想怎么办呢？"

张发奎仍旧苦笑道："我能怎么办？只能按指示把部队交给你，然后回武汉。当然，回到武汉我不会沉默，我将要求军事法庭对我进行审判，将事情追查清楚，如果我真的有罪，甘愿接受军法制裁！否则，也要求澄清。"

吴奇伟很想说："你气糊涂了吧？'欲加之罪何患无辞'的道理都忘了吗？"但是，不让对方这样做，又能有什么良策呢？他沉吟半晌，才建议道："我看你到了武汉，还是先去见见陈辞修——他倒是个通情达理，很有肩架的人，又是委座的亲信，或许能替你在委座面前解释清楚。"

张发奎坚决地说："不！既然委座直接问罪，我就直接对委座，不必将陈辞修牵涉进来，免得别人再议论他如何如何。"

"……似如此……"

"是的，似如此有可能我会受到军法制裁。但我不想再做别的什么努力了。"张发奎挥了一下手臂，决定不再谈论这件事了。"晴云（吴奇伟字），你看在交接事宜上，你还有什么需要我交代的？"他见吴奇伟露出不以为然的神色，便赶紧补充："我们私交归私交，军国大事不能以私交而论，在交接上还应手续清楚，不能含糊啊。"

吴奇伟颇感辛酸："算了吧，在战场上你只能把阵地和士兵交给我，其他还有什么呢？"

"我已经不是第一次将部队交给你了，而且都是在极困难的时候。"张发奎颇为抱愧地说，"你能谅解我吗？"

"你我肝胆相照，何出此言？更何况我们都是为了抗战。"吴奇伟见对方太感伤了，就想找点令人兴奋的话来说。情急下他忽然想到："啊，向华兄，你还记得北伐时攻下武汉后，我军被调到江西战场，就是在这马回岭击溃军阀颜景宗部，后又克复九江、南昌，我们第12师就是在这个时候扩编为第4军的吗？"

张发奎点点头："是的。"但他的兴奋都被心头的阴影覆盖。"晴云，提到这些事，我想再提醒你，对于江西的地形，你比我还熟悉，因为后来你还参加了第4次、第5次'围剿'。有了地理之便，我走后希望你好好用兵，虽不能复夺九江，至少也要将日寇滞留于此，为各战区在新形势下重新部署多争取一点时间。"说罢，他拿起一份陈诚转来的蒋介石的电报，递给对方。

吴奇伟接过电报，见原文：

限四小时　德安陈长官（陈诚）24·24电悉　2580密
　　（一）决在德安、瑞昌一带与敌决战，但张家山阵地须固守，掩护大军开进；（二）尔后部署大纲：（甲）薛兵团（第1兵团薛岳）；（1）王敬久（第25军）守星子以南湖岸及其西侧溢口；（2）俞济时（第74军）守德安及马回岭；（3）商震（第32军）位置德安、永修间为预备队；（4）叶肇（第66军）守南昌。（乙）张发奎（第2兵团）；（1）王陵基（第30集团军）守马回岭（不含）、西岭、东岭、项家岭、高岭，重点在右；（2）肖之楚（第26军）守高岭（不含）、赤山墥、茨花山；（3）孙桐萱（第12军）守天子山、牯牛岭、但须以一部控制瑞昌；（4）霍（揆彰）、李（延年）两军（第54军、第2军）守田家镇要塞，但霍军须固守码头镇；（5）关麟征（第32军）位置杨坊、箬溪间，为预备队。（丙）薛、张两兵团作战境（地）变更为滩溪市、虬津街、乌石门及其以北铁道西侧约一公里相连之线（线上属薛兵团）；（丁）李玉堂（第8军）、吴奇伟（第9集团军）、李汉魂（第64军）等部于完成掩护任务后，适时调滩溪市、下城、武宁一带整顿，为总预备队，除分电王陵基、商震、关麟征知照外，其余各部希转饬知照。

　　　　　　　　　　　　　　　　　　中正　26日15时　令一

"啊呀，好具体啊！"吴奇伟看罢惊呼。"最高统帅直接插手战区的军事部署，还要战区司令长官和前敌指挥官干什么？"他再看看电文："怎么陈辞修连一句话也没有附？"

张发奎苦笑摇头："也就是说'无话可说了'。这份电报是7月26日发出的，当时我们正在转移，由于通讯关系，迟了2天才收到。不管怎么样，我们必须按他的指令部署，否则就要承担战局失利的责任了。我走之后，你马上照令执行，不得有误。"

吴奇伟无可奈何地点点头。

蒋介石在7月26日这同一天，还向第五战区发出了同样性质的电令：

限2小时　商城白（崇禧）代长官、广济李（品仙）副长官　0513密

（一）敌已于有（25）日陷九江及小池口，有沿长江两岸突进之企图。（二）广济阵地与田家镇要塞相连系，极为重要，应置重兵于该地，集结兵力，纵深配备。（三）太湖、宿杭、黄梅据点，仅以必要各一部守备，为攻势的支撑即可，应以主力机动使用，由北方向南侧击敌人。（四）刘汝明两师分散于黄梅、宿松、广济广大地域，处处薄弱，殊感危险，希适当集结使用于广济等地为盼。（五）广济以东山地，万一发生破绽，亦无关系，惟广济阵地必须固守。

中正　26日19时　令一　元

白崇禧和李品仙自然也"无话可说"，照本宣科，向下传达，并完全按照蒋介石的指示部署兵力。

尔后第五、第九战区完全按照蒋介石的部署作战。

张发奎交代完毕，于8月上旬回到武汉。他稍事休息后，即去军委会报到，并要求最高统帅部听取他的申述，然后作出公正的裁决。

何应钦将此事报告蒋介石。

蒋介石正在气头上："张向华回来了，很好。他还要申述！他还希望我去听他的申述？九江丢掉了，他还有什么脸申述？他有什么脸要我去听他的申述！各部队

都拼得残破不全了，唯独他的第 4 军完整无缺！这是为什么？为什么？为什么？！"

何应钦见蒋介石嚷着朝他扑过来了，唯恐对方气糊涂了把他当成张发奎臭骂一顿，于是一手扶眼镜，一手做阻挡姿势："委座！委座！息怒！息怒！张向华要求申述还是合情合理的哟。"

"我不听！不听！"蒋介石余怒未息，挥舞着手臂。"我最恨那些只顾保存实力，不顾大局的卑鄙小人！韩复榘就是这样的东西！对这样的东西决不能姑息。好，你们组织几个人去听他讲吧，我是不去的——也不许辞修去！"

何应钦碰了个钉子倒也并不介意，多半是"习以为常"。他琢磨："老头子不肯来听，为什么也不许陈诚来听？陈诚是第九战区司令长官，张发奎的顶头上司，正应该听取下属的申述啊。"他想着想着忽然大释大悟："啊，他怕陈诚跟他闹——闹得他不好处理！"他得意地笑了笑，因为他有了解决这个棘手问题的办法了。

他找来军政、军会和参谋本部的一些人，听取了张发奎的申述，主要是说明当时兵力部署的理由和作战情况，对各战场的进退、战败的原因都有详细的分析。大家听完之后，都深表同情，但关键是处理决定权在座者谁都不具备，同情只能是廉价的。

何应钦安慰张发奎，让他回去耐心等待，必有佳音。大家散去以后，他打电话给陈诚，问对方是否知道张发奎已从前线被召回。

因为九江失守，陈诚赶到德安部署，也因惦记着对张发奎的处理，才又匆匆赶回。风闻此事，接了电话后便急急忙忙赶到军政部。

何应钦对陈诚说："委座为此事大发脾气，一定要严办张向华。"他又将张发奎申述的记录拿给陈诚看。"大概连这些材料委座也不愿看，所以我也没有送去，免得再碰钉子。"

陈诚并未翻阅材料，只说："我是战区司令长官，凡我战区发生的事，应由我负责，我们一同去见委座，如何？"

"好，我奉陪。"何应钦正要看陈诚如何向蒋介石讲情以及此事的最后结果。

两人来到蒋介石的办公室。陈诚对蒋介石说："张向华的兵力部署是出于部下的授意，退守二线逐次抵抗也是按部下的命令进行的，如果委座认为此事有何不妥，请训斥部下；如果这些事触犯了军法，请先予部下处分，然后才是张向华。"

没有求情，也没有争辩，而是将一切责任揽到自己身上，这真是大大出乎蒋介石和何应钦的意料，听的两个人都愣住了。

过了半晌蒋介石才说："记得上一次我召见你和李德邻，你当面向我报告的兵力部署以及尔后第九战区呈报上来的兵力部署计划，完全不是这样嘛。"

"是的。"陈诚承认这个事实，"但是部署计划是可以视战区发展变化的。"

"张向华为什么要留第4军做预备队？这不是存心保存他的基本部队的实力吗？"

"张向华离开第4军许多年了。第4军几经改编，已没有了过去的基础。"陈诚竭力争辩，"再说预备队是需要能运用自如的，指到哪里打到哪里，指挥官当然要掌握一支自己所熟悉的部队，才能有把握让预备队去解围攻坚。假如用一支不熟悉情况的部队作预备队，在关键时刻，使用这支预备队了，或是战斗力不强，或是不肯力战，或是阳奉阴违，岂不影响整个战局？如果我在前线指挥作战，我也会留第18军为预备队的。"

沉默了片刻，蒋介石十分固执地说："九江失守，总应该由张向华负责的。"

"敌强我弱，抗战以来已失半壁河山。假如每失一地不问青红皂白，都要指挥官负责，还有何人敢担当指挥之责呢？张向华报告申述中有一条，即在他到职前，九江周围公路已彻底破坏。证明我们有在万不得已情况下放弃九江的计划，兵家胜败不在一城一地之得失，我们打的是持久战，九江虽失守，张向华指挥部队转入二线阵地逐次抵抗，虽败不乱，符合持久消耗战之原则。部下认为，张向华不应承担九江失守的责任。"

蒋介石听了默默无言。

何应钦见陈诚简直是在硬顶，而蒋介石一向最恨人跟他"犟嘴"，所以他以为这必将激怒蒋介石，后果是严重的。尽管他与陈诚是明争暗斗的政敌，但此时他亦为陈诚的直言和敢于承担责任所感动，不免为陈诚捏了一把冷汗。

"把张向华的申述记录送来，"蒋介石忽然说道，"我看看他的申述再作决定吧。"

陈诚还想说什么，何应钦向他使了个眼色，制止了他。告辞出来，何应钦对陈诚说：

"你该说的都说了，看来有转机。我回去把记录马上带上去，等等吧，看委座怎么批示。"

蒋介石之所以没有跟陈诚翻脸，固然因为他十分宠信陈诚，却也因为在陈诚去见他之前，林蔚已向他报告，说一些将领对张发奎的处置颇有微词，尤其是在张发奎申述以后，到会的人都深表同情，使得他不能不考虑后果。

张发奎不同于韩复榘。韩复榘曾是拥兵自重的军阀，反复无常之人，在山东跟日本人有过勾结，有过叛变投敌的迹象。所以在他被捕以后，没有任何人替他讲情。他原是冯玉祥手下的大将，冯玉祥也认为"可杀不可恕"。张发奎在北伐初期叱咤疆场，立过汗马功劳。在北伐军攻打武汉时，张发奎任第4军第12师师长，其部的英勇甚得武汉民众赞扬，"铁军"之称就在此时获得。在武昌的烈士纪念碑上镌有"无产阶级的牺牲者！诸烈士的血铸成了铁军的荣誉！"的赞词，张发奎是当时闻名的"铁军英雄"。抗战以来，从淞沪战争至今，抗战态度十分坚决。他能获得众多的同情，也是理所当然的。

蒋介石以黄埔系将领为骨干，但从1924年成立黄埔军校以来，还只不过十几年时间，绝大多数黄埔生，是从"学生娃娃"变为军人。他们经受着战争考验，在逐渐成长，却还没有完全成熟。他还不得不用一些有经验的杂牌将军来帮他带领着黄埔将领过渡，也就不能使这些较优秀的杂牌将领寒心。

陈诚的一番辩解，有几处打动了蒋介石：抗战以来，半壁河山已沦敌手，其原因固然与前线将领有关，就与他无关么？如果每失一地都要追究指挥官的责任，今后还有谁敢指挥部队抗击倭寇呢？更重要的是还会有谁听他的使唤呢？

第4军虽与张发奎有渊源关系，但正如陈诚所言，张发奎离第4军日久，这个部队几经改造，其基干第90师早在陈诚掌握之下，左膀右臂吴奇伟之流，也变成了陈诚的追随者。在这种情况下，如果追究张发奎有"保存实力"之嫌，是过分强调渊源关系，把第4军推向张发奎的怀抱。更重要的是在他的嫡系部队中，多半都是由旧军阀部队改编而来。追究渊源关系就可能引起上上下下的"怀旧"之风，其后果是十分不堪设想的。

破坏九江附近公路的指令是他亲自下的，他曾经说过这样一句话："为尔后在万不得已时放弃九江作未雨绸缪之准备。"也就是说他预先就知道九江守不住。换句话讲，现在天天大声疾呼"保卫大武汉"，武汉能长期固守得住吗？武汉比九江不知重要多少倍，"万不得已"时放弃武汉，是不是也要追究指挥官的责任呢？

他烦恼已极，不免终日闷闷不乐。他的夫人宋美龄发现了，不免关切地问道："达令，又为什么事烦恼啊？"

蒋介石握着宋美龄搁在他肩膀上的一只手，把玩了一阵。由于宋美龄保养得极好，她的皮肤白嫩光滑，似葱般的尖尖十指，涂得红红的，更衬托得这充满肉感的手可爱至极。蒋氏已是年过半百之人，能有这样年轻貌美的夫人，让他感到是生平一大幸事。尤其自结婚以来，夫人终日形影不离，同呼吸、共甘苦，就更为难得了。每当有什么不愉快之事，只要夫人在他的面前出现，他就会将烦恼抛到九霄云外。然而今天，他却不能欢畅起来，拉着夫人的手叹息道：

"为张向华的事，陈辞修居然跟我顶上了！这真是想不到的。"

宋美龄听了嫣然一笑："我当什么事，原来是让陈辞修气的。达令，你先消消气，回头我把谭家三妹叫来，让她回去好好说说辞修，一定让辞修来向你赔礼道歉认个错。"

"谭家三妹"就是曾任国民政府主席的谭延闿的三女儿谭祥。由于受谭延闿的重托，经蒋介石和宋美龄的做媒，将谭家三小姐嫁给陈诚为妻。宋美龄与谭祥情同母女，来往甚密。有人说是因为谭祥的关系，蒋陈之间才日愈密切，但若非蒋介石宠信陈诚，也就不会给陈诚做媒了。

蒋介石苦笑摇头："我不为陈辞修跟我争执而烦恼，而是陈辞修说将领们颇有微词！是啊，我知道有些人在背后说我爱发脾气，乱骂人，把我形容成暴君了；还有人说我多疑，手伸得太长，爱瞎指挥。唯独没有理解我的难处，谅解我的苦衷。达令，难道我不愿自己表现得有风度吗？或者还会有人以为我这个领袖当得很惬意，却没有人知道我现在是食不甘味，睡不成寝，终日在为抗战的事忧心忡忡啊！"

宋美龄很温柔地安慰道："是非虽一时不明，终有明白之日。更何况依我看部下们还是能理解你的。如果说有人说三道四，我看那是别有用心哩。"

"是啊！"蒋介石轻轻拍拍宋美龄的手背，"说我疑人，我能不疑吗？看看我们的军队组成情况吧——真正的嫡系多少？黄埔学生还羽翼未丰，高级将领中，多半是些过去反对过我的人。他们都是被迫服从我的领导的，也可以说在我身边韬光养晦。一旦时机成熟，这些人还会起来兴风作浪。所以他们现在还在夺兵权，保存实力，就是在养精蓄锐啊！你叫他们往前打，他们就是要后退，我不亲自在关键时刻插手指挥，听任他们搞下去，仗早就打乱了！"

宋美龄继续安慰道："依我看现在是抗战时期，这些人也不敢为乱。抗战不会在短时间内结束，再过两年，黄埔将领逐渐成熟了，可以担当重任了，就可以把兵权统一在黄埔系将领手中，到那时就可以高枕无忧了。眼下呢，对那些杂牌将领还要宽容一些，使他们能够努力效命，至少不会捣乱就好了。张向华虽也算个人物，但能量并不大，而且有辞修在控制，你该做得大方一些。辞修是最忠实于你的人，他保人也是在替你笼络人，你该给他一点面子，一来显示你对他的恩宠，二来他在下面也更有威信，能更多地替你笼络住人啊。"

蒋介石频频点点头："是的，是的，你说得很有道理。我决定不再追究张向华了，等事情冷一冷，另外再委他个职务吧。"

"这不好！"宋美龄含笑摇头。她用另一只手去替蒋介石扣上在烦躁时扯开的领扣，并细致入微地替他抚弄着揉皱了的胸襟。这些细微的动作，使蒋介石感到了体贴入微的安慰。那烦躁的情绪，更趋于平和了。"达令，做得大度一些吧，前方在打仗，正是用人之际，辞修的第九战区就用薛伯陵和张向华两个人。你要辞修担任那么多要职，总不能再让他分身去前线亲自指挥作战吧？"

这一番轻声细语，起到了以柔克刚的作用。多少军国大事，都在这朱唇轻启的燕语莺声中得以敲定！蒋介石在参谋部的报告上批了一行字："着张向华仍回原任。"

何应钦对张发奎说："这可是少有的事啊——不少人被撤职都坐了很长时间冷板凳哩。陈辞修这一回做得漂亮，说你是按他的命令行事的，承担了责任。"他还将陈诚见蒋介石的情况，原原本本告诉了对方。"陈辞修这个人虽好弄权，却也有他独到之处。"最后他也不得不承认自己的政敌待人之长。

张发奎当即去陈诚家里致谢。

陈诚说得很中恳："大家都为了抗战这一个共同目的，而不是私情，换句话讲，将来武汉也会放弃的，我肩负保卫大武汉之责，难道也要追究我的责任吗？"

陈诚顿了顿，接着说："但是，你也千万不要对委座的处置耿耿于怀。作为最高统帅，每遇战局失利，他一急不免要忧心忡忡。有些人不能谅解委座发脾气，这是没有设身处地替他着想。"

张发奎对陈诚的观点不置可否。他的确十分感念陈诚勇担责任，替他挽回了声誉，但也许是他对蒋氏太了解，因而不能同意陈诚对蒋介石的"谅解"观点，始终耿耿于怀。在 1948 年年底，蒋介石的精锐部队在内战中丧失殆尽，薛岳、余汉谋拉他回广东，共同提出"团结大广东"、"继续第 1 师精神"的口号，企图建立既反共也反蒋的割据局面。1949 年 3 月，蒋介石已"引退"，李宗仁以"代总统"身份主政，何应钦任"行政院长"，张发奎就任陆军总司令，曾建议李宗仁以两广为基地反蒋反共。当时蒋介石虽已"引退"，却仍在幕后指挥，以国民党总裁身份发号施令，国民党文武官员仍旧以"总裁"马首是瞻，视李代总统为傀儡。张发奎便建议李宗仁再搞一次"西安事变"，把蒋介石扣押起来，"挟天子以令诸侯"。但李宗仁未接受。他便辞职去香港，被视为"第三势力领袖"。1980 年 3 月病故于香港。

这一次的"九江失守"风波戏剧性地结束了，张发奎回到原任，已是 9 月上旬，战局发生了巨大变化。

第十一章

倭寇丧心病狂使用毒气

8月,中日军队在瑞昌、阳新等地发生激战。我军英勇抵抗,使日寇付出惨重代价,绝无人性的日寇向我军阵地施放催泪性和窒息性毒气,致使前线阵地惨不忍睹……

第十一章 | 倭寇丧心病狂使用毒气

日寇通过外交途径，与苏联解决了"张鼓峰冲突"，便倾注全力于侵华战争。1938年8月22日，日本向华中派遣军下达向武汉全面进攻的"大陆令188号"命令，其参谋总长也相应发出第250号指示。

从其指令来看，当时日寇还是十分顾虑的。第188号命令中有一条"攻入汉口附近后之占据地区，应尽力紧缩"。其参谋总长指示得更具体："华中派遣军向汉口作战不得超越信阳、岳阳、南昌附近；华北方面军不得超越黄河及黄泛区域进行作战。"说明当时日寇兵力不足，急于集中优势兵力攻破武汉外围我军阵地。其战略部署即是以华中派遣军大部兵力控制已占领的京、沪、杭地区，严防中国军队由浙江方面发动反攻，以其第11、第2两军对武汉实行南北夹击，其重点仍在沿江两岸，侧重于南岸，以其第11军担任南岸主攻，北岸及大别山麓则由第2军担任，以策应第11军作战。

蒋介石看到日寇丝毫未受"张鼓峰事件"影响，失望之余九江又告失守，不免有点着慌，除直接指示第五、第九战区的兵力部署和作战指导思想外，还向各部队下手令，要求各部队按照他的设想构筑工事。

林主任（侍从室主任林蔚）：

　　通令（并用电话告沿江各部队）江防与湖防各部队，除沿江直接防御之阵地外，应在其直后方近距离处，利用适当地形。构筑强固之本阵地，以备与上阵之敌军战斗，并在其本阵地附近之四周，多筑假阵地，以掩护本阵地，而对大小村落与房屋城墙，皆应特别注重设法利用。凡城墙或墙壁之下挖筑地洞，在其外缘构筑阵地，既可避免飞机之发现，又可抵抗敌军之炮弹，故城墙下之外缘阵地，实胜于野战工事；尤其在敌空、炮军优势之时，野战阵地不易耐久，非利用村缘屋壁与城墙不可。台儿庄之役，中国军队能不受敌机炮之威胁者，即在于此。现在长江村落虽无城塞与坚壁，因与北方地形不同，然我各官兵能悉心研究，不怠烦劳，则利用屋壁与城墙，实比暴露之野战阵地，易为敌机发现与敌炮注射者必胜过几倍也。务希各部队长官切实讲求实施为要。

中正手令

由此可见当时蒋介石的急迫心情。

由于张发奎此时已调离，陈诚亲到前线，会同薛岳、吴奇伟制定作战方案。

薛岳和吴奇伟都很关心张发奎的处理结果。这自然是因为他们三人都是广东同乡，在一起共事多年，私交甚笃之故。但也不排除"兔死狐悲"之感——大敌当前，谁能保证守住阵地？更何况战略指导方针就是持久消耗战，目的是消耗敌人有生力量，而不是寸土必争，也就是用节节抵抗的战术把敌人拖垮。明知守不住，撤退就要受处分，这样的事谁肯干、谁敢干呢？所以他们见了陈诚，不约而同问起关于张发奎受处理之事。

陈诚苦笑道："这件事委座事先并没有向我打招呼，否则就不会这样了。你们两位放心，等我把前线的部署搞好以后，就回武汉去向委座说明情况，力保张向华复职。如果做不到，我就辞职！"

薛岳说："我们共事几年，你的为人当然信得过。但是，委座这样越级处理部下，使你也很难堪啊。"

陈诚说："这件事大家不可再议论，免得影响作战情绪。你们把这件事交给我去办，现在集中精力研究敌情和作战部署，才是当务之急。研究好了，我还要召开师长以上会议哩。"

薛岳和吴奇伟都对陈诚说，蒋介石对兵力部署和今后作战指导都有过明确指示，似乎不宜作变动。陈诚笑道：

"委座的指示是原则性的，我们根据委座的指示精神原则，研究敌情后具体实施，并没有违背委座的指示，有何不可呢？我这次来，把九战区参谋人员都带了来，就是要在前线观察敌情后，作具体实施的，我看你们也把参谋人员召集起来，共同开个会，分析敌情，判断日寇的动向，定好作战计划，我再拿去向委座请示，也就顺理成章了，对吗？"

薛、吴二人明白了当初陈诚转发蒋介石的指示而"无话可说"的意思，不禁相视而笑。

经过讨论，大家认为日寇对南浔路方面可能采取守势，主力由九江向瑞昌方面发展，在攻占瑞昌、田家镇、富池口等沿江要隘后，溯江而上，直取武汉。

在召开的师以上干部军事会议上，陈诚说道："经过参谋会议研讨敌情取得了共识，下一步是制定作战方案，要将可能出现的情况估计在内并制定对策。这样，我们就可以在今后的作战中，沉着应付各种情况，不至于临战发生混乱。对于作战计划，我只提一点要求，就是无论发生任何情况，我军都应立于外线地位与敌作战，以保证我军机动之自由。

"我想现在要将今后的作战分为几期，譬如目前日寇进攻瑞昌或德安为第一期；敌人如占领瑞昌或德安后为第二期；如果敌寇占领了田家镇，以主力进犯武汉，另以一部经大冶向咸宁方向进犯为第三期。这样三期作战的指导制定出来后，对今后作战我们都做到了心中有数，就是打有准备之仗，就立于主动地位了。"

陈诚这么说完，又觉得这番话可能被误解，引起部将们思想混乱，于是又解释道：

"我这样讲并不是说在未战前已做好了逐步撤退的准备。如果哪一位因不肯力战而放弃阵地，我是不能替他负责的。逐次抵抗是持久抗战的总策略，就目前军事力量对比来看，我们还不可能完全遏制日寇继续深入侵略，更不具备大举反攻的条件。我们今天的逐次抵抗，就是为了消耗敌人有生力量，为尔后的大举反攻创造条件。因此，逐次抵抗中，必须大量杀伤敌人，消耗其战力。如果不能达到这一目的，那么，我们的逐次抵抗就失去了意义。

"九江的失守检讨起来问题是很多的。但就九江的撤退时机来看，我认为还是适当的，虽败不乱，而且在退守二线阵地后，能继续抵抗至今，就是很大的成功，如果当时把我们的主力消耗在九江方面，固然能延长九江的防守，但不能持久，一旦再败退下来，第二线防守兵力不足，敌人便可以长驱直入了。淞沪抗战我们坚持到最后，一路败退下来，第二线、第三线都守不住，以致南京过早丢掉了，就是这个道理。

"就目前形势来讲，在九江西南附近与敌接触各部，仍要积极抵抗，以掩护后方的部署，并相机反攻，向九江、莲花洞之敌施行突击。要以有力之部队（后决定派江西省两个保安团）保有庐山据点，实施游击战，协助正面战场之行动。在南昌、德安、瑞昌及阳新等处附近各部队，应迅速构筑工事，加强战备。

"根据最高统帅部指示，田家镇要塞至少要固守两个月以上。武汉卫戍部队要做固守两个半月以上之准备。我们是在前线与敌作战的指挥官，当能理解要作这样长时间的固守，会有多少艰苦惨烈的仗要打。因此如果我们的部署和作战方案有误，那就会更增加今后作战的被动和困难。

"不必讳言，日寇有海、空配合之优势，我们的力量相对是很弱的，尤其在沿江一带作战，对我们更不利。委座最近有指示，就是关于如何利用地形构筑隐蔽工事，变不利为有利。当前我们困难一些，但日寇如果继续侵略，今后大多是在山地作战了。这样，日寇的海、空优势以及其机械化都逐渐失去效用，无优势可恃了，从初期抗战的情况来看，敌我伤亡数字是1∶3，从目前情况来看，敌我伤亡数字已接近1∶1；预计今后敌我伤亡数字可能达到1∶1。此外，从战俘口供可以得知，日寇士兵疾病率也在不断上升，这是影响其战斗力的重要原因。可以想见，以其弹丸之国的人力物力和我们较量，其深入侵略就是走向灭亡。所以我们必须有坚强的信心，把鬼子拖在每一个战场上，使他们每进一步便要付出沉重代价，那么，最后胜利必属于我们。"

散会后，第3集团军总司令孙桐萱部署第12军所属第22师守备膏梁铺、茨花山、六子山、深家山、牯牛岭至赤湖西南岸一线，并于丁家山、望夫山、平顶山一线设置前进阵地；以第81师沿江配置于大树下，朱庄、火龙山、乌龟山地区；以第20师于大仆山、牛皮阵之线构筑预备阵地。又在青龙寺以东决堤放水，造成泛滥以加强防御。

第32军团关麟征部奉命兼程向阳新集结待命。

由于发现日寇舰艇在徐家湾附近扫雷，而且其空军不断轰炸我军阵地——这是日寇准备登陆惯用的战术。第2兵团根据这一迹象，积极准备迎战，指示第32军团主力由阳新东进增援第3集团军。

8月10日，日寇反利用青龙寺决堤处的缺口突入官湖，并向第22师望夫山、平顶山前进阵地猛攻。第22师师长时同然指挥部队抵抗,并不断向前线阵地增援,企图将登陆之敌歼灭或击退。日寇也拼命反击,后继部队陆续登陆,不断增强攻击力。双方在一隅阵地前反复争夺。由于几度短兵相接,日寇海、空炮火无法支援其登陆部队,形成近距离"公平交战"局面,所以日寇同样付出重大伤亡。双方长时间僵持。

吴奇伟根据战局变化,13日调整部署。命第32军团驰援部队第92军附第2师在瑞昌北方诸高地构筑预备阵地,形成第三线纵深防御,并命炮兵在通江岭以西地域占领阵地,阻止敌舰西进。

8月15日,日寇又在大树下登陆,亦经过敌我双方反复较量,最后我军退守朱庄,形成对峙。

至20日,全线仅局部火力交锋,无重大的争夺战。因为此一阶段日寇正在集结兵力,准备发动猛攻。我方空军频频出动,轰炸湖口、九江一带活动之敌舰,沿江炮兵亦猛烈轰击,阻其后继部队的运送及登陆。击伤、击沉日寇舰艇多艘,空战中击落敌机7架。但仍未能完全阻止日寇登陆部队。日军终于按其计划集结完毕。

8月21日拂晓,日寇以3000人向第22师阵地猛攻,并以多只舰艇驶入杨柳湖,扰乱我后方。激战终日,第22师退守天子山,与第20师协同防守陈家山、牯牛岭阵地。

沿江之敌猛攻第8师朱庄阵地,遭到坚决抵抗。日寇见伤亡过重,便向我军施放毒气。我军将士中毒者居多,被迫撤退。第81师师长展书堂派援军适时赶到,在日寇尚未站稳阵地时反攻上去,歼敌大半,夺回阵地。敌攻势受挫,一度萎缩。但却不肯就此罢休,以后又多次组织猛扑,均被我军坚决击退。

日寇每一次进攻,都要付出极沉重的代价。在多次进攻失败后,日寇竟悍然向阵地施放窒息性毒气,以致第81师前沿阵地两个营(先有一个营在最初抵抗中伤亡过重,又中毒气而撤退,随后又随增援部队两个营返回阵地)的将士,最后仅3名士兵生还,其余全部中毒而亡。

日寇在侵华战争中,施放毒气已是惯用伎俩,但多半使用催泪性毒气。因日寇使用毒气而致使我军被迫放弃阵地战例已屡见不鲜。但国民党最高当局始终没有采取积极防御措施。直到1940年以后,因日寇多使用窒息性毒气,造成大量伤亡,最高当局才向各部队发下防毒面具，但数量亦极有限。

　　日寇总是在进攻部队受挫后，便以其海、空优势为进攻部队扫清障碍。22日拂晓，日寇出动30余架轰炸机，向第20、第22师天子山、陈家山阵地狂轰滥炸，同时以炮火猛烈袭击，致使我军野战工事多被毁坏。敌寇数千人扑倒。我军虽处境困难，仍坚持抵抗，予敌以重创。

　　战斗至夜里，因日寇无大进展而沉寂。

　　吴奇伟急调第25师由阳新兼程驰援。

　　23日，惨无人道的日寇，再次使用窒息性毒气，袭击我陈家山、牯牛岭阵地，守军伤亡殆尽。日寇则乘势席卷天子山阵地。

　　在几天战斗中，中国军队伤亡奇重，尤以第12军的第20、第22师最为惨烈。按正规师的编制每师应有兵员9000人，这两个师经战斗后，将尚能作战的人员集中，仅够一个营。但在作战紧要关头，兵员奇缺的情况下，凡能作战的，都要编入战斗序列。第2兵团将这个营拨归92军指挥。该两师将领及指挥机构撤到后方，准备接受补充。

　　吴奇伟根据战局变化，再度调整兵力部署：第59师杨柳湖亘城门湖西岸阵地交由第30集团军守备。调防邓家铺、破塘山之线阵地；第2师守备瑞昌、大确山、牛皮洲、大脑山、笔架山、大蛇之线；第81师改由第54军指挥，守备赤湖口岸及龟山阵地；第92军守备瑞昌。其他需要整顿之部队，统由第三集团军总司令孙桐萱召集至武宁。

　　日寇在这一时期的战术，是避开正面进攻沿江发展，其目的是借重海军强大炮火的掩护，先从侧翼攻占望夫山、平顶山，打开长江通路，为其增援部队第9、第27师团创造有利条件，并广泛使用毒气，大量杀伤我军，造成恐慌，日寇便趁机连续进攻，甚至一改过去夜间停止进攻的谨慎，连续扩展战果，使中国军队无喘息之机，我撤退部队被日寇追击，跟踪而至，对守军影响极大，甚至因受到撤退部队的冲击，斗志动摇。

　　8月24日拂晓，日寇向第21师乌龟山阵地攻击，守卫该阵地的团长苗瑞体率部应战，敌我兵力对比，国军占绝对优势，但日寇海空协同作战，强大火力压迫得国军抬不起头来。工事被摧毁，部队成排、成连地伤亡。苗瑞体亲自率部反击，身负重伤。师长侯镜如指挥部队增援，侧击日寇，均被日寇强大火力压迫退回，部队伤亡奇重，只得撤退至大路口、鸡爪山一线，继续抵抗。

日寇抓住中国军队因伤亡过重，急于调整部署之机，于9月上旬一举攻占瑞昌，并继续向中国军队猛烈攻击。在瑞昌—阳新公路方面，国军终于组织了较为坚强的抵抗，遏制住日寇进展。

9月24日，日寇在木石港集结兵力两万余人，向第90军之184师进攻，战斗异常激烈。

当时战斗展开于富池口、赛桥、阳新、港口、辛潭铺、排市、石梯市，东南延伸到石港一带。第90军之182师守卫中央地区迹潭寺与张斗岳、排市、汤泉公路一线；左地区由第53军所部第116师和第130师守备富池口、赛桥、阳新、港口一线；右地区由第98军所属第193师、第82师守备汤泉公路至木石港一线。第90军军长卢汉亲率第184师在排市附近，以一部对富水北岸警戒，主力在富水南岸排市东南地区。

第60军参加鲁南战役后，三个师都已残破不全。第30军团军团长兼第60军军长卢汉（该军团实际直辖部队只有第60军3个师）决定将3个师的残部都编并到第184师，其余2个师即第182、第183师由两师长率基干力量到湖南岳阳接收新兵补充。这种做法是不合常规的，一般都是各部队留下残部进行补充，这样老兵可以带着新兵训练、打仗，尽快掌握作战技术。尤其是当时情况紧迫，前线急需兵力，一般都在补充完毕后即投入战斗，对新兵的训练没有充裕的时间，就更需要依靠老兵"传、帮、带"了。然而卢汉却反其道而行之。这样做的话，尽管他的基本部队第184师由有经验的官兵编组而成，战斗力较强。但其他两个师则全部由新兵组成，战斗力就极差了。这样的部队在作战中既不能有效地杀伤敌人，也不懂得隐蔽保护自己，因而伤亡也会极大。

第182师在岳阳先补充完毕，稍事训练即开到阳新准备参战。第183师尚留岳阳等待继续补充。

第184师为两旅四团制。第543旅旅长萧本元，辖第1087、1088两团；第544旅旅长万保邦，辖第1085、第1086两团。该师部署为：第1084团守备沙子坳、牛头山之线；第1085团守备白门楼、上下大郁、黄连洞、石梯寺一带；第

1086团主力守备石梯寺、汤公泉、老虎洞等重要据点，一部在富水北岸警戒。第1088团为总预备队。

第184师当面之敌为日寇第9师团主力约七八千人，主攻点为第1086团汤公泉阵地及附近地区。一部攻击第1085团龙口头、下桥袁、明贞发东边高地及白门楼阵地。

鬼子的进攻战术始终不变，即以飞机大炮为其步兵开路。霎时阵地上沉雷滚滚，撼天动地；硝烟弥漫，飞沙走石。真是气势汹汹，好不吓人。然而对有作战经验的老兵来说，炸弹、炮弹并不可怕，炸弹、炮弹爆炸后，弹片四散，呈伞状上升。在战守时，只要选择的隐蔽点较好，就可以避免受伤，例如隐蔽在低处或弹坑里。在军队里流传一句顺口溜："新兵怕大炮，老兵只怕机枪叫！"第184师官兵都是富有作战经验的，当日寇炮击、轰炸时，主力撤到山后隐蔽起来，阵地上只留少数人监视日寇，当日寇炮火延伸或是停止时，便急速回到阵地，各就各位，打击攻到近距离的日寇步兵。所以日寇虽以步兵1000余人组织波浪式进攻一整天，却毫无进展。

26日拂晓，日寇以一部潜至汤公泉山腹，守军发现后，以迫击炮、掷弹筒袭击，打得日寇抱头鼠窜，在大炮掩护下，他们向土地庙方面溃退，遗尸数十具。

日寇在汤公泉不能得逞，又向南侧进攻，同样受到阻击。

因两天进攻受阻，而且伤亡颇重，日寇攻势顿挫，于是移兵改攻龙口头，并将其占领。

27日，日寇增援部队已到，再攻汤公泉阵地南侧，并以头缠布巾的敢死队反复冲杀，终于在日暮时将我阵地突破。第1086团团长杨洪元当夜亲率主力逆袭，与日寇肉搏，由于夜间日寇不敢轻进增援，终将入侵之敌全部消灭。

28日，第14师派第134团接防，第1086团交出汤公泉阵地，会同第1085团仍守黄连洞、石梯寺、福林坞、明贞发、下桥袁、白门楼一带阵地。

日寇为保障其北渡富水，全力以赴攻击第184师阵地。除炮、空配合外，又调来化学兵施放毒气，第1085团白门楼阵地的1个连全部中毒而亡，日寇得以进占。团长曾泽生当即向所属各部及友军发出警报，各阵地守军有了防备，因此日寇再施放毒气未能得逞。

第184师正与日寇寸土相争之时，忽接友军第23师通报，得知右翼汤恩伯部全线西移至第184师右后方下马、石街、麦梁、小港一线，形成右翼福林脑、石梯寺阵地突出，虽可威胁排市进攻之敌侧背，同时也易受敌东北两面夹击，不得不放弃阵地向后转移，但仍坚持逐次抵抗。

从9月24日至10月1日，日寇与第184师激战6天，付出重大伤亡，进展却十分缓慢，在迭用毒气收效不大情况下，又配用烟幕罐，可谓一切手段用尽。守军既要防炮弹、轰炸，又要防毒，再加之烟幕妨碍了视线，战斗力锐减，日寇得逞，连连突破阵地。

此后这支滇军（云南部队）仍节节抵抗，予日寇以重大杀伤。在排市一线作战近一月，至撤出战场，第184师伤亡2400余人。这个数字虽亦不算小，但与其他部队相比，可谓小巫见大巫，其原因不能不说是该师官兵均有作战经验。官兵们对日寇进攻惯用伎俩了如指掌，不为其飞机、大炮所吓倒，沉着应战，只在日寇步兵接近阵地时（400～600米）才开火射击；在兵力配置上，注意了按地形采用横广纵深配备兵力；各种自动火器，均利用自然地形为侧面成斜面构筑掩体。在作战中，有效地消灭敌人，是最佳的保存自己的手段。

"兵不在多——在精；将不在勇——在谋"。由此看来，卢汉集精兵强将于一个师，未尝没有其独到之处。

另一支部队，即东北军原张学良部第53军在阳新三溪口的战斗亦为惨烈。

张学良的东北军原有40万人，日寇入侵东三省后，东北军退到关内，损失约一半。"西安事变"后，经过蒋介石的整编，其步兵仅剩下周福成军长率领的第53军第130师和第116师这一支还算完整的部队。

这支东北军曾转战于河北，游击于晋南，嗣后守备于黄河南岸的荥阳汜水间，后调湖北麻城、黄陂。8月，调到湖北阳新、大冶一带布防。

东北官兵转战到南方，本有水土不服之苦，到了湖北，夏秋疟疾流行，作战部队卫生条件极差，官兵患病者达1/3，尤以疟疾最严重。野战部队缺医少药，民间也多有患疟病者，所以在一般市镇药房都买不到疟疾特效药奎宁，患病的官兵得不到治疗，疾病缠身，在军情紧急情况下，又得不到休息，病号往往被迫跟着部队急行军，痛苦难当，于是投河或自缢、开枪自杀的惨事时有发生。尽管惨不忍睹，但大敌当前，在此民族危亡之际，官兵们也只能化悲痛为力量，继续冒着敌人的炮火前进！

第130师奉命在三溪口设防。

当面之敌即是穷凶极恶的福田支队，其火力配备较其他日寇队伍更为猛烈，在发动进攻时，不停地炮击。先是轰击阵地，当其步兵接近阵地时，其炮火延伸到阵地后面，阻断增援，也阻断了粮、弹的运送。阵地上的官兵终日得不到给养，连水也喝不上一口。一些作战的官兵尚能忍耐，那些负伤的官兵，一时又无法送下火线，失血后口渴难忍，有的便爬到水塘边喝那污浊的生水，明知这样的水喝下去会闹病，甚至会夺去已经十分虚弱的生命，但却忍不住还是要去喝，于是一边喝一边祈祷上苍："菩萨保佑，我喝下这水千万不能闹病……负伤再闹病就活不成了！"

伤兵滞留在阵地上，只有夜间日寇停止炮击时，才有可能退下火线去。部队虽也有担架队，因伤员过多，根本抬不过来，需要伤员自己爬出去。有的重伤员根本爬不动，又疼痛难忍，便向战友们绝望地哀求："哪个弟兄做做好事，补我一枪吧！"此时战友们救不了他，虽明知他此时的情况真是生不如死——死了倒得到了解脱，但谁又忍心再给他一枪结果他的性命呢？只好眼睁睁地看着他在哀苦中慢慢挣扎，耗尽生命的余力。至于那些阵亡的，更无暇顾及了，只能任其腐烂。

第130师在极端艰苦的情况下，坚持阻敌前进，但兵员逐日减少，只能在正面节节抵抗的同时，组织一些小部队，于夜间日寇龟缩时进行袭扰。日寇夜间一般不敢出动，便以机枪、大炮乱打一气。这样也达到了消耗敌人弹药，致敌于疲的目的。在袭扰的同时，主阵地转移至后方既设阵地（因为日间主阵地工事已被日寇炮火摧毁，师指挥部即在后面选择有利地形重建阵地，以便夜间转移至新阵地继续抵抗）。

日寇每天只能进展几里，便又穷凶极恶地使用毒气；在达不到预期效果后，又使用燃烧弹、烟幕弹。当时虽已中秋，但草木尚未枯干，引发不起大火，因而也帮不了鬼子的忙。

第130师坚持抵抗7昼夜后，由友军接防，撤到后方整顿。两旅之师，后来编成一个团。第53军另一个师，即第116师也仅编成一个团，由毛芝荃、刘润川为团长，两团即成一旅，由张玉珽任旅长，却以第116师番号接受任务，部署在大成山、老虎头一线，暂归第32军团指挥。军长周福成率领编余各级军官到湘西沅陵接受补充，重建第53军。

第十二章

黄、广"拉锯"

为策应第九战区在武汉以东地区作战，第五战区展开潜山、太湖攻势，尔后又在黄梅、广济一线与日寇展开争夺。双方你来我往，几得几失，形成了激烈的"拉锯"战。

在瑞昌战斗紧张之际，第五战区为策应第九战区，连续发动反攻，开展规模较大的潜（山）太（湖）之战。当时日寇集中兵力于江南，江北占领区兵力较薄弱，第 7 军张淦部及第 10 军徐源泉部分别向潜山、太湖之敌发动强大攻势。8 月 27 日，日寇狼狈退出潜山及太湖。

这一胜利被新闻媒介大肆宣扬，用以鼓舞士气、稳定民心是可以理解的，政治部也搞了一些庆祝活动，起到了积极作用。然而蒋介石喜形于色，还为此从前线召回白崇禧和陈诚，并召集侍从室主任林蔚、军令部部长徐永昌等人，要商讨在江北大举反攻，使得陈、白二人不禁愕然。

蒋介石兴高采烈地说："我们这一次克复潜山、太湖，一方面是我军的英勇克敌之功，另一方面也说明现在日寇兵力集中于江南，江北兵力薄弱，防御空虚。我们就应该趁此时机，在江北大举反攻，一方面收复失地，重创守敌，一方面牵制日寇，使其从江南移兵，可解江南的紧迫局势。

"日寇兵力总归有限，侵略越深入，占的地盘越大，战场越铺开，兵力也越分散，这就会出现破绽百出的情况。我们只要注意观察，发现漏洞，抓住战机，倾注大的兵力出其不意，攻其不备，可尽全功！"

何应钦极表赞同："委座分析得很对，很对，我们应该乘胜发动反攻，扭转战局。"

但是其他的人却不表态。

蒋介石问陈诚："辞修，你的看法如何？"

陈诚并未直接回答，他说："从日寇最近在江南发动的连续攻势来看，的确其兵力侧重于江南——江南的形势极为紧张，我军虽配设纵深工事，但由于日寇进展太快，纵深工事几乎没有起到作用。江南最近战局的失利，归结起来有两方面：

（1）日寇避开正面，向沿江发展，以其海军协同作战，补其兵力不足；（2）日军频繁使用毒气，以致造成我军重大伤亡。从这些迹象来看，日寇是在加紧夺取武汉的军事步骤。我认为目前仍应以加强防守为主，适当反攻当然也未为不可，假如将主力用于反攻而又不能奏效，那是很危险的。"

林蔚当即附和陈诚的观点："陈长官的话值得注意。日寇最近在穷凶极恶地进攻我们，急欲达到速战速决的目的，在这种时候，我们只有坚持逐次抵抗，来粉碎日寇的速战速决阴谋，达到了这个目的，也是我们的胜利；反之，即使我们收复一些失地而不能阻遏日寇的进攻，对于保卫武汉有损无益。"

徐永昌也表赞同："第九战区的最近战况堪为忧虑。我认为现在实行反攻，不如选择有利时机，有利地点，集中优势兵力，打一个大的歼灭战，予敌以重创，对我们更为有利。因为我们的战略始终是以持久战，消耗日寇有生力量为主。"

蒋介石没有想到他的亲信会扫了他的兴，于是转过脸来对白崇禧说："这一次第7军打得很不错，很值得嘉奖。健生，你是不是也认为有继续发展成果之必要？"

第7军原属桂系部队，张淦是白崇禧最得力的大将，外界盛传张淦是白崇禧的"智囊"，也绝非无因，蒋介石这番话，多少有点讨好之意，也有"投桃报李"的企盼。

白崇禧在了解到蒋介石这次召见之意后，一直暗暗冷笑："噢——！原来你是因为有此胜利，才振振有词地发表演说的呀！"

原来在27日这天，蒋介石发表了题为《保卫武汉的责任和要务》的长篇演讲，这篇演讲的绝大篇幅还是说关于工事的改进、加固和加强通讯联络，要求各种报告不得浮夸，亦不得含糊笼统等。最后，他说道："最重要的一点就是武汉现在已成为我们革命最重要的根据地，也是全世界视听所集中之点，武汉如能固守，即是我们最后胜利的开始；武汉若有疏失，就要使抗战前途加重不知多少倍的困难。武汉的得失直接关系于整个抗战的胜利和国家民族的生存。因此，我们一定要拼死固守，誓必保卫到底！"

白崇禧认为蒋介石是因为有了潜在胜利才唱高调，这自然是他的成见所致。事实上在21日，蒋介石在对伦敦《每日捷报》驻华访员任金生发表谈话时就说："扬子江阵线之一，不久即将展开剧战，此战将为大决战，吾人深信必将获得较4月间台儿庄一役更大之胜利。日军自欺欺人，妄以为攻下汉口，战争即可结束。须知即使汉口失陷，必不较去岁南京之失陷更可挫破中国之抗战，何况吾人深信汉口必不致失陷也。日军之困难，与日俱增，吾人将使其一败涂地。"

既有成见，自然便不能客观地分析问题。白崇禧知道蒋介石现在很需要支持，在得不到亲信响应时，便转而求其次，他却偏不肯迎合，举一些失败战例来泄气：

"委座所言继续发展战果，这自然是很必要的——我们不能总是处于被动挨打的地位，相机反攻，只要得当，都应该去做。

"我军在反攻潜山、太湖的同时，曾向黄梅之敌发动反攻，但未得手，第84军覃连芳部于8月26日向金钟铺、黄金土进攻，虽得以占领，但当天晚上日寇即反扑，次日便复陷敌手。

"同时，日寇一个旅团兵力，在飞机、坦克掩护下，突破第150师杨勒安部苦竹口阵地，进陷多方山、白杨岭，并席卷我第189师凌庄西部左翼，攻占排子山、后山铺。我军被迫退守红花砦、柏冈岭。

"综上所述，可以看出日寇在江北并非设防无兵，也绝非没有反攻和进攻的能力，而是在等待江南战局向更有利方面发展，然后配合行动。"

这一席话听得蒋介石不免大失所望。当然，他并非丝毫看不出这种形势。长期以来的军事失利使他太苦恼了，长期处于困境中，难免急于求得一点安慰，以致自欺欺人。

"唔，唔……那么，你把日寇放弃潜山、太湖的原因讲讲看。"

白崇禧接着滔滔不绝地说下去："我认为日寇放弃潜山、太湖，绝非是毫无抵抗力量的表现，而是另有原因和企图的。

"第一，潜山、太湖地区的公路在我军侧面，不断遭到我军民破坏，日寇不能利用公路做补给线，而且，日寇前与我第31军韦云淞部在山地作战十分受制，不易进展，不如放弃，可节省兵力。另以宿黄、黄梅为据点进攻广济，而以安庆、长江为补给线；北以合肥、舒城为据点，进窥六安、商城，而以淮南铁道及巢湖诸水道为补给线。

"第二，敌兵力转用于沿江南北两岸。利用陆、海、空联合作战之优越条件沿江而上,逐渐蚕食,徐徐渐进。"

大家都对白崇禧的分析表示赞同,蒋介石也不得不承认"有道理"而回到现实中来。

"那么,前线现在是如何部署的?"蒋介石有点无可奈何地问。

白崇禧答道:"李鹤龄(李品仙)已将新的部署呈报上来。他正在以第84军的第189师、第48军的第176师及第68军的第31旅等部队向黄梅进攻;以第29集团军的两个师恢复多云山、白杨岭一带阵地,并向黄家埫、英子山、左比砦发展,切断宿松公路;以炮兵第6团推进至大河铺以东,协助第84军的攻击;以第26军、第68军、第188师等部防御龟山、大金铺、团山河、笔架山、大河铺、排子山之线;以第86军为兵团预备队。

"大致情况如此。"

白崇禧讲完,颇有些自得地看看在座诸将领,好像在说:"怎么样——我对兵力部署了如指掌,不愧为'小诸葛'吧!"然而大家对此反应冷淡。大家的共同想法是:"你现在是副参谋总长——作为参谋人员,就应该了解这些情况,有什么好标榜的!"

蒋介石听罢,皱着眉对陈诚说:"日寇又要攻广济了,你要多注意这方面的情况。"

陈诚答道:"张向华已回到前线——必要时我会亲自掌握的。"

蒋介石点点头,扫兴地结束了谈话,但他还是向李品仙发去电报,命对方努力攻打黄梅。

李品仙接到电令,正值又得到了侦察报告:日寇主力仍停留在安庆、高河埠一带,尚无积极西进迹象,只发现一些小部队在向西运送物资。他认为这暴露了敌兵力的不足弱点,于是决定抓住战机,继续反攻,力图一举克复黄梅。当即部署:第189师凌压西部,第176师区寿年部及第68军所属第31旅向黄梅进攻,并以炮兵第6团向大河铺以东推进,协助进攻;第29集团军以两个师的兵力恢复多云山、白杨岭一带阵地,尔后向黄家埫、英子山、左比砦进攻,切断宿(松)黄(梅)公路,其余部队坚守原阵地;第26军萧之楚部及第68军刘汝明部、第188师刘任部在龟山、大金铺、团山河、笔架山、大河铺、排子山一线防御;第86军何知重部为总预备队。

前一段时期第五战区一阶段与敌相峙，各部队得以休整补充，战斗力有所恢复，士气也较旺盛。尽管日寇以优势火力压制，各部队仍英勇突击，取得一定战果。

区寿年的第176师进占王家湾、邢家大湾之线；凌庄西的第189师进占后山铺、作岭；杨勤安的第150师进占渡河桥，并将200余名敌人包围于白云山麓塞内；官焱森的第161师进占右比砦；张淦的第7军于8月28日光复宿松，并以一部追击溃敌。日寇西撤，退入黄梅。

当时第188师位于大河铺，第189师位于大洋庙出口，这两个师都属于第84军建制。其部队原是广西南宁、永淳、横县、贵县等地的一些民团改编而成。第188师团以上指挥官以军校第六分校战术教官充任，无实战经验。这些只会纸上谈兵的战术教官哪里见过日寇如此凶猛的炮击和轰炸。在前沿阵地守卫的第1106团团长黄伯铭一见日寇炮弹、炸弹如雨点般倾泻而来，吓得扔下部队抱头鼠窜。主官一动，全线溃退，而且冲击了第二线。师长刘任见势不好，率指挥部先撤，于是二线亦不战放弃，以致第189师右翼空虚，险些被日寇围歼。

第188师第1106团团长黄伯铭慌不择路，竟逃到了第189师防地，凌压西师长闻报，对这个几乎使他陷入包围的罪魁祸首自然不肯放过，当即命警卫连将其逮捕扣留，打算等事后向军部呈报，要求予以严惩。

第188师溃退，甚至没有向军部打招呼，直至其溃退的散兵到了军部附近，军长覃连芳才查知该师已退到军部的后方去了。覃连芳不禁勃然大怒，也大叫"非杀几个不可"！当他用电话通知第189师转移到浠水集中时，凌压西向他报告说已将黄伯铭扣留，听候处置。他便恨恨地说：

"你做得对，做得好！像这样贪生怕死之徒留他何用。我也不愿再见这种人，也不必解押到军部来了，马上执行枪决！"

事后覃连芳又将刘任扣押。虽然在战场上主官可以不经军法审判，也不必向上级报告即可处置贻误戎机的部下，但是，对于师一级的将级军官处置，仍须请示处置。覃连芳上报第五战区长官部，要求予刘任以严惩。但广西部队属桂系军队，第188、第189师成立后，其人事安排白崇禧都亲自过问，足见其情，他自然不肯处置桂系将领。事后他将该师残部补充第189师，军官遣回广西重新整补部队，将刘任调军训部任用，也算是一种"撤职"的处分形式吧。以其在马当失守后，对第167师师长薛蔚英不依不饶的态度相比，也足见其偏袒。

当然，白崇禧这样做也是"瞒上不瞒下"，如果被蒋介石得知，决不肯轻饶。整个会战前敌指挥官是李品仙，胜败之责由他来负，他不肯说话，其他人又不会多事，覃连芳虽愤慨，却也不能说什么，他还要依靠白崇禧的提携哩。更何况当时兵员大部分依靠西南几省提供，他这个军只能依靠广西兵员补充，无白崇禧安排，他这个军便恢复不起来，连眼下的军长也当不成了。

战局变化几乎在瞬息之间，指挥官必须具备高度敏感和灵活适应战局变化的能力，根据战区变化作出适当的部署，进可以不减锋锐，稳扎稳打，退可以逐次抵抗，败而不乱，阻遏敌寇长驱直入。但在这方面李品仙却有所失误。

日寇一度受挫后，便在黄梅以西集结兵力，30日拂晓分兵反扑，包围第84军覃连芳部于胡六桥及普天寺；另一股约一个步兵联队在10余辆坦克掩护下，向第176师猛攻，迫使该师退回原阵地；又一股经黄广公路及其南北地区分三路反扑，第31旅被压迫向团山河撤退，第176师经过抵抗，也退守惠云寨、塔儿寨；第189师退守双城驿、放马厂、石佛庵。

日寇惯用连续进攻战术，迫使我军无喘息之机。9月1日、2日，日寇连续猛烈反扑，连破笔架山、破山口、凤凰山，第68军刘汝明部退守团山河、蛇腰山，第84军在抵抗中虽予敌以重创，双城驿、塔儿寨一带阵地仍未保住。

在克复宿松后，武汉又一次举行了欢庆活动。自从放弃徐州以后，仿佛阴云笼罩的武汉三镇，终于拨开云雾见晴天。市民们也喜形于色，好像家家都有了一件大喜事，甚至有些人见面拱手道喜："我们终于反攻了！"也许正因为如此，新闻媒界不忍使读者过分失望，便在报道撤退消息时，用了"战略转移"这样一词来掩盖令人沮丧的消息。但是，熟悉地形的读者一目了然——无论怎么说，这"战略转移"总是向后而不是向前或者旁边什么地方，更何况自淞沪抗战以来，"中央社"发的战况消息，总是"我军在英勇抵抗，大量歼敌后作战略转移"，结果一直"转移"到了武汉附近了，于是"战略转移"无形中成了不祥的术语，只要一看到这样几个字，读者当即便会产生怅然若失之感。一些原本道"恭喜"的人，不免叹息：战局何以像6月的天气——说变就变！尽管如此，人们仍旧怀着良好的愿望：阴雨过后，日出天晴，还我个明媚的春天！

事实上李品仙也在竭力挽回战局，这位保定1期的桂军将领在指挥各部反击中，发现日寇在广济方向实行锥形突击，便决定从两翼来夹击突进之敌，命令第31军于9月5日拂晓由鹅公垴向后湖寨之敌侧背攻击；第26军主力同时由吴文贵向郑公塔以北地区团山河、狮子山、破门口一带之敌侧背攻击；第48军向金钟铺、魏家凉亭之敌攻击。

在前一阶段，李品仙采取以攻为守的战略，虽在形势上取得一些进展，但兵力消耗也极大。然而为确保广济，李品仙严命各部队攻击、坚守，乃至以"军法从事"相逼迫。在短短一周内，各部队冒着日寇猛烈的炮火反复冲杀，打得很苦。从9月4日夜起，广济周围地区降雨量极大，更增加了作战的困难。军队在进攻中已疲惫不堪，而日寇都是养精蓄锐，攻势甚猛，更使各部队难于招架。

第26军军长萧之楚作战意念极差，谨小慎微，加之连日作战，部队伤亡过重，因此向李品仙电话请求道：

"钧座，职部只有两个师，连日作战伤亡极重，以职部坚守阵地已属困难，再分一半兵力去攻击，非但攻击无力，完不成任务，只怕连现有阵地亦难固守啊！"

李品仙正在为战局的逆转而忧心忡忡，接到这样的电话，不免火冒三丈，吼道："我不管你兵力够不够，一定要分兵侧击，如果完不成侧击任务，以致广济有失，将以贻误戎机论处，决不宽贷！"

刚扔下电话，又接覃连芳电话：

"钧座，天降大雨，部队行进困难，而且近日作战十分疲劳，请准予休整数日，再行进攻吧。"

这个电话不啻火上浇油。

"覃军长，这是军人说的话吗？养兵千日，用兵一时，别说下雨，就是下刀，也必须执行攻击命令！你必须如期发动侧击！"

"钧座！雨夜行进困难……"

"如果没有困难艰苦，让老百姓去就行了，还要我们当兵的干什么！我看你还是将一部交副军长去坚守阵地，你亲自率部冒雨突进，这样便会士气大振了！"

"钧座……"

"住口！时间是战争胜负的关键，你若迟延，贻误战机，提头来见！"

李品仙扔下电话，颓然坐在椅子上。他承认连日用兵，部队确已疲劳，日寇以优势火力压迫，将士伤亡奇重。部队需要休整、补充。但是，哪里容得他整补呢？战局逆转，重镇将失，自己的责任非轻。而且，这一次广济会战，自己调集了十几个师的兵力，数倍于敌，兵力不可谓不雄厚；从初期的进展和部队的伤亡来看，不可谓将士不肯效命，他真不知怎么就会把仗打得如此之糟！

此时白崇禧也来到前线。各部队长得知李品仙拿出"有理三扁担，无理扁担三"的架势来指挥部队作战了，根本听不进任何话去，便纷纷向白崇禧诉苦。萧之楚、覃连芳先后给他打电话，诉说与李品仙对话的情况，要求他"做主"，他尚能打官腔：

"军人嘛，以服从命令为天职。李副长官的命令并没有错，此时若不侧击日寇，广济将不保，失广济危及武汉安全，不可谓不重要。做部下的，要体谅长官的苦衷嘛。委座不是也常常向我们发脾气嘛——战局不利，当主官的情绪能好吗？执行命令吧！"

但是，紧接着来的电话，使这位"小诸葛"无论如何也不能再打官腔了。

第31军军长来电话告诉白崇禧：

"钧座，职部已伤亡过半，由于连续作战，气候不佳，部队过分疲劳，病员也在急剧增加，战斗力太弱，实在难负重任了。"

白崇禧很想强词夺理："指挥官在作战时要的是克敌制胜，不要伤亡数字！"但这样蛮横的话只有蒋介石才能说，他说了也只能起副作用。

紧接着第167师也打来同样电话。第119师及第31旅的情况就更为严重了。第119师师长李金田向白崇禧报告：

"钧座，职师伤亡在2/3以上，每团仅剩兵员200余人，与第31旅拼凑在一起，兵力仅及一个团，如不及时整补，决难再担负作战任务了。"

白崇禧感到事态严重，或者说被这些投诉搅得心乱了。他不免也担心起来，李品仙再蛮干下去，不仅广济保不住，各部队也被逼垮了，失去了"逐次抵抗"能力，便更不堪设想了。于是他在宋埠长官部将李品仙从浠水前敌指挥部请来。

"鹤龄兄，战况急转直下，你有什么打算啊？"

李品仙长叹一声："我们装备太差，部队训练也差。有的部队补充的新兵超过半数，这些新兵都未经起码的训练就拉上战场，不懂得如何有效地杀敌，也不懂得如何防御，滥竽充数，成了日寇的火力靶子——这就是我们以数倍于敌的实力不能取胜，伤亡过大的根本原因。"

白崇禧点头承认这一事实。按规定，新兵招募后，交新兵训练机构师管区或团管区进行入伍训练，然后交各部再加强训练。现在战事如此紧急，前线每天都有大量伤亡，各部队都等兵员补充，根本来不及再训练新兵了。有的新兵甚至未经入伍训练就直接送到部队，连如何瞄准放枪都需要老兵教，更不懂如何发挥兵器的有效威力，到了战场上只会乱放枪而已。

"是啊，是啊，指挥这样的部队打仗，是毫无把握的，换句话说，能打成这样的局面，也实在难为他们了。鹤龄兄，现在各部队战斗力都不强，你对局势有何想法呢？"

李品仙摇摇头："看来广济保不住了……"他长叹一声，没有再说下去。

"那么，就下令撤出广济！"白崇禧说，"主动撤退，虽败不乱，为下一步逐次抵抗积蓄了力量，可迟滞日寇深入。"

李品仙沉吟半晌："是的，现在主动撤退是上策。但是，失守重镇，委座……张向华就是很好的例子啊……"

"我们已尽全力抵抗，问心无愧足矣。"白崇禧安慰道："总不能因他的喜怒，便置将士流血牺牲于不顾。再者，我们也不能因顾及他的喜怒，置整个战局于不顾。张向华放弃九江，有计划退守第二线，虽然受到委座的责罚。但是，旁观者还是看得清楚，认为他做得对。如果张向华将全部兵力用于九江，今天的局面就不堪设想了。"

"话虽如此，张向华的难堪，也实在够受的"，李品仙顾虑重重地说。

白崇禧在考虑如何帮李品仙减轻一点责任。他与李品仙既是保定军校的同窗，又有乡谊，私交甚笃，理应为对方分忧解愁。更何况自己现在是第五战区代司令长官，而且已来到前线，广济有失，自己也难辞其咎。他想来想去，最后向蒋介石发一电报，在广济未失前先找些客观理由为借口，为进一步辩解打基础。于是对李品仙说："鹤龄兄只管先部署撤退，委座方面由我去说。"他当即拟电：

近自广济会战，时仅一周，而前方官兵伤亡极重，且在敌炮、空威胁下，虽尽极大努力，而阵地终不能克保。则以敌我装备悬殊，制空无权，阵地相持，并非上策。若部队脆弱，则辄三二日即可不能成军，乃战术无灵，指挥棘手。职身临前线，深思对敌之策，唯有取机动姿态，求敌侧背相机攻袭，而不限以一城之死守。为此，则能常保持有用之力量，获得作战之自由。一年以来计划作战者，率以装备相等之战术，因袭应用，原则未尝不合，胜利率归泡影。尤以积兵愈多，损害更巨，实力消耗，远逾于敌。设非改变战法，不但胜利难求，且恐持久不易。

这份电报的主旨，在于向蒋介石提出几点用兵、部署的建议：在日寇优势火力之下，集结重兵，更易被日寇飞机、大炮所杀伤，不如以小部队灵活机动侧面攻击，更为有效；长期抗战在于消耗日寇有生力量，不在一城一地之争夺，动辄下令"死守"，是违背持久战原则的。当然，这份电报还有一重大企图，即是为即将放弃广济找借口，推卸责任。

广济为安徽进取武汉之捷径，所以日寇倾注全力猛攻。中国军队各部虽按命令拦击，却未能阻挡住其攻势，李品仙在此战役中的重大失误是在采取以攻为守的战略时，使兵力过分分散，而且对退守纵深配备不足，以致"逐次抵抗"无力，各部队也难于相互配合策应。

9月6日，李品仙下令撤出广济。为守军安全撤退，各部转移至新阵地继续抵抗，达到虽败不乱的目的，他下令：

"第86军以一部占领独门寨、灵山寨之线，掩护第68军及第86军主力向粟木桥、观沙河集结待命；第176师占领捉马寨、南山寨之线，掩护第31军于6日20时开始转移至观音庵、正磨尖待命；第84军于6月20日开始向老鼠坡、桐梓河集结待命。"

蒋介石接到白崇禧电报在前，广济失守在后，所以蒋介石多少有所精神准备，虽然失守广济如同失守九江一样重要，却也无可奈何。他只对何应钦说：

"李鹤龄指挥打仗不行，绝对地不行！我看还是交由白健生去负责为好。"

何应钦附和道："是的，还是明确由白健生统一指挥为好。"

蒋介石皱着眉说："李德邻现在怎么样了？上一次不是说他的病已经好了吗？"

何应钦听蒋介石问到李宗仁，忙说："李德邻只不过是过去北伐时在龙济光战役所受的枪伤发炎了，虽不重，但在面颊部位，比较讨厌。加之他在指挥台儿庄大战过度疲劳，稍事休息，还是很必要的。"

蒋介石哼了一声："我们都很疲劳，都应该稍事休息，东洋人让我休息吗？他们一刻不停地在向我们进攻；老百姓让我们休息吗？前线一打败仗，他们就要骂我们。告诉李德邻，等打完仗我们大家好好休息休息，他可以彻底地休息，但是，现在却不能。宋希濂的'荣誉师'不都是由负伤的官兵组成的吗？抗战时期，大家要咬紧牙根，不可以太娇贵了。"

何应钦听了诺诺连声，他一时还不明白为什么蒋介石会有此牢骚。再细一琢磨，忽然悟到：战局失利，蒋介石才想用有指挥才能的人来扭转，李宗仁在台儿庄一战，可谓中外驰名了，所以急欲让李宗仁复职，来指挥第五战区部队作战。他不禁暗暗冷笑："就算李德邻有天大的本领，总不能使日寇的飞机大炮失灵吧？我们是在拿血和肉去与钢铁较量，绝不仅仅是战略战术的问题啊！"其实一个根本的问题在于，李德邻就是再有本领，也改变不了蒋介石，改变不了国民党的现状。这自然是何应钦认识不到的。

尽管他对蒋介石心血来潮之时迷信个人作用的做法颇不以为然，却还不得不去找李宗仁，婉转地传达蒋介石的"雅意"。

白崇禧认为日寇每攻占一战略要地，便会停止进攻数日，一方面是休整，一方面作兵力部署、集结兵力，重新组织进攻。所以他决定利用日寇站脚未稳之时，出其不意地进行一次大规模的全面反攻。他亲自部署兵力：第26军萧之楚部主力向松阳桥之敌进攻；第84军覃连芳部协同第29集团军许绍宗部（辖第44军廖震部、第67军许绍宗部）向荆竹铺之敌进攻；第31军韦淞云部、第48军廖磊部向黄梅之敌攻击；第7军张淦部推进至河口，协同第55军曹福林部夹击当面之敌。

这种部署，是企图以"四面开花"迫使兵力有限的日寇失去相互策应之能力，达到各个击破之目的。

攻势从9月7日夜间开始。

第 26 军军长萧之楚所属第 44 师陈永部进攻松阳桥，经一昼夜激战仍无大进展。白崇禧严令督促，第 44 师再经两日奋战，占领松阳桥以南及以西诸高地，日寇多次反扑，均被击退，双方均付出重大伤亡。该军第 32 师王修身部于 10 日下午占领 225 高地，继续向十里铺攻击前进，一部进袭广济。日寇再次施放窒息性毒气，大量杀伤我进攻部队。第 32 师被迫退到雨山寨、米家岗一线；第 44 师亦被迫退守朱家寨至樊家湾一线，白崇禧命第 86 军何知重部归萧之楚指挥，守备大王寨、白露山之线。

第 7 军先到一个旅，配合第 55 军向团龙山、四顾坪山之敌发动猛攻，并有炮兵第 5 团在高山铺以炮火助战。经一日苦战已见成效时，日寇飞机前来轮番轰炸，迫使我军不得不停止进攻，转入防御状态。

"小诸葛"的"神机妙算"有误，战局并不随他的意志发展。从 9 月 7 日夜至 11 日，4 天中发动的向敌侧背攻击战，基本无大成效。日寇并不以大部队较量，似将计就计地以小部队牵制我军，其主力南进，15 日攻占铁石墩。同时，日寇舰艇支援其海军陆战队在武穴以东的潘家湾登陆，沿江西进。其进攻田家镇要塞之企图已十分明显了。

第十三章

血战田家镇

　　日寇以少量部队在黄、广牵制中国军队，主力南进，乘机攻夺田家镇要塞。白崇禧后知后觉，已不及救援。前方将士顽强抵抗，以伤亡2万人的代价歼敌8千人，要塞不幸失陷。

第十三章 | 血战田家镇

田家镇要塞位于九江上游60公里的长江北岸，与对岸半壁山和富池口的永久炮台相依，是鄂东门户、江防要地，也是武汉三镇据守的门户要塞。其地形以山锁江，湖泊连接。东北是黄泥湖，西边是沼泽水泊，中间有一宽约三四里的丘陵高地，连接要塞腹地。北边是松山，土山高耸，重叠连绵。

7月间，李延年奉命率第2军开赴田家镇，担任要塞守备任务。当时李延年被委任为第11军团军团长，除直属第2军（李兼任军长）辖第9师（师长郑作民）和第57师（师长施中诚）外，还将第8军李玉堂部和第54军霍揆彰部拨归其建制，但这对李延年反倒是负担。

在黄埔系将领中，有"黄埔三方"（方天、方靖、方先觉）、"黄埔三李"（李延年、李仙洲、李玉堂）等等，都是自视甚高，得宠于蒋介石或陈诚，不甘居人下，唯蒋介石、陈诚马首是瞻者，其他人是很难驾驭得住的。而第54军军长霍揆彰又是陈诚军事集团中主要干将，其傲气实不下于"三方"、"三李"。所以李延年对将李玉堂和霍揆彰部拨归其建制，唯苦笑而已。他干脆放弃对这两个军的指挥权，听任他们各行其是，只专注于指挥他自己的一个军作战。

李延年来到田家镇要塞，便带领两位师长及参谋人员视察要塞及周围地形。他认为此处地势险要，附近湖沼星罗棋布，形成要塞天然屏障。只要兵力部署得当，日寇若来攻，虽有精良装备和其标榜的"武士道"精神，要想正面突破，不用几万人的尸体来铺垫便休想得逞。因此，若战端一开，日寇或可能采用正面佯攻，吸引我军注意力，却以主力绕道北进，从侧翼求得突破。

基于以上考虑，李延年将第2军主力部队第9师置于要塞北面。这里也是沼泽地带，但有一条约3里宽，6~7里长的小丘陵连接要塞核心阵地，小丘陵北面即是松山，高地连绵起伏，为要塞北面之依托。

第57师担负东南正面防御任务。

田家镇要塞地处江北，原属第五战区防卫序列。第九战区成立后，军委会在划分战区防地时，因考虑其与江南半壁山和富池口要塞相呼应，便跨江将田家镇要塞划归第九战区第2兵团防卫序列，却未考虑到一旦田家镇要塞受到攻击，跨江增援的困难。既然有此划分，第五战区在用兵之时，便将田家镇要塞的防务排除在外，而在江北的第九战区第2兵团对隔江的田家镇要塞又难于照顾，于是使田家镇要塞处于孤立地位。要塞的防务无野战部队作外围有力防护，仅靠要塞守备部队独立支撑，显然是极薄弱的。遗憾的是如此布局上的疏漏，却未引起国民党最高统帅部的应有注意。

广济失守后，白崇禧为发动全面反攻，将位于铁石墩的第26军调向松杨桥进攻，以致田家镇要塞侧翼空虚；复又将田家镇要塞西北面的第67军许绍宗部第161师官焱森部调离，于是要塞周围形成"真空"。

李延年叫苦不迭，却又不能向第五战区提出疑义，又明知第九战区第2兵团的兵力已不敷当面应战之需，而且隔江指挥也鞭长莫及，只能就现有的兵力，根据情况变化，变更兵力部署：

（1）第57师担任马口、灵家庵、桂家湾、梅家湾、左家咀以南地区守备；

（2）第9师一部担任九牛山、乌龟山、沙子垴、鸭掌庙及马湖口南岸之守备，以主力于得栗桥、潘家山、菩堤坝街之线占领阵地，并于铁石墩、田家墩配置警戒部队；

（3）炮兵第16团之一连及炮兵第6营在崔家山、梅家府、下大官庙一带占领阵地，与要塞炮台协同阻击敌舰，并于沙子垴以北选预备阵地；

（4）要塞核心守备队担任要塞核心及西至马口之守备，阻击敌舰。

李延年为谨慎起见，将此兵力部署方案上报第九战区第2兵团，请求批示，也是希望引起张发奎的注意。

张发奎接到李延年的报告，看了新的兵力部署，认为实际上是将两个师的防地扩大，在要塞周围处处设防，这样使得兵力分散，要塞本身防御薄弱，容易为敌突破。同时也认为白崇禧不顾要塞安危的做法，缺乏协同作战精神，以其副参谋总长身份来说，更是不应该的。第2兵团方面，自8月22日瑞昌失守后，江南形势一直极为紧张，无力分兵增厚要塞兵力。因此，他将要塞情况上报军委会，提请注意要塞的危急情况。

9月15日，日寇以数十架飞机和舰艇，向田家镇要塞发动猛烈攻击，终日不停地以炮弹、炸弹向国民党军队阵地倾泻。同时，其海军陆战队在潘家湾、中庙、玻璃庵一带登陆。其战术果然是正面佯攻，以主力绕至北面进行奇袭。

首先接火的是第9师52团第2营，日寇攻势甚猛，第2营虽顽强抵抗，前哨阵地终被突破。入夜，第52团组织强有力的反击，将阵地夺回，驱逐了日寇。

同时，一股日寇由广济方面开来，猛攻第9师在铁石墩的警戒地，遭到坚决抵抗后即施放毒气，以致阵地官兵多有中毒者，被迫放弃铁石墩。

李延年见日寇来势凶猛，不仅倾注了优势兵力，而且在第一天战斗即施放毒气，表明夺要塞之迫切。于是他向第五战区发出求援电，请求派有力部队南下，与第2军夹击当面之敌。

9月16日，日寇继续在潘家湾、玻璃庵一带登陆，第57师再次予以迎头痛击，终将进犯之敌击退。但在两天阻击中，伤亡也极重，同时，日寇在松山方面向第9师发动的攻击却十分猛烈。

拂晓，日寇以优势兵力和数十门大炮的强大火力，向第9师第25旅松山纵深阵地猛攻，数小时后又飞来一中队轰炸机，轮番轰炸、扫射我军阵地，压迫得我军几乎抬不起头来，伤亡亦较大。日寇欺我无对空射击武器，低空袭击、投弹、扫射都极准确。第9师师长郑作民见此情况十分气愤，便命组织一批轻、重机枪和步枪狙击手，专门对空射击。一架敌机在俯冲扫射时，被我军一颗迫击炮弹下落时击中（纯属巧合）而爆毁，足见敌机之猖獗。由于采取了这一措施，迫使敌机再也不敢低空肆虐了。这样，对地面部队的威胁相应减轻。

在作战中，官兵同仇敌忾，士气极旺，与敌激战两昼夜，虽伤亡极重，却仍坚守阵地。日寇多次突入阵地，中国军队与之肉搏，极为壮烈。第53团班长时克俊，在肉搏时与一鬼子扭抱在一起，他卡住鬼子的脖子，鬼子挣扎不脱，便咬住时克俊的耳朵，将时克俊的耳朵咬掉一块，时克俊仍不松手，直至将鬼子掐死为止。

这一场松山激战，第9师伤亡军官60余名，士兵800余名。受伤官兵除重伤者抬下火线外，其余均带伤坚持作战。

李延年见各部伤亡过重，外无策应，为集中兵力，以利更有效防守，于是决定调整部署，缩小正面。以第 57 师接替第 9 师为龟山一带防御，为此第 57 师主阵地，原家山、九牛山主阵地改为前进阵地，并将要塞核心守备部队及炮兵第 16 团拨归第 57 师指挥。

日寇在进攻开始后，便将几十艘炮舰在武穴南岸一字排开，轮流不停地以其两舷炮火向我阵地轰击，掩护其进攻部队。其炮火密集度达每分钟 20 余发，落到阵地上如同下雨一样，阵地的破坏、人员的伤亡可想而知。

第 57 师根据军长指示，立即行动，并调回原防守武穴的一个团为师预备队。该团仅留一个连在武穴坚守。主力撤走后，日寇即移重兵来攻，该守备连很快即陷入四面包围中，坚持至夜，连长率残部突围而出，全连只剩下数人。

18 日，日寇登陆部队不断增加，从广济方面增援的日寇潮水般涌来。要塞处于十分危急状态。李延年不停向最高统帅部告急。直到此时最高当局才悟到隔江划分战区是重大的失误，于是在 17 日夜急电第五战区，硬性规定所有江北守军统归第五战区指挥，并强调田家镇要塞安危亦由第五战区负责。

接到这一命令，李品仙赶到长官部会见白崇禧，不禁破口大骂："他妈的，火燃眉毛了，才把烂摊子往我们身上一推！他们要早几天改变主意，我们也好调拨部队在田家镇外围组成防御线啊。现在怎么办呢？"

白崇禧亦在为此命令生气。但他明白现在既无理可讲，也推不掉，所以拿着红蓝铅笔，俯身在一张军事地图上琢磨如何用兵。然而看看地图上的敌我兵力标记，整个战场中国军队的阵线已支离破碎，他这位"小诸葛"也回天无力了。于是扔下手里的红蓝铅笔，叹了一口气：

"骂娘是没有用的，当务之急是赶紧补救，免得又受埋怨。"

李品仙忽然悟到，他这位同窗加同乡是副参谋总长，战区的划分是参谋本部的事，副参谋总长参与决策，幸亏自己还没有骂出更难听的话来，否则对方就更难堪了。

"那倒是啊——事已至此，多说何益。"李品仙马上转舵，"我赶来就是想和你商量如何调遣部队救援哩。"

其实白崇禧的担心，是从收到李延年求援电后就开始了。然而，他所发动的全面反攻正在衰竭之时，已是自顾不暇，如何能去救援要塞呢？他尚未料到这担子竟强加到他的肩上了。

李品仙见白崇禧皱着眉头不答话，便试探地问："健生兄，你是否在担心田家镇不保……"

白崇禧却看得更远："我担心不久我们将被迫放弃武汉哩。"停了停，他叹息道，"现在就像俗话所说的——尽人事而待天命。我考虑过了，命第26军前往策应，攻击敌军侧背，牵制一下，减轻要塞的压力。另遣第86军前往增援，但是……"他没有说完"现在为时已晚"这句话。

"好的，我这就下达命令。"

白崇禧缓缓地点了点头。随后似打招呼也似自言自语地说："长官部马上要转移到宋埠去……李德邻就要到前线来了……有他亲自指挥，我可以回武汉去了……"他说罢深深喘了一口气，颇有如释重负之感。自从黄广战役以来，他一直在前线紧张地指挥着，希望能克复黄梅，或有更大的进展，显示一下他的指挥才能，以不愧"小诸葛"的雅号，然而事与愿违，反倒得而复失，又丢了广济。尽管他对蒋介石有过一番说辞，但毕竟是战败了，无法向人解释。尤其是这一次的反攻，他所寄予的希望更为殷切——转败为胜，将有更佳的效果。然而其结果却更令他沮丧！现在他的心态就像一个参加田径赛的长跑运动员，经过一段长距离的奔跑，体力消耗得差不多了，如果有希望夺冠，尚可拼最后余力冲刺，结果却发现自己远远落在后面，绝跑不出成绩了。他泄气了，急于退出竞赛场。因为再继续跑下去是很尴尬的。

李品仙似乎理解对方的心态——他自己又何尝不是如此呢？于是安慰对方——也是自我安慰："健生兄，兵家胜败乃是常事。仗还要打下去的，来日方长嘛！"说罢他自己先苦笑。

从17日晚起开始降雨，18日雨量加大。虽造成行军困难，但对日寇的海、空协同作战优势，起到了阻遏作用。

第86军何知重部先头部队第103师何绍周部赶到铁石墩附近，对自广济源源而来的日寇援军以迎头痛击。日寇也组织了兵力攻击第103师侧背。从日寇遗尸所得符号才知此股日寇为今村支队，十分凶悍。

当时第9师在铁石墩以西亘松山口南北高地阻击日寇，日寇占领铁石墩、松山附近一些高地后，即以一部继续向第9师阵地攻击，主力通过松山口隘路向要塞阵地突击，战斗异常激烈。

第103师到达后观察地形，见第9师尚占领制高点3120高地，尚属有利，日寇亦正向该高地猛攻。为策应第9军，第103师派出有力部队争夺被日寇占领的2625高地，只有夺得此高地才能驱逐日寇，夺回铁石墩。但向高地进击属于仰攻，日寇居高临下，火力又强，不付出重大伤亡难于奏效，第103师进攻部队与第9师守卫部队取得联系，做好密切配合之准备。

第103师进攻部队取正面佯攻，两侧迂回战术向2625高地进攻，同时第9师3120高地以火力支援，奋力突进。日寇以密集火力阻击，进攻部队英勇冲击，前仆后继。经10余小时激战，终于攻占了2625高地。主攻部队第103师第618团两个营伤亡大半。

攻克2625高地后，第103师第613团继续发展成果，扫荡松山之敌，夹击进攻沙子垴之敌。

日寇作战全凭海、空优势及其机械化装备才能得逞。在进攻武汉中，其部队多以沿江发展，即是依靠海军炮火的掩护和协助，这一次松山战果，虽有赖第103师将士的英勇以及第9师的密切配合，但另一重大原因即是天降大雨，日寇空军无法出动协助地面部队作战，而在山地作战，其机械化又不能发挥作用，这样日寇便完全失去了武器方面的优势。而中国军队第9师的炮兵营配合也得力，与日寇火力均势。

20日，第85军第121师牟庭芳部两个团赶到蕲春方面，使敌处于三面包围之中。日寇第6师团组成一个混合大队由广济增援今村支队，我第103师分兵于四望山附近阻击；日寇又派第23联队增援，又被第121师阻击，不能靠近今村支队。

22日天气放晴，日寇出动空军，一面向被围今村支队投送弹药、物资，一面轰炸中国军队阵地。

为阻止日寇进展，第103师在武穴镇下游6公里处破坏江堤，使武山湖、黄泥湖一带形成泛滥区。

日寇今村支队得到救济后，全力突破包围，与援军会合，再度发动进攻。

松山一役前后共 10 余日，事后从缴获日寇文件中得知，此役击毙日寇 284 名，其中将校 7 名，击伤日寇 860 名，合计伤亡共 1144 名。

松山之役仅要塞保卫战的一部分。

在第 57 师正面，自 19 日起，日寇攻势更猛。胡家山等地相继被攻占；另一股日寇攻乌龟山、沙子垴却未得逞，第 57 师组织反击，第 9 师予以配合，并以炮火支援，终于夺回胡家山阵地，歼敌大半。在这场拉锯战中，第 57 师伤亡亦重。

20 日下午，日寇向第 57 师乌龟山、沙子垴、鸭掌庙阵地猛攻。守军坚决抵抗，尤以鸭掌庙阵地受威胁最大，双方反复争夺，激烈异常。中国守军终因伤亡过重被迫撤退。此时第 103 师正在松山方面向敌发动攻击，牵制了日寇。所以乌龟山、沙子垴阵地得以守住。但事后第 57 师增兵复夺鸭掌庙阵地却未成功。次日拂晓，日寇又向乌龟山、沙子垴阵地施放毒气并行围攻，守军虽多人中毒，却仍苦战不退。最后乌龟山守军终因弹药告罄，于当晚突围；沙子垴因得第 103 师策应，仍坚守阵地。

因第 26 军赶到，李延年命第 9 师将枯咀山、竹影山、潘家山一带防地交该军第 44 师陈永部接防，第 9 师转移至马口湖南岸，协同第 57 师守备要塞；又有第 87 军刘膺占部一个团开来增援，李延年将该团接拨归第 57 师指挥。第 57 师师长施忠诚将该团接防周家山、崔家山一带阵地。

第 26 军另一个师即 32 师王修身部奉命攻击香山、骆驼山一带之敌，该师作战不够努力，未能奏效。

此时援军纷纷来到，是李延年当初所不敢奢望的，自然感到欣慰。然而再看看要塞周围阵地已支离破碎，日寇也已穿插进来，又不禁十分感叹。他在暗想：如果在要塞未受到攻击之前，守卫部队能多一个军——哪怕能多一个师、一个旅，甚至一个团，今天的战局就不会是这样了。至少不会使要塞外围阵地被日寇袭击、占领得支离破碎，以致如今腹地受到威胁了。事实上是自己的第 2 军两个师孤立无援地在要塞苦苦撑持了两昼夜，告急、求援电不知发了多少，却得不到近在咫尺的第五战区的响应，更何况在日寇攻占广济以后，下一个目标便是田家镇要塞，是十分明显的。他不相信作为军事家、高级指挥官的白崇禧、李品仙连这一点军事预见都没有。那么，为什么就不能在广济失守后，即加强田家镇要塞的防御呢？结果却恰恰相反，先后将第 161 师、第 26 军调离，使要塞侧翼空虚，日寇得以从几个方面直扑要塞！这一切只不过因为田家镇要塞不属于第五战区序列，更确切些说是田家镇要塞的得失，与第五战区无关。仅仅因为这一点原因！反之，现在一下子涌来两三个军的增援，也只不过因为田家镇要塞划归了第五战区序列，其得失要第五战区直接负责了。多么可悲的一点原因！大敌当前，民族危亡的紧要关头，在抵抗侵略者的同一条战线上，你、我、他的划分竟还如此清楚，这是否可以说明其军阀本质的狭隘或说本性的自私！作战的密切配合，往往是胜负的关键；彼此袖手旁观则是被敌人各个击破的致命缺点。恰恰是这样一些怀有一己私利的人，在掌握着战局的命运，仗还怎么能打得赢呢？

然而他的这些感叹是无法向人倾诉的——对上不敢说，对下不能说，也就只能憋闷在心里。既然援军已到，他将外围一些阵地移交给友军了，自己的兵力收缩集中了，不能无所作为，于是决定组织第 9 师和第 57 师兵力，准备于 23 日拂晓实施反攻。希望能配合友军夺回一些外围阵地，巩固要塞的防卫。就在这一天，战局进一步恶化。日寇增援大部队已到，连续攻陷四望山、铁石墩，突破第 121 师阵地，进袭位于张家湾的第 103 师师指挥部，何绍周亲率师直属部队迎击。第 121 师在抵抗中几次遭到日寇的毒气袭击，伤亡十分惨烈，最后的残部，仅能编为一个营，拨补给 103 师。该部中，高级指挥官撤到后方另以新兵重新组建。牺牲得如此惨烈的部队非止一个。

24 日，天气放晴，日寇空军出动助战，更增加了国军的威胁。长江南岸富池口要塞失陷，日寇军舰溯江上行；田家镇要塞遭到空前猛烈的空袭，守军伤亡极为惨重。

李延年看到形势已十分危急，只得放弃反攻计划，考虑"逐次抵抗"、掩护撤退方案。他指派第 9 师 1 个团至马口湖以西周家铺，归第 198 师指挥，构筑预备阵地。

在日寇不断增兵的同时，李品仙又调第 48 军第 174 师张光玮部增援，归第 26 军指挥。

25 日，第 174、第 44、第 32 师各以一部向四望山、铁石墩进攻，并占领这两个阵地，因日寇大部已向南进击，只留小部队牵制。

在第 57 师方面，日寇以 30 余只汽艇载兵于该师侧翼阵地登陆，突破前进阵地，攻击崔家山、九牛山阵地，然后该师退守桂家桥、乔麦塘阵地。

同时日寇对要塞再行狂轰滥炸，以致村落、防御阵地多成废墟。

经过几天对要塞的大肆轰炸后，要塞防御能力大大削弱了。日寇在 26 日拂晓，再以海军炮火袭击、空军轰炸，进行持续 3 个多小时的卷毯轰击，尤以要塞东正面主阵地遭到的轰击最为猛烈，以致守军一个团伤亡达 2/3，仅剩下约一个营的兵力了。日寇正是选择东正面为进攻点，在炮击、轰炸同时，日寇步兵一个大队朝东正面主阵地扑来。日寇满以为经过数日狂轰滥炸，进攻前又一次"清扫"不会再遇太大抵抗，几乎是直挺挺地扑来，不料中国军队残部将士抱与阵地共存亡之决心，坚决予敌以迎头痛击。各种兵器吐出愤怒的火舌，向万恶的日寇猛舔。骄狂的日寇一排排倒下，仓皇龟缩而回，于是又恢复了炮击和轰炸。

李延年见各部兵力消耗过大，只得收缩各部防御，变更第 9 师及第 57 师作战之地为何家、香家、下李之线，并将战况及时向第五战区报告。

李品仙得悉要塞危急，严令第 26 军向南侧击，第 26 军虽不断增加兵力，但军长萧之楚用兵缺乏果敢，奉命进展迟缓。主官不努力，下面更松散了，所以侧击无力，并未对要塞战局起到策应作用。

最为惨烈的是第 9 师与第 57 师防线接合部新下屋以西的防卫战。第 9 师团长周义重率全团死守阵地，日寇采用波浪式进攻，该团坚决抵抗一日，予敌重创。本团损失亦重，并被包围。另一股日寇突破第 9 师防线，占领黑家山制高点，形势对该团更为不利。于是留下一个不完整的连在阵地上掩护，周义重率残部突围，结果身负重伤，突围而出的官兵仅剩 40 余人，掩护撤退的一个连在抵抗中伤亡殆尽。唯有一名排长虽负轻伤，仍坚持守在阵地上。日寇见国军阵地一度沉寂，以为被其全歼，于是蜂拥而上。这位排长早已准备好了大量手榴弹，在阵地上转着圈向日寇掷手榴弹，由于出乎意料，炸得猝不及防的日寇死伤数十人。日寇仓皇退下，后仔细观察，才发现阵地上只有一人活动，于是包围而上。这位排长留下最后一颗手榴弹，在日寇逼近时，将手榴弹填入一挺重机枪匣盖内，拉断导火索，然后抱住机枪，炸得血肉溅洒在靠近的鬼子身上，鬼子惊得嗷嗷怪叫，四散奔逃。等清醒过来，再回到烈士献身之处，对这位为中华民族献出年轻的宝贵生命的英雄，不禁肃然起敬，纷纷行举手礼！

他是我们炎黄子孙的骄傲，这位中华民族的英雄名叫袁次荣。

27日，日寇出动两个轰炸机大队，轮番轰炸要塞核心阵地。同时一支约七八百人的队伍在上洲头登陆，而且后续部队源源增加，与守军龙子玉团短兵相接，双方反复冲杀，该团始终守住阵地，但龙子玉团长却在指挥作战中壮烈牺牲。

29日，日寇连续攻占阳城山、玉屏山。同时另一股敌人在要塞核心区盘圹登陆。守军予以全歼。日寇并不死心，又在上洲头登陆，并附有水陆两用坦克配合进攻，再以更大兵力，再次由盘圹登陆，并专门用5艘炮舰的炮火配合该登陆之敌行动。于是要塞核心区发生混战。

李品仙得到李延年连连发来的战报。看到战况已难挽回，于是下令李延年放弃要塞。

田家镇要塞失守，李品仙向国民党军委会报告战况经过，着重强调自田家镇要塞划归第五战区战斗序列以来，第五战区竭尽全力，调集重兵支援策应，表示已尽力而为；其次又指出防守战初期江南第2兵团未予有力支援策应，以致要塞陷于被动，对于李延年的部署、用兵亦有所不满，实际上是将一切责任全部推卸干净。

每一重镇失守，蒋介石总要追究一些将领的责任。这一次自然亦不能例外。最后，较为适当地追究了第26军萧之楚"作战不力，指挥失当"之责，应予以查办。

萧之楚没有忘记几次参加军事会议时蒋介石声色俱厉的训示，"杀几个"的叫喊声，令人不寒而栗，至今仍然心有余悸。现在追究到自己头上了，似乎蒋介石"杀几个"的喊叫声，正是冲他发出的。他不能束手待毙，于是向军委会申述理由，第一条便是"天灾"，奉命之时天降大雨，全军官兵俱无雨具，将士冒雨行进已十分疲惫，所以行动迟缓；其次便是"人祸"。到了这种保命之时，他已顾不得今后再与顶头上司如何相处了，竟然将李品仙推出做挡箭牌：李总司令作战意志不坚，指挥混乱，"时而命职部坚守，时而命职部进击；时东时西，时南时北，无所适从。无稍固定方位和目标，使将士疲于奔命，战斗力尽消耗在来回运动之中。"

如此辩解，本不应获得同情，但恰巧与蒋介石对李品仙的印象"李鹤龄指挥打仗不行"相吻合，居然免于追究。

战役的失利，原因是多方面的。纵观自黄、广战役至田家镇要塞失守，应负责任的不止萧之楚一个将领，而且他也不应负主要责任。是否追究，亦不过形式而已。但像萧之楚这样软弱无能的将领，及早撤其指挥权仍很有必要，除起惩戒作用外，对以后作战亦是有利的。这一次萧之楚未被撤职，贻患于后来：当尔后襄河会战时，在关键时刻，他擅自率部脱离战场，造成宜昌重镇设防无兵，宜昌失守，整个西南大后方震惊，也严重影响了鄂西战局。

俗话说："兵熊一个，将熊一窝。"话虽粗糙，道理却是颠扑不破的。

田家镇要塞保卫战历时半个月，虽最后以中国军队撤退告终，而且伤亡亦极大，但仍起到了牵制敌寇、迟滞其西进的战略目的。从伤亡数字来看，中国军队接近 20000 人，日寇亦付出了近 8000 人的伤亡代价，起到了消耗日寇有生力量的作用，沉重地打击了日寇的嚣张气焰。

第十四章

倭寇碰了大钉子

第71军军长宋希濂率部守卫富金山,利用有利地形与敌激战,坚守13昼夜;第27军团军团长张自忠率部在潢川阻敌,完成掩护主力集结信阳的任务,城北守军在抵抗中伤亡殆尽。

当武汉保卫战开始之初,即 1938 年 6 月 22 日,第五战区司令长官李宗仁于东湖疗养院上书蒋介石。他认为日寇兵力有限,只能依靠海、空优势配合,以沿江进攻为主。因此他建议:"应充分采用内线作战原则,迅速集中绝对优势兵力,先于太湖、宿松、英山、广济间狭隘地带将溯江西进之敌聚而歼之,然后转移兵力,各个击破。"他反对处处设防,逐次使用不足兵力。

正因为如此,第五战区的部署是以其广西部队 4 个军 12 个师部署于沿江防线,阻击溯江西犯的敌第 6 师团。

但在两天后,即 6 月 24 日,第五战区从战俘的口供和缴获的文件中得悉,日寇的作战计划与李宗仁的判断不尽相同:(1)由蒙城进攻阜阳,趋新蔡、汝南,南犯确山;(2)由正阳关犯霍邱,趋固始、汝南、光山,犯信阳;(3)由合肥犯六安,越叶家集、南城;(4)由安庆犯潜山、太湖,趋黄梅、广济。

8 月 24 日,日寇"华中派遣军"第 2 军自合肥大举西犯,妄图先击灭大别山北麓我军,然后以其主力经商城、信阳,突破大别山,会师武汉。

当时守卫大别山北麓部队为第五战区第 2 兵团孙连仲部。

孙连仲兵团所属部队有:第 2 集团军(孙连仲兼)所辖第 30 军(田镇南)之第 30 师(张金照)、第 31 师(池峰城);第 42 军(冯安邦)之第 27 师(黄樵松)、独立第 44 旅(吴鹏举);第 5 集团军(于学忠)所辖第 51 军(于学忠兼)之第 113 师(周光烈)、第 114 师(牟中珩);第 27 军团(张自忠)之第 38 师(黄维纲)、第 180 师(刘振三)、骑兵第 13 旅(姚景川)、骑兵第 2 旅(马忠义);第 19 军团(冯治安)所辖第 77 军(冯治安兼)之第 37 师(张凌云)、第 132 师(王长海);第 26 集团军(徐源泉)所辖第 10 军(徐源泉兼)之第 41 师(丁治磐)、第 48 师(徐继武);第 45 军(陈鼎勋)之第 124 师(曾甦元)、第 125 师

（王仕俊）；第71军（宋希濂）之第87师（沈发藻）、第88师（钟彬）、第36师（陈瑞河）、第61师（钟松）。共17个师，1个独立步兵旅，2个骑兵旅。

孙连仲原是冯玉祥手下一员大将。1930年中原大战，冯军失败，他投靠了蒋介石。蒋介石当时勉励他："仿鲁（孙连仲字），你好好干，会有前途的。"即任命他为第26路军总指挥，他对蒋介石也忠心耿耿，颇受器重。

冯玉祥对"学生娃娃"不信任，他手下的将领，都是从小兵或低级军官中提拔起来的行伍出身者，这些将领会带兵，有实践经验。孙连仲也是从小兵起家的，颇能运筹帷幄，根据敌情，做周密的兵力部署。

8月28日，日寇第13师团攻陷广安；29日又陷霍山；30日复陷独山镇及杨柳店。

孙连仲赶到商城，重新调整部署，于9月1日下达命令：（1）第77军占领黑石渡至齐头山之侧面阵地；（2）第51军占领自齐头山（不含）至开顺街之侧面阵地；（3）第71军以一师占领富金山、下板桥之线，其余集结于武庙集、殷家集以北地区，并与第59军联络，但守备固始的一师等候第59军到达后归还建制；（4）第59军速派一师进守固始，分一部进占南大桥，其余集结于潢川附近；（5）第2集团军以一部进驻商城，其余在小界岭、府城间集结，为兵团预备队。

敌势仍十分猖獗，9月2日攻陷开顺街及叶家集；3日，又陷八里滩，渡史河复陷新集子；9月4日，日寇向富金山进攻，终于碰到了克星，偿还了部分血债。

富金山守军为第71军所属第36师。第36师可谓宋希濂军长的"起家"部队，从1933年他任该师长起，一直率该师转战，至1943年他任第11集团军总司令，率部参加中国远征军，在滇缅路作战，第36师始终是他的基干部队。

宋希濂字荫国，湖南湘乡人，17岁即入黄埔军校第一期受训，与徐向前元帅是同期同队同学。1926年由蒋介石派赴日本陆军步兵军校深造，被选为黄埔军校留日学生40余人的组长。1933年8月升任第36师师长，次年1月，在延平县九峰山一举击溃第19路军主力，以致李济深、蔡廷锴反蒋的福州事变不果，深得蒋介石赞赏。率第36师参加淞沪抗战后，他升任第78军军长，因当时该军新成立，还只有第36师一个师，因此还兼任第36师师长。参加南京保卫战后被免职，后起用为荣誉第1师师长，该师主要官兵皆为伤愈归队者。至武汉会战，调升为第71

军军长。对于参加南京保卫战后被免职,他认为是无辜的,所以耿耿于怀。这次得机会升职,参加武汉会战,他便决心在战场上"讨回公道",以证明他的无辜。

刚接任第71军军长时,参加兰封会战,当时部队还不完整,他的基干部队第36师尚未归还建制,所以还不能如愿以偿。现在他掌握4个师的兵力,可以大有作为了,于是决心此时此刻好好打一仗,证实他的指挥才能和抗战救国之决心。

8月下旬,宋希濂奉命率部到达商城附近,即召集几位师长和参谋人员去叶家集一带侦察地形。靠叶家集很近的富金山有如扇形,在公路南侧,可居高临下,控制公路,众人一致认为是最佳的作战境地。宋希濂当即决定以他的基干部队第36师控置左翼,第88师控置右翼,另遣第61师拒守固始。当时第87师尚未到达集结地点。

宋希濂将军指挥部设到富金山的山顶上,可以观察到整个作战情况。

9月2日,富金山战斗打响了。

日寇进攻的老办法仍旧是飞机大炮为步兵开路——飞机10架,大炮20余门向富金山守军阵地猛烈轰击,其炮弹射程可以射至山顶军指挥部。

第36师阵地有几条棱形线,延伸到平地。第36师即在几条棱形的山腰布防,沿棱形线通到山顶,因此其配备呈梯形。该师以第108旅固守阵地,当日寇步兵进攻时,在正面坚决抵抗同时,第262旅由南侧、第106旅由北侧出击,对敌实行三面夹击,致敌以重创,使其龟缩而回。

但在同日,日寇攻陷南大桥,第61师第261旅仍固守固始东部阵地。

9月5日,日寇第13师团向富金山局部进攻,又被击退。在作战过程中,宋希濂总是在第36师各团阵地来回巡视,鼓励官兵。他向官兵们反复地喊:"打——狠狠地打!向鬼子报仇雪恨的时机到了!"敌1000余人由黎家集以南渡河,向武庙集前进。第88师第527团还击该敌,激战终日,与敌在史庙子附近对峙。

固始方面进攻之敌增至2000余人,向第261旅攻击,火力极为猛烈。该旅逐次抵抗,同时又发现在三河尖有汽艇100余只,载兵登陆,向固始前进。孙连仲闻报,一面令第261旅坚守待援,一面令第59军火速驰援。

9月6日,日寇突破东郊阵地,傍晚,固始城发生剧烈巷战,守城营长黄具栋拼死抵抗,以致身负重伤,残部将其抬出城外抢救。第261旅旅长朱侠率部向迎河集突围。

在富金山方向，日寇连日猛攻，每天都要付出重大伤亡。军委会传来消息，说国外报纸转载日本国内报纸消息说：皇军在富金山受到中国军队宋希濂军的顽强抵抗，伤亡甚大，战况却毫无进展。勉励宋希濂部再接再厉，予日寇更大的杀伤。

10天了，第36师顶着日寇的炮火轰炸，每天也要付出重大伤亡。宋希濂看在眼里，痛在心里。但是，国难当头，民族危亡之际，作为军人、将军，他不能流露出丝毫怜悯之情。现在打的是持久战，以消耗日寇兵力/尽量延长日寇进展时间为主。他不能顾及部队的伤亡，仍旧逐日督促各部趁作战间隙修复阵地，坚决抵抗。

军委会传来的消息，虽对士气产生了极大鼓舞，宋希濂却认为积极意义的另一面便是消极——往往会被胜利冲昏头脑，产生轻敌情绪。因此，在公布军委会转来消息的同时，他再三告诫各师、旅、团长们：要提高警惕，日寇在进攻10天而无进展后，必然会疯狂报复，或放毒，或出奇兵，或从别的方面寻觅突破口。"知己知彼，百战不殆"，他要求每师派出小部队侦察，并与民间广泛联系，了解敌情，防患于未然。

果然，日寇在屡战不克、付出重大伤亡后，又派第10师团增援（原进攻日寇为第13师团）。该师团长荻洲立兵不仅熟悉我国地理，也研究孙子兵法，所以诡计多端。他来到富金山观察了地形和试探性进攻后，认为"不能力敌，只能智取"。日寇在侵华战争中极少夜战，这也是贼人胆虚之故，荻洲立兵却反其道而行之，派出千余人，组成精悍的突击部队，于9月10日夜间向武庙集运动，企图侧背迂回，偷袭第88师指挥中心。所幸第88师师长钟彬遵照宋希濂指示，派出第523团第1营营长梁筠率小部队侦察，至日寇侧翼时，发现日寇动向，立即向师部报告。

师长钟彬待得到报告，也来不及再向军长请示，当即找来参谋人员及当地民众为向导，研究日寇必经之途，发现坳口塘是一处重要险路，利于伏击，当即命令第528团火速赶去埋伏。

日寇自以为得计，不顾一切快速推进。按照部队在作战中的行军队形，应该在大部队前面派出斥候，大部队亦应分段前进。但这股鬼子得意忘形，竟成几路纵队急行军，丝毫不作遭到突击时进行抵抗的准备。但可惜的是来到528团伏击地，因是隘路，才不得不改变队形，成两人纵队前进。

528团放过半数日寇,突然拦腰猛袭。日寇被打得晕头转向,完全组织不起抵抗。没有进入伏击圈的调头逃窜,被放过去的反打回来,与在伏击圈内的日寇拼命夺路。在中国军队密集火力猛射下,漏网者只是极少数。天明打扫战场时,发现日寇遗尸500余具。

尽管日寇连受重创,第36师也伤亡惨重。孙连仲看到富金山方面势难久支,决心于11日转移攻势,击灭富金山当面之敌。于是下令各部:(1)第51军以两团向开顺街攻击,另以两团由石门口向富金山山腰之敌攻击;(2)第138师主力向独山镇、石婆店之敌攻击;(3)第71军800高地之守军向当面之敌攻击,并以有力一部由顺河店出击;(4)第31师附独立第44旅经茶棚店、四里冈向叶家集攻击,第30师在将当面之敌肃清后,向郭陆滩、新集子推进;(5)第27师向郭陆滩之敌攻击;(6)第59军以三个团攻击南大桥之敌。以上各部均应于11日拂晓同时行动,不得有误。

9月11日,日寇猛攻富金山及800高地,至午后,富金山除最高峰外均陷敌手,第36师师长陈瑞河曾率残部逆袭,虽予敌极大杀伤,但终因战斗兵员仅剩800人,难于恢复;800高地方面战况尤为激烈,第88师伤亡近1000余人。第61师攻占红石桥西北端高地。

至此,宋希濂只得以第61师第366团占领800高地至庙高寿一线阵地,掩护第36师残部撤退。

富金山既失,各部攻击亦不会奏效,第五战区代长官白崇禧指示左翼兵团缩短战线,确保商城、方家集之线。

9月12日,各部遵照孙连仲新的部署:第77、第51两军基本维持原状,仅第51军左翼延伸至大湾、九个湾,与第71军联系;第71军占领庙高寿、花烟山亘龙湾之线。在自皂靴河右前方高地经大佛山至羊山为第二线;第30军以一团占领武庙集以东高地、与龙湾之第88师联系,其余占领棋盘山、近水寺、梓柏岭、罗店子之线;第42军占领赵家棚、和风桥、张家湾、陈家湾之线;第27军团以1个师守备潢川城,1个师配置于潢川附近机动侧击敌人。

张自忠将军以第180师附骑兵第13旅为城防军,以一个旅守潢川城,主力在城外机动;第38师附骑兵第2旅为野战军,位于潢川东南地区机动袭敌。军团部设在任大庄。

白崇禧先用电话指示孙连仲：第 17 军团于 9 月 20 日集中信阳、罗山一带，第 27 军团及第 2 集团军为掩护集中，须确保潢川、商城，迟滞日寇。越日，又指示：为避免决战，商城不必固守，应竭力牵制敌人，策应潢川之防御。孙连仲即派一部于白雀园，以策应第 27 军团作战。

张自忠将军得悉战区作战意图后，当即召集营以上指挥官训话，他说："关于武汉保卫战的重要意义，我已再三向你们讲过了，今天再简单地重复一遍：日寇企图以夺取武汉，迫使我政府放下武器结束战争；我们要以长期抗战摧垮敌人，守卫武汉，显示我军的实力。多守一天，就多消耗敌人一些兵力。保卫战在于外围决战。信阳是武汉的门户，第五战区将以第 17 集团军集结于信阳、罗山一带，命我部在潢川坚守至 20 日，以保证主力之集结。这是关系重大的指令，我们必须横下一条心，在潢川坚守到主力集结完毕。

"我们常说：军人在战场上应视死如归。当此国家民族危亡之际，我们如能战死疆场，可谓死得其所了。

"我已经将坚守潢川的重要性告诉诸位了，我想就不必再以军令、军法加以告诫，诸位当恪尽职守，坚持到最后。"

这位来自冯玉祥西北军中的常胜将军之严厉，部下们是很清楚的。他常对部下们说："我们共患难多年，但军法无情！"仅徐州会战一役，他就撤了 2 个旅长、1 个团长的职，另 1 个旅长也调迁他职。当时他还是第 59 军军长，手下仅有 5 个旅，旅长应是他最得力的战将。但他对作战不力的部将决不宽容，这一点是人尽皆知的。尤其到了作战之时，他要求部将们像钉子一样钉在阵地上，无论多么艰苦，也不能指望他改变决策。

对于军队扰民，张将军更是深恶痛绝。在徐州突围时，部队行进中遇雨。国民党军队当时不发雨具，部队冒雨行进中，他也冒雨骑着战马行进。当他越过第 26 旅部队时，发现一个士兵头戴草帽，他就找旅长李致远呵斥道："你的眼睛瞎了吗？你的士兵拿老百姓的草帽戴在头上你都看不见！"这是一件小事，但他决不放过，虽未处分那个士兵，但却不放过部队长，宿营后为此专门召开会议，严厉训斥。对于更大的违犯军纪的事，当即便要处理。在台儿庄大捷后撤退时，部队极混乱，一些部队长只顾自己逃命，把部队扔下不顾。如第13师师长吴良琛，就是在撤退时扔下部队，自己先逃跑了。张自忠将军始终牢牢控制部队，他下令将战马留给伤兵骑，任何一级军官不得以车、马代步，他自己也徒步随部队行进。当走到徐州西南一个山坡上，发现一个校级军官骑着一头驴，后面还跟着个老乡。他喝问：

"你为何不听命令？"

那军官撒谎说："报告军长，我生了疮，走不动了……"

"疮在哪里？"

"在……在屁股上……"军官以为说在屁股上或可免查了。

张将军却不放过："脱下来我看看！"

那军官想要赖，张将军一挥手，卫士们拥上去扒下军官的裤子——那白白的屁股上连一点疤痕都没有。

张将军勃然大怒："着即枪决！"

这个军官当即被枪毙在道旁。

他也最恨贪污者。在他任第6师师长时，有个营长账目不清，吞没士兵的存款，被他查实，集合全师，呵斥那个营长："钱是爹，爹是王八蛋，见了钱连爹都不要了！你今天喝兵的血，明天兵就要吃你的肉！"当众打了他20军棍，打得死去活来，然后撤职镣押。

对一些犯有过错的人，他总是"恨铁不成钢"地呵骂："你这种恶劣行为，是军中的败类，团体的蟊贼，害群之马！你为什么改不了？下次再犯，我扒你的皮！"因此他有了"张扒皮"的诨号。

然而他平时又是平易近人、爱兵如子的将军，对士兵不仅注意战术教育，也督促士兵识字。他常说："一天认一个字，三年成秀才！"在他的部队当兵，两三年就能写出家信。他尤其关心士兵的生活疾苦，常到连队与士兵同食同住。有一次他去连队正赶上士兵席地吃饭，他也蹲在士兵圈里抄筷子就吃，发现蒸的馒头不熟，当即将司务长打了一顿军棍撤职。但他并不滥用刑，提倡"八不打"：（1）有病不打；（2）盛气不打；（3）盛暑不打；（4）饭前不打；（5）无恩不打；（6）罚过不打；（7）夯兵不打；（8）不知不打。

张将军信奉"身教重于言教"的真理，模范地遵纪守法。行军与士兵同甘苦，打仗时哪里有危险他就出现在哪里。在平时训练中，他也以身作则。早在1927年他任冯玉祥第2集团军军官学校校长时，他提倡练兵要"夏练三伏，冬练三九"。夏季，他让学员负重40斤，在中午11点至下午2点，赤脚往返40里。身为校长的张将军与学员一样比赛，他走在最前面，到达目的地时，学员们见校长脚板已是血迹模糊。冬天，他让学员全副武装，将裤腿卷到膝上，不许戴手套，冒雪行进30里。拂晓，将军赤脚在操场等候；行进中学员们踏着校长的血迹跟进，没有一个再喊苦喊累的。

张自忠就是这样一位受官兵爱戴的将军！他的部下都熟悉他的战斗作风：接受命令不讲价钱；执行命令不打折扣。作战时不怕牺牲，间隙时注意士兵休息。困难时贵在坚持；有一分战斗力不求援助。攻击不许后退，坚守不得动摇。大家都习惯了他的作风，在作战部署后，都坚持去执行。

张将军还习惯在部署兵力时，将此次作战的重要性向部队长讲明，限定进攻或坚守的时日，做到大家心中有数。

这一次同样也是在作战前，他将坚守潢川的意义讲明了：为掩护主力于20日集结完毕。大家计算至少要坚守一周时间。在这一周内，不知要挨日寇多少炸弹、炮弹！便纷纷加强工事。

9月14日，日寇兵分两路，一路直趋潢川，一路向潢川以北息县迂回。正面之敌在飞机大炮掩护下，猛扑潢川东十五里棚。第26旅阻击该敌，激战一昼夜，与敌相持不下。次日，日寇采取正面佯攻，以有力一部迂回第26旅左侧，经派一营分兵阻击，拒止其前进。日寇采用波浪式进攻，反复冲杀，战斗激烈异常。

如此经过4天战斗，部队伤亡极大，旅长张宗衡打电话向张自忠报告情况，将军回答说："打仗动枪动炮，死人伤人自是难免，关键是你要沉着、冷静，设法避免、减少伤亡。要相信：我们有伤亡，日寇也有伤亡，或者他们的伤亡比我们还多；我们有困难，日寇同样也有困难，或者他们的困难比我们还多。在这种时候，就看谁能坚持到最后一秒钟——谁有毅力忍耐，胜利就属于谁。"随后，将军又亲笔写了同样内容的信，派副官送到阵地上。张宗衡即命传令兵将军长的亲笔信，拿去给各级部队长传阅，以鼓舞士气。于是士气大振，终于将进攻之敌击退。

16日闻报日寇已攻占息城，并继续向罗山方向进犯。第27军团后路受到威胁,而且掩护主力集中的任务也将不能完成。张自忠将军即命第38师分两路向北面之敌进攻。黄维纲师长以第113旅第223团从潢川北十五里铺出击,力求阻敌于潢川东北地区;以第112旅和114旅向息县南二十五里铺出击,以牵制日寇西进。

第38师与敌展开遭遇战,经三昼夜激战,双方均有重大伤亡。

日寇为牵制进攻部队,再度向潢川发动猛攻,并从东、西、北三面采取包围势态。部将们见形势不利,兵力单薄,建议张自忠将军下令后撤。张将军坚决不许。他对部将们说:"我们分兵袭击敌人,以牵制敌人的进攻,敌人也分兵袭击我们,牵制我们的进攻。我们能坚决顶住,就支援了我们的进攻部队;我们退下去,就拉了我们进攻部队的后腿。所以无论如何,我们要坚决顶住。"

经两昼夜的激战,日寇未取得进展。18日傍晚,第27军团指挥部所在地五里棚被围。张将军考虑到潢川守军兵力单薄,并不向各师求援,自己亲率警卫营突围,至黄围子后派参谋通知第180师师长:司令部转移,并叮嘱必须尽全力确保潢川;又命第38师抽调一个团守光山,随后将军团部移至光山。

19日,日寇以主力围攻潢川,一部2000余人于城西南切断公路;潢川城北、城南尽被日寇炮火摧毁,城北守军在抵抗中伤亡殆尽,敌寇突入,发生巷战。守城军几乎战至最后一人。

9月19日午夜,第五战区下令潢川守军退守经扶(新县)。

20日,光山失守,中国军队退守孟家山继续抵抗。

第十五章

罗山、息县抗敌

第45军在罗山、息县与敌进行猛烈反复的攻守战中,第一道防线崩溃。战斗进入惨烈的村落战,我军被围困的两个排战士,遭燃烧弹袭击。他们在大火中高呼"打倒日本帝国主义",拼死抵抗。火势在蔓延,英雄的口号声渐弱下去……

第十五章 | 罗山、息县抗敌

每一次战役结束，战区都要命参谋人员进行总结，并上报军委会。对作战不力的部队及将领和作战有功的部队及将领上报请求惩奖。

第 27 军团在潢川的阻击战，得到第五战区高度评价，电请蒋介石提前补充军队，奖励有功将领：

> 查张军团长自忠守潢川，与敌激战五昼夜，其在潢川城内的部队，被优势之敌包围，受毒气之攻击，犹能艰苦奋斗，不求增援，20 日始因伤亡过重，退出该城，该军团长尚能遵守命令，克尽厥职，殊堪佩慰，拟请钧座特予嘉奖，该军所缺兵额武器，并请准其提前补充，以资鼓励。

确实，在抗战时期，张自忠不愧是一位有骨气的爱国将领。"七七事变"后，宋哲元退出北平，张自忠忍辱负重，留在北平与日寇周旋，外界不明真相，颇有非议。后张将军辗转到南京请审查，真相大白后，复任第 59 军军长。台儿庄会战前的临沂战役，为台儿庄歼敌奠定了良好基础。徐州会战总撤退时，如无张将军掩护撤退，混乱情况下各部队的损失将不堪设想。更重要的是张将军来自西北军冯玉祥旧部，他为人心怀坦荡，无地方观念，忠诚耿直，是国民党军队中一员难得的爱国将领。因此，蒋介石对张自忠也比对别的杂牌军将领较为宽厚。徐州会战后，他被提升为第 27 军团军团长。现在看到第五战区的报告，蒋介石又不禁欣然叹曰："壮哉，张荩忱（张自忠）！"于是提笔批示："准予所请，着将第 27 军团扩为第 33 集团军，张荩忱为集团军总司令。"

在几个月时间里，连晋两级，这在高级将领中绝不多见。足见蒋介石亦十分器重张自忠将军。

第27军团在潢川战役中伤亡极大，部队撤到新县后，2个师又2个骑兵旅，仅缩编为4个旅8个团。虽然已批准将第27军团改为第33集团军，但当时尚无部队可以拨归建制，还是空架子。张将军仍旧努力将缩编的部队整顿好，准备随时投入战斗。

部队在新县作小的休整，张将军仍抓紧空闲时间，召集营以上部队长，作战役检讨。他对作战勇敢的，予以表扬、奖励，对表现欠佳的，予以批评、处理。他说：

"我们常说'军人有守土卫国之责'，又说'养兵千日，用兵一时'。现在国难当头，民族危亡之际，我们军人正是报效国家之时。在战场上英勇杀敌，寸土必争，是我们的职责，要完成这种神圣的职责，只有不怕牺牲，全力以赴才行。

"在潢川战役中，有几位部队长出生入死，不怕牺牲的精神可敬可佩，应予表扬；为国捐躯的官兵，除哀悼外，我们要发誓为他们报仇！但也有一些部队长贪生怕死，部队在作战，他却躲得无影无踪，这是极其可耻的。兵熊一个，将熊一窝，这样的部队长如何要得！"

他当即宣布对作战不力的3个团长，2个撤职查办，1个免职留任，戴罪立功。

赏罚分明，将士皆服。

他告诫各部队长，现在远不是休整的时候，要抓紧间隙作好调整，决不能放松，要积极准备迎击来犯之敌，以利随时投入战斗。只有这样才能战之能胜。

对于宋希濂军的战果，无须战区再三报请，蒋介石早已"心中有数"，这不仅因为第71军是嫡系部队，也因为宋希濂是黄埔一期的"天子门生"，是颇得蒋介石宠信的黄埔系将领之一。富金山之役后，蒋介石通电全军，予以褒奖：

富金山之役，自江（3）日起，敌以第13师团荻洲全部与第10师团，尽全力向我宋希濂军阵地猛攻，并以空军及化学部队协同肆虐，激烈战斗，持续达9～10日之久，我第36师自师长陈瑞河以次兵夫，咸抱与富金山阵地共存亡之决心，坚守阵地，肉搏逆袭，支撑危局，始终保持富金山、800高地之阵地线，一再坚强抵抗，屡予敌以反击，士气极旺，迭挫顽敌。至元（13）日午后，敌再举猛攻，以飞机数队，往复轰炸，我预备队使用殆尽，营长及守兵 80 余人同时殉难，富金山遂陷敌手。但 800 高地屹然仍在我手，并未被敌夺取。该师伤亡极重，所存寥廖。在所获敌军官日记记载，为其部队入中国以来首次遭遇最坚强之抵抗，并称为最优秀之敌云云。而敌之损失综合各方面报告：四联队长伤二、亡二，旅团长沼田德重负伤，生死未卜，直认为开战以来空前未有激战，又部队长之死伤亦不尽讳言。是则守军陈师之壮绩，已获得超出的代价，尤其精神上足使敌确认为愈战愈勇，抗战精神，历时弥增，令其气短……

洋洋千言，淋漓尽致。

宋希濂军的战绩是实实在在的。日寇在进攻中被击毙 4506 人，其中将校军官 172 人；负伤 17380 人，其中将校军官 526 人。合计 21886 人，其中将校军官 698 人。这一来自日本军史的资料数字，应该是极准确的。这个数字对弹丸之国的总人口量，是不小的百分比。与日寇的伤亡对比，我第 36 师撤下后，尚能编成一个团，由宋希濂亲自掌握，师长陈瑞河带着军官干部赴襄河接受整补。2 旅 4 团之师，约 11000 多人，损失 3/4，亦不过七八千人，加上第 88 师的伤亡数字，亦不过 1 万人左右，至多是敌之伤亡 50%。这与自淞沪抗战以来，敌我伤亡 3∶1 作比较，其反差亦表明这是了不起的胜利！

第 36 师取得的战果的确称得起辉煌。宋希濂荣获华胄荣誉奖章与奖状，也是得当的。尔后宋希濂以 36 岁未及不惑之年便荣任第 11 集团军总司令要职，当然也和他屡建战功有关系。当时宋希濂尚在而立之年，得此殊荣，诚属可喜。但蒋介石亲笔传令嘉奖，对其作战过程绘声绘色，犹如亲临第一线，目睹其作战过程，也大出人之意料。

在第 71 军放弃富金山之后，日寇移兵攻商城，与宋军第 30 军激战。由于白崇禧在电令中无坚守商城的指示，所以在予敌以重创之后，放弃商城，奉命与第 71 军共同守卫沙窝、小界岭防线。

沙窝、小界岭乃大别山门户，越过整个山脉，即可沿公路西进，占领花园，直逼武汉。

两军的部署：第 30 军在沙窝左翼，第 71 军所属第 88 师部署于沙窝正面，第

87师部署于沙窝右翼。

宋希濂和第30军军长田镇南等各将军指挥部设在小界岭以南3公里的白果树。两个军长相处得极好，能不分彼此，共同举兵，两个军便相约出兵夹击。

由于第30军和第71军在沙窝防线能紧密配合，日寇进攻月余而不得前进，只得放弃大别山这条路线，全力向罗山、信阳一带进攻。

日寇在占领潢川后，即由潢川西进，另一部乘汽艇100余只，溯淮河向息县故城前进，会攻罗山。当时第45军由湖北襄樊新开到，该军第124师守备信阳及五里店，第125师在罗山以东布防，并以两个营守备信阳。

第45军原属第22集团军，从徐州战场撤退到襄樊整补。该集团军原下辖第41及第45军。整补尚未完毕，即奉命开赴战场。经报请蒋介石批准，先将已整补好的部队编成两个师，组成第45军先开赴战场。即以原第41军之第122师所辖第731团及第124师之第739团、第743团重新编成第124师，由曾甦元任师长；以第45军之第125师所属第750团、第749团及第127师之第379团，编成第125师，由王仕俊任师长。陈鼎勋任第45军军长。

9月下旬，第45军到达信阳附近。当时第17军团胡宗南部主力正在集结中，第45军归胡宗南指挥。

第22集团军是邓锡侯、孙震率领的一支川军部队，参加过晋东、鲁南、徐州、台儿庄会战，官兵虽抗日热情颇高，但部队装备较差，相应作战能力也较差。

胡宗南在信阳召集第45军团以上部队长会见。但第45军的各级部队长见到的，却是个其貌不扬，身高不足1.6米的小个子。他毫无叱咤疆场的彪悍，倒像个文弱书生。正当黄埔少壮派纷纷登上将台，叫嚷着"保定老朽让让道吧"之时，他这位黄埔一期的"老大哥"已是不惑之年了。

这也难怪。胡宗南"投笔从戎"前，当了9年的小学教员。当他1924年进入黄埔军校第一期受训时，已是接近而立之年的28岁了。几年后，北伐开始，正值用人之际，黄埔生都飞黄腾达，如他的同期同学宋希濂25岁就当了第36师师长，李默庵25岁就当了第11师第62旅旅长。而他胡宗南快30岁的人了，却还在学"立正——稍息"！所以学员们不免笑话他是个"老秀才"。

然而因他是浙江孝丰鹤鹿溪人，与蒋介石是同乡。从蒋介石侍从室的人员非浙江人不用来看，蒋是很注重"乡情"的。胡宗南沾了"乡情"的光，在黄埔军校受训期间便得蒋介石另眼看待。他得宠有秘诀，他曾公开对部下们说："我的长官只有一个——蒋委座！"一语道破天机：他只听蒋介石一个人的话，其他任何顶头上司都不屑一顾！他跟着蒋介石站在一起照过相，他比蒋介石矮多半头。他经常拿此照片向袍泽炫耀，表示"天塌下来有高个子顶着"。所以别人不敢干的事他都敢干。

他见了第45军各级部队长，笑容可掬地一一握手，道了"辛苦"，并且打哈哈说："我让小厨房（专为高级官员做饭的小灶）准备了饭菜，知道你们都是四川人，爱吃辣的，关照他们每道菜都多放辣椒。"然后把众人让进会议室，向大家介绍了最近战况：日寇第10师团已突破第27军团防线，潢川失守，第30军放弃商城，日寇移兵攻罗山、息县。现在第17军团尚未部署完毕，要求第45军先行抵抗，掩护其主力集中和部署就绪。就这样一个简简单单的"道理"，便把第45军推上了第一线；将第17军团主力从容部署在第二线。于是他具体要求：第45军两个师迅速驰赴罗山、息县抗击倭寇。军指挥部必须设在罗山方面。

最后，胡宗南还礼貌地征求第45军各部队长的"意见"。大家都知道"客气归客气，命令归命令"，于是无话可说。吃了一顿招待饭，陈鼎勋带着干部回自己的司令部，当即部署：第124师固守罗山城，第125师担任罗山以东30华里的竹竿河防御任务。

第124师具体部署：以确保罗山县城为目的，决定在罗山县城东之任岗、城南小罗山、罗山城占领阵地。（1）第739团在左，占领任岗以东各高地，并派一个加强连进出于竹竿河至小罗山的小道上，掩护右侧安全；（2）第743团在右，占领任岗高地，并沿信潢公路构筑陷阱，阻敌坦克前进；（3）第731团为预备队，以一个营占领罗山南车站及小罗山，团部率两个营守备罗山县城。

第125师具体部署：第379团位于竹竿河后方10华里的郭庄附近，沿河部署防务，构筑工事；第746团控置罗山、竹竿河之间蒋家大楼附近；第750团控置竹竿河镇右面河防，重点在两岸的桥头堡。

9月20日，日寇第10师团沿公路向第750团东岸前进阵地发动猛攻，阵地守军一个连作坚强抵抗，进攻达1小时。日寇不得进展，于是转锋攻击东岸桥头堡，同时敌机10架集中轰炸东岸前进阵地及桥头堡，炮火亦十分猛烈，守军伤亡过半，只得于午后撤回东岸。此时争夺重点为竹竿河桥。日寇企图以战车掩护步兵过桥，同时强渡过河。

第750团到达防地后，已发现竹竿河上桥梁是一进攻要道，当时因该团缺乏工兵，无拆毁、爆破桥梁技术，所以只能派部队于东岸设前进阵地，并防守东岸桥头堡。东岸部队撤到西岸后，即会同西岸主力，在沿河及西岸桥头堡进行抵抗。

日寇反复由桥上冲击，并行强渡，第750团以火力封锁，激战至夜。

当晚10时，日寇一部强渡成功，并向集镇发展。第750团第1营在抵抗中伤亡过重，午夜，第2营增援，但日寇已攻破西岸桥头堡，大批日军到达西岸。次日午后，集镇失陷，第2营还守原阵地，第1营亦退守村落，节节抵抗。

第379团在公路以左地区与敌激战，日寇施放毒气，部分官兵中毒，日寇趁机猛攻，官兵们以湿毛巾围在脖子上捂住口鼻，继续抵抗。

战至21日晚，第125师奉命退守罗山地区待命。

第124师方面在进入阵地后，加强工事构筑，并在主要交通要道上埋设地雷（可惜这些地雷在日寇发起进攻时，多被其炮火引爆，未起到一定作用）。次日拂晓，日寇开始进攻，任岗前进阵地稍事抵抗后即撤回主阵地。

日寇以猛烈炮火向第739团主阵地轰击，一时弹如雨下。这支部队在到达信阳附近时，看到信阳城郊山岗制高点上有高射炮兵阵地，丛林地带隐蔽着不少炮兵，同时在公路上看到纵横交错的坦克履带痕迹，于是都以为这一次参战，有炮兵、机械化部队协同，不至于再受日寇强大火力压迫了。所以当遭到炮击时，就希望我方炮兵予以压制。不料我方炮兵为避免过早暴露目标隐而未发，他们不免大失所望，只得忙将主力撤离阵地隐蔽起来。

日寇炮击近1小时，然后以步兵发动冲锋。阵地主力迅速回到作战岗位，各种火力向扑到阵地前的日寇猛烈射击，日寇被击溃。

当日寇延伸炮火时，引起任岗松林大火，隐蔽在松林内的预备队，便进入前沿阵地。

日寇当天反复使用毒气进攻，均未得逞。

另一路日寇向罗山城南的小罗山阵地猛扑，当时守卫此阵地兵力仅一个排，抵挡不住，败退下来。日寇即利用此阵地居高临下，以猛烈机枪火力向南关汽车站袭击。第124师师指挥部设在此处，师长曾甦元和团长林肇戊被封锁在屋内，情急之下推倒一堵墙，可谓"破屋而出"，落荒奔逃。越出日寇火力外，才找到部队，派一个营强攻小罗山高地。

虽然经反复争夺，恢复了小罗山高地，但曾甦元受此一惊，也几乎胆裂。他认为此次若是敌大部队占领小罗山高地，即可迂回我军右侧背，我军有受包围之虑。于是他决定放弃任岗和罗山县城，退守罗山县城西南子路河以西与栏杆铺沟山地。军长陈鼎勋闻讯当即严令禁止，并派参谋长前往督战。然而曾甦元不听命令，仍旧撤出了罗山县城，放弃了任岗。

这种违抗军长命令的事，在别的部队极少发生。川军一向内部不团结，而且第124师和第125师虽在第22集团军内，但原本不属同一个军的建制，曾甦元原不属陈鼎勋指挥，所以发生了在战场上不听命令的事。

陈鼎勋对曾甦元的抗命无可奈何，但第五战区归咎于军长陈鼎勋作战不力，给予撤职留任的处分。

由于第124师放弃罗山，第125师被迫后撤。这样，第一道防线基本崩溃。胡宗南不得不派出精锐的第1师第1旅附炮兵第11团及战防炮营占领小罗山、张湾之线。第124师在第1军右翼，第125师在左翼。

装备精良的部队投入战斗，战场上情况顿时改观，双方展开炮战，只见火红的炮弹像一颗颗流星一样，在蓝天之下往复飞驰，硝烟弥漫，大地为之震颤。

然而日寇毕竟在装备上优于我方，他们放出观测气球，侦察我军炮兵阵地，然后准确炮轰炮兵阵地，使我军炮兵不得不转移阵地，隐蔽起来。

经一日战斗，中国军队退守信、罗之线栏杆铺沿浉河西岸之线布防。

最为惨烈的战斗发生在村落战。

日寇选择薄弱点强渡浉河，虽几度被中国军队击退，最后日寇仍选择了第125师第750团及第379团结合部脆弱点突破缺口，大部钻入，占领几个村庄，逐渐扩展。第750团第1营第3连据守的一个村庄被400余名日寇包围，十分危急。该连一个排守村庄，两个排在外沿阵地抵抗。第3营派出两个连前往接应，掩护该连撤退，但村外两个排被火力封锁，无法撤下来。日寇见这两个排拼死抵抗，便以燃烧弹猛袭，村庄化为火海，火焰包围了两个排的官兵。这两个排的士兵宁死不屈，一边向日寇射击，一边高呼"打倒日本帝国主义"等口号，随着火势的蔓延，英雄的口号声渐弱，最后沉寂……在远处以望远镜观察到这两个排壮烈情景的各级部队长无不为他们的悲壮而落泪。

然而在史料上查找不到这些英雄的名字。他们像千千万万为捍卫祖国神圣领土而流尽最后一滴血的烈士一样，虽是无名却有名——抗日阵亡将士的丰碑，将为炎黄子孙千秋万代所崇敬。

胡宗南逐次增加第1军主力，并调第167师协同第45军纵深配备，逐次抵抗。迄10月4日，仍在狮河畔与敌对战中。

10月4日，第五战区令第17军团改编为豫南兵团，直属战区指挥，与第27军团的作战地境为老召山、白马山、邢家湾、王家湾之线。另令第27军团以一部进占光山，大部向潢罗公路前进，向西威胁敌侧背，第132师限于10月8日到达新县，归第27军团指挥。

10月5日，军委会令罗卓英兵团增援信阳，指挥信阳一带作战。其武汉卫戍任务，由武汉警备司令兼第94军军长郭忏继任。

第十六章

13师"不知去向"

　　驻于武汉横店的第13师，属第75军建制，受武汉警备司令罗卓英指挥。9月19日，蒋介石越权令其开往宣化店御敌。部队开赴多日，军部和警备司令部尚不知其去向……

第十六章　13师"不知去向"

第13师在淞沪抗战中颇有战绩，师长万耀煌升任军长。陈诚即调遣其军事集团中第11师的老干部吴良琛接任该师师长。

吴良琛在第11师任过团长、旅长之职。因为第11师是陈诚起家的基于队伍，其各级干部的作风都保留陈诚在任时的习惯，而且彼此了解，相安无事。吴良琛调出第11师，来到第13师这个新的环境，人事关系均不熟悉。他本人在待人、理财方面又颇不擅长，所以到任后不久，下面中、下级军官便对他颇有怨言。该师在参加台儿庄大战后，于鲁南突围时，作战部队竟各自为政，丢下师长，以旅、团为单位，撤到了武汉接受整补，师长吴良琛却还不知所往。

陈诚对兵权一向抓得极紧，而第13师又是个久有"历史"的老部队，更不能轻易放弃，便急调第76师副师长方靖升任该师师长。

1938年6月，该师在汉口谌家矶至黄陂间构筑防御工事，同时补充两个团的兵员。

方靖是行伍出身，1920年在粤军总司令许崇智部当兵。粤军在孙中山领导下初次北伐，在江西、福建一带转战。至1925年蒋介石率师东征时，方靖已因屡立战功升任了少校营长。第二次东征攻打号称天险的惠州城时，因屡攻不克，部队便组织敢死队攻城。方靖以少校营长报名任敢死队队长，率领敢死队奋勇登城。第一次冲到城下，因事先准备的云梯不够长，退了下来；第二次再上，却遭到城上陈炯明叛军的袭击，将云梯推倒，方靖也险些丧命，却还愈挫愈勇；第三次再上，在炮兵营（当时陈诚任黄埔教导团炮兵第1营少校营长）的配合下，终于登城成功。

方靖第一个登上惠州城，还指挥敢死队扩大战果，但在挥动大旗，号召城下部队冲锋时，被冷枪射中，胸部负伤。伤愈归队时，部队正接受改编，大量黄埔1、2期学生来到部队任职。他这个行伍出身的军官几无立足之地，团长勉强给他安排了个连长职位，叫他"暂且忍耐"。他看到自己的战功被抹杀，反倒降了级，便认识到今后军队是"黄埔"的天下，便决心投考黄埔军校。

当时黄埔军校正在扩大招生，而且蒋介石还着意将一些旧军队中富有经验的军官招进黄埔军校加以训练，目的在于使其"嫡系化"。所以校本部已不敷需要，便在潮州设立分校，以何应钦任代校长，学员享受与本校同等的待遇。

方靖被分配在潮州分校第 2 期学员队受训。按黄埔军校分配的惯例，毕业后要到部队先当见习官，然后由排长往上升。方靖因原已任过少校营长，毕业后仍按原级分配。虽有此"照顾"，但却"原地踏步"，等待同期同学"齐步走"，陈诚在 1929 年成立第 11 师时，他还在当少校营长，直到 1930 年才开始"齐步走"——由营长升团长、旅长，参加淞沪抗战，后升副师长。在黄埔将领中，他算"资深者"，而且他是由小兵升上来的将军，对部队各级的情况都十分熟悉，所以有"擅于治军"之称。也正因为这一原因，陈诚才将他调到第 13 师来整顿这支颇为棘手的部队。

方靖到职后，将人事大加调整，以陈诚的"人事公开、经济公开、意见公开"三大政策治军，很快就将第 13 师整顿齐备，达到官兵团结一致的良好氛围。

部队正在谌家矶至黄陂一线构筑防御工事，忽接蒋介石召见命令，这不免使方靖大吃一惊！

当时方靖还只不过是个少校师长，受最高统帅召见，应该是令其他将领羡慕的"殊荣"。他却心有余悸，这是因为他曾经有过两次让他终生难忘的、惊心动魄的"召见"经历，尤其是第二次召见，还具有戏剧性。

1933 年 12 月，方靖时任第 98 师 294 旅旅长，旅司令部驻江西南城。当时正值第 5 次"围剿"期间，形势十分紧张。方靖决定去该旅所属两个团部署，便与师长夏楚中商议。

夏楚中说："第 587 团在宜黄，第 588 团在临川，途中往返路途遥远，而且多山路。红军惯于伏击，很不安全。这样吧，我向东路军总部商借一辆装甲车，你乘装甲车前往，既省时又安全。"

方靖欣然说道："这样甚好。"

12 月 17 日，方靖乘坐装甲车由南城到宜黄，第 587 团团长王岳集合部队听方靖训话，然后召集各营长和参谋人员，共同研究部队的部署，晚餐后王岳留方靖在团部住宿，方靖因军情紧急，坚辞不肯，连夜乘装甲车去临川，准备在次日上午视察完第588团罗广文部，即返回南城。

不料装甲车行至七里岗，忽然四周枪声大作，子弹射击在装甲车上，乒乒乓乓，如炒豆一般。装甲车上士兵大叫："报告队长，有土匪！"当时装甲车中校队长正迷迷糊糊，听说"有土匪"便不问青红皂白，喊声"打"，装甲车上几挺捷克机枪便欢叫起来。这是极其突然的情况，方靖当时也有点发蒙，但转念一想，此时车离临川城仅几里，四周均有部队防御，怎么可能遭遇"土匪"呢？于是急叫："打不得！快停止射击！"但此时已经大乱，根本制止不住。

装甲车一直朝前猛冲，冲破临川城前七道拒马，闯到临川城前，终被城防部队密集火力打破了装甲车的水箱，装甲车才停住。

方靖下车一看，临川城防部队已登城，城门大开，一队人叫嚷道："快抓住装甲车上的人！"他仔细一看，认出是蒋介石侍从室的侍从官们，真是惊得出了一身冷汗，赶紧带着卫士刘鼎新躲到黑暗处，等人散后，才悄悄溜进临川城，找家旅馆住下。

刚在旅馆住定，蒋介石的侍从参谋宣铁吾找来了，见面就拍着大腿说："哎呀，你老兄是怎么搞的呀！你在城外一打，委座受了惊，还以为是兵变哩！蒋夫人说'如果是兵变我就自杀，决不受侮辱！'这一下闯了大祸了！"

方靖叫苦不迭："我在做梦哩！装甲车行至七里岗，遇到袭击，士兵说有土匪，你想，遇到土匪士兵能不开枪吗？"

宣铁吾跌足道："那是保定补充旅，哪里是什么'土匪'呀！"

"这保定补充旅为什么要向我们开枪啊！"

"据他们说，哨兵发现一庞然大物开来，不知是什么东西，叫你们'站住'，你们还往前冲，他们就开枪了。"

"我们在封闭的装甲车里，马达轰鸣，哪里听得见他们的喊声啊。"

宣铁吾叹道："事已至此，说什么也无用了。现在老先生（侍从室的人都这样称呼蒋介石）脾气大得很，你去了决不讨好。明天一早，你再去行营报到请罪，或许会好一些的。"

"多承关照了！"方靖由衷感激这位黄埔同窗替他想得周到。

这一晚方靖在忐忑不安中度过。次日一早，他带了卫士刘鼎新到行营报到。侍从室命他交出手枪，并将卫士刘鼎新看管起来，才带领他进了蒋介石的办公室。

蒋介石并没有在办公室，方靖脱下军帽，托在左手，立正站好，等待蒋介石的到来。少顷，"笃笃笃"的马靴声由远至近传来。对方靖来说，这响声比战场上的枪炮声还令他感到可怕，浑身筋肉都绷紧了。

蒋介石匆匆走进办公室。他穿着一身戎装，光着头，敞着衣领，白色衬衫上托着一张发青的脸。对方靖的致敬不搭理，却一拍办公桌喝道：

"你，胆敢扰乱本委员长大本营所在地，该当何罪？"

蒋介石已怒到极点，呵斥着并逼视方靖，右手的食指几乎戳到他的眼睑。他赶紧朝后"撤退"，一直退到背墙，无可再退了。突然他发现蒋介石的五指已经伸开，成巴掌形，便意识到不妙，倘若被盛怒的委员长暴打一顿，今后还有什么面目再在军队中混卜去？情急之下大喊道：

"报告校长！学生有下情报告。"

蒋介石一愣。"校长"的称呼使他骤然意识到"为人师表"，不可太粗鲁——巴掌在空中停留了一下，变成了一挥手：

"讲啊！"

方靖见蒋介石已经"撤退"，这才从容说道："报告校长，学生是鉴于目前军情紧急，所以连夜视察部队，部署防务。师长夏楚中因顾虑中途不安全，向东路军总部借了一辆装甲车使用。不料车行至七里岗，突然遭到袭击，就打起来了……"

"你该制止冲突！"

"是的，学生制止了——停止射击！"方靖情不自禁地高擎一拳疾呼。随后又苦着脸耸耸肩，"怎奈已经打乱了，制止不住啊。而且装甲车不属学生指挥，他们也不听学生命令啊……"

蒋介石被方靖闹得一愣，颇觉得这个学生"有点意思"，态度有所缓和。他朝外嚷道："把装甲车队长带来！"

装甲车队长已于昨晚被侍从室从城门前带回扣押。侍从官遵照吩咐，将他带进来。

蒋介石喝道："早有人控告你们，说你们纪律坏极了，在公路上开'霸王车'，横冲直撞！昨晚居然开起火来了，这还了得！"

这位队长不知在领袖面前应该持俯首听命态度，也忘了"有理（打）三扁担，无理（打）扁担三"的习惯，竟然回答道："是他们先开的枪，我们是自卫还击！"

蒋介石拍了一下桌子："保定补充旅当你们是土匪，当然要袭击！"

队长再顶回："这个保定补充旅的士兵也太没有常识了，土匪能有装甲车吗？"

这话原本说得有理。

"娘希匹！你还敢犟嘴！来人，拉出去着即枪决！"

队长被拖出。

蒋介石看看立得笔挺的方靖，犹豫了一下，然后对侍从官吩咐："将该旅长交第13师看押，听候处理。"

宣铁吾跟随方靖来到第13师师部，对师长万耀煌打招呼："方旅长是陈辞修的爱将，请多予照看吧。"

万耀煌忙点头："知道，知道，请放心吧。"便将方靖安置在师部副官处软禁。

适逢东路军总指挥顾祝同从前线来到临川，得知此事，忙去见蒋介石求情："方靖早年在粤军服务，很有战绩，攻打惠州是第一个登上城的敢死队长，平时服务努力、作战勇敢。请委员长宽恕吧。"

蒋介石余怒未息："我知道他的历史。上一次在南昌我召见过他，倒是很不错的将领，所以昨天我没有处理他。但是，发生这样的事总要给个处分的。好，撤职查办吧！"

"请委座交给我来处理吧。"

蒋介石当日离开了临川，顾祝同即将方靖放出。

早年顾祝同在粤军服务，任少校副官，方靖任营长。当时顾祝同颇不得志，又因与方靖是苏北同乡，所以交情颇厚，但顾祝同毕竟是保定军校第3期毕业的高材生，黄埔军校成立时，被聘为战术教官。尔后根据其"资历"升迁，到武汉会战时已是第三战区司令长官了。

在国民党军队中，礼节是极为注重的。所以现在方靖决不能再以过去的交情与对方称兄道弟，而要恭恭敬敬称对方"钧座"了。

顾祝同对方靖说:"委座因为第19路军在福建造反,去前线指挥部队作战,路过临川。万耀煌请求他对第13师官兵训话,以鼓舞士气,所以在此留宿一宿。不料你倒霉,碰上了这样一桩事。现在他还在气头上,等过些时候我再设法保一保,一定能重新起用你的。"

方靖此时万念俱灰:"多谢钧座保释。部下准备解甲归田,再不想干下去了。"

顾祝同劝道:"我们都已成为职业军人了,不当兵干别的也干不成。你先回家去休息休息,等候我的消息吧。"停了停又说:"我想如果有机会,还是先保送你去陆军大学受训,这也是个过渡的办法。"

方靖未置可否。

辞别了顾祝同,方靖带了卫士刘鼎新仍去旅馆住下。今后何去何从?他一时还拿不定主意,正如顾祝同所言——现在他已成为职业军人,不当兵又能去干什么呢?左思右想,他给中路军总指挥陈诚发去一份电报:

崇仁　中路军总指挥部总指挥陈

辞公钧座钧鉴:部下承钧座教诲提携,数载勤于职守,谨于言行,未敢稍有疏忽。不料因乘装甲车于临川城外七里岗由于误会发生冲突,适委座莅临,有惊驾之嫌,获罪撤职查办。职辜负钧座栽培和期望,无颜进谒,惶惶无措,拟抱愧暂归南昌,听候钧裁。

电报发出的当天,即收到陈诚加急复电谓:

回家不必,速来总部一见!

方靖感到事情有了转机,当即去崇仁中路军总部进谒陈诚。

陈诚安慰道:"这件事的经过我都知道了,本不算什么大的过失。委座因为第19路军造反的事正在生气,他有气自然要向我们这些当部下的发啰。你也不必介意了,先留在总部参谋处帮帮忙,我已向委座请求准你复职,想必有佳音,你耐心等待吧。"

陈诚交代参谋长施伯衡好好安置方靖。施伯衡也对方靖说："辞公已向委座发电报保你了。委座对辞公一向是言听计从的，你就在我这里耐心静候佳音吧。"

方靖也相信有陈诚讲请，事情必有转机，但不会很快。他留在总部，施伯衡待他不薄，但总有一些人幸灾乐祸，拿装甲车闯祸之事跟他打哈哈。加之他在参谋处又无事可做，实在待不下去，便留书一封，不辞而别。

方靖回到南昌家中（当时因部队在江西作战，一些将领便将眷属接到南昌暂住，以便在部队休整时能就近回家小住数日）的当天晚上，就接到第98师师长夏楚中来电，说因陈诚的请求，蒋介石已批准他复职了。

原来蒋介石到了前线，正值宋希濂的第36师打垮了第19路军的主力。蒋介石正在高兴时，接到陈诚电报："方靖作战勇敢，服务努力，请准予复职。"蒋介石当即批复："着该旅长仍回原任继续服务。"

复职得这样快，是任何人都意料不到的。当方靖被"撤职查办"后，因为部队正在备战，不可一日缺主官，所以夏楚中已保荐吴继光任第294旅旅长，并已到任了。现在蒋介石批示"仍回原任"，就必须回到第294旅旅长的职位上。这一下着实让夏楚中为难了。后经报请陈诚批准，将该师第292旅旅长彭善调升第98师副师长，吴继光改任第292旅旅长，这样才让方靖回到"原任"。

一场虚惊虽戏剧性地结束，但此事对方靖的影响却极大。一些人认为这件事虽得陈诚力保而解决，但蒋介石必对方靖留下不佳印象，所以在一个时期内，竟无人肯保他晋级，以致他当了6年旅长而不得晋升。这种"留级"现象在嫡系将领中是比较罕见的。因而后来他的下级都升上去了，甚至职位比他还高。但也有好处，将级军官的升迁蒋介石都要召见"面试其才"，对他却可免予召见直接任命。

现在虽已事隔5年，方靖却还记忆犹新。忽闻又被召见，他怎能不紧张呢？他考虑召见的理由，却无论如何猜不透蒋介石有什么必要召见他这样一个师长。想来想去，唯一的理由也许是他新到任，要了解一下部队的情况，于是将部队的部署情况复习了一遍，这才先去武汉行营交际处报到，由处长竺明韫派人引导他到交通银行——蒋介石在武汉的临时办公处。

侍从室的侍从副官将方靖领上二楼，先进去通报后，才让方靖进办公室。

蒋介石坐在办公桌前，方靖致礼后立得笔挺。

"你是新近调到第13师的吧？官兵士气如何？"

"报告委座，部下是新近调到第13师的。该部从徐州会战后撤到横店方面，经过一段时期休整、补充，士气已恢复，现正在构筑防御工事，官兵都十分努力。"

"你把团以上的人事情况报告一下！"

"是。"方靖毫不迟疑地答道，"职师副师长夏鼎兴，参谋长何大熙。下辖第37旅旅长余耀龙，第73团团长田云，第74团团长王泽普；第39旅旅长朱鼎卿，第77团团长陈焕炳，第78团团长谢俊汉……"

"唔——！好……好……"蒋介石脸上露出了笑容。

其实蒋介石这一问的目的，并不在于了解人事安排。对于师、旅以下的军官姓名，他也不可能知晓，也用不着他关心。方靖此时若随便报几个名字，他也不可能事后去查对责问。他只是要考核一下部下的应对能力，看看是否沉着。这是他对部下能力考核的一项极重要的标准。见方靖对答如流，他自然很满意。

稍停，蒋介石又说："你一直在第98师吗？唔，第98师在上海战役打得不错，很有战绩。"

"是的。"方靖答道，"自从民国二十二年蒙委座恩准仍回第294旅之后，部下一直在第98师服务。上海战役，第98师在宝山——月蒲一线坚守一个月，营长姚子青在宝山城孤军坚守7昼夜，全营壮烈成仁！"

蒋介石点点头，起身在房里踱了一阵，十分感慨地说："我们有多少英勇将士为保卫国土，捍卫民族尊严献出了年轻的生命。所以，如果我们不努力抗战，怎么对得起这些先烈！我已命令在武汉选一街道，以姚子青命名，永远纪念先烈！对于先烈的遗孤，一定要优厚抚恤。"他避开了方靖提到的当年尴尬之事。

"是的。这些先烈应当永远名垂青史，万古流芳，共河山不朽，与日月争光！"方靖慷慨地说道。

"对！讲得好！"蒋介石点头赞许，"你再把第13师的部署及构筑工事的情况报告一下吧。"

方靖从军用皮囊里取出地图，摊在蒋介石的办公桌上，然后指着地图详细讲解，蒋介石听后又俯身仔细看地图，然后指出：

"兵力部署大致得当。但工事的构筑缺乏纵深配备，只是一线式的，这样，倘若一线被攻破，就无二线可以退守，怎么行呢？"

方靖心悦诚服地说："委座英明之至。但有关工事的构筑，各部队是根据军令部要求实施的。当然部下亦不能推脱缺乏主动精神的责任。部下归部后一定赶紧补筑纵深工事。"

蒋介石摇摇头："军政部、军令部的一些人成天闭门造车，下面将领再缺乏主动精神，这就是我们打败仗的一大原因啊！"说到这里，他看看方靖，勉励道，"我知道你一向作战很勇敢，服务很努力，陈辞修对你很看重，你也要好自为之，不要辜负我的希望和陈辞修的爱护。"

"部下谨记委座教诲。"

蒋介石回到办公桌前坐下，从抽屉里拿出一张他的戎装照片，用毛笔题："海濂（方靖字）同志存，蒋中正二十七年九月十七日。"

"你回去准备一下，过几天我要亲自去看第13师作攻防演习。"蒋介石说罢将照片递给方靖。

方靖双手接过照片，感激涕零地告辞。

这一次的召见最初令方靖提心吊胆，既不知原因，也不知是福是祸，如此结果，走出交通银行，他不禁深深舒了一口气。

回到师部，他接到蒋介石批赏的"特支费"1万元。"无功不受禄"，对这笔没来由的重赏，方靖不禁愕然。

军阀时期将校的待遇，月薪是上将800元，中将500元，少将320元，上校240元，中校170元，少校130元，上尉80元，中尉60元，少尉40元。这是按过去军阀部队的薪饷标准定的，那时发的是大洋，士兵也有3元薪饷，每天2角伙食费，每月伙食结算，尚能结余一两元钱。所以在那时当兵的还可以寄钱回家养家活口，军官也比较富余。国民党沿袭后直到抗战后期也没有改变，而物价滚翻上升，纸币贬值，士兵们拿到3元钱薪饷都打哈哈说："拿去擦屁股都嫌打滑。"而且自从"九一八"事变后，军政部规定发"国难薪"，上将至上校减半，中、少校打六折，尉官打七折，士兵待遇也有所减免，拖家带口的各级长官生活就很艰难了。俗话说"高俸禄足以养廉"，各级军官养家活口成了问题，自不免要贪污了，所以这也是国民党军队克扣军饷贪污成风的一大原因。

方靖又知道蒋介石只赏杂牌将领，这是为了笼络住杂牌将领的一种收买措施，对于忠于他的黄埔将领是极少赏赐的。他意识到这笔可观的赏赐（相当于他这个少将5年薪饷）与上次的召见不无有关，多少有些对上次的处理失当略表歉意的意思。但他并没有再进一步设想：蒋介石对他已略作"弥补"了，那么，对那位被枪决了的装甲车队长又如何"弥补"呢？

次日，军训部副部长刘士毅率领数名参谋人员来到第13师，协助方靖准备攻防演习。于是第13师投入紧张的准备工作中。

9月19日下午4时，方靖接到蒋介石的手令：

第13师方靖师长：

顷悉日寇矶谷兵团由光山窜入宣化店以北，正向柳林进犯，有截断平汉线阻我援军南下之企图。着第13师星夜用汽车输送至宣化店，务歼来犯之敌！

已饬准备汽车150辆。

此令

蒋中正

即日

方靖看罢手令再次愕然。第13师属第75军建制，以战区划分，又属武汉卫戍区指挥。蒋介石居然越数级而直接指挥到师，他感到这位委员长实在手伸得太长了！然而刘士毅却见怪不怪地对他说：

"这有什么大惊小怪的——委座甚至会直接指挥到团一级哩。好了，我们'鸣锣收兵'，你也赶快传令出发，迟疑的后果是严重的！"

方靖承认作为最高统帅，有权亲自指挥军队作战。但是，既划分了战区，委派了直接指挥者，他们就应该受到器重。这样连招呼都不打，直接调遣部队，也会影响整个战区的部署。

"你看我要不要向罗总司令报告一下？"方靖疑虑地问，"我的意思至少使战区长官知道我的部队已调去别的地方作战了。"

刘士毅忙说："你千万不要这样搞——万一被委座得知，说你奉命迟疑不前，那后果是极为严重的。你只管率部而去，你走了以后，罗卓英会发觉的。老实说，大家都习惯了委座的作风，绝不会大惊小怪。"

既然"大家"都习惯了"委座"越权指挥的作风，那就见怪不怪吧。

方靖下令部队紧急行动。

第十七章

李宗仁惊呆了

10月，日寇逼近信阳，胡宗南不向战区司令长官李宗仁汇报，倒是蒋介石先知信阳难保，令李撤退。李愤怒无奈，令胡率部撤守桐柏山，掩护我军鄂东西撤。胡又抗令擅退南阳，使平汉路正面门户洞开……

第十七章 | 李宗仁惊呆了

秋夜繁星点点，微风习习。素称"三大火炉"之一的武汉地区，应该是个"好睡觉的晚上"。然而英勇的抗日将士却紧张地踏上了征途。

第13师于9月19日夜登车，20日到达宣化店，却迟了一步，得悉日寇已于当天上午越过宣化店以北地区，向九里关方面西进，第13师快速追击。次日下午，先头部队第39旅前卫在距九里关约2公里处与敌遭遇，日寇约一个大队兵力，在此依托村落阻击第13师。

方靖观察敌情，看到鬼子虽顽强，但无较强炮火掩护，便对旅长朱鼎卿说：

"与日寇作战，我们总是输在火力方面。日寇以炮火、轰炸为掩护，予我们大量杀伤。我们要抓住战机，在日寇无强大火力掩护时，全歼当面之敌，否则便太没有作为了。现在日寇兵力不多，火力也较弱，正是我用武之机。这个全歼任务交你部，以第77团为主攻，第78团侧面迂回，坚决消灭当面之敌！"

"好，部下亲自率领攻击！"

第77团于正面展开，迫击炮向日寇据守的村落猛袭，步兵随后冲杀上去。日寇虽也以炮还击，但压制不住77团火力，战场情况出现了我方火力较为强大的局面。第77团较顺利地逐次推进。最初，日寇死守第一据点，战至最后一人也不肯放弃。但经过几小时激战后，明显处于劣势。而且，第78团从侧面迂回过来，大有将其包围之势。日寇也着了慌，匆忙收缩兵力，继续负隅顽抗。并以有力一部，阻击迂回部队。至晚，日寇残部在夜幕掩护下，向西突围而出。天明，察看战场，日寇遗尸70余具，两团仅伤亡官兵3名，尽管可谓不小胜利，但方靖认为以两个团的优势兵力，不能围歼日寇一个大队，仍是作战不甚努力。于是召集旅、团、营长训话，对未完成迂回任务的第78团严厉批评，并宣称以师部警卫连为督战队，"嗣后若作战不力，当以军法严厉制裁！"

23日，第13师由宣化店向西攻击前进，沿途受到日寇节节抵抗，前卫第78团因在九里关一战中受到严厉批评，在攻击中表现颇为英勇，猛冲猛打，有破竹之势。至柳林车站地区，日寇阻击兵力强大，于是78团一边攻坚，一边等待主力集中。

日寇已占领柳林车站及其铁道东西两侧高地。方靖到达后，率领副师长夏鼎兴，参谋长何大熙及两个旅长朱鼎卿、余耀龙等人观察敌情和地形，制定作战方案。

日寇约一个旅团兵力，部署在车站及铁道东西两侧高地。其据守地形居高临下，炮火亦猛烈。我军须仰攻，而且估计炮火难以压制对方，处于极不利地位。

方靖决定以一部佯攻铁道之敌，主力由西向北，进攻车站之敌。

我军集中炮火，掩护第77团进攻车站，日寇亦以炮火还击，一时双方炮战"隆隆"之声震耳欲聋，大地被敲击震颤，英勇将士冒着枪林弹雨前仆后继，场面壮烈异常。

第77团在进攻中伤亡颇重，方靖即以第78团替换继续进攻。他看到日寇始终负隅顽抗，第78团进展困难，决定以车轮战术不分昼夜向敌猛攻，致敌于疲劳，从精神上摧垮日寇。于是4个团轮番进攻，每团以进攻6小时为限。这样，军队保持旺盛攻势，日寇却始终处于抵抗之中。

然而日寇的轰炸威胁极大，国民党军队无高射兵器，处于挨炸地位。日寇也得知我军对空袭无可奈何，所以十分猖獗。飞机在低空飞行，有时为观察阵地情况，其驾驶员甚至探出头来或是侧飞。对日寇的猖狂，官兵们都恨得咬牙切齿。有一次9架敌机轰炸扫射后，低空盘旋，侦察我军阵地，或是检测其轰炸效果。其中，一架侧着机身从阵地上空掠过。第78团第2营一个叫王尚进的班长在战壕里已被弹片炸伤左腿，看见这架飞机从头顶上擦过，上面的驾驶员看得清清楚楚，就端起步枪朝飞机开了一枪。真可谓"歪打正着"，子弹击中了驾驶员的头部，一阵"血雨"飘洒在阵地上，这架飞机也一头栽在两军阵地前。

日寇见飞机坠落，竟出动数十人来抢救驾驶员，我军阵地虽以火力拦截亦不顾。一些鬼子兵被击毙，另一些刚赶到飞机前，飞机就爆炸了，鬼子兵全部葬身火海。

方靖从望远镜中观察到击落飞机的情况，当即犒奖班长王尚进500元，并提升为少尉排长。他对官兵们说：

"王尚进用步枪打落一架飞机，向我们说明飞机是可以用步枪打落的。步枪都可以打落，机枪就更有效了。今后日寇再来轰炸，我们不要再瞪着眼挨炸，我们有枪，就用各种火器打击它！尽管未必能将飞机打落，只要迫使鬼子的飞机不敢低空投弹、扫射，其命中率就大大降低了，对我们地面部队的威胁也减小了。"

当天下午，又有9架飞机飞来轰炸，但却无人敢对空射击。方靖看到自己的号召无人响应，决定自己带个头。他对警卫连长说：

"抬一挺轻机枪来！"

连长尚不知师长要干什么，就抬来一挺轻机枪。方靖让两个卫士跟着，在指挥部附近选择了一个小高地，将轻机枪架在两个卫士的肩上，对卫士们说：

"回头飞机飞过来，你们随着飞机的方向转动，我就朝飞机射击！"

卫士们说："师长，这太危险了吧？"

方靖断然道："执行命令！"

两架飞机飞过来了，方靖瞄准其中的一架，"哒哒哒"一梭子弹射击。那两架飞机犹如受惊的苍蝇，"嗡——"的一声爬高飞远。方靖刚换好弹卡，这两架飞机兜个圈子又飞回来了，朝着方靖俯冲扫射，两个抬机枪的卫士被打中倒下了。

方靖回头见卫士班跟在身后，喊一声："上人！"两个卫士上前举起了机枪。这时副师长夏鼎兴、参谋长何大熙、旅长朱鼎卿闻讯赶到，纷纷拉扯方靖赶快隐蔽，方靖已红了眼，吼道：

"是孬种都滚开！"

朱鼎卿见拉扯不动，也横下一条心！"好，我陪师座跟鬼子拼了！卫士，给我也抬挺机枪来！"

"给我也抬一挺来！"

"给我也抬一挺来！"

警卫连的连、排长也都纷纷参加对空射击，顿时小高地上有7挺轻机枪对准了天空。

方靖的两次射击"暴露目标"，招来4架飞机吼叫着朝小高地俯冲扫射。其中2架闯入了轻机枪组成的火网，被击中起火，栽在小高地附近，另2架见势不好，迅速爬高，调头逃跑了。

这一次的胜利，对全师鼓舞极大，官兵们纷纷议论："师长做出了榜样，我们也不能瞪眼挨轰炸，敌机再来，老子也不饶他！"

官兵们还研究如何组成严密火网，使敌机只要进入火网就难再逃。

从此第13师官兵打飞机的劲头大极了，只要看到飞机临空，几乎所有的枪口都朝天了。一个排有3挺轻机枪，就组成一个火网，那些拿步枪的士兵也不甘寂寞，将一个班的步枪也组成点射火网，一改过去听到飞机声就四处藏躲的局面。

方靖说得不错，尽管在此后几天里有千百支枪口对准飞机开火，并没有再击落敌机，但因为鬼子碰到了这样一支"爱打飞机"的部队，其气焰顿灭，再也不敢低空投弹扫射了。当时的飞机投弹和扫射瞄准还没有雷达等先进设备操纵，不能低空俯冲投弹扫射，其准确性就极差了，所以对地面部队的威胁也大大减小。

过去只要听到飞机响，部队长就用吹哨发出警报，官兵们四散躲藏，直等到飞机恣意轰炸扫射完毕，飞走了才敢露头。现在第13师取消了空袭警报的做法，官兵们不再害怕空袭了，甚至对鬼子飞机在高空盘旋十分不满，纷纷叫骂：

"他奶奶的，飞低些好让老子揍你个小舅子啊！"

27日，方靖看到车站守敌出现松动，抓住战机，于拂晓发动强攻，并以督战队列于攻击部队后面，严令："后退者杀！"

第77团奋勇冲突，从拂晓至午，经几小时苦战，终于击溃车站守敌。

方靖知道，如果日寇切断交通要道，豫南我军便不能及时调至武汉方面增防，20万补充兵不能及时南下也影响各军补充。因此，在攻下车站以后，积极部署对坚守车站以北铁道东西两侧的日寇发动攻击。据侦察报告，日寇一个旅团的兵力向北纵深配备，并无集中兵力反攻迹象。方靖认为日寇似有待援之可能，倘若援兵一到便更难击退了。他除努力组织进攻外，极希望胡宗南方面能分兵夹击当面之敌。如能与胡部会师，则平汉路即能保证畅通无阻。

在信阳方面，至10月5日，日寇主力攻陷筲山，击破浉河岸我军第125师及第167师防线，占领顺河集、罗湾、王家湾；另一部击破第78师防线，攻陷栏杆铺。胡宗南命第167师派一部袭击渡过浉河之敌，命第1师派一部阻止米堂店之敌，但均无成效。

10月6日，第39军军长刘和鼎率部钻隙通过柳林车站向武胜关方向开去。同日，罗卓英到达鸡公山，命胡宗南部向南攻击，会同第13师驱逐柳林车站以北之敌；第22师到达柳林车站以南之李家岩附近。

10月9日，胡宗南调整部署，以第16军、第46师之一旅、第45军之第125师仍在中山铺南北之线原阵地拒敌，第46师（只一旅）附第78师之一部在信阳外围占领环城阵地，并指定第78师以两个营守备信阳城；第78师主力附第1师第1旅攻击东双河方面之敌；第106师守备明港、正阳、长台关；第1师（只一旅）集结信阳西北地区归军团控置。

10月10日，日寇攻陷中山铺。11日，敌骑兵已扑到信阳城下。战况危急，第五战区司令长官李宗仁此时已亲自掌握指挥权，特别关注信阳方面的情况。然而，胡宗南从不主动向长官部报告军情，这就是胡宗南"只有一个长官"的傲气！还是蒋介石先得知信阳将不保，致电李宗仁，命其早作退守安排。

李宗仁接到蒋介石电报，真是又惊又恼——本战区的战况，倒是最高统帅先知道了，转而通告战区长官。他不禁拍桌大叫：

"胡寿山（胡宗南）欺人太甚！"

参谋长徐祖贻劝道："德公，那胡寿山小人得志，德公何必与他一般见识！"

李宗仁怒道："我不管那胡宗南是什么东西，拿民族抗战大事当儿戏，形同汉奸！请你马上发电报给胡宗南，严令他率部南撤，据守桐柏山、平顶山，掩护鄂东大军向西撤退。"又恨恨地自言自语："等这里战事告一段落，到了鄂西，这笔账总要了结的！"

胡宗南接到李宗仁的电令，却只是哼哼冷笑。在他的小脑袋瓜子里闪现的第一个念头即是："李德邻胃口不小，居然想把我胡某人绑在他的战车上！"

李宗仁以台儿庄大战驰名中外。胡宗南曾嫉妒地对部将们讥讽道："一将成名万骨枯！"但他也不能不承认李宗仁确有运筹帷幄的才能。打仗总是要死人的，为将者在争取胜利之时，不能只顾及伤亡，这道理他也懂得。这一次他的部队调归李宗仁指挥，从一开始他就"加了小心"，原因是他知道当台儿庄战斗最激烈之时，第2集团军就曾伤亡7/10。当时，孙连仲打电话给李宗仁：

"报告长官，第2集团军已伤亡7/10，而日寇火力十分炽烈，攻势甚猛。以我现有兵力，实难继续支撑。再者，我军也予敌以重创，把敌人也消耗得差不多了——达到了消耗敌寇有生力量的目的，可否请长官批准暂时撤退到运河南岸，好让第2集团军留点面子，也是长官的大恩大德！"

一个集团军总司令如此哀婉恳请，是件很不平常的事。然而李宗仁却断然拒绝："不行！我们已打了这么多天，死了这么多人，现在是最后关键时刻了。汤恩伯军团明天就赶到。只要汤军团一到，鬼子的末日就到了！如果你现在撤退，岂不功亏一篑！"

"汤军团什么时候能到呢？"

"明天中午。本长官明日也亲到台儿庄督战。你务必要守至明日拂晓。这是本长官的命令。如违抗命令，当军法从事！"

孙连仲无可奈何地说："好吧，长官，我绝对服从命令，整个集团军拼光为止！"

李宗仁进一步要求："你不但要守住，今晚还须向日寇夜袭，用以证明你还有实力，还能进攻。这样日寇明天拂晓就不敢冒冒失失进攻你了。候明日汤军团到达，即可实施内外夹击。"

孙连仲却说："我把预备队都用上了，哪里还能组织起夜袭呢？"

"本长官悬赏10万元！"李宗仁十分坚决地说，"你晓谕后勤人员——勤杂兵、担架兵、炊事员……凡能拿枪的，召集起来，组成一支敢死队，告诉他们，夜袭回来大家平分这10万元。我相信，'重赏之下必有勇夫'。胜负之数在此一举，望你好自为之。"

"部下遵命！"

孙连仲果然照办了。意外的是前线兵员奇缺，退下来的士兵却不少。这是前线伤亡太大，仅靠担架队的人抬不过来，阵地上不得不派些士兵帮着抬。这些抬伤员的士兵就滞留在后方了。滞留的士兵们纷纷参加敢死队，再加上后勤人员，竟组成了一支七八百人的敢死队！当夜即突然朝敌阵猛扑。"出其不意，攻其不备"，夜袭造成了浩大声势，日寇果然次日不敢轻举妄动。

台儿庄当时的情况，只有第31师池峰城死守的最后一块阵地了。池锋城亦向孙连仲哀恳准予撤退。此时孙连仲的态度亦十分坚决，他对池峰城说：

"你听好了——士兵拼光了，你自己顶上去；你'报销'了，本总司令就来顶上！

第十七章 | 李宗仁惊呆了

"现在本总司令下一道死命令：谁敢退过运河，立斩勿赦！"

这一段战争中发生的事，在台儿庄大战后广为流传。胡宗南认为，作为指挥官，在关键时刻，就应该这样坚决果断——指挥官在战场上千方百计去争取胜利，付出多大的伤亡，绝不是指挥官应关心的事。李宗仁用兵之"狠"，原是无可厚非的。但是，现在他被划归如此"狠"的统帅指挥了——作为"狠"将手下一个棋子，他便不能不有所顾虑——如果李宗仁重演故技，像台儿庄大战那样，把他胡宗南军团当成孙连仲集团军那样去拼，他又能怎样呢？

当然，他胡宗南是"天子门生第一人"，不愁部队拼光了得不到补充——他相信蒋介石会优先补充他的军团。但是，抗战至今，国民党政府的"家当"几乎已经拼得差不多了。他还记得早些时候蒋介石在南京召集高级将领研讨抗战前途的一次会上，军政部长何应钦将"国军"武器装备报了个数字，然后指出："抗战最多能坚持3个月，3个月后如无外援，就无法再打下去了！"当然，何应钦是悲观论者，有意无意将抗战前途描绘得十分暗淡。实际上，从淞沪抗战至武汉保卫战，打了近两年，抗战还在继续，并没有"无法继续下去"。不少部队拼光了，人员、武器都得到一再补充。然而，他胡宗南军团非比一般，在国民党几百万军队中，到目前为止，他的军团装备最精良，如果部队拼光了，他不相信能得到现在这样的装备——国民党政府的现有财力不可能拿出多少黄金来去向外国购买坦克、大炮。现在的落伍装备，他是看不上眼的。

再者，按照李宗仁的指示，最后只能向襄樊一带撤退，日寇也必然跟踪追击，以大兵团重点进攻襄樊，部队就要长期陷于苦战之中。而且在鄂西回旋余地较小，"自由作战"的可能性不大，他将无法避免以他的军团与日寇决战。

更重要的是按李宗仁的指示撤退，将摆不脱受第五战区的控制，要在李宗仁指挥之下继续作战！

胡宗南早已为自己选择好一条最佳的撤退路线——向西，退保南阳。

他的部队在参加淞沪抗战以后，曾撤到西安、潼关地区整补。长安旧都给他留下了深刻印象，骤然产生了北面称王的幻想。武汉失守后，国民党政府将迁移重庆，陕西虽不算富饶，却是"天高皇帝远"，他便设想将来自己若能长期据守西北，便像藩王那样在西北称王称霸了，远比受制于人强了不知多少倍！

他也曾设想过：不听李宗仁命令，擅自撤往南阳，会有什么后果。李宗仁会暴跳如雷，会向军委会控告他，甚至会去找蒋介石吵闹，要求严厉制裁他。那又会怎样呢——"天塌下来有高个子顶着"！他相信蒋介石能顶住李宗仁的控告，不会对他加以责罚的。

他很清楚，只要他放弃信阳，武汉就守不住，必下令总撤退。历来总撤退都是混乱不堪的。正所谓——"此时不走，更待何时！"趁乱带部队一溜，谁也阻挡不住！

关键还在于"天塌下来有高个子顶着"！胡宗南有恃无恐——他将李宗仁的电令撕碎，下令他的7个师："向西转移，集中于南阳地区待命！"

胡宗南的撤退令一下，他的7个师争先恐后，弃了辎重，甚至弃了战车、兵器，排山倒海般地向西卷去！

于是平汉路正面门户洞开！

李宗仁惊呆了——他万万没有想到胡宗南竟然如此无法无天！他当着参谋长徐祖贻的面拍桌大骂：

"胡宗南这个王八蛋太没有王法了！要想个办法把他逮捕先斩后奏——把这个王八蛋像对待卖国贼一样凌迟处死！"

徐祖贻见李宗仁怒到极点，当时也不便相劝。等对方一阵发泄过后，他才说道："胡宗南擅自撤退，不仅危及武汉，而且对今后总撤退也将造成恶果——没有坚强部队掩护，撤退部队必将大乱，日寇趁机掩袭，损失必将惨重！胡宗南的确万死不足以谢天下！但是，他是委座最得意之门生，又拥兵自重，我们奈何他不得，德公息怒，我想是非自有公论，胡宗南必会受到全军谴责！"

李宗仁冷静下来想想，的确无可奈何。现在他连去武汉找蒋介石当面吵闹一场都无可能，哪里还能指望将胡宗南凌迟处死！他能做的，只不过是向军委会呈上一份措词强硬的报告，要求严办胡宗南。

军委会——蒋介石将李宗仁的这份报告束之高阁。

李宗仁正翘首以待军委会批复对胡宗南的处理决定，却盼来了军委会的总撤退令：除大别山据点保留为游击基地外，所有第五战区部队应数向鄂北撤退。他只得在夏店指挥部召集第21集团军总司令廖磊和第11集团军总司令李品仙紧急商议留守敌后大别山的事宜，最后决定由廖磊率部留守敌后大别山。尔后国民党中央发表文告，廖磊兼任安徽省主席。

在柳林车站的第13师尚不知信阳方面的情况。一日，第124师派参谋来联络，方靖亲自接见，始了解到胡宗南方面一些情况。据这个参谋告诉方靖：胡宗南因顾虑日寇沿罗山——宣化店公路越过大别山脉，窜入武汉北侧孝感、花园，切断平汉线，策应其主力沿江两岸西进，即命第124师转入大别山区，封锁罗宣公路各个山口。

第124师在大别山驻守，多次遭到日寇炮空协同的攻击，但因山地地形复杂，炮空威力不大，其机械化失灵，无势可恃，所以付出了极大代价而无进展。日寇也曾多次使用毒气，但因第124师官兵都有准备，也未达到目的。最后，灭绝人性的日寇再下毒手，以细菌战来对付大别山区军民，以致病疫流行一时，患者大吐大泻，给山区军民造成极大威胁。

方靖从该参谋讲述中，得到一条极其宝贵的经验：在作战时，每个官兵要准备一条浸泡过肥皂水的湿毛巾，见日寇放毒气，即将湿毛巾围在脖子上捂住口鼻，使呼吸的空气过滤。日寇的毒气是在旷野施放的，持续时间不会太长即自行消散。这一办法也是穷极思变的结果。方靖的第13师还没有遇到日寇的毒气，忙让参谋长将这条经验传达下去。

然而这个参谋所谈信阳方面的情况，又使方靖不免怅然若失——看来胡宗南非但不能打过来，而且信阳亦将不保了。即使驱逐了当面之敌又能怎样呢？

10月17日，罗卓英奉调回武汉，遗职由万耀煌代理，指挥第28师、第13师、第39军及第31军在宣化店、武胜关、平靖关、立山一带逐次抵抗。

18日，蒋介石再次下手令调第13师火速返回武汉。万耀煌只得命第172师接替第13师防地。

第十八章

出奇制胜

第70军19师在庐山坚守41天，守卫战的残酷和艰苦不忍睹闻。第10师廖运周团在箬溪以西一个山坳里，利用意外发现的旧仓库里遗留的万发炮弹，打了一场痛快利落的伏击战。

第十八章 | 出奇制胜

在江南方面，自放弃九江以后，庐山即成为掩护各部转移至二线阵地、牵制日寇的重要阵地。根据原作战计划，以江西两个保安团在庐山设防，进行游击战。当时蒋经国任江西省保安处副处长，负实际责任，即调遣保安第3团（团长邓子超）及保安第11团（团长胡家位）驻守庐山。张发奎另遣第70军所属第19师在庐山以北马祖山之线占领阵地，掩护主力转移。

第19师师长由第70军军长李觉兼任。该师原属湖南军阀何键的基干部队，2旅4团制是乙种师编制。该师参加淞沪抗战颇有战绩，因此发展成第70军，军令部将第128师拨归其建制。淞沪抗战后，该部在浙江进行整编，后调到武汉参加保卫战，拨归第九战区第二兵团战斗序列。

第128师也是湘军陈渠珍的土著部队，装备极差，亦无作战经验，初次参加抗战，对日寇的炽烈火力颇不适应。该部到达九江，被指令在九江以东赶筑防御工事，并担任江防。日寇强行登陆，张发奎命该师坚决消灭登陆之敌。该师与敌接触，日寇的飞机大炮把该师官兵打蒙了，仅坚持一天即行溃退。在溃退中该师后卫团被敌包围，陈渠珍师长甚至顾不得援救，只顾自己逃命。军长李觉得知后，即派出第19师的第109团第3营前往救援，该营猛烈侧击日寇，才使被围的一个团突围而出。第128师溃不成军，张发奎呈报军委会，将陈渠珍撤职查办，撤销所部番号，兵员补充第19师。这样第70军实际只有一个师了。

7月25日放弃九江后，第19师奉命撤出九江，昼夜兼程赶赴马祖山。当晚该师先头部队第109团赶到，即赶筑防御工事。次日，主力陆续到达，进入阵地后不久，日寇追兵亦至。当时虽是有计划转移，但战场秩序仍然十分混乱，一些撤退部队颇有争先恐后之势，在日寇追击、轰炸之下，他们夺路趋势愈盛，甚至有一些部队涌入了第19师阵地，严重妨碍了对敌作战。李觉不得不分兵阻挡引导，同时予敌坚决阻击。

日寇以骄兵穷追，没有料到在此会受到强有力的阻击，其先头部队受到重创后，即调来飞机大肆轰炸第 19 师阵地，并配以猛烈的炮击。第 19 师除坚守阵地外，也以短程突击回击日寇。激战终日，双方均有伤亡。日寇攻坚不下，仍以其惯用战术，企图用飞机大炮杀开一条血路，各部队长在对敌作战中已掌握了日寇规律，采用了回避战术，即在日寇轰炸、炮击时，将阵地上主力撤下隐蔽，只留少数人在阵地上监视。当日寇接近阵地时，为避免误伤自己人，便停止轰炸、炮击。这时隐蔽的部队再迅速返回阵地，猛歼已靠近阵地的日寇步兵。这种穷极思变的经验战术，往往十分行之有效，使日寇付出了重大伤亡。

第 19 师在马祖山与日寇相持 3 天，给转移部队争取到从容在第二线布防的时间。28 日，该师奉命撤至马回岭以北地区结集待命，李觉命所部第 55 旅和 57 旅相互交替掩护，徐徐撤退，并命第 109 团第 3 营为后卫。

第 109 团第 3 营在掩护主力撤退后，于深夜向日寇发动一次火力极猛的佯攻，然后迅速脱离战场。这虽是一般战术，但能在无伤亡情况下脱离战场，仍旧是极难得的。第 3 营官兵正庆幸得计，不料撤到南浔公路，却被第 29 军团督战队拦住，命令该营就地掩护炮兵撤退。该营只得再行苦战，完成任务后才归还建制。

日寇第 106 师团在空军掩护下，于 7 月 31 日分两路沿南浔铁路、公路南下，企图中央突破，猛攻第 64 军李汉魂部。该军第 155 师在金官桥阻敌，打得十分艰苦，伤亡亦重。第 29 军团命第 19 师接替第 155 师防地，坚守金官桥。

李觉接防后，即视察原第 155 师阵地及周围地形，他见第 155 师的阵地部署，是将主力大部集中于主阵地。集中使用兵力于主阵地，从防御方面来讲，是正确的，但是仅有坚强的防御而无反攻出击的部署，也是消极的。

就对日寇作战来讲，日寇火力占绝对优势，必充分发挥其优势火力，以减少进攻中的伤亡。因此，日寇的进攻战术总先以飞机大炮猛轰守军主阵地，在摧毁主阵地工事及兵力后，才发动进攻。敌人的这种战术始终不变。

李觉认为集中主力于主阵地，在日寇以优势火力轰击下，必有重大伤亡。他考虑以变化多端的灵活战术，对付日寇始终不变的战术，可达到"出其不意，攻其不备"的目的。于是他将主阵地之一部分改为前进阵地，分散兵力。此外，他发现在庐山西麓的土地庵高地均可以利用，若派一部于土地庵占领阵地，居高临下，可以掩护主阵地右翼前沿，再以一部占领牯岭，可掩护主阵地侧背。经与参谋人员商议，一致认为可行。于是派第110团第2营于土地庵占领阵地，第109团第3营于牯岭占领阵地。

31日黎明，日寇进攻"前奏"开始——飞机、大炮猛轰主阵地达数小时之久，大有将主阵地夷为平地之势。第19师官兵偃旗息鼓，沉着应战。日寇以为经过其优势火力轰击后，已大量杀伤守军，不会再有强烈抵抗，而且认定中国军队前进阵地为主阵地，在轰炸、炮击后，数百名鬼子即向前进阵地猛扑而来。第19师各阵地早已准备好各种火器，只等鬼子扑到近前便一齐开火，复仇的子弹像瓢泼大雨般地向鬼子倾泻而去。鬼子已闯入正面及侧防交叉火网之中，在劫难逃，几乎被全歼！

鬼子一时尚不明白中国军队的灵活部署，仍按老路子反复进攻，一次又一次付出重大伤亡，却仍顽固地组织冲锋。李觉再次使出灵活多变的战术，在日寇又一次组织冲锋时，他下令阵地守军出击！这是又一次出敌不意，日寇措手不及，被我军优势兵力包围，近战中日寇又不能以炮火支援，一场白刃战将鬼子消灭大半，残余狼狈退回。

在这一天中，鬼子共组织4次进攻，付出了上千人伤亡代价。

8月1日，日寇再不敢强攻了，转而轰炸、炮击前进阵地，并以小部队佯攻，试探中国军队火力配备。显然，日寇在第一天付出重大伤亡后，也准备改变进攻战术。

李觉根据敌情变化而改变部署。他命牯岭阵地移至西南鸡窝岭，占领侧面阵地，居高临下，便于以火力俯瞰日寇，此处地形优越，易守难攻。为加强侧击火力，李觉将第109团所有迫击炮集中用于鸡窝岭阵地。

日寇虽凶悍，但在屡屡失败后也极为谨慎，夜间不敢出动。李觉部利用此间隙时间，努力修复被日寇轰炸、炮击破坏的工事，并尽可能加强工事的坚固。交通壕和掩蔽部的重要性比阵地工事不在以下。如果交通壕被炸毁，将会断绝粮弹的运送和阵地之间的策应；在日寇进攻前进行轰炸、炮击时，如无掩蔽部转移主力，是将主力置于日寇进攻前的强大火力之下。因此李觉再三强调要特别注意加强交通壕及掩蔽部的覆盖。

就这样，白天紧张战斗，夜间紧张修复、加固工事，我军在极度艰苦的情况下坚持对敌作战。

除此之外，还有一些极为不利的因素，也严重影响战斗力。

国民党军队官兵的服装和伙食供应，长期维持最低水平。以服装而言，部队共发冬棉夏单两季服装，质料极差。士兵在前线作战，滚爬摔跌，几天下来往往衣不遮体，却不能及时更换；背包中除一条灰军毯或薄棉被外，再没有别的可铺盖之物；没有雨具，甚至不发给鞋袜，士兵终年赤脚草鞋。

伙食规定每人每天24两（合1.5市斤），副食费每天2角钱，连买蔬菜都不够，更谈不到油腥了。到了抗战中后期，物价犹如洪水猛兽，士兵的菜金只够买食盐，不少部队的伙食只能以盐水浇饭吃。由于副食极差，24两粮食就更吃不饱了，士兵处于半饥饿状态，体质极差，再加之部队缺医少药，遇有疾病流行，得不到治疗，死亡率极高。如在武汉会战时，部队流行疟疾，此病症状是发冷发热，冷时发抖，然后高烧。部队缺医少药，便采用"恶治"办法：当病号发冷时，就让两个士兵架着病号"跑步"，这样就能把"病魔"跑掉。这是部队"治病"的一种手段，对于感冒发烧，通过"跑步"，达到发汗的目的，跑完蒙被睡一觉，或许能好；但对于患疟疾，却不是"发汗"能解决的，病号体质差，经"恶治"后（有的在"跑步"中）死得更快。

这是国民党部队抗战8年中的普遍情况。

第19师将士在金官桥阻击战中的艰苦，却另有"特色"：

官兵在阵地上坚持作战一天，由于日寇的炮火和轰炸几乎毫无间隙，后方无法向阵地送饭送水，官兵们忍渴挨饿，要等到夜幕降临，日寇停止攻击了，后方才能将水和饭送上来。南方以米饭为主食，后方白天做好的米饭，是准备"抓空"往前线送的，却始终没有"空"。江西素有中国"火炉"之称，时值炎热的8月，白天做好的米饭送到阵地上已经馊了。原本菜金不足买不来蔬菜，打起仗来周围老百姓早已逃离，更无法买到蔬菜，但此时官兵们已饥不择食，没有任何人挑剔，馊饭就着凉水，大口大口吞下去，没有人想到吞下去会有什么后果。

更令人不堪设想的是，双方交战，短兵相接，阵地前的阵亡者，双方都无法收尸，只好任其暴尸于两军阵前。这些尸体经数日暴晒，肚肠爆裂，"劈啪"作响，臭气散发，令人作呕；肉体腐烂，血水纵横，也足以传染疾病，尔后部队撤到后方整补时，发病率极高，也与此不无关系。

第19师官兵还需要克服的困难是抗寒。当时虽时值暑季，但庐山夜寒，阵地上官兵穿着单薄，有的在作战中弄得衣不遮体，不免冻得发抖，阵地禁止烟火，无以取暖，官兵们只能挤在一起，熬过寒冷之夜。

8月2日，日寇转移火力，猛烈轰击中国军队前进阵地。日寇在连续几天进攻中吃了大亏后，终于悟到我军部署是"以实就虚"，所以猛烈攻击前进阵地。在这一天中，前进阵地多次失而复得。拉锯战中短兵相接，反复肉搏，双方伤亡俱重。

至晚，日寇仍未得手，终于龟缩而回。于是策划再变为进攻计划。

日寇屡攻不克，而且付出了重大伤亡，关键在于李觉部署得当，以侧防火力助战，使扑到阵地前的日寇，陷于李部交叉火网之中。日寇也深感我军所部署的侧防火力威胁极大，于是移兵攻夺土地庵，企图拔掉这个阵地。然而其每次进攻土地庵，鸡窝岭阵地即以迫击炮及轻、重机枪俯击，使日寇无法靠拢土地庵，组织不起有力的进攻。

在尔后缴获的日寇军官日记中，曾见到如此记载："……庐山上的迫击炮弹如雨点般地从天而降，皇军大受威胁，死伤可怕……"

足见虽然武器是作战中的重要因素，但是兵力部署更为关键。只要部署得当，充分利用其有利地形，仍可以克敌制胜。如此战例，在抗战中已屡见不鲜。

鸡窝岭山高坡陡，不易攀登；早晚多雾，神秘莫测。晴朗时，铁路以西日寇之活动尽收眼底，尤其是对主阵地前进攻之敌一目了然，既起到观察敌情作用，又可以居高临下侧击进攻之日寇。日寇虽有火力优势，却对鸡窝岭阵地鞭长莫及，徒唤奈何。

在与敌对峙中，在鸡窝岭阵地上可以用望远镜观察到铁路以西的激战情况，也可以观察到日寇在公路上的活动情况。

由于公路在开战前已被破坏，日寇的机械化优势失去了效用。其往前线运送粮弹补给，也只能以骡马为运输力，并配以小部队掩护运输队。我军在鸡窝岭阵地上观察到敌寇的动态，而且发现了日寇运输队的中转站地点，便及时向军长李觉报告。

李觉得到鸡窝岭阵地报告，认为这是打击日寇、断其补给的好机会，也是对友军的一种支援，于是决定派第109团出动小部队进行奇袭。

然而第109团接受任务却并未理解军长的意图和任务的重要性，仅派一名排长率领两个步兵班去执行潜袭任务。

奇袭部队潜至日寇中转站附近，排长命一班掩护，自己率一个班搜索前进。出乎意料的是这股日寇竟没有放出哨兵！这也足见日寇在得胜后之骄傲轻敌。一个班潜入营房，只见日寇数十人在两间屋子里横七竖八地酣然大睡。当时这个班并没有携带机枪，步枪的杀伤力极有限，排长便命一个班分为两队，各把守一间屋的门窗，准备好手榴弹，一声令下，士兵们同时将手榴弹投入！

手榴弹的爆炸威力是扇形斜角上升。如果事先鸣枪，将鬼子惊起再投弹，即可将鬼子全歼。这个排长临战欠考虑，在鬼子都平躺着时投弹，杀伤力并不大。鬼子虽被炸死一部分，余众惊起，竟夺门而出。一个班的步枪并不能阻遏，被其大部窜出屋外，落荒而逃。敌人被外面担任掩护的一个班击毙数名，仍有半数鬼子得以逃脱。

所幸是在夜间，鬼子遭到突然袭击不明真相，否则鬼子奋起就地抵抗，这两个班是完不成交给的任务的。

日寇逃窜后，拴在槽头的骡马受惊，挣脱绳索，在公路上狂奔乱窜，一时形成的场面，倒也混乱得壮观。

日寇逃走后，奇袭部队在搜索中转站时，发现有大量枪支、弹药、粮食及医药、日用品等物。这都是运往前方日寇作战部队的。

很可惜，奇袭部队人数有限，又无运输能力，面对如此多我方也极为缺乏的物资，却无法全都运走，只能尽量携带一些药品和日用品，然后放一把火烧毁。

奇袭部队还顾虑日寇反扑，迅速撤回。

回到阵地，排长向军长报告了全部奇袭过程。指挥部的人听说有那么多奇缺物资未能运回，都不禁拍手跺脚，大喊"可惜"！这就使李觉对第109团执行任务不力更加不满了，于是严厉批评了该团长，并命再组织奇袭部队前往。

日寇经此次遭奇袭后，加强了运输队的掩护，所以以后多次派出奇袭队均未得手。

在这次奇袭中，还搜到许多包裹的敌尸体，其中一些麻袋装着人的手掌，令人颇感蹊跷。事后据日俘招供，这是因为在战场上遭到打击，来不及将尸体抢回，便砍下死者的一手掌，以掌代尸的"变通"办法。但在我军得胜后打扫战场，极少发现遗下的尸体有缺掌者。可见日寇在战败时也十分狼狈，连"变通"办法也顾不得去做了。

至8月中旬，日寇在金官桥无尺寸进展，围攻鸡窝岭便愈急，于是调集重炮连日轰击，并不断派出小部队佯攻土地庵。所谓"贼人胆虚"，通常情况下敌人不敢于夜间活动，这次为了攻夺鸡窝岭，竟在夜间搞偷袭。但日寇毕竟对地形不熟悉，而且山高坡陡，又不敢走正道，所以从深夜至拂晓只刚爬到半山。阵地前哨发现日寇分三路爬到半山，即一面阻击，一面后撤。阵地上官兵闻警严阵以待。当日寇爬到最有效射程之内，各种火器同时喷出愤怒的火舌，将一排排的鬼子舔倒，滚下山去。这一次的胜利，也使阵地上官兵产生了轻敌情绪。尽管以后连续三四天，日寇都以密集炮火进行报复，阵地多被摧毁，但我方官兵们却以为日寇再也不敢偷袭了。

日寇并不死心，在数日炮击后，组织了一支敢死队，利用晨雾的掩护，悄悄爬上来，在阵地上展开了一场极为残酷的肉搏战。第3营官兵奋勇抵抗，援军也及时赶到，日寇虽顽强，但在无优势火力支持下，仍旧是脆弱的，其敢死队大部被歼。有一股9人敌之退一岩洞，夜间曾数次欲突围而出，均被阻击退回。天明后山洞中悄然无声，进入搜索，发现该股敌人已集体自杀。

至9月4日，第19师在抵抗中已伤亡数千人，兵力严重不足，第二兵团才以第155师换防。该师撤下休整，又被疾病所困，最后全师点验，原先的2个旅4个团之师，只剩下士兵780余人，仅够编成一个加强营。

牺牲如此惨烈的部队非止这样一个师。如在此同时，第195师残部只编成1个团，拨归第85军；第89师残部仅编成4个营，拨归第13军。在激烈抗战中，所有力量都必须留在战场继续发挥对敌作用。这些部队的中、上级军官则撤到后方接收新兵补充成伍，再到前线来继续杀敌。

日寇在入侵瑞昌以后，其第9师团及波田支队继续沿江及循瑞昌——阳新公路向西进犯。第二兵团以第92军及第2师拨归第32集团军关麟征指挥，左翼第54军附第81师，占领瑞昌西侧高地亘码头阵地东侧江岸之线阵地，抗击日寇。另据军委会指示，组织总预备军，不顾一切向敌后挺进，以攻为守，牵制和消灭当面之敌。所拟定计划，经蒋介石审阅，批由陈诚、薛岳照办。

总预备军的挺进攻击计划是——

方针：

大本营总预备军以挺进作战之目的，不受任何情况之牵制，选择敌军最感痛苦方面，断然挺进攻击。以主力猛攻敌之背后，一部掩护主力行动，并扫荡敌军后方，协同正面牵制部队，包围歼灭敌人。

要领：

（1）当挺进实行时，主力应不为少数敌人所牵制，猛向既定目标迈进。如为敌大部牵制时，亦应乘夜脱离，仍向既定目标挺进，期达既定线敌之后方，向敌猛攻，协同正面我军歼灭敌人。一部掩护主力侧背，使其行动容易，另以有力轻快部队编成多数纵队，深入敌军后方，截断敌后方联络线，扫荡其补给交通，并扼制隘路，阻敌增援，保主力挺进部队歼敌奏功容易；

（2）挺进部队各纵队，应各编便衣一队为先导，乘虚觅隙，敏捷勇敢，向敌后挺进攻击；

（3）挺进部队为力求出敌不意，得昼伏、夜行、晓袭；

（4）须有在敌后方继续作战二三星期粮弹之准备；

（5）携带爆破材料，点火具等；

（6）向敌后方深入之轻快部队，须以扫荡敌之补给交通，或伏隘路袭击敌人，或扼制隘路，迷惑敌人，其行动可飘浮不定，使敌后方不得安宁；

（7）关于昼间、夜间之声号视号联络，须为绵密规定。

兵力部署——

（甲）阳新方向：

（1）部队：第93师、第197师、荣誉师；

（2）指挥官：关麟征；

（3）使用地点：木石港附近。

部署：以一部向瑞阳公路、双下桥、老屋柯、黄冈桥、石田河各点进出，扫荡敌之后方并扼制隘路，阻敌增援补给，相机占领瑞昌。

主力之一部占领木石港、田畈要点，掩护主力侧背。

主力则向排市、黄连洞、汤公泉、了髻山、小塞贤敌背后攻击，协同正面友军包围歼灭敌人。

（4）攻击开始时日：应在10月15日前全部在横路铺、洋港附近准备完毕。16日晚开始行动，向攻击目标挺进。

（乙）箬溪方面：

（1）部队：三个师；

（2）指挥官：欧震；

（3）使用地点：箬溪北方。

部署：以一部向范家铺、冯家铺、横港、大坳、小坳各点进击，扫荡敌之后方，并阻敌增援补给，相机进占瑞昌。

主力由小坳方面进击，向上坳山、西荣山、马鞍山、覆血山敌背后挺进攻击，协同正面部队，包围歼灭敌人。

（4）攻击开始时日：应于10月15日前在柘林市附近地区准备完毕，16日晚开始向指定目标挺进攻击。

这是一项具有十分重大的战略意义的措施，是正面阻敌的重要补充，尤其是在敌强我弱情况下，就更具有积极性了。因为日寇兵力有限，集中用于正面进攻，侧背便是软弱部位，其后方更是"方针"中所指"最感痛苦方面"。如以有力部队袭扰，断其补给，必能有重大收获，并能减轻我军正面压力。遗憾的是当时战场上大部分部队为敌牵制，一部分伤亡过重，亟需补充整顿，所以此计划未能实施。第2兵团曾以第4师、第110师、新编第35师编成3个挺进纵队，游动袭扰，颇见成效。第110师在游动袭击中更予敌以重大杀伤。

瑞昌至龙港公路，正处于赣鄂交界之处，两侧高山，利于阻击日寇。第110师便在这一段地带打运动战。日寇的进攻重点是抢占各山头。中国军队居高临下，予日寇极大杀伤。但日寇倚仗炮火的威力，仍不断取得进展。第110师则避开与日寇正面作战，埋伏于公路两侧相机打击日寇。

日寇攻下山头以后，便沿公路前进，完全没有料到在中国军队主力撤退后，还会遇到阻击，所以毫无戒备，加之进攻中亦感疲惫，所以行进中十分散漫，第110师抓住日寇这一弱点，预伏于公路两侧，当日寇大部队通过半数时，突然拦腰猛袭，日寇猝不及防，被打得四处窜逃，等到他们组织抵抗，准备大举反击时，110师即行撤退，基本上是在自己无伤亡的情况下，予日寇以沉重打击，使日寇付出惨重伤亡。

第110师还分兵袭击日寇运输队。这些运输队也是由骡马组成，每队约有骡马100余匹，除负责照顾骡马的运输兵外，每队还配有约两个连的步兵护送。这也因为受了第19军奇袭后，日寇加强了对运输队的保护。

第110师袭击正在运动中的运输队，采用正面阻击、两侧包抄的战术，即以一部阻止运输队前进，其护送部队为夺路必与正面部队力战，我方两侧伏军趁其护送队与我军正面部队呈胶着状态时，骤起袭击运输队。敌运输队的运输兵虽也配备兵器，只不过常规的步枪而已，战斗力极弱，经不起猛攻猛打，即行溃散，其骡马因负重虽受惊却难逃窜。均被掳获或击毙，所有物资尽为战利品。

如此的袭击大大挫伤了日寇的正面进攻。敌人往往因得不到弹药、粮食的补充，不得不停止前进，等待空投。但空投弹药有困难，于是又不得不增加护路部队，这样，大大分散了日寇的兵力。

该师在游动战中，取得最大的一次胜利是在箬溪以西，距幕阜山30里的两山之间的一个坳口处。

这完全是由偶然机会所造成的。

第110师所属第328旅在转战中来到坳口。此处公路在小坳处形成"S"形弯路，里侧是山，外侧是河，中间有一块10多米高的小高地。旅长辛少亭到此发现在小高地后面有一座仓库，命人打开，发现仓库内存放着1万发迫击炮弹，不禁愕然！像这样的军火库应该有部队看守，专人负责。他们来到时，除门上一把锁，再也不见人影；再命人四下寻找，也不见踪影。

在撤退时难免有物资、弹药来不及转移的情况，尤其是炮弹的运输，尚需有严密的防护措施。但凡不及转移的物资应予烧毁，决不能留给敌人，这是极为浅显的常识，更何况如此多的炮弹，留给日寇岂不要用来杀伤我方的军队？现在竟然有如此不负责任的人，弃下万发炮弹而逃之夭夭，真是罪该万死！第328旅官兵看到此一情况，无不纷纷咒骂失责者，要求辛少亭上报军委会，严厉追究责任者。

辛少亭也十分愤慨，但他认为像这样的事，即便上报军委会，一时也难追查，过后便不了了之，那又何必多此一举呢？关键的问题是如何处理这些炮弹。他与第656团团长廖运周商量：

"尽管处理这些炮弹不是我们的责任，但我们既发现了，就决不能置之不顾，留给敌人。我们有义务将这些炮弹处理掉！"

廖运周深表赞同："是的，我们决不能将这些炮弹留给敌人！"他又为难地说："只是……要把这些炮弹运走，人力且不说，携带这么多炮弹，于我们转战也不利。我想是不是将仓库引爆……"

辛少亭摇摇头："引爆虽是一种办法，但是消极办法……"

廖运周挥了一下拳头："对，何不用来打击日寇！"

"英雄所见略同！"辛少亭十分高兴地说。既然如此，我将这一任务交给你团，并从第655团调4门炮加强火力。我率第655团掩护你的侧背，你就放心好好用这些炮弹狠狠地打击日寇吧！"

"遵命！"

廖运周观察地形后，精心布置。

第655团有一个反坦克炮连，该连原属第18军。因为军长黄维得知该师要在敌后游击日寇，廖运周又是黄埔军校第5期炮兵科毕业的，熟悉炮兵的运用，便将反坦克炮连临时配属廖运周指挥，以期发挥更大的作用。现在他将该连布置在小坳山下，公路正面第一道弯路处。因为他考虑到坦克正面装甲较厚，侧面却较薄弱，容易攻破。当坦克行至此处拐弯时，反坦克炮正好袭击坦克的侧面薄弱部位。

第656团原有迫击炮8门，旅长又调来第655团4门迫击炮，共12门。廖运周将这12门迫击炮布置在第二个弯路处，即小坳的山后面，对准公路，并指派团副常海亭负责指挥炮兵射击。

团部设在小高地上，可以俯瞰全战场。

另外组织一队人，专门为炮兵阵地传送炮弹。

一切就绪，只等鬼子自投罗网。

临战状态是十分紧张的。这一次是专等鬼子来换炮弹，所以第656团全体官兵都焦急地翘首以待，巴望鬼子快些到来，好让鬼子也尝尝挨炸的滋味！

是日黄昏，该死的鬼子终于源源而来。

公路上出现了一长串鬼子的坦克，后面尘土飞扬，估计还有不少机动车辆跟在后面。第656团全体官兵此时此刻都不约而同屏住呼吸，紧张地观察着日寇坦克开来——爬坡了，第1辆、第2辆、第3辆……当这些坦克爬到第一道弯路处，反坦克炮连即向前3辆坦克的侧面开火。果然，炮弹穿透了坦克侧面钢板，钻进坦克内爆炸，炸得坦克四分五裂！

前面的坦克挨炸，堵塞了道路。出现这种情况，后面的应该调头后退，但鬼子不明情况，又仗着坦克的威力，竟然停下来炮击我军，其后面的各种机动车继续跟进，竟在公路上排成了三路纵队，并不停地鸣笛，催促坦克尽快"肃清障碍"。笛声此起彼伏，好不热闹。此时前面的坦克想退也退不回去了。

按廖运周的作战计划，迫击炮阵地先隐而不发，等日寇后面的车队跟上来，集中后再开炮。所以在最初一二十分钟内，听任鬼子的坦克炮射向阵地。等到鬼子车队都跟上来了，廖运周在高地上看得明白，一声令下，12门迫击炮同时发出怒吼，通红的火光划破了夜空，带着尖啸的哨音的炮弹，一枚枚在鬼子群中开花！

鬼子尚未意识到末日已到，还顽固地就地抵抗。但夜幕降临，他们只能毫无目标地射击，犹如放枪壮胆，起不到任何作用。而在夜间，又情况不明，后面的鬼子部队也不敢冒冒失失赶来救援，也不能指望空军飞来助战。这群鬼子就这样在孤立无援的情况下挨着我军的炮弹。

而夜幕对我炮兵并无影响，因事先校好方位、距离，此时炮兵们用不着调整，只要努力往炮里填放炮弹就行了。官兵们长期压抑着的仇恨，好不容易有此宣泄的机会，谁也不肯放过。不仅炮兵们忘了疲劳，就连团部一些非战斗人员也都跑到炮兵阵地上来，帮着搬运炮弹，以能亲手填入一颗炮弹射向鬼子为快。

公路上已是一片火海，各种车辆因中弹起火而燃烧的火光将公路照亮得如同白昼。在此猛烈打击下，日寇根本无还击能力。

12门迫击炮打出5000多颗炮弹，事实上已将聚集的日寇全部、彻底地消灭。官兵们因为要发泄仇恨，也因为留下的炮弹无法运走，所以不停地打下去。直到午夜，官兵们实在太疲劳了，才停止了射击。

天明时清点山下被击毁的日寇坦克共20辆。卡车因被炸得粉身碎骨，无法统计。除坦克和卡车内的鬼子尸体无法统计外，公路上躺卧的鬼子尸体便有100余具。

这一次的辉煌战果，还在于我军未伤亡一官一兵。它给鬼子的震动是极大的。

由于中国军队的炮火猛烈，鬼子不明真相，所以尽管其后继大部队在下半夜已到达附近，占领了一些山头阵地，却不敢发动进攻。

辛少亭旅长在山头上发现附近一些山头插满了鬼子的"膏药旗"，唯恐被日寇包围，便命廖运周立即率部转移。廖运周命人将山后的弹药库点着火，然后率部迅速撤离。部队跑步走出不几里，弹药库爆炸了。估计剩下的几千颗迫击炮弹，将小坳夷为平地了。

鬼子受此打击后，在原地停留了一整天，才继续搜索前进，其猖狂气焰显然受挫了。

这一战的胜利在当时却未受到应有的重视。因为从整个战场来看，这一局部胜利实在太渺小了。所以廖运周指挥得力之功也未受到表彰。在1948年年末，淮海战役时，黄维率第12兵团驰赴淮海，廖运周是第12兵团所属第85军一个师的师长。黄维兵团在双堆集被歼后，黄维才知道廖运周在黄埔军校时便参加了共产党。第12兵团驰赴淮海中途，廖运周将兵团的行进和作战计划密报刘伯承和陈毅，以致刘邓大军及陈毅军队的一部分集中绝对优势兵力，张好了"口袋"等待黄维兵团钻过来。黄维兵团以第18军"王牌"作基干，十分骁悍，顽抗了27天。关键时刻廖运周率部起义，并策反了第85军另一个师在阵地上放下武器，以致敌阵脚大乱。黄维不得不放弃抵抗，下令突围，结果他所乘坐的一辆装甲车中途发生故障，弃车徒步时被俘。

这似乎也可谓廖运周在作战中的又一次"出奇制胜"吧。

第十九章

逃兵与勇士

第18师师长李芳郴率部守卫富池口要塞。日寇猛攻,战斗惨烈异常,李芳郴竟吓得弃部逃隐。形成对照的是第193师385旅守卫半壁山,官兵坚忍苦战,誓与要塞共存亡……

第十九章 | 逃兵与勇士

日寇在侵占瑞昌后，最初其主力指向东南，以配合其第106师团向南进攻。9月初，其主力又转向西北，配合沿江攻势，其目的在于夺取富池口要塞。第2兵团以关麟征部及第54军、第81师等部在瑞昌以西之幕阜山一带，利用丘陵有利地形作坚强抵抗。随后又调派第25师、第13军、第195师、第85军、第49师等逐次增援，予进攻之敌以迎头痛击。

从9月初至中旬，战况异常激烈，每一阵地都经反复争夺，双方伤亡均重。

在此一时期，由于地形限制，日寇大部队运转困难，机械化部队威力也难于发挥，仅以步炮协同进攻，唯一取胜的武器便是不断使用的毒气。所以其进展缓慢，伤亡亦大，不断补充粮弹、兵员，仍顽强推进。尤其在攻占码头镇要塞时，一改过去夜间停止进攻的战术，连续8昼夜不停地进攻，不惜付出重大伤亡。

陈诚看到日寇如此疯狂举措，显然是图谋武汉之心愈急。马头镇失陷后，战况危急，除督促各部努力拒敌外，另命第13军将突入马鞍山一带之敌击退。日寇却利用攻占马头镇之海、陆军联合继续向富池口要塞进攻。

富池口是长江马当要塞后第二个要塞区，江面狭隘弯曲，东、南、西三面有环形山地层层屏障，北面为长江，西面还有个网湖，其湖口可直通长江。

第54军所属第14师守备阳新及浐洲之线，第18师守备富池口要塞区。两师均为2旅4团制，部队的装备和素质都比较好。由于日寇在瑞（昌）阳（新）公路进攻，切断了第14师与第18师的联系。

富池口要塞阵地，原由海军陆战队守备。第18师到防后，第2兵团并没有明确彼此的从属关系。第18师师长李芳郴只能根据本部的兵力部署。他认为根据地形，必须守住三面高地，并纵深配置防御阵地。

8月12日，日寇开始向富池口发动进攻。经两昼夜激战，突破第18师第1

道防线。日寇步步紧逼，但在第2道防线前，却经一周激战未得进展，双方伤亡俱重。

李芳郴一开始还是信心十足地指挥作战，但连日来部队伤亡过大，他的信心也随之动摇，多次向第2兵团请求支援，却因无兵可调，援军盼不到，而日寇已渐渐逼近主阵地，他不免有点慌神，忙用电话向张发奎求救：

"报告钧座，职师在富池口血战10天，全师伤亡惨重，援军不至，职师实在难于继续撑下去了。还望钧座准予撤退……"

张发奎不等对方说完便怒斥道："不行！现在全战场受日寇牵制，我正在积极部署兵力，调整后自然会派部队增援你。集团军孙（桐萱）总司令视察过你们的防御阵地，据他向我报告，地形对坚守有利，工事也还坚固。你只要好好用兵，沉着应战，是完全可以坚守待援的。"

李芳郴竭力哀恳分辩："钧座！富池口要塞的确有极少部分永久性工事，其他绝大部分后修建的工事已在10天抵抗中被日寇飞机、大炮摧垮了，在这10天中，职师竭尽全力逐次抵抗，有的阵地几经肉搏，至全连、全营壮烈牺牲始放弃阵地。再者，要塞原守卫海军陆战队不接受指挥，难于协同作战……"

张发奎再次打断李芳郴的话："有关官兵英勇抵抗的情况，战后总结报上来，该奖励的奖励，该表彰的表彰，我也准备给你请领一枚勋章哩。但那是以后的事。至于要塞原守卫海军陆战队，我马上下令从现在起归你统一指挥，作战不力，生杀予夺，听你裁决！"

李芳郴想骂娘了——时至今日，才将要塞部队拨归指挥，又有何用呢？如果事先就这样做，他可以将主力分部分于外围，将要塞核心守卫交给海军陆战队，并调动要塞炮兵，支援外围的守卫战。现在外围阵地被陷，主阵地也支离破碎，就是马上调一个师的援军来，也未见得能恢复阵地。守卫多久，一点点海军陆战队，犹如杯水车薪，根本起不了作用。但作为下级，他不能发火，不能硬顶，只能苦苦哀求道：

"钧座，职师已伤亡达2/3，无论如何也请钧座恩准放弃阵地吧……"

连日各方面战况不利，张发奎本已十分恼火，李芳郴喋喋不休，使他不禁勃然大怒："我要的是阵地，不要伤亡数字！阵地丢了，要军队有何用处？换句话说，即便如你报告，你部果真伤亡达 2/3，不是还有 1/3 的兵力吗？为将者不战至最后一兵一卒，就将阵地拱手让人，是极大的耻辱！你是黄埔军人，竟毫无羞耻之心吗？对军人的荣誉就这样不看重吗？这样还怎么能当一师之长啊！"

李芳郴哀求道："钧座！我们现在是打持久战，应将力量积蓄于逐次抵抗。为一阵地而作无谓消耗，这是没有意义的呀！"

"胡说！你守的阵地不是一般阵地。能多守一天，武汉就能多保存一天，是具有极大战略意义的，怎说是无谓消耗呢？你再坚守 3 天，我必调遣部队增援。到那时你师即可撤下来从事整补了。"

"钧座！钧座！职师已消耗罄尽，还拿什么去坚持 3 天呀……"

"至少，你还活着！"张发奎蛮横地说，"我警告你，如不能再坚持 3 天，提头来见！"张发奎愤然扔下听筒。他忘了"己所不欲，勿施于人"的圣人教诲，也忘了蒋介石对他蛮横时自己有过的心情。

李芳郴听完电话几乎傻了。

军人是不能讨价还价的。他又不得不承认张发奎有一点说得完全在理：要塞不同于一般阵地，甚至比一座城市更重要。如果沿江要塞都放弃了，日寇的海军便可以畅通无阻地溯江而上，直取武汉。因此，即便没有张发奎的警告，擅自放弃要塞，也是罪在不赦！更何况马当要塞的失守，处决薛蔚英便是前车之鉴！

"军人应视死如归"，虽是豪言壮语，也是军人应有的志向，否则攻不能取，战不能胜，守不能坚，便不能成大事。以黄埔军校毕业生来说，当初在黄埔军校受训时，军校大门上端有"革命者"的匾额，两侧有"升官发财请往他处，贪生怕死勿入斯门"的匾额，说明自入黄埔军校以来，他们就已"视死如归"。还在黄埔军校受训期间，第 1、2 期学生便参加两次东征，讨伐陈炯明叛军；第 5 期尚在受训期间便随军北伐（黄埔军校实际名为"陆军军官学校"，因校址在广州市郊区黄埔长洲岛而得名，北伐后改名为"中央军事政治学校"，本校在南京，洛阳、武汉等地办有分校，因而严格地说 5 期以后毕业都不能称为"黄埔"生）。黄埔军校第 1 期毕业生为 646 人；第 2 期毕业生为 449 人；第 3 期毕业生为 1233 人；第 4 期毕业生为 2654 人。前 4 期共毕业 4982 人。至抗战后期，黄埔前 4 期的毕业生还有多少幸存者？似乎无人精确统计过。但若以 100 个军、每军 20 位将级军官计算，亦不过2000人。这2000将军中，不仅有黄埔前4期的，而且还包括保定、日本士官、讲武堂、陆军大学等毕业者，其中纯粹行伍出身的也不少。如果此推算还算合理，那么，前4期的至少有2/3的人不是战亡便是被淘汰。那晋级为将者，也必然是在疆场上几经出生入死的幸存者。

李芳郴在当初、中级军官时，也曾经有过"与阵地共存亡"的经历和亲冒矢石冲锋陷阵的壮举。然而现在他已晋级为将了，似乎生命的价值随着禄位的高升起了微妙的变化，或者更确切些说他已失去了当年的朝气。抗敌是战死，退却将被处以极刑，两者似相似而实不相同，前者重于泰山，后者轻如鸿毛，本来是不难作出抉择的，但他经过一番痛苦的思想斗争之后，竟还是作出了"既不成功，也不成仁"，不齿于人的选择——临阵脱逃！

李芳郴派一中校参谋去传来营长黄福荫，他还故作镇静地说："现在只有你这个营还算完整，你马上率全营占领要塞区东北面阵地，掩护师指挥部及要塞。张长官命我师再坚守3天，我们唯有抱与阵地共存亡之决心，才能完成任务，望你好自为之！"

黄福荫以为师长已下决心与要塞共存亡，答了个"是"字，二话不说，跑步回部队，按师长命令执行。他万万没有料到他前脚走，李芳郴后脚就跟出，带了两名卫士，找了一只小筏子（小木船），渡过网湖，就此消踪匿迹！

当年越王勾践兴兵报仇，大将范蠡全力以赴，终于将吴国征服，逼死吴王夫差。成功以后，范蠡发现勾践"狐步鹰鼻"，其相主能同患难不能同富贵，于是携了绝代佳丽西施，一叶扁舟，隐于太湖，成为千古佳话。与此对比，师长李芳郴临阵脱逃，也是一叶扁舟隐于网湖，相似而不相同，却成为千古罪人！

李芳郴逃跑消息一传开，全师官兵无不痛骂。所幸当时各部队长还能沉着掌握住部队，坚持抵抗至晚，由营长黄福荫率部掩护，先由工兵在网湖搭浮桥，让炮兵撤退，要塞主要设施由工兵营破坏，至午夜全部撤出，最后工兵营再将浮桥拆掉，次日天明，日寇轻取了要塞。

第18师撤出要塞后，由第14师所属第42旅旅长罗广文继任师长，查点兵员，仅编成一个加强营，由黄福荫率领，归第2兵团直接指挥，罗广文则率干部到后方去接受补充。

与富池口要塞形成鲜明对照的，是第98军第193师第385旅守卫半壁山要塞可歌可泣的英勇事迹。

半壁山东距富池河约六七里，北临长江，南面有一道堤与网湖相接，与江北田家镇要塞隔江对峙。江面狭窄，是鄂东长江入口的咽喉，也是武汉的东大门，然而要塞的防御工事却极其简陋，仅有一些以石块砌成的石垒，都暴露在外，不适用于现代化战争要求。南京沦陷后，武汉保卫战提到议事日程，军委会才想起应该加强沿江要塞防御工事，构筑了一些水泥工事，但因时间紧迫，施工计划欠周密，材料亦不凑手，所以只构筑了一部分半永久性工事，远远不能取代原有的简陋工事。较有利的条件是江面狭窄，火力较容易发挥，悬崖峭壁，易守难攻。

担任半壁山守备任务的是第98军第193师第385旅。该旅原在江西修水整训，奉命调赴半壁山时，军长张刚由军部拨补一个步兵营，又将第386旅一个团拨归马骥旅长指挥，另配属高射机枪两个连，炮兵第10团第2营（该营有克虏伯一五榴弹炮6门，七五高射炮4门）。这样，第385旅实际兵员为7200人，相当于一个师的兵力，成为加强旅。

这支部队比较特殊，经过一年整训尚未参战，所以官兵的体质较好。在整训期间，除射击教育外，还特别注重实战演习。军官们对各种战争实例、图解、战术作业等经常深入研究，对士兵教育也很细致，除教习掌握和更有效发挥武器火力外，也经常讲解如何选择有利地形进攻和防守。所以士兵不仅作战技术纯熟，也善于领会上级的命令和意图。除军事科目训练外，马骥还带头经常到连队宣讲历代亡国史，强调不当亡国奴。民族英雄岳飞、文天祥、史可法的故事更是广为流传；日寇入侵我国后奸淫烧杀、惨无人道的罪行更是活的反面教材，激发官兵们对日寇的仇恨和誓死捍卫疆土的决心。因此，当部队接到守卫半壁山要塞命令时官兵情绪极高。"终于开赴前线打仗了！"似乎这是官兵盼望已久的事。

第385旅的防地为东起富池河，西至半壁山以西5公里一带网湖地区。网湖南北长20余里，地形较为复杂；由富池口到半壁山，堤长不过7里，堤宽不足100米；江堤平坦地面与工事等齐。鉴于如此地形，旅长马骥在部署兵力上颇费心机：以一个营的兵力专门监视富池河东岸之敌，严防其偷渡；因为长堤过于暴露，易遭炮击，便派遣部队日间栖息于网湖中，便于袭击强行登陆之敌。在半壁山对面设置两个连，阻止日寇扫雷或强行登陆。重炮布置于沿半壁山以西的长江南岸，以4门火炮利用半壁山的峭壁纵射敌舰，以2门炮向田家镇直射，高射机枪两个连散置于重炮阵地，防止日寇空袭炮兵阵地，另派一个营布防江边，掩护炮兵阵地的安全。高射炮置于小熊山后，另派两个步兵营在大小熊山构筑第三道防御阵地，作为纵深配备。

第98军这所属第82师由湖南整训后，调到石灰窑以东、半壁山以西，负责沿江防守，严密监视江北之敌强渡。

9月上旬，日寇开始向半壁山炮击和轰炸，每天有10艘炮舰在江中游弋，不停地向阵地发炮；敌机也轮番空袭，500磅以上的炸弹，雨点般地投掷下来。对于如此密集的轰击，国民党军队无足够火力压制，如作软弱的还击，反倒暴露了火力目标，如日寇集中摧毁，就更无法阻击登陆之敌了。因此阵地上偃旗息鼓，听任鬼子狂轰滥炸。

在日寇轰击时，硝烟弥漫，尘土飞扬，连大块条石也被炸得飞蹦而起。有的炮弹、炸弹直接命中战壕，于是血肉横飞；有的落在战壕附近，掀起的土石，将战壕中的官兵活埋了，而这时又不敢暴露目标去抢救，待到日寇攻击间隙时再去抢救，已无济于事了。

日寇几天狂轰滥炸，阵地多被摧毁，官兵伤亡亦重。还没有跟鬼子见面就死伤这么多人，一些官兵不免动摇了。

晚上，日寇停止了进攻，旅长带着几个团长，来到一个连的阵地。这个连在遭到炮击后伤亡过半。阵亡者就地掩埋，重伤号转移下去，轻伤员作了简单包扎，还要留在阵地上继续战斗。一整天没有进食了，大家都因极度疲劳和沮丧，面对饭食而无食欲，一个个蹲在战壕里闷声不响。当旅、团长们走近，连长勉强发了"立正"的致敬口令，士兵们虽起立，却都耷拉着脑袋。马骥看了也不动声色，走到伙食担子看了看，笑着说：

"啊，饭还冒热气嘛，我也一天没吃饭了。来，大家一齐吃——都动手啊！"

几个团长和随行旅部参谋人员都抄起碗筷，连、排长们紧跟，士兵们这才动起来，但情绪仍旧不高。

在战地能吃上一顿热饭，已经很不容易了，滋味和质量当然都谈不上。马骥吃着饭对官兵们说：

"我常对你们讲民族英雄岳飞的故事，有一点却忘了告诉你们，那就是岳飞在率部抗金时，因为想到两个小皇帝被金人扣为人质——"二帝蒙尘"，在受着苦难，便坚持素食，以不忘君王在苦难之中。我们现在抗日，应该时刻不忘沦陷区在日寇铁蹄下受苦难的千千万万同胞。一想到这些，就是给我们锦衣玉食，又怎么忍心享用？当然饭还是要吃的，这是为了维持生命，保证有足够的体力作战，消灭万恶的日寇！如果我们有饭不吃，把身体搞坏了，没有力量去杀敌，那就称了敌人的心愿，等于支援了敌人。所以现在既有饭吃，我们就要吃饱，吃饱了好杀敌，为沦陷区受苦难的同胞、为阵亡在我们身边的弟兄报仇啊！"

官兵听旅长这样讲，又见旅长的确吃得很香，情绪渐渐高涨了。

吃完饭，旅、团长们分别与各班士兵聊天，讲述着淞沪抗战时谢晋元团长率八百壮士坚守四行仓库，第98师第292旅姚子青营长在宝山坚守7昼夜，全营将士誓与宝山城共存亡，最后全部壮烈牺牲等事迹，大大鼓舞了士气。一个负伤留在阵地的班长，找来一张纸，用伤口流出的血，写了"与半壁山要塞共存亡！"几个字，呈交给旅长马骥。马骥带头签名，接着团长们和军官们都签了名，士兵中有不会写字的，都为不能表明自己的决心着急。有人建议在上面划个"十"字。但不会写字的太多，"十"字表明不了姓氏，又不甘心让人代笔，正在为难时，发起的班长说："大家按手印吧！"但找不到印色，他又建议，"用我的血——大家用手指抹上我的血来按手印！"一个江西籍的士兵却说：

"老表啊（江西人的习惯称呼，同北方人称"哥们"），用你的血只能代表你，不能代表我呀，你有血我也有血啊！"

这个江西籍的士兵当即咬破手指按了血手印，于是不会写字的士兵纷纷效仿。

马骥命参谋将这张洒满全连官兵鲜血的决心书连夜传往各连，得到全旅官兵的响应。每一个连都写了同样的血书。

马骥看到全旅官兵斗志昂扬，也信心十足了。他传令：各阵地在遭到炮击、轰炸时，可以疏散、隐蔽，以减少伤亡，但对炮兵阵地的维护决不能放松。在任何情况下，只要炮兵阵地遭到破坏，要随坏随抢修，就是付出再大的伤亡也在所不惜！因为要守住要塞，全赖炮兵的威力。

官兵们为了疏散隐蔽，在阵地上纵横交错增挖了许多交通壕，当日寇炮击、轰炸时，官兵们便自行疏散、隐蔽，这些官兵都有实战经验，能够根据炮弹在空中飞行时发出的呼啸声，准确地判断其着落点，对那些尖啸而过的炮弹置之不理，听到尖啸声减弱，估计会在近前着落爆炸，才及时隐蔽。由于阵地上有了较大的回旋余地，大大减少了伤亡。

日寇经几天狂轰滥炸后，又见阵地上极少还击，以为我军伤亡惨重，失去了还击的能力，便在9月中旬强行登陆。

日寇10余艘炮舰，掩护海军陆战队乘汽艇通过网湖强行登陆。在这一天，日寇的炮火、轰炸倒反不如前几天炽烈。又由于我军未予还击，日寇陆战队接近登陆点时，便停止了轰炸、炮击。当日寇陆战队正弃舟登岸时，中国军队各种火器"发言"了，炮兵的炮弹也向那些"游手好闲"的炮舰猛击。就像是突然发生之事，日寇毫无准备，其炮舰顿时有3艘被击中起火，2艘受重创，阻塞了航道，使其他炮舰在狭窄江面无回旋余地，不能自由调转方位，用侧面火力回击。炮兵抓住有利战机，猛击敌舰，终于击沉3艘，又重创2艘，余皆溃逃。

登陆之敌在尚未做好战斗准备时，遭到猛烈袭击，仓皇抵抗，不料隐伏于网湖中的中国军队杀出，截断其退路，两面夹击。日寇既失炮火掩护后盾，也无空军支援，立于水边又无阵地掩体，成了两面夹击的活靶了，仅10多分钟即被全歼！

首战告捷，张发奎大喜，除传令嘉奖外，并犒赏官兵每人大洋10元。

这一次的胜利，大大鼓舞了士气。日寇受到挫伤后，有两日的沉默。尔后恢复进攻，却以更疯狂的炮击和轰炸进行报复，给我军造成极大损失，旅长马骥也被弹片炸伤左臂。但日寇的登陆企图一次次被粉碎。投入登陆的部队越多，其损失越惨重。有一次日寇组织了2000多人，以一字纵队阵式进行波浪式登陆进攻，同时以密集炮火压制阵地。中国军队果断迎击，以短兵相接白刃战使日寇炮火威力无法支援登陆部队。这是公平较量，双方在登陆点均死伤枕藉。

张发奎鉴于第385旅英勇奋战，频频嘉奖犒赏10余次之多，猪、牛、羊肉每次每人1斤。虽然这点物质不算多，但在作战之时，供应各战场物资已属困难，能将这些慰劳品运送到阵地上，实属极不容易之事了，所以官兵们都很感动，情绪始终高昂。

就在此时，日寇加紧了对武穴南面的进攻，企图突破一点，进占威宁、通山，威胁武汉至长沙铁路交通。守备部队经过长时间抵抗，渐渐不支，有些溃退者沿长江南岸富池口通半壁山的堤防溃退。第九战区得悉此一情况，严令第98军堵住溃退部队，迫令缴械，就地整编。张刚军长向马骥转达此一命令。

马骥接到此一命令，比对付鬼子的进攻还要为难，他向张刚说：

"报告钧座，这些溃退下来的军队，都是中央的嫡系部队，迫令其缴械，有发生火拼对抗的危险；就地整编，更有兼并嫡系部队之嫌。倘若被人告到委座台前，我们有口难辩；即便不被控告，将来还要并肩作战的。如果把关系搞坏，对将来配合作战也不利啊！"

张刚沉吟半晌，才说："你的话很有道理。但是，陈辞修一向军令如山，我们不执行，也有阳奉阴违之嫌啊！"他叹了一口气，"做人难啦！"

马骥却说："不执行这样的命令于战守无碍。我们可以说部队正在作战，不能分兵管这种闲事。关键是把仗打好，才是我们的本职。"

张刚无可奈何："行啊，那就睁一眼闭一眼吧，你那里还能守得住吗？"

"虽然伤亡较大，但还能坚守，士气也还旺盛。"马骥报告道，"唯有团长徐佛观胆子太小了，每遇日寇炮击轰炸，他就躲得无影无踪，怎么也找不到他的人，直等到日寇停止进攻了，他也才又不知从什么地方钻了出来。"

"这样的团长怎么能带兵打仗！"张刚当机立断，"撤职查办！你保（荐）一个团长吧。"

"部下保胡庸继任团长，不知钧座以为如何？"

"你手下的人，你说好就好。"张刚很爽快地批准了。"叫徐佛观马上到军部来听候处理，胡庸着即到任，以后再补委任手续。"

在和平时期，团一级人事任免，是需要反复行文，层层上报批复的，往往周年半载才得正式委任。但在作战中主官却有生杀予夺及任免之权，可以先办事后补报。而所以赋予主官特权，就在于主官在战场上有至高无上的权力，其军令如山，必须不折不扣地坚决执行。

第385旅在半壁山守卫20多天，官兵阵亡826人，负伤278人，合计1000余人。予敌伤亡却在3000以上。如此伤亡对比数字在整个战场上实属少见，甚至是无此先例的。所以张发奎一再向张刚表示：第98军日后整补时，他保证优先补充人员和装备，对伤员优待增加营养，并亲自主持对阵亡将士的追悼会，等等。然而战局在变化，战斗序列也在不断变化，战区的指挥官更无固定，武汉保卫战后，战场重点在鄂西和湖南一带，鄂西属第五战区李宗仁指挥，湖南方面属第九战区代长官薛岳指挥，绝大多数部队都集中在这两方面战场，张发奎的许诺也难以实现。

9月下旬，马骥接到张刚电话通知：准备转移阵地。马骥大惑不解：日寇攻不破，何以放弃要塞？第385旅官兵闻知，也纷纷要求继续坚守。经呈报后得到答复：国民党最高统帅部已决定放弃武汉。

曾经为保卫要塞以血宣誓的官兵们，对这个命令在感情上实难接受，更何况他们的战友为保卫要塞流血牺牲，忠魂尸骨留在阵地上，他们也不忍在没有与日寇作殊死拼搏的情况下，就弃之而去。"军人以服从命令为天职"，旅长告诉大家要纵观全局，不要局守一隅，为烈士报仇的机会，可以在下一个战场去实现。

第385旅官兵洒泪放弃了半壁山要塞。

日寇在半壁山受到重创，不免心有余悸，在第385旅放弃阵地后数日，仍不敢大胆占领。打了几天炮，得不到反应，但因第385旅战斗作风一向如此，鬼子还是不敢登陆。

第385旅撤退后第4天，派了一排人回大、小熊山搬运遗留下的炮弹。据当地居民说，日寇还不敢占领半壁山，只不时向半壁山阵地发射一阵炮弹试探虚实而已。

"武士道"精神毕竟有限。

第二十章

薛岳不买账

　　第74军军长俞济时率部防守岷山,中途与日寇遭遇,一触即溃,派部增援,又遭败北。兵团司令长官薛岳严令夺回岷山。不想俞济时自恃"有背景",打通关节,得蒋介石允其所部撤往湖南整补,薛岳好不恼怒……

第二十章 | 薛岳不买账

自九江陷落后，第九战区调整部署，以张发奎兵团担任沿江正面防守，作持久抵抗。薛岳兵团在赣北方面以主力固守当面阵地，一部加强鄱阳湖湖防，控置机动部队于德安以西地区，待机出击敌之侧背，即在南浔路线上，背南面北固守，以牵制日寇，保卫南昌，对沿瑞昌—武宁、瑞昌—通山公路西进之敌，背东面西攻击。

薛岳兵团所属部队有：第25军王敬久部、第70军李觉部、第81军李玉堂部、第4军欧震部、第64军李汉魂部、第74军俞济时部、第66军叶肇部。

其作战方针为：（1）以必要兵力用于永修、南昌、进贤方面，担任鄱阳湖以西及以南之作战，以主力于德安以北及以东地区，担任箬溪、星子间湖防及南浔路作战；（2）南浔路方面持久抵抗，保持重点于左翼，相机以机动部队由铁路以西出击，求敌侧背而击灭之；（3）鄱阳湖方面采取机动防御，以一部占领湖岸要点阻敌登陆，控置主力趁敌登陆未毕，迅速攻击歼灭之。

其部署为：（1）在德星公路方面第25军占领箬溪、东孤岭、星子、汉阳峰之线阵地；第66军控置于隘口附近，支援第25军作战，并构筑隘口附近预备阵地。（2）南浔路正面第70军占领牛头山、邓家河之线阵地；第8军占领邓家河（不含）、十里山、钻林山之线阵地；第64军控置于中岩、金郎山之间地区，并构筑该线预备阵地；第4军构筑车轮北端山、鸡公岭、皇天垴之线预备阵地，并以一部任鸡公岭警戒；（3）永水方面第29军任徐家埠、吴城镇及小河渡、老虎山之线湖防，并控置一部于永修；（4）南昌方面第18军任南昌、莲塘及牛行、乐化预备阵地之构筑；（5）东乡、进贤方面第32军任东乡进贤及梁家渡、武溪市、樵市诸要点之守备；（6）兵团预备队第74军控置于德安；（7）左翼友军（张发奎兵团第30集团军）方面：第78军占领车轮中间山、陈家垅之线阵地；第72军控置青龙坂、岷山脚。

战斗展开于九江——星子公路方面。

8月22日,日寇第101师团沿九星公路及湖岸路进攻星子、玉筋山一带第52师前进阵地,经一日激战,星子及玉筋山陷落。日寇继续攻击前进,在东孤岭,鼓子寨第52师主阵地遭到坚强抵抗,日寇在进攻中死伤惨重,便于24日由石田道一少校率日寇300余人在牛屎墩登陆,猛袭第52师右侧背,师长冷欣沉着应战,分兵抗击。激战至夜,日寇攻势衰竭。冷欣却抓住战机,亲率敢死队,夜袭登陆之敌。日寇轻易不敢夜战,也不料中国军队会在遭到强大攻击压力后发动夜战,所以毫无防备。冷欣率敢死队悄悄将300余日寇包围,他先举手枪朝空中打了一发,便是攻击信号,包围日寇的敢死队的各种火器便同时向日寇发射,这一股正缩在低洼地打盹的鬼子,来不及抵抗即被全歼,石田道一也未逃脱惩罚。

日寇为了报复,在26日疯狂轰炸、炮击,多次使用毒气,其步兵亦反复猛烈冲击第52师阵地。第52师虽伤亡十分惨烈,但始终坚守阵地,并使进攻的日寇付出了重大伤亡。至夜,第160师前来接防,第52师开赴华龙山整顿。

日寇亦不断增加进攻兵力,继续向第160师阵地猛攻。第160师亦毫不逊色,坚持至31日,未使日寇有尺寸进展。日寇又以数百人在王爷庙登陆。第160师师长华振中亦出奇制胜——在发现日寇登陆后,即亲率一个营猛扑上去,在日寇尚未全部登岸,不成战斗队形时,一举将敌击溃。溃敌甚至来不及登舟逃窜,大部溺水。

日寇连连惨败,兽性大发。9月1日,在进攻第160师桃花尖阵地时,日军催泪弹、窒息毒气弹交替使用,同时又施放烟幕。当时我团长梁佐勋正在阵地上督战,与阵地上三个连官兵同时中毒牺牲。

日寇占领桃花尖,威胁160师左侧背,兵团指挥部再调第52师接防东孤岭,使第160师集中主力反攻。日寇利用两师换防之机猛攻东孤岭阵地,以致防线被突破一部分,予中国军队极大威胁。

东、西孤岭在庐山东南麓,居高临下,可以瞰制德星公路,是中国军队必守、日寇必攻之要地。为争夺这一阵地,双方展开血战。9月5日这一天,在东孤岭发生拉锯战,双方死伤枕藉,结果各占一半,相持不下。6日、7日两天,敌我双方在东孤岭短兵相接，反复肉搏，这时日寇发挥不了大炮和空中优势，其步兵虽顽强，亦不占上风，终于被击退。但在8日下午，日寇第101师团全部赶到，以猛烈火力压迫，我军退守西孤岭。日寇再攻西孤岭。此时日寇兵力雄厚，攻势猛烈。经两天激战，我阵地守军因伤亡惨重而军心有些动摇，第37军团军团长兼第25军军长王敬久亲到西孤岭督战，第52师士气有所恢复，又坚持战守两日。此时薛岳看到各部伤亡均大，须作调整，即指示：应极力维持现态势，万不得已时，应固守南狮岭、隘口、金轮峰之线预备阵地。于是第52师于9月14日放弃西孤岭。

在此时期，于泯山发生的战斗亦十分激烈。

星子失守后，金官桥阵地的翼侧倚托在庐山北麓。磨盘山以西阵地失守后，金官桥阵地左侧背暴露，于是只好收缩两翼，形成钩状阵地。

薛岳用红蓝铅笔在地图上勾划出防御地带线，再仔细端详，竟然是等腰三角形——顶点是九江，底边是修水河。他掷笔后捂着脑袋，颓然靠在椅子上，嘴里喃喃地念叨："奇形怪状！鬼子把我们逼迫得走投无路了！"

这位国民党的高级将领，近来常患头痛。这是因为战况不佳，食不甘味、睡不成眠造成的。在前线的指挥官固然是辛苦的，往往还要亲冒矢石。但作为最高指挥官，又何尝不辛苦！前线战局瞬息万变，各种战报、各军的吁请，那是不分昼夜的，他不能因为自己的疲劳，拒绝看一份战报，拒绝接一个电话；吃饭没有准点，睡觉只能和衣而眠，他时刻意识到自己的决策每延迟一分钟，就将关系到阵地的安危和前线将士的生死存亡。

在困难的时候，他总产生这样的疑问："难道在战场上兵器的优劣就绝对是决定胜负的先决条件？自古以少胜多、以弱胜强的战例何止千百！难道说就因为科学的发达，可以用先进的武器横行，就不需要什么战略战术了？如果诸葛亮活到今天，面对鬼子的进攻，也会束手无策吗？"想到诸葛亮，他想起曹操率领83万人马下江南，气势汹汹。刘备首当其冲，弃新野，败当阳，走夏口，这也可以说是在诸葛亮指挥之下进行节节抵抗吧。但最后赤壁鏖兵，孙刘联合拒曹，诸葛亮"借东风"，火烧战船，赢得了战争的胜利。这也是以弱胜强的一个战例。似这一战例的胜利，完全是诸葛亮"借东风"的成功。当然，这是书上的故事，如果"借东风"确有其事，那也是诸葛亮掌握了天文气象知识，或者说是熟悉长江下游的气象变化规律。作战是讲究"天时、地利、人和"的，日寇是入侵者，三者均不占便宜，而己方是正义者，应有三者之便。为什么就不能赢得战争的胜利，却一败再败呢？

他曾在江西多次作战，对地理是很熟悉的。如果不能利用地理予日寇以重创，便是自己太没有能力、作为了！

他一直在冥思苦想，等待时机，暗暗发着狠，一定要在他的战区内，予鬼子以重创！这自然不是光发狠能够办到的，需要他运筹帷幄，才能决胜千里！

他拿起一盒当时宣称"百病皆治"的虎牌万金油，涂了一些在太阳穴上，再用拇指在穴位上揉搓。自从陈诚保荐他任第九战区第1兵团长官以来，战局的困扰，使他对万金油有了依赖性，用以清脑提神。有时还要将万金油涂抹在眼皮上，强迫困得睁不开的眼睛，在清凉的刺激下睁开来。

他再次俯身地图，像是小心翼翼地将考虑成熟的兵力部署的部队番号标在地图上。做完这件事，他搁下了笔，眼睛却并没有离开地图。在他脑子里突然闪现了诸葛亮摆"八卦阵"的设想，能不能在这里也摆个"八卦阵"呢？他虽抓住了这个念头，但一时还设想不出如何部署"八卦阵"。这个念头形成了，他决定不放弃，他决定暂将部署好的方案先付诸实行，然后再思索如何摆"八卦阵"。

他让参谋长通知各军、师长前来开会，当众宣布兵力部署，并向军、师长们说要对当前严峻情况提出要求。并指着地图说："我们第1兵团的作战地域，好比等腰三角形。顶点是九江，底边是修水河。我们守北线，即城门湖—磨盘山—金官桥—庐山北麓之线。接近顶点的线是最短的线。这条线若守不住，越向后退，我们的正面就越大，也越不容易防守了。所以，现阵地必须坚守，无论付出多大代价在所不惜！道理无须我再重复。因此，谁丢了阵地，谁就要负责收复，决不允许后退，时至今日我想不必再以军法提醒诸位了！"

日寇是从8月1日开始攻金官桥一线的，守军第4、第70、第76等军打得很坚决，尽管日寇使用了包括毒气在内的一切手段，第113联队田中大佐、第145联队长川大佐均被我军击毙，足见其死伤惨重。

日寇进攻持续一个多月，却始终无进展。

现在薛岳看到金官桥线阵地侧翼空虚，唯恐日寇由瑞昌迂回金官桥线后方。8月28日，薛岳下令驻守德安的第74军军长俞济时派部至岷山，目的在于掩护金官桥侧背，同时搜索瑞昌方面情况。俞济时派第51师王耀武率部前往，8月29日，王耀武部先头团到达岷山脚下，突然遭遇前来迂回金官桥的日寇丸山支队。日寇居高临下，第51师先头团猝不及防，被日寇迎头一击，当即溃退。后继部队被溃退部队冲击，不知前面发生了什么情况，部队在运动中本难控制，顿时大乱。王耀武控制不住部队，于是败退下来。

薛岳闻报，当即再严令俞济时派部增援。俞济时又派遣第58师冯圣法部火速驰援。第58师赶到，正迎王耀武部溃退下来。第74军原以王耀武部为基干，现在第58师官兵眼见第51师溃不成伍，无疑影响士气，被日寇丸山支队一顿猛打、冲击，第58师坚持不住，也垮了下来。

薛岳被迫调整部署，命金官桥之线守军向岷山—黄老门—庐山西麓转移，称之为"黄老门线"。军事上的失利，使薛岳十分恼火，不免要怪罪俞济时，打电话呵斥道：

"你是怎么搞的？你的部队是豆腐渣做的吗？怎么碰一碰就散了架？"

俞济时毕业于黄埔军校第1期，属于"天子门生"那一类具有优越感的人。更为重要的是：他是浙江奉化人，蒋介石的同乡。奉化本是个小县城，"乡亲、乡亲，同乡便沾亲"，从蒋俞两家的亲属网推算起来，俞济时是蒋介石的外甥。因为这层关系，俞济时才能被破格提用成为蒋介石侍从室的主任。也因为他是"皇亲国戚"，便在黄埔军将领中飞扬跋扈，对上级颇有傲慢表现。老于世故的人都让他三分，也助长了他的气焰。却不料遇到薛岳竟不买账，对他呵斥起来，他哪里能忍受？于是顶碰道：

"日本人的炮火那么凶，士兵顶不住，我有什么办法嘛！"

薛岳勃然大怒："你顶住了，士兵就能顶住；正因为你从思想上就顶不住，所以你的士兵也顶不住！"

俞济时继续顶撞："从'一·二八'淞沪抗战我就亲率第88师配合19路军顶着鬼子的炮火顶到现在了。现在战场上顶不住日寇炮火的非只我第74军，又何必以五十步笑百步！"

"放肆！"薛岳怒喝道，"我知道你有'背景'，所以嚣张跋扈，别人都让你三分。本长官概不买账！我警告你：在战场上本长官有生杀予夺之大权。现在，本长官命令你亲率部队恢复岷山,并予坚守,若敢再退,提头来见!"

薛岳愤然掷下电话,俞济时也颓然跌坐椅子上。他还是第一次这样受上级呵斥,从来没人敢向他以军令军法威胁。不错,薛岳是名将,北伐时期的风云人物。但是,他毕竟不是蒋介石的嫡系亲信,既然明知他有"背景",怎么还敢如此威胁呢?难道就不怕他向蒋介石打小报告吗?那么,薛岳有什么"背景"呢?他猛然想到薛岳与陈诚的关系——正因为陈诚的保荐,薛岳和张发奎才在1932年第4次"围剿"时期得以起用。现在成立第九战区,张发奎和薛岳成了陈诚的第九战区两员大将。九江失守后,张发奎在半个月内被免职而又复职的戏剧性事情,就说明陈诚对张、薛的庇护之深和得宠于蒋介石至极。那么,薛岳又岂是他打小报告能告倒的?薛岳有陈诚撑腰,又在作战的非常时期,倘若把他惹急了,行使"生杀予夺"之大权,那实在对他太不利了!

俞济时害了怕,赶紧把两个师长找去,严令整顿部队攻复岷山,他也向师长们吼道:"谁退杀谁!"

30日夜,新编第13师克复团树山,第4军以一部协同新编第14师的一个旅,攻克七里冲。在此影响下,日寇丸山支队受到压力,再加上第74军两个师轮番猛攻,日寇放弃岷山。第51师趁势进占高岭、洪家山,向日寇左侧背猛袭。

9月1日拂晓,第51师继续克复金龙埂、佑云岭。

转败为胜,俞济时又不免趾高气扬了。然而,经过这件事后,他始终心有余悸,觉得留在薛岳手下总是危险的。所谓"三十六计——走为上",他便私下向蒋介石发去电报,倒也不敢打薛岳的小报告,只说部队作战伤亡过大,要求马上调到湖南进行整补。应该说他这种"惹不起躲得起"的态度还算"厚道"。而且选的时机也好——部队进攻得手,可谓"体面"撤下来。

果然,俞济时"道行"非浅,蒋介石及时给薛岳发来电报,指令将第74军调往长沙进行整补。

薛岳还在少年时代即进入广东黄埔陆军小学(非黄埔军校),毕业后加入同盟会,从事秘密革命活动。后又考入保定军校第6期,任过孙中山总统府警卫团第1营营长,在粤军中赫赫有名,如此世故阅历极深的人,还有什么看不透的。他接到蒋介石电报,只是暗暗冷笑,却还装糊涂,回电说:现在战事紧迫,各部队均在对敌作战岗位上，兵团无后备部队，第74军守岷山要隘，更属关系整个战局之要点。兵团抽不出部队接防，所以第74军短期内撤不下来。

出乎意料，蒋介石竟在次日直接打电话给薛岳，要求撤下第74军：

"伯陵，据报告第74军在岷山伤亡很大，应予撤下来整补啊！决不能把部队都拼光了，再恢复战斗力就难了。"

薛岳暗想：部队作战，伤亡情况都应逐级上报，哪个部队应予补充休整，也是兵团根据实际情况有权作的决定。这位委员长越权干涉，也未免耳朵和手都太长了！本想予以反驳，又想蒋介石一向作风如此，说也无用，还是就事论事，据理力争为好。

"报告委座，部队作战，伤亡总是难免的。伤亡的大小，在当前各部队均受损失的情况下，很难定出准确的标准来。也决不能以某一战役中伤亡数字来表明。倒是有一点情况可以作比较，即现在赣北的各军，转战时间都比第74军长，伤亡也比第74军大。如果按现在各军的伤亡数字，或说以现有兵员的数字为标准，第74军远远排在后面。在如此情况下将第74军撤下来，开到大后方去整补，必会影响士气，诸将领也会因此心怀怨望，更不肯力战了。"

蒋介石沉默了片刻，显然薛岳所说的理由，使他很难反驳。但他仍坚持己见："……这个这个……作战时间长短不是标准，这个这个……伤亡情况也不能一概而论……这个这个……我们要持久抗战……这个这个……就要保留一些完整的嫡系部队作基干，否则还怎么继续抵抗呢？这个这个……你明白我的意思吗？"

蒋介石的"意思"实在再"明白"不过了。薛岳这才明白，要调走第74军，还不仅仅因为俞济时是"皇亲国戚"而有所照顾，另有一条原因，就是要保存"嫡系"。其实蒋介石过去以杂牌部队作牺牲，拼光了不予补充，是排除异己的一种手段。但现在抗战到了紧要关头，他还顽固地要搞保存实力、排除异己的手段，不仅对作战不利，而且也会使杂牌将领离心。但这样简单的道理，他相信蒋介石不会不明白，为什么还要坚持干这种掩耳盗铃的把戏呢？

其实蒋介石如此排除异己的思想，与他的"攘外必须先安内"的思想同出一辙。

"报告钧座，由于前线兵员奇缺，所以规定不管任何部队，损失有多么严重，要撤下去补充，都必须将现有的士兵留下，哪怕只能组成一个团、一个营乃至一个连,也要留在前线拨补给其他作战部队,其将领只能带着编余的军官到后方去接受整补。现在前线几经整补又开回前线作战的部队很多哩。非部下不能善体钧意,实在是倘若开此先例,以后的事就不好办了。部下是直接指挥官,要对各级部队长负责,总不能让部下不好交代啊。"

蒋介石仍顽固坚持己见:"啊……唔——伯陵啊,我希望你想想办法——总有办法的。"

薛岳对这位委员长的顽固,实在应付不了。再争执下去,也许会迁怒自己,把事情弄僵。转念一想,不如把这件事推给陈诚,让陈诚跟蒋介石周旋,自己脱开身。于是赶紧答道:

"好的。但最关键的是要有部队接防。部下马上向陈长官报告,看看陈长官能不能抽调一支有力部队来顶替第74军……"

"啊不,不……"蒋介石打断了薛岳的话,"这个这个……我看这件事就不要再麻烦辞修了……这个这个……既然撤不下来,那就暂时留在前线继续作战吧。"显然蒋介石意识到薛岳是有意将"球"踢给了陈诚。陈诚在一些问题上是很能坚持原则的。自己的要求本不占理,再让陈诚顶撞一番,就太没有意思了。所以他放弃了这个无理要求。但他又提出另一要求:"我想调第64军赴粤作战,如何?"

"不行!"薛岳坚决拒绝了,"当前赣北正处于紧张状态,部下计划与日寇决战,正需集中兵力……"

蒋介石挂断了电话。

薛岳知道自己的硬顶触怒了蒋介石,于是马上打电话给陈诚,将前因后果说明。

陈诚在电话里安慰薛岳:"伯陵兄,你做得对。大敌当前,何分彼此!否则我们还怎么能督促其他部队力战呢?但是,我们也不要太使委座为难了,他要调第64军,你就做些让步——留下一个师,归兵团直接掌握。你看如何?"

薛岳佩服陈诚这种左右逢源的做法。"好,就这样决定了——是你向委座报告,还是我向委座报告?"

"还是你去说吧——我就当不知此事,较有回旋余地。"

"遵命!"

"道高一尺，魔高一丈"，俞济时没有得逞。

这件事在当时虽不无意气之争的成分，但对尔后的战局，也确实起到了十分关键的作用。第74军和被薛岳强留下的第64军第187师，在万家岭歼灭战中，成了必不可少的打击力量。

虽然受到一些干扰，薛岳对巧布"八卦阵"的设想始终没有放弃。他每天都在空余时间研究地图，设想着如何利用地形布阵。实际上他对诸葛亮的"八卦阵"了解并不深，但他相信这样一条颠扑不破的格言："世上无难事，只怕有心人！"诸葛亮的聪明才智，并非有什么神奇的特异功能，只不过是对事物肯细心观察、研究而已。自己也是身经百战、有丰富指挥经验的指挥官，熟读《孙子兵法》，通晓古今战例，怎么就不能摆一"八卦阵"拒止日寇呢？

然而长时期的琢磨，始终不能成功。他不知是自己"不开窍"，抑或是没有适当的地形可以布阵，或者两者原因皆成立。

现在万金油对他已不起什么刺激作用了，他改用冷水洗头。每当极度疲劳时，他便让卫士打盆冷水来，先将脸浸泡在水盆里，然后用毛巾浇水一遍一遍洗着头发，似乎很能提神。

这天他刚洗完头，参谋送来战报：马回岭发生激战！他一边用毛巾擦着湿漉漉的头，来到办公桌前。桌上摊着一张地图，他的眼睛对着地图，脑子里却在想着马回岭的地形：

马回岭位于德安以北，西倚白云山，东靠庐山西麓，南侧博阳河以北山地，形成一块小盆地。唯有一条沙河镇至马回岭铁道沿线比较平坦。

薛岳扔下毛巾，拿起红蓝铅笔，考虑着如何部署兵力。猛然间灵感来了。他的笔在地图上有力地画了几笔，地图上出现了一个红色的反八字！他调转笔来，毫不犹豫地在"反八字"旁标明作战部队番号：4A、74A、27A，然后掷笔深深喘出一口气。

这个"反八字"形阵地，自然比诸葛亮的"八卦阵"简单多了。它是以第4军、第74军、第27军占领左起白云山，中经乌石门、戴家山，东至庐山西麓而形成的。以乌石门命名为"乌石门阵线"。这个阵地的特点是重机枪集中设置于在"反八字"形阵地盆沿上，其最大射程为4000米，制高点上的炮兵阵地瞰制前沿。

"反八字"阵地看上去很简单,在实战中却对敌起到巨大的威慑作用。9月5日,日寇第106师团先头部队闯入马回岭盆地,正入我军三面火网,步炮一齐开火,鬼子退避不及,全部被击毙。

这一严重打击使日寇第106师团停留在马回岭附近不敢贸然前进。他们多次派小部队在马回岭边缘侦察,似乎看不明白是怎么回事。随后第106师团鬼子头目松浦淳六郎坐着装甲车前来观察,他毕竟是高级指挥官,看出了一些门道,连连摇头说:"啊,这简直是设计了一座死亡的陷阱!"他下令暂时停止进攻,等他研究出对策来再破这"反八字"阵。从此,这颗东洋脑瓜里开始绞腾,他还不时坐装甲车到马回岭来探头探脑地观察,总想看出一点破绽,以求突破一点,再及全面。然而这个简简单单的"反八字"阵地,似乎无破绽可钻,唯一的办法,便是以鬼子的尸体来填满盆地。他认为"武士道"精神虽提倡勇于牺牲,这块盆地却不是他的师团所能填平的。因此他的师团滞留在"反八字"阵地前长达1个多月,始终不敢越雷池一步。其观测、交通以及物资的运送,均以装甲车往返。

另一路鬼子在德星公路方面改向隘口方向进攻,有与南浔路正面之敌会攻德安之势。形势十分严重。薛岳严令各军坚守原阵地,不得后退。

德星公路全长不过30公里,双方激战争夺20余天。第66军叶肇部伤亡较重,士气低落。叶肇决定集中优势兵力,打两个歼灭战,以鼓舞士气,挫敌凶焰。于是选择金轮峰较有利地形,以正面诱敌深入、两侧夹击战术,在9月26日歼敌一个大队,缴获轻机枪45挺,步枪579支。

日寇有较大损失,必采取报复行动。守备部队第160师师长华振中召集各级部队长研究作战方案,有一个连长提出建议:选择一个预计日寇进攻前兵力集结点,埋上炸药,等鬼子集结兵力准备发动进攻时,引燃炸药。这一建议当即得到许多人赞同。原因是日寇欺中国军队无远程炮火,在远距离集结兵力时趾高气扬,毫无防备。这种守株待兔的方法,未尝不是炮火的一种补充。于是大家选择阵地前面所可能作为日寇集结兵力的地点,发现有一小丘,站在小丘上可以观察进攻的情况,大家认为这里很可能成为日寇指挥官设立指挥部的地点;然后又选了一处洼地,作为预测日寇集结进攻部队的地点。之后连夜在两处挖坑深埋炸药,并指令一个排长带几名士兵隐蔽在附近,以便适时引爆。

次日，日寇饭塚大佐率1000余名鬼子前来进攻，其炮兵阵地正设在小丘上，鬼子进攻部队集结地点虽略有偏离，亦在几十米之内。鬼子开始进攻了，先以大炮猛轰阵地，正当鬼子炮兵在忙碌之时，脚下一声巨响，犹如天崩地裂，大炮被炸翻，鬼子炮兵也被炸得尸首横飞。又一声巨响，鬼子步兵集结点升起了烟柱，虽然因距离稍远，予鬼子杀伤不大，但冲击波的震撼，也使鬼子人仰马翻。

此时阵地上中国军队杀声震天，排山倒海般地冲杀下来。鬼子惊魂未定，根本无招架之力。中国军队扑到近前，一把把明亮的刺刀捅进了鬼子的胸膛！

当时有规定：凡俘虏一名日寇，奖200元；俘虏敌酋按级别另有重赏。然而第160师官兵积压在胸中的仇恨已非一日，当时也杀红了眼，谁也顾不得什么奖赏了。他们追杀鬼子争先恐后。他们脑子里只有一个念头：报仇！报仇！！报仇！！！

敌酋饭塚大佐在被几名士兵追杀时，被逼到山旁一处死角。他的手枪子弹早已打完，于是赶忙弃枪拔出战刀，看看已无退路，先还想剖腹，举刀比划了一阵，却又下不了这狠心。就在他犹豫时，围上来的中国士兵用几把刺刀同时穿透了他的胸膛和头颅！

这一仗歼敌700余名，生俘鬼子12名。叶肇到阵地上来慰问，得知情况后，顿足道："唉，在这种情况下，原本可以多俘虏一些鬼子兵的。尤其是饭塚大佐，要能活捉了，该是多么大的轰动啊！华师长，你的士兵太缺乏知识了！俘虏是不可以杀的——换句话讲，还可以领赏嘛！"

事情就是如此"不尽人意"，歼灭几百名鬼子那是常有的事，连"传令嘉奖"的份都够不上。但如果是活捉了几百名鬼子，饭塚大佐也成了俘虏，那就会引起"轰动"。当然，这"轰动"的最大受益者该是叶肇本人。所以他在事后也唠唠叨叨说了许多不满意的话，完完全全改变了他此来的初衷。最后他竟拂袖而去，就更是大煞风景了。

各级军官受了埋怨，也只不过扫兴而已。士兵们听说后却都忍不住背地里骂开了：

"他奶奶的，你们当军长的躲在后方，当然会'有知识'了。你他妈的到阵地上来，挨几天炮，看看你身边倒下的弟兄，你他妈的就不会这么'有知识'了！"

"他奶奶的，老子就知道杀一个够本，杀俩赚一！要他娘的赏干什么，明天老子还不知上哪儿去报到哩！"

"是哪个王八蛋把活鬼子弄回来了！还得让人看着，管他们饭吃！干脆捅了算了！"

"把狗×的心挖出来看看是不是黑的！"

华振中听参谋报告士兵们群情激愤，唯恐他们也把那 12 个战俘杀了，赶紧派警卫排将战俘连夜押送军部交差，才没有闹出别的事来。

战场上的战功，要依靠逐级上报才能成立（一般都是由各级参谋人员闭门造车，锦上添花，或是巧设托词，掩盖战败事实）。既然叶肇对这次胜利深表不满，军一级就压住了没有上报，所以第 160 师所取得的战果未得国民党最高统帅部嘉奖。但是，此次胜利却鼓舞了这一地区前线将士，他们杀敌情绪高涨。鬼子因为连遭重击，不敢轻易举兵，战况一度转于沉寂。

第二十一章

血洒麒麟峰

9月,第91师和第142师在麒麟峰、复盆地与日寇展开争夺战。第360团乘夜幕扑上阵地,与敌展开残酷的肉搏战。中国军队伤亡惨重。团长杨家骝大吼一声,和营长黎长祈一起冲入敌阵,鬼子成双成对地倒在他们的刺刀下……

9月24日,薛岳接到军委会急电,指令将瑞武路的作战划归他指挥,并要求他速将指挥部移至武宁,以确保武宁。

薛岳看了电报,不禁脱口骂了一句广东粗语,吼道:"太莫名其妙了!"他对这个命令感到十分棘手。首先,赣北交通线早已破坏,车辆无法通行。当时他的司令部设在南昌,如果徒步,由南昌走到武宁,就距离而言,有可能尚不及日寇进攻的速度快——日寇抢先占领了武宁;其次,虽然军委会同时也电令将第18、第8军及第141师拨归他指挥,但这些部队都在作战,与日寇胶着。这样,即便自己率司令部到了武宁,无坚强部队可以御敌也是枉然。

然而命令就是命令,他必须无条件接受。不能去质问军委会为何要强他所难。他只能就当时的情况,考虑如何去执行命令,完成命令——阻止日寇第27师团的西进。

其实,军委会发出这一指令也是不得已而为之:当时日寇倾其主力在瑞武路方面进攻,其目的在于既可以向北策应长江沿岸作战,又可向南与其第101师团会合,相机攻取南昌。显然日寇掌握了国民党军队部署的重要军事情报,选择了第九战区第一、第二兵团作战区域划分的接合部位——防御比较薄弱处。而且当初在此防御的是第30集团军。该集团军是由四川地方保安团队组成,装备、训练以及官兵的素质都较差,抵抗力薄弱。基于以上理由,军委会才决定将瑞武路划归薛岳兵团的。

薛岳为此召集参谋人员讲究对策,得出结论:从整个战局考虑,既不能予日寇以迎头痛击,不如从其侧背予以攻击,以牵制其西进。日寇毕竟是入侵者,前线作战部队必须靠其后方补给粮弹,否则便不能继续作战,甚至无法生存。于是决定抽调南浔路线上前后方所能抽调的兵力,再加上瑞武路上现存的兵力,向日寇后方小坳地区进攻，以切断其后方联络线，迫使日寇停止前进，令其调头，或是分兵来打通联络线。在兵法上这即是"围魏救赵"的战术。

但战况的发展并不尽如人意，尔后复盆地的争夺战中，中国军队不仅受到牵制，而且消耗了过多的兵力。

基于以上的设想，薛岳当即命令第91师及第142师经杨坊街及白水街向长冈坪、马塞山攻击，预备第6师随第142师跟进。

25日，日寇突破第141师复盆地阵地，该师伤亡较重。

薛岳命第60师及第16师各抽一部兵力，反击入侵复盆地之敌。然而这是一着败棋。他应该考虑到各部队在长期抵抗中，兵力已有大量消耗，都在勉为其难地紧缩兵力守住阵地。在这种情况下，突然命其分兵去反击另一阵地，将仅有兵力分散，本阵地的防御必然削弱了。日寇却乘防御松动之机，发动强攻，结果麒麟峰又告失陷。

薛岳并未意识到自己在用兵上有考虑欠周之弊，复命反攻麒麟峰阵地。

阵地已陷敌手，而且日寇火力强大，要想反攻恢复阵地，是极为困难的。第360团奉命主攻，团长杨家骝决定利用夜幕掩护，突然扑上阵地，于是在阵地上发生混战。

短兵相接，又在夜间，双方都顾虑误伤自己人而不敢开枪，于是展开残酷的肉搏战。鬼子比较彪悍，而国军士兵体质较弱。各部队几经补充，新兵较多，未经过正规训练，大多没有掌握白刃战技术，这就是伤亡过重的一大原因。在麒麟峰阵地上展开白刃战之初，国军数量是绝对优势，却因多数士兵没有掌握白刃战技术，短时间便出现大量伤亡。第360团团长杨家骝看到自己的士兵纷纷惨死在鬼子的刺刀之下，便捡起地上的一支步枪，大声喊道："军官们，拿起步枪跟鬼子拼了！"喊罢摆动上了刺刀的步枪，朝鬼子冲杀过去。

营长黎长祈也捡了一支步枪，跟着团长冲上去，两人先是并肩，两支步枪摆动得"夸夸"作响。这对英雄动作协调，步伐整齐，大跨步地朝前迈进，只见他俩用枪将对方的刺刀一拨，便疾如闪电般地朝对方坚强有力地猛刺过去，伴随着一声猛喝："杀……"一对、两对、三对……鬼子成双成对地倒在这两位团、营长的刺刀之下，他们的每一个对手都在劫难逃！

鬼子们惊得"哇哇"怪叫，在死亡面前"武士道精神"扫地。他们召集了10多个鬼子将这对英雄团团围住，"呀呀"地乱刺乱捅。两位英雄被包围在核心，当即改变了战术——由并肩改为背靠背，转着圈对付着数倍之敌，却毫无惧色，只见英雄的两杆步枪如两条游龙，左挡右拨，连连劈刺，转眼间围上来的鬼子又被两位英雄挑了一半。鬼子又及时补充上来。两位英雄精神抖擞，再接再厉。可惜经过反复挑刺之后，英雄手握的步枪上的刺刀挑弯了，再也不能准确地刺入鬼子的胸膛。鬼子们以为得计，"呀呀"怪叫着朝两位英雄逼近。

两位英雄并不慌张，以敏捷的劈刺技术拨挡着无数把刺来的刺刀。突然，他们大喝一声，朝鬼子跃进，鬼子如惊弓之鸟，纷纷后退，两位英雄乘机弃枪，又从被刺死的鬼子遗弃在地的步枪中捡起一支，继续再战。

鬼子被杀怕了，竟然违背白刃战不许开枪的规则，纷纷打开步枪上的"保险"，一齐朝两位英雄开枪了。

两位英雄中弹倒地！英雄的鲜血，洒在祖国的大地上。

第360团官兵见他们敬爱的团长、营长为国捐躯，都悲愤地吼叫起来，个个奋不顾身地朝鬼子扑过去。

鬼子开枪，提醒了第360团各级部队长——他们原本也效仿团长拿起了步枪，现在纷纷弃步枪拔出了手枪，"当！当！当！"第360团各级部队长在鬼子群中以手枪"点名"，顿时显出了近距离作战中手枪的威力。尤其是一些连、排长，使用的多是20响的"快慢机"。这种盒子枪在军队中素有"小机枪"之称，近距离甚至比机枪好使，一扣扳机，20发子弹扇面射出，鬼子便倒下一片。

鬼子被消灭大半，残敌终于溃逃。经天明后查点，日寇遗尸365具，并俘获日寇汪田大佐等4名，各种武器弹药多得无法统计。第360团亦伤亡500余人。

这是一场极为壮烈的阵地争夺战。尔后在缴获的日寇军官所遗日记中有如此记载：

"麒麟峰成为皇军伤心之地。有败类违反白刃战规则，引起中国军队以手枪袭击，以致皇军伤亡惨重，实堪教训！"

原来鬼子军队在训练之时，对白刃战有严格的规定，即进行白刃战时，统一将步枪中的子弹退出，或是关上保险。他们把这标榜为"武士道精神"的一条"原则"，似乎"光明磊落"，实际上只不过是为了怕在肉搏中开枪误伤了自己人。鬼子违反规则，提醒了我方使用手枪制敌。所以日寇总结失败原因不免懊恼，引为"教训"，却也是罪有应得。

作为团一级指挥官，在战斗中通常都是守在离前沿阵地较远的指挥所或掩蔽部里，用电话指挥作战，线路遭破坏时，也是以传令兵传达命令，极少到前沿与士兵并肩作战的。"身先士卒"有不同的解释，并非就指带头冲锋陷阵。但在抗日战争中，由于战斗极端残酷，部队伤亡较重，日寇炮火、轰炸猛烈，在作战区域内无安全可言。师、团级指挥官亲临第一线的绝非少数，所以伤亡的也较多。但像第360团团长杨家骝这样，亲自拿起步枪与敌肉搏者，却还不多见。其英勇壮烈之举，一时在抗战军队中广为流传，引为敬佩之楷模。

民族英雄千古留名！

在第360团克复麒麟峰的同日，即9月25日，薛岳令第18军所属第16师占领梅山西麓、复盆山、桥溪坂、马鞍山亘514.2高地之线阵地，但部署尚未完毕即与进攻之敌遭遇，发生激战。

另一股日寇约5000人，攻陷第141师望丹山及上坳山东北角阵地。

26日，第16师以一个团反击复盆地，也是于夜间扑上阵地，与鬼子发生肉搏战，双方伤亡俱重，至拂晓虽占领阵地，但残余日寇顽强死守该山两侧地区，随后增援到达，进行反扑，经数小时激战，阵地复陷敌手。

第16师退守梅山西麓、李家山、马鞍岭之线阵地，其马鞍山西北阵地，交由第141师接防。

27日，第142师击退陈家山之敌后，向马塞山攻击，2000余日寇顽强抵抗，第142师一再发动强攻，却久攻不克。团长郑克己亲率一个营迂回攻击，遭遇日寇逆袭，冲突中郑克己壮烈牺牲。

另一股日寇向第60师麒麟峰、梅山攻击激战终日，麒麟峰北部被敌突破。日寇即以主力向李家山、马鞍岭、马鞍山攻击，遭到坚决抵抗。

薛岳再命第60师恢复麒麟峰阵地，并命新编第13师由白水街方向协助攻击麒麟峰北部之敌。日寇分兵应战，两师虽努力进攻，却未奏效。

28日，第91师占领长冈坪。向小坳进攻中，由于日寇一部由太平隘方面向南进攻，薛岳即命第 91 师退守马连坡一线，准备迎击南进之敌。

薛岳对复盆山、麒麟峰始终耿耿于怀，29 日再命第 142 师恢复麒麟峰，新编第 13 师固守该峰东南部并协同第 142 师攻击，命第 91 师及预备第 6 师负责肃清太平隘以东之敌，并向东北搜索，又命第 60 师及第 16 师协同收复复盆地。

28 日拂晓，日寇以强大兵力向李家山、马鞍岭进攻，守军第 16 师与敌激战终日，阵地为日寇突破。薛岳命第 3 师增援反击，经两日苦战，终于夺回马鞍岭阵地。

薛岳再命第 3 师经马鞍岭向复盆山攻击；第 16 师经李家山向复盆山东端攻击；第 141 师以一部向杨扶尖攻击；其余各师向复盆山以北攻击。

10 月 1 日，第 142 师击退马塞山西南侧之敌，进占李家山；第 5 师攻占马鞍岭南端高地，日寇曾以坦克支援反扑。

另一股日寇突破杨家垅、元三尖阵地，向罗盘山进攻，第 3 师以一部由合掌街侧击该敌。

第 141 师正面之敌约 2000 余鬼子攻占马鞍山麓小高地。

薛岳命第 133 师速歼当面之敌，恢复复盆山，并命第 3 师附第 16 师一个旅、第 133 师、第 15 师于 2 日拂晓以前向马鞍岭、元三尖、复盆山之敌攻击。

10 月 2 日，第 142 师进抵火炎坳、南田坂，与日寇激战；第 133 师及第 3 师在罗盘山与日寇激战至午，该阵地被突破；第 15 师在棺材山以北与敌激战。

10 月 3 日，第 142 师连续攻克火炎坳、杨扶尖、华山尖、王家铺，日寇退集于杨扶尖北麓，并组织反扑，被击退。

正当中国军队有所转机之时，薛岳忽然下令第 142 师向白杨堆撤退待命，并命第 64 军向猪头咀、河浒、柘林转移；第 8 军扼守棺材山、张林公一带，拒止日寇。

因为战局发生了极其微妙的变化。

在此时期，日寇四面出击，中国军队在战场上亦十分活跃，有守有攻，与敌反复争夺阵地，也予敌以重创，虽然在反攻复盆山阵地战斗中，动用过多兵力而未能奏效，但予敌重大杀伤，全歼了日寇铃木联队，阻敌于杨坊街以西，西崇山以东，昆仑山以北地区，敌未得进展。然而也因此在南浔路、瑞武路之间出现防御空隙，为日寇所侦知。此时，在马回岭地区受阻 20 余日的日寇第 106 师团，忽然静极思动,或者也因在"反八字"阵地前无所作为而邀功心切,竟然只在原阵地留下小部队,其主力悄悄由马回岭绕过乌石门线阵地的左侧翼白云山地区,窜到万家岭地区,企图迂回包围中国军队。

在白云山地区的第4军发现侧背有敌,当即改变部署,从原向东转锋向西,并向第106师团拦腰一击,日寇即退向万家岭、哔叽街、老虎尖、石堡山地区。

薛岳接到第4军报告,不禁拍案大呼:"鬼子来得好!"一个全歼骄敌的计划,迅速在他头脑里形成了。

他兴奋已极,拿起红蓝铅笔,在军事地图上用力地划了个圆圈。他似乎已经看到将日寇第106师团包围在圆圈里。这一股最凶恶的日寇,像无头苍蝇一样,在圆圈里乱撞。圆圈四周的各种火器,向这些对中国人民犯下滔天罪行的豺狼喷出复仇的火焰,把他们击倒、烧焦,化为灰烬!

薛岳拿起电话,接通军委会,直接向蒋介石报告:"报告委座,日寇第106师团钻到我后方万家岭了!"

蒋介石吃了一惊:"伯陵!伯陵!你说什么——鬼子居然突破了防线吗?怎么搞的——你是怎么搞的嘛!伯陵,你要沉着——沉着!我听见你的声音在发抖——这不好,很不好!你是军人,要临危不惧,临难不苟!这个,这个……你一定要想办法驱逐深入之敌!这个,这个……你看还能不能挽回?这个,这个……你看还能坚持多少天?这个,这个……你至少应该给武汉的撤退争取几天时间。"

薛岳听蒋介石的腔调,真是犹如惊弓之鸟,不禁哑然失笑。同时,他也意识到自己太激动了,便竭力控制情绪,在蒋介石讲话时,他昂起头做了几次深呼吸,调整好情绪。"报告委座,部下的意思是准备'关门打狗',将胆敢深入之敌予以全歼!"

蒋介石甚至不相信自己的听觉了:"你说什么?你再报告一遍……"

"部下是说要将第106师团歼灭在万家岭——歼灭——全部地、干净地、彻底地……"

"啊——!"蒋介石也激动起来了,"是的,是的!这个,这个……这个这个这个这个……很好!很好!伯陵,你……你认为自己还有力量做得到吗?"他怀疑我方是否还有实力去歼灭日寇,这是因为最近一个时期,前线的战报总是"战略转移"、"逐次抵抗"……这样的话骗得了别人,骗不了他蒋介石。准确一些说,这些话就是他和他的那些将军们拿了去骗老百姓的。实际上,不过就是连连失败,节节后退的托词,战场上几乎没有过半点可喜的消息。他自然也很清楚,各部顶着日寇的炮火、轰炸、毒气、燃烧弹,伤亡会有多么大!他完全不能设想还能有实力去实现一次大规模的歼灭战。

"报告委座,部下有力量打歼灭战,也有信心打好这场歼灭战!"

蒋介石仍然不肯相信。"这个,这个……辞修知道这件事吗?辞修的意见如何?"

薛岳顿时明白蒋介石对他并不信任,只相信他的亲信。他还没有向陈诚报告此事,然而他相信陈诚会支持他的决定。现在,为了获得蒋介石的批准,只好含含糊糊地说:"报告委座,陈长官自然支持部下的作战计划啰。"

蒋介石这才放了心。"好!伯陵,我批准你采取行动,务歼突入之敌!"这语气是十分果断,符合最高统帅身份的。然而放下电话,他又不放心了,又命接通第九战区司令部电话,指名找陈诚。"辞修啊,薛伯陵刚才来电话,说日寇第106师团突入到万家岭一带,他准备围歼突入之敌,并说已得到你的批准。你到底有没有把握啊?"充分暴露了他唯恐"偷鸡不成蚀把米"的不稳心态。

陈诚听了一愣:"唔——是的,"他拖长了声音缓缓答道,"确有其事……"

"那就好!"蒋介石迫不及待地接着说,"既决定要打,就要打好——做到万无一失!辞修,我看还是你亲自指挥为好。"

陈诚一时还摸不着头脑。但这个身材矮小,却十分有肩架的人遇事毫不含糊:"好的,请委座放心,部下会与薛伯陵共同指挥,打好这场歼灭战!"

"好,好,那我就完全放心了。"蒋介石的信心也坚强起来了,"一定要打好这次歼灭战,不使一个鬼子漏网!"

"遵命!"

陈诚放下电话不免有些纳闷。战场上情况瞬息万变,他还没有收到兵团的报告。然而,薛岳、张发奎是他一力保荐任命的大将,他相信他们的指挥才能,不会轻举妄动。所以虽不明情况,却硬着头皮应承下来了。正琢磨间,忽接薛岳电话。

"辞修,我搞了个'先斩后奏',特向你请罪……"

陈诚忙说："我已知道了——委座刚来过电话。伯陵，你如有把握，就坚决打吧。"

"是的，我决心打。"薛岳很坚决地说，"至于说有多大把握，这只能是相对而言。日寇第106师团是骄兵轻进，我不能错过这一良机。如果你同意，请亲自指挥。"

"好，我支持你打好这一仗，由你指挥，我可以调集部队协助你。"陈诚很干脆地说。"别的都不必再讲了，战机稍纵即逝，伯陵兄好自为之！"

薛岳振作起精神，他当即召来吴奇伟及李汉魂，共同商议围歼日寇第106师团作战计划。

吴奇伟和李汉魂均是粤军第4军出来的将领，与薛岳、张发奎既是广东同乡，又有袍泽之谊。陈诚保荐薛岳、张发奎为第九战区第1、第2兵团总司令，这两个粤军将领便将广东部队调到自己的属下，并以广东部队为基干。在国民党军界，一向讲究"渊源关系"，老部下以及自己带过的部队，习惯于依为心腹，用为基干；老部下以及带过的部队也欢迎老长官。

薛岳对吴奇伟、李汉魂兴奋地说："日寇松浦淳六郎自投罗网，我决心在万家岭打一个大的歼灭战。我将此一设想上报委座和陈长官，他们都批准了我的设想。但是，如此大的歼灭战，仅是上面批准是不够的，还需要下面将士的努力，更重要的是必须取得你们两位的支持。所以把你们两位请来，听听你们的意见。"

吴奇伟和李汉魂听了，顿时都兴奋起来。

李汉魂说："鬼子欺我们太甚，是该好好教训他们了！"

吴奇伟却说："如果能打个大的歼灭战，其意义还不仅是消灭日寇有生力量，更重要的是在于向日寇显示，虽经过两年抗战，目前战局于我不利，眼看武汉一镇不保，日寇以为我们已经垮了，我们却还有实力围歼他们一个师团，就彻底破灭了他们夺取武汉，压迫我们投降的幻想！"

"说得好！"薛岳见两位心腹部将坚决支持，就更有把握赢得这场歼灭战了。说到这里，他不禁深深叹了一口气："最近一个时期，在瑞武路方向的作战打得颇不顺利，一些部队长不了解情况，颇存怨言。

"日寇的作战计划虽仍以沿长江西进为主，但仍不放弃在长江南岸扩大占领区，瑞武路方面的作战，是日寇作战计划中的一部分。显然，日寇掌握较准确的情报，选择了我战区第1、2兵团的接合部攻击。我这样讲不是无根据的。当初是川军王陵基的第30集团军守卫，这个集团军4个师都是四川地方保安团队编组而成，装备、训练、官兵素质均差，战斗力自然亦弱，当初几个战区都拒绝接受该部进入战斗序列，陈长官总说多一点部队比少一点部队好，结果还是误事。

"日寇在瑞武路发展，北可以策应长江沿岸作战，南可以与其第101师团协同，相机进取南昌。

"有人对我反复调兵夺取复盆山、麒麟峰不理解，认为使用了过多兵力，付出了重大伤亡。却看不到复盆山和麒麟峰是瑞武公路上的要隘。日寇争夺这两个阵地，是为了保障进出隘路的自由。我们针锋相对，是很有必要的。

"虽然我们付出了重大牺牲，但在瑞武路坚持了月余，始终未使日寇达到深入目的。我认为是有成效的。

"当然，现在检讨起来，还是我对各部队的兵力了解不够。如复盆山之战，其地形各山北坡多陡急，且多是断崖，日寇登山后及进出隘路时，其炮兵的威力不大，对我军应该是有利的。但各部却兵力不足，以致阵地不守；也因各部兵力不足，反攻无力，难以奏效。战场辽阔，兵力分散，也是一大缺点。

"我担心下面将领们不了解情况，对此时期的作战指挥心怀怨望，再集兵力打歼灭战——这是需要更艰苦，付出更大伤亡的，各将领如对此作战计划持怀疑态度，不肯力战，就难于实现此计划了。"

吴奇伟见薛岳显得有些懊恼，便劝慰道："指挥打仗要纵观全局，下面部队长只看局部，难免不能理解。但是，理解也罢，不理解也罢，军人以服从命令为天职，有意见以后在检讨会上可以公开。就目前来讲，也只是个别人有些议论，这是在任何时候都会出现的普遍情况，你不必耿耿于怀，我们一直在遇机会便解释，不会有大问题的。我看歼灭战是全体官兵所盼望的，一定会努力的。"

薛岳勉强点点头，但他还有兵力方面的顾虑："现在我们要兵分两路，一路围歼第106师团，一路拒止日寇增援，策应第106师团。在最近一个时期，我军于逐次抵抗、攻击中各部损失较重，第106师团在马回岭观望了20余日，可谓养精蓄锐，因此预料比较强悍。我们既要阻敌增援、策应，又要集中绝对优势兵力歼灭强悍之敌，我顾虑我们的兵力是否足够了。"

吴奇伟却不以为然："伯陵兄所见颇有道理。但依我看，我军虽在近期作战中颇有伤亡，日寇同样也付出了重大代价，只要有坚强一部阻击，在短时间内还可以拒止其增援或策应；日寇第106师团虽在马回岭得到休整，我军在'反八字'阵线上同样也得到休整。所以我认为形势并非对日寇有利。"

李汉魂附和："梧生兄所言有理，伯陵兄不必多虑了。"

"好！"薛岳一拳砸在地图上所划的红圈上，"那我们就下决心把鬼子第106师团干净、彻底地消灭在万家岭！"

三位指挥官当即紧张商讨围歼计划。

万家岭围歼战拉开了序幕。

第二十二章

第二个台儿庄

薛岳在马回岭摆下"反八字"阵,鬼子106师团在阵前徘徊20余日,不得前进,忽然窜往万家岭。薛岳抓住战机,调集重兵,将其包围。日军反复冲击,终不能突围,慌忙派军增援,空前的激战在万家岭展开……

鬼子第 106 师团在马回岭"反八字"阵地前停留了 20 余日，兵员弹药得到了补充，也可谓"养精蓄锐"之师，而且附重炮一个联队，战车一个联队，形成一个庞大的加强师团。要围歼这样一个数万日寇的师团，必须有绝对优势的兵力。

薛岳和吴奇伟、李汉魂共同研制了作战方案，调集了战场上可用的一切兵力来形成包围圈。

第 4 军、第 74 军及第 187 师、第 139 师在万家岭东半面占领阵地；新 13 师、新 15 师、第 91 师、第 142 师、第 60 师、预备第 6 师等，在万家岭西半面占领阵地。东西合拢，日寇即成为瓮中之鳖。

各部队官兵都知道了围歼第 106 师团的计划，情绪激昂，人人奋勇，个个争先。9 月 30 日，第 4 军击退闵家铺之敌。在何家山之敌约 2000 余人，先头部队已抵万家岭、哔叽街一带，与第 59 师展开激战。

10 月 1 日至 3 日，第 4 军附第 58 师向万家岭、哔叽街一带之敌发动连续攻击。日寇不断增援反击，并有飞机配合其作战，双方伤亡俱重。至 4 日，双方在小金山、万家岭、张古山一带反复争夺，战况十分惨烈。

薛岳再命第 91 师、预备第 6 师及第 142 师在梨山、斗田岭、何家山之线，对敌形成包围，并逐渐缩小包围圈。

与此同时，由于在瑞武路方向之敌已攻占罗盘山，分兵向箬溪东进，威胁到侧背，薛岳命李汉魂所部向柘林北方地区转进。

5 日，李汉魂部署兵力：

（1）第 91 师固守杨家山，城门山亘窟山高地（不含）；

（2）新编第 13 师守窟山高地、蒋家场、排楼下（不含）之线；

（3）预备第 6 师固守排楼下—螺墩亘河浒之线；

（4）第142师（欠第725团）位于彭岗附近，第60师位于上声附近，为军团预备队，第142师之第725团守备跑马岭、龙腹渡之线，掩护左侧背；

（5）第187师之一旅及第19师之一旅，构筑墨赤山、乌龟山、田家（不含）三线守备阵地；

（6）第139师之第715团附税警团，构筑田家、柘林之线预备阵地；

日寇第106师团虽已陷入我军重围，但却十分顽强，与我军逐个山头、逐个村庄反复争夺，往往阵地一日数易其手。

在最初3天，日寇的反扑十分疯狂，猛烈，这是因为其优势火力，我军无法压制。但到了第4天，日寇因无补给，几乎弹尽粮绝。仅靠空投，几万人的粮食消耗就十分可观，虽然日寇有空中优势，当时却无大型运输机，因此颇有不堪重负之势，而弹药的空投更为困难，仅能供应一些子弹而已，具有强大杀伤力的炮弹、手榴弹、掷弹筒等均无法空投，因此其火力优势逐步减弱，给中国军队歼敌提供了有利因素。

然而日寇的空军却仍具有极大的威胁性。

日寇不能派出有力部队来援救，便出动大量飞机轮番空袭。国民党军队缺乏高射兵器，而且也无警报系统，只能以最原始的"吹哨"来向部队发出警报，即派出对空瞭望哨，发现敌机便吹哨报警，各部队长听到瞭望哨的哨音后，也一面吹哨一面指挥部队隐蔽，所以一时哨音此起彼伏，情景可笑而实可悲。但瞭望哨也只是凭眼睛对空观察发现，当瞭望哨发现敌机群发出警报，再由各部队长"转发"警报，这时敌机已然临空，各部队尚不及疏散隐蔽，日寇已开始空袭了。日寇又低空飞行，地面上往往能看清飞机上的驾驶员，所以其投弹、扫射之命中率极高，以致我军在日寇空袭中的伤亡，甚至比与日寇步兵对抗还要多。

守军虽面对日寇空袭的巨大威胁，但士气仍极旺盛，对日寇的攻击都极努力，紧紧压迫日寇第106师团，不分昼夜发动猛攻，不给日寇喘息之机。

日寇第106师团既失去了火力优势，又盼不到援军，遭到的攻势愈渐猛烈，已难再支持，便选好了突围方向，并事先与其空军取得联系，由其空军先将突围的一条路线像洒水一样反复投弹、扫射，在万家岭至张古山一条路线上，日寇空军的投弹、扫射犹如急风暴雨夹杂滚滚沉雷，使这条路线像被耙犁耕过一般。尤其是张古山阵地周围，日寇投掷了大量燃烧弹，形成一片火海，一时浓烟滚滚，非但寸草不留，连土地也被烧焦，山石也被烧裂。

在张古山守卫的部队系第74军之第58师。

第58师官兵都富有对敌作战经验，懂得在日寇进攻前，敌人进行轰炸、扫射、炮击的时间，能及时将主力撤下隐蔽起来，避免大的伤亡。然而在轰炸后师长冯圣法举起望远镜朝阵地一看，便叫苦不迭了：阵地上的工事多是临时构筑，经过狂轰滥炸，已经毁坏无遗，要命的是再经燃烧弹焚烧，真是寸草不留！一片焦土——光秃秃的阵地，既无掩体，也无隐蔽之处。这样的阵地，官兵们上去，岂不成了日寇的活靶子！

英勇的将士们却仍旧毫不犹豫地在日寇停止轰炸时上了阵地。

阵地上余烟未尽，焦土的烙热烫得赤脚穿草鞋的官兵们脚板起泡。然而没有人顾得这点肉体的痛苦，因为他们都知道如果不抢时间固守阵地，等日寇步兵攻上来了，那就真成了日寇的活靶子！他们虽置身于热炕般的阵地上，受着烘烤煎熬，仍旧挥动铁锹、十字镐，奋力挖土坑，一方面用土去压灭尚在燃烧之物，一方面作为散兵坑以掩护自身。大家都在抢速度，抢深度，这是根据鬼子一贯的战术得出的经验——在轰炸之后鬼子步兵很快就会发起攻击；散兵坑挖得越深，对自己的免遭袭击便越有保障。他们忘了疲劳，也忘了手掌磨起血泡的疼痛。

正当官兵们在奋力挖掘散兵坑时，远处忽然响起了"闷雷"声，富有作战经验的官兵们当即意识到是鬼子向阵地开炮了。指挥官大喊一声："快卧倒！"官兵们此时反应极灵敏，当即扑入自己挖掘的散兵坑。

原来鬼子还留存着一批炮弹，作为最后突围时的赌注，现在这些炮弹又都一批批倾泻在我军阵地上，为其步兵的进攻，作最后一次"扫清障碍"的轰击。

散兵坑在这次轰炸中起到一定作用，因为炮弹爆炸后弹片呈伞形上升，对隐蔽在低处的人杀伤力并不大。

炮击之后，端着刺刀的日寇又在机枪掩护下朝阵地扑来。阵地上的守军进行阻击。但是散兵坑毕竟过于简单，不仅活动受到限制，而且也极容易被贴着地皮的机枪子弹杀伤。所以阵地上很快出现重大伤亡。

第58师师长走出掩蔽部，在一个小高地上举着望远镜观察着阵地上的情况。他虽不是人们所称颂的那种"爱兵如子"的将领，却也对自己带领的部队官兵具有深厚的感情和同情心。当他亲眼看到官兵们在阵地上奋不顾身地挖掘散兵坑时,心头已经是一阵阵热浪涌上喉间,再看到阵地上的官兵在极简陋的掩体中挨炮击,那"热浪"便涌上了鼻端。接着看到日寇的步兵进攻了,散兵坑里的官兵为了阻击日寇步兵冲上阵地,不得不探出上半身,将武器架在散兵坑外向日寇射击,却被掩护日寇步兵进攻的机枪子弹射倒,"热浪"涌上了眼眉!他抹着泪拿起电话向军长俞济时哀叫:

"钧座!钧座!这仗实在没法打啊!他娘的鬼子把阵地炸得寸草不留,鬼子像恶狼似的扑上来,士兵几乎在无掩体的情况下抵抗!钧座!钧座!这……这……这如何顶得住啊!"

耳机里并没有传来俞济时的回答,冯圣法起先还以为是自己的耳朵被枪炮声震聋了,便用指头掏了掏耳朵,然后使劲"喂"了几声,又对着话机叫道:"钧座!钧座!你听见我的报告没有啊?"耳机里仍旧没有传来俞济时的回答。他还想再叫"喂",却又猛然悟到是对方"不吭声",于是惶惶住口了。

他猛然想起了不久前金官桥之战时,俞济时碰了薛岳一个大钉子,曾有过好长一段时间的沉默。他当然清楚事后俞济时向蒋介石请求调离九战区的事。俞济时甚至对他和王耀武"打招呼":"准备好撤往湖南整补吧。"结果却没有成为事实,这口气就窝大了。他当时还担心俞济时会闹出事来。所幸沉默多日后,俞济时倒没有生事的打算,却将他和王耀武叫去,语重心长地说道:"我们的部队是委座的嫡亲,我们又都是委座的学生、信徒。大家都知道嫡亲部队的装备、待遇比杂牌都优厚,如果打起仗来不如人家杂牌,怎么对得起委座知遇,怎么有脸在战场上待下去?现在指挥我们的长官薛伯陵、张向华、吴晴云(吴奇伟)、李伯毫(李汉魂)这些粤军将领,都拿眼睛盯着我们嫡系部队,要看我们的笑话!好啊,我们就打几个硬仗给他们看看,让他们知道我们嫡系部队就是比他们的部队强!这口气一定要争!一定要争!要争这口气,主要还依靠你们,所以今天跟你们打招呼,今后在作战中,我会很严格要求你们的——守阵地要像钉子钉在地上一样;攻击时只能向前,决不后退。希望你们好自为之。"

他与王耀武都很受感动。尤其是觉得俞济时并没有思图报复,而是想以实际行动来"争回面子",可谓光明磊落。于是两人当即表示:

"请钧座放心,我们黄埔军人这点志气还是有的。"

"好,这样我就更有信心了。现在我们友军中多是广东部队,我们一定要树立一个好榜样给他们看!"

可谓言犹在耳,现在碰上硬仗自己就"熊了",他意识到俞济时有多么生气!

"冯师长!你怕死吗?"这句话是从俞济时牙缝里蹦出来的。他停了停,在竭力调整自己的情绪,尽可能使语气缓和一些,"此次战役经委座批准——现在委座一天几次打电话询问战况,可见对歼敌希望之殷。倘若鬼子从你的阵地溃围而出,我只能先杀你,然后自裁,以谢委座!"

"这……只能拿士兵去拼了……"

"混账!"俞济时叱责道,"你是军人,是指挥官,不是娘们。你应该清醒地认识到:千方百计保住阵地——只要阵地,不管别的!"

冯圣法扔下电话,给了自己脑袋一巴掌,对参谋长说:"一个营一个营地补充上去!"

日寇犹如赌输了的赌徒,头缠布巾,发疯似的朝张古山阵地猛扑猛冲。第58师一个营上去,拼光了,再上一个营,又拼光了……仅两天,全师作战部队几乎伤亡殆尽!

冯圣法将师部非战斗人员组织起来,其中有战斗力的,是他的卫士排。他率领这样一支"杂牌军"上了阵地。

具有讽刺意义的是:这位师长以一个弹坑做了他的指挥部。他蹲在弹坑里,向军长打电话诀别:"钧座,部下现在亲率师部非战斗人员在阵地上了!请钧座放心,部下成功虽无把握,成仁却有决心!"

俞济时听对方语带哽咽,内心也不禁酸楚,却强忍住了感情,装得极平淡地说:"好,你'报销'了,我就上来!"

话说得轻松,内心却沉重。俞济时已经有好几天没合眼了,他并非不知第58师的伤亡情况,但他无后备力量可以支援。现在,"最后时刻"到了,他咬紧了干裂的嘴唇,走出指挥部,将警卫营长叫过来:

"你,马上率警卫营支援冯师长!"

"钧座,警卫营是保卫军指挥部的……"

"混账！本军长马上率卫士排去增援你，还用得着你来保卫吗？"

警卫营跑步去支援前沿阵地了。

军指挥部非战斗人员纷纷拿起武器。在这一刻，每个人的参战意识变为自觉行动，又是一支"杂牌军"组成了，纷纷要求参谋长代表向军长请战。俞济时看看这支自发组成的、群情激奋的杂牌军，他感动了，信心加强了："阵地丢不了，决丢不了！"

在激烈的争夺战中，贵在坚持——往往不仅是拼实力、拼士气，也拼指挥官的意志和决心。短兵相接的争夺战中，是公平的较量，一方极端困难时，应该也是另一方最痛苦之时。在这时，能坚持者就是胜利者。

在前沿阵地上，冯圣法师长带领他的师部后勤人员苦苦支撑，正在势力不支时，军部警卫营赶到，将日寇最后一次冲击打退了。从此日寇偃旗息鼓，龟缩回去，采取了守势。

武汉各报头版头条报道了万家岭围歼日寇第106师团的战况，称其为"又一个台儿庄"。消息传到东京，日本朝野俱惊！

这件事日军军部一直瞒着，希望在最短时间内将第106师团营救出来，好像没有发生过这样一件丢脸的事一样。然而其第101师团在南浔路攻击中，被零碎歼灭，已经没有多大作战能力了，第27师团也伤亡惨重，很难突破中国军队的阻击，以致时间拖长了，消息不胫而走，最后天皇裕仁也知道了这件事，当即召见板垣，责问：

"第106师团被围的事，为什么不早一点报告？"

坂垣不知所答。

"你告诉畑俊六，皇军没有整个师团被歼的战例。如果第106师团被歼，是帝国最大的耻辱，我不管他想什么办法，一定要把第106师团营救出来。"

坂垣还从未见过裕仁如此沮丧。一个师团的损失，固然是惨重的，尤其是在发动侵华战争以来，"皇军"一直是所向披靡，这就更令人吃惊了。但裕仁的沮丧，还不仅仅是因为第106师团的即将被歼。侵华战争已深入到内地，他一直指望以拿下武汉，压迫蒋介石投降来结束这场不堪重负的战争。所以他一直十分关注着进攻武汉的战况，不惜投入了40万兵力。万万想不到在接近尾声时，竟发生了这样的事。第106师团并不足惜，就是40万士兵都战死也不足惜，只要拿下武汉，迫使蒋介石投降，一切都不足惜！然而，第106师团的被歼，把他的如意算盘打乱了，或者说是给了他那颗顽固的脑袋一闷棍！他意识到中国军队的实力远远超乎他的估计，竟还有能力集中优势兵力将他的日本"皇军"一个师团一个师团地歼灭掉！有这样的实力，即便拿下武汉，蒋介石又怎么肯投降呢？蒋介石不投降，战争就要继续下去，如此无止无休地打下去，他所掌握的弹丸之国将会灾难深重，经济崩溃，国力耗尽，他的宝座也必然发生动摇！就像发现自己身上的癌细胞开始病变一样，在他那狭隘的心胸中，已有了不祥之兆！

坂垣慌忙将裕仁的指示电告畑俊六。他将裕仁的沮丧神情，说成了"陛下十分震怒"，以警告畑俊六事态的严重性。

畑俊六虽也有点慌神，但此时他却还认为"被围"与"被歼"是两回事，他还有能力将第106师团营救出来！松浦师团长迭电告急中，已经告诉他"伤亡惨重，粮尽弹绝，已经组织不起有力的突围攻势了"。但他认为松浦就像一个虚弱的病人，只要及时"输血"，还能起死回生。在这种时候，他没有能力大量"输血"，但可以输"血浆"——从各师团抽调200余名下级军官空投到万家岭，加强第106师团作战力量，军官的素质比士兵高，对帝国的忠诚也比较可靠，至少能以一当十，成为一支劲旅，能使第106师团起死回生，或者至少能组织起力量突围。

除此之外，畑俊六还亲自组织编成宁贺、佐支、铃木3个支队，由铃木春松少将率领，由箬溪地区经武永大道及其北侧向东进攻，至10月6日到达柘林以北地区。这3个支队除佐支、铃木2支队是抽调第27师团和第54、53步兵联队组成外，宁贺支队则是由计划补充第106师团的2700多名新兵组成。可见其兵力已是捉襟见肘了。

薛岳闻报，不得不由包围万家岭的部队中抽调新13、新15、第60、第91、预备第6等师南下武永路阻敌东进。

这是十分不得已的措施——调走了这样多的部队，围歼第106师团的攻击力量将会大大地减弱。薛岳心中有数：畑俊六不会毫无作为地容他从容地一刀一刀把松浦凌迟碎剐。他现在只能赶紧拼尽全力钳制住松浦可以反抗的手脚，照准松浦的咽喉一刀了结，否则畑俊六就会朝他的背后捅上一刀！

然而经过畑俊六的紧急输血，松浦困兽犹斗，其挣扎、反抗的力量还不小，没有新生力量，是很难钳制住这头受伤的猛兽的。

这又是一个关键时刻。薛岳再把吴奇伟和李汉魂召到指挥部,再一次与两个同乡研讨重大举措。

"现在我们最多还能有两三天时间可以用来实现歼灭第106师团的计划了,否则必将功亏一篑。要想达到此目的,没有足够的兵力是万难实现的。你们看该怎么办?"

事情是明摆着的,无须再争论什么了。问题是从哪里调来一支坚强的部队参战呢?

李汉魂尚在沉吟,吴奇伟却脱口而出:"可以调在庐山的第66军叶肇部下山啊。这个军新经补充,在庐山休整了一个时期,必然战斗力旺盛,可成为攻击的主力军!"

其实吴奇伟还没有将更重要的一条理由讲明:第66军是广东部队,指挥起来得心应手,也更肯效命。

然而薛岳和李汉魂只对了一下目光,却没有接茬。他们并非没有想到在庐山还有一支部队闲置可用,而是因为第66军在参加德星公路战役后,蒋介石亲自指示该军进驻庐山,准备长期留在庐山作游击战的。这就成了"钦命所定"、不得擅动的部队。不得蒋介石同意,擅自调遣,日后蒋介石必会追究责任;没有蒋介石的命令,叶肇敢不敢"违旨下山"也是未知数。

吴奇伟当然并非不知第66军是"奉旨"上庐山的,但他有不同看法:"现在正是用兵之时,不要顾虑太多。委座很关注这次的歼灭战,一天几次电话来问战况,足见其关心。为实现歼灭战调用部队又有何不可呢?"

道理再简单不过,但事情超乎常理,而且事关重大,后果严重。

李汉魂咬着嘴唇说:"战机稍纵即逝,本战场已抽不出兵力来完成歼灭任务,非第66军不可,我同意梧生兄的说法,委座既关心,我们把困难向他报告,请求他批准调用第66军,我认为他会批准的。"

薛岳苦笑道:"是的,委座很关注这一歼灭战,应该批准。但是,万一他拒绝了,我们就半点希望都没有了。更何况兵贵神速,报告上去,几经转呈,他老先生再考虑一两天,就是最后批准了,恐怕战机也失去了!"

吴奇伟和李汉魂琢磨薛岳的话——"万一他拒绝了,我们就半点希望都没有了。"两人同时省悟,异口同声地问:

"伯陵，你是说——先斩后奏！"

薛岳点点头："是的。为了取得最后胜利，我决定冒此风险——等打完仗让委座处分吧！"

吴奇伟和李汉魂不约而同地点点头："值得一试！"

薛岳却又沉吟着。

吴奇伟又建议："是不是可以先跟陈辞修通通气？"

薛岳摇摇头："我不想事事都让他为难。"虽然这样讲，但他心里有数：如果日后蒋介石怪罪下来，陈诚会为他说几句话的。正因为如此，他不愿事情还没闹出来，就去拉扯陈诚。"我担心的是，叶肇是奉了'圣旨'的，我调不动他啊。"

吴奇伟拍着胸脯说："你下命令，我去说服——包在我的身上！"

薛岳顿时兴奋起来："好，我下命令！晴云兄就多辛苦吧。"他一面下令调第66军开赴万家岭战场，一面着手拟电文向军委会报请调用第66军。

吴奇伟所以敢拍胸脯，是仗着与叶肇是广东同乡关系，一直私交颇厚。他想，晓以大义，总能说服叶肇率部下山参战的。

结果事情竟意外地顺利。叶肇接到命令，毫不犹豫即率部开赴万家岭。原因倒并非"乡亲加僚谊"，更重要的原因是第66军是广东部队，官兵绝大多数都是广东人。让他们留在庐山，地理不熟，语言不通，野战部队打游击也难适应。于是"天时、地利、人和"三者皆无，官兵都有怨言。但是，谁敢抗拒委员长的指令呢？现在好容易有了下山的机会，尽管下山参战是有危险的，但军人的使命就是打仗，留在庐山也不免要与日寇交锋，倒不如下得山去，痛痛快快跟鬼子干一场！

第66军犹如猛虎下山，直扑万家岭。

日军第106师团的丧钟敲响了。

第二十三章

蒋介石苦中自乐

万家岭围歼战在9月下旬开始。敌人以小集体对付大兵团进攻，灵活多变。中国军队针锋相对，选拔出200至500人组成10余支奋勇队，专门对付日寇分散的小作战集体，大部队随后跟进，逐渐缩小包围圈……

第66军赶到万家岭战场,薛岳歼敌信心更强了,当即部署:

第66军、第4军、第74军向石堡山、万家岭、煎炉苏、长岭、雷鸣鼓刘一带之敌包围攻击;

由李汉魂亲率所部固守现阵地,拒止日寇,并于10月7日14时起向敌佯攻,相机向敌左侧背转移攻势;

第18军副军长陈沛(军长黄维已率第11师去湖南接受整补)指挥第60师、预备第6师及第142师之第725团,应竭力迟滞永武路之敌,掩护左侧背;

炮兵1营又1连在棋田以北地区占领阵地,以主要火力压制日寇炮兵,以一部协同友军向万家岭、田步苏攻击。

薛岳还明令规定:吴奇伟为前敌总指挥,可全权决定一切。

吴奇伟来到前线设立指挥部。

吴奇伟虽与张发奎、薛岳是同乡、保定同窗,又同是粤军第4军的将领,但其性格与张发奎和薛岳不同,比较内向,待人、处事也较宽厚,因而也较受部下们欢迎。他也比较重视军民关系,严令所部不得扰民,所以其部队所到之处军民关系较好,对日作战能得到民众配合。在指挥作战方面也较为沉着、冷静。陈诚正是看重他这些优点,对他十分器重。尔后陈诚兼任第六战区司令长官,因兼职过多,任他为副长官,实际将第六战区的指挥权交给了他。

吴奇伟于10月6日下午下达命令:

(1)各军展开于金娥殿、公田岭、小金山、张古山之线,于7日12时前完成攻击准备,16时发起总攻;

(2)第60军应置重点于左翼,向石堡山攻击,奏效后即向左旋回,以哔叽街、煎炉苏、大金山为到达线,与第4军及第47军协力将万家岭、田步苏之敌包围歼灭；

（3）第4军应派兵一部向石头岭一带游击，并掩护第66军之右侧，军主力应确保现阵地；

（4）第74军向西北攻击，左与第139师之第715团联系，防敌向南突进。

各部队按指令行动，但有的部队因遭到轰炸，未能准时。

10月7、8日两天，各部攻击无多大进展。

在武汉的蒋介石沉不住气了。

战事发展到现阶段，蒋介石也不抱任何奢望了。9月底，军委会已开始着手撤退工作，在武汉的军政机关，向重庆转移。武汉的保卫战已经是能拖一天是一天了。已经打了4个月，各部队伤亡极大，也予日寇以重创，达到了"以空间换时间"的持久战目的，还要怎么样呢？他压根没有想过要把日寇永远阻止于武汉外围——尽管他不止一次公开地信誓旦旦地说过决不放弃武汉，那只不过是对外的一种宣传，表明他决不投降的姿态，就在他说这种话的时候，他心里很清楚：武汉迟早是要放弃的。到了非放弃不可的时候，他也不觉得有什么遗憾了。

然而贼胆包天的松浦，竟然铤而走险，钻到了万家岭，企图创下一个围歼中国军队的奇迹！

蒋介石得知这个消息的时候不免吃了一惊。他唯恐自己那些在赣北的残破不全的部队会被日寇歼灭掉。更令他吃惊的是薛岳居然还有胃口，想要把松浦吞吃掉！这太冒险了。他怀疑自己的军队还有没有能力去打好这一仗。如果不能把松浦一口吞下去，并及时消化掉，让松浦反过手来，后果将是严重的。

薛岳说得那么有把握，而且是得到陈诚支持的，形成箭在弦上的形势，作为最高统帅，他不能含糊，可以说是硬着头皮批准了。

现在又经国内外一宣扬，真是骑虎难下了。他每天几次打电话询问万家岭战况——万家岭已成为他一块心病了。而且，随着时间的推移，他的焦躁也急剧增长。

8号这天早上，他打电话给陈诚："辞修，薛伯陵究竟靠得住靠不住？"

"报告委座，部下一向都是用人不疑。"

蒋介石被噎得半晌无言。

"辞修，万家岭歼灭战是从 2 号开始的吧？你算算都多少天了！"

"委座，饭要一口一口地吃啊。日寇垂死挣扎，还是很凶猛的呀。各部队作战都很努力，现在薛伯陵正在部署兵力……"

"说到兵力，我认为现在用于万家岭的兵力已经不少了。薛伯陵私自调用我部署在庐山的第 66 军，这本来是不可以的，但为了实现万家岭歼灭计划，我默许了——实在是很够支持他的了。"

陈诚果然将责任揽过去了："报告委座，是部下擅自下令调用第 66 军的。这件事与薛伯陵无关。"

"辞修！辞修！你这样护短是很不好的。好了，好了，这件事我不追究，关键是尽快把第 106 师团全歼！"

"日寇第 106 师团是可以全歼的……"

"那好，什么时候？"蒋介石盯紧了，"你说个准确日期。"

"3 天……"

"不行！"蒋介石断然拒绝，"最迟不能超过双十节！"

"这……"

"——这是命令！"蒋介石斩钉截铁地说，"最迟不能超过 10 月 10 日！"

宋美龄还很少见蒋介石如此烦躁，于是上前安慰道："达令，既然围歼不成，撤下来算了。舆论方面，我们是有说辞的，交给政治部去解决好了。更何况从官方来讲，我们至今对万家岭的战况并没有表明态度，也没有发过战报。我们甚至可以否认有过万家岭围歼计划。达令，你实在不必为此苦恼啊。"

这一回宋美龄的温情并没有融化蒋介石的烦躁，他反倒暴躁地说："你不懂！你不懂！你不懂！你完完全全地不懂！"

宋美龄碰了钉子，本可以跟丈夫撒撒娇的——往往这一招能使蒋介石的盛怒顿散，反过来要讨好她的。但今天她看出的确很不平常了。倒也不是给她碰了钉子，而是从他与陈诚的对话就可以看出来——蒋介石对陈诚一向是保持克制态度的，但今天的对话却极为强硬。她正想用另一种态度，即逆来顺受来软化丈夫，蒋介石却又拿起了电话：

"马上给我接通南昌找薛岳！"

在战时军用电话线路时有故障是常有的事——线路地段某处失守，遭炮火轰炸破坏……蒋介石一催再催，弄得整个线路通讯兵都紧张万分。最后终于接通了。

"伯陵，你什么时刻能全歼松浦师团？"蒋介石劈头盖脸地质问，"到底什么时候——我要你回答准确的时间。"

薛岳愣了，前线进展并不顺利，日寇抵抗还很顽固，他实在说不好什么时候能消灭鬼子。"报告委座，大概还需要三四天……"

"不行！绝对地不行！"蒋介石断然道，"我给你一个准确的时间——10月10号正午12点，必须结束歼灭战。我不同你商量，我是命令你必须如期完成攻击任务！"

"委座……"

"薛伯陵！我不管你用什么手段，不管付出多大伤亡，你必须按期完成歼灭任务！"蒋介石的声调十分严厉，也表明了他的决心。

薛岳听到这里，反倒镇定了："好的，"他答道，"部下决不辱命！"

蒋介石"唔"了一声，便挂断了电话。

薛岳长长出了一口气。在接电话的开始，他是十分紧张的：这次歼灭战是他要求进行的，日敌的反抗和增援，都应该是意料中的事。所以，他绝不能以"出现难以预测的情况"来推卸不能完成歼灭战的责任。蒋介石的限期的确太短了。但是，再延长两三天就能办得到吗？他很清楚：时间拖得越长，军队疲惫，日寇援军就更加逼近，歼灭计划就更难实现了。所以他很难答复蒋介石的质问，更难给予有把握的回答。

现在的关键问题是：除第66军外，其他部队都伤亡极重，而且十分疲劳，攻击力实不大，而敌人却在拼命，所以进展缓慢。

在薛岳脑子里有一个大胆的计划，但这一计划如付诸实拖，就可能使一些部队彻底丧失战斗力，不得不撤下战场去后方接受整补，这样，万家岭战后，赣北就会出现兵力空虚、防线极容易被日寇突破，武汉失守指日可待了。他不能不权衡：为歼灭松浦师团，是不是付出的代价太大了？

蒋介石的电话使他顿然省悟：现在是势在必行了。最高统帅已下决心：不惜一切代价！换句话讲就是：只要全歼松浦师团，付出的代价就是值得的！

薛岳不再犹豫了。他马上与万家岭前线指挥部吴奇伟通电话：

"晴云兄，委座来电话了，严令在10月10日12时前，结束万家岭战斗。你以为如何？"

"这……"

"晴云兄，你有什么意见只管说啊！"

"伯陵兄，现在日寇抵抗还十分顽强。尽管我们已大量杀伤日寇，但日寇分散开来，各自为战，很难聚而歼之。"

"是啊，我还在考虑日寇现在的作战特点，他们把仅有的兵力分散了，以小集体对付我们大兵团的进攻，灵活多变，我们大兵团就很难捕捉到他们。这是因为畑俊六给他们空投了200多名军官起了作用——这些军官各自带领三五十人组成一个作战集体，就可以单独作战。所以，我计划从每个师选拔出200至500人，组成奋勇队，以营、团长率领，也分散成10余路进攻，专门对付日寇分散的小作战集体，遇上一个就全力围歼掉，再寻觅另一个。大部队则随后跟进，缩小包围圈。你看如何？"

吴奇伟沉吟半晌，才答道："这是个好办法。但是，现在各部队都已残破不全，选拔出了精锐，部队的作战能力就很弱了……"

"我知道。但是，委座已明确指示——不惜一切牺牲，务必于10月10日12时完成围歼任务。委座这一回决心大得很啊！"

"那好！"吴奇伟转而兴奋起来，"我相信采取这种措施一定能收到成效的。"

"你把后备兵器发给奋勇队，加强他们的火力——所有的轻重机枪都发下去。马上行动起来——对我们来说，时间已经不多了。"

"是的，也许仅仅能争取36个小时。"吴奇伟说，"但我想这就足够了！"

"好，你随时把情况告知我。"

命令下达，各师按现有兵员情况，选拔出300至500名精干的士兵，分成13个分队，每队200名士兵，由团、营长率领，每队再配备10来名排长、连长，每10个人配备一挺轻机枪，每队配备重机枪7挺，七五迫击炮5门。如此的13支奋勇队不啻13只猛虎。

10月8日晚18时完成攻击准备，炮兵团开始炮击1小时，为奋勇队扫清障碍。19时，奋勇队开始向煎苏炉、万家岭、田步苏、雷鸣鼓刘、杨家山北端的两个无名村猛扑上去，各自寻找着可猎的对象。

果然如薛岳所料，日寇将兵力分散，由空投来的下级军官们各自率领三五十个人四处游动袭扰，攻击部队很受其牵制。奋勇队穿插进去，捕捉小股日寇，以绝对优势兵力和火力围而歼之。吴奇伟派大部队在外围徐徐挺进，严密控制当面之敌，包围圈越缩越小，使敌寇绝无漏网之可能。

此时松浦师团已被歼过半，被压迫在万家岭一带方圆不过10华里的区域内。鬼子的小部队被奋勇队追捕，在这10华里边沿乱窜，又遭到我军外围的袭击，真像无头苍蝇乱撞，撞着了奋勇队即被就地围歼。

经过一昼夜激战，鬼子的小部队基本被肃清。9日晚，第66军主力在奋勇队先导下，克服了万家岭、四步苏，残敌1000余人、马约300匹向北逃窜，被我石宝山守军截击，歼灭约300余人，又向西逃窜，撞着了奋勇队，一顿猛揍，终于溃散，不能成伍。

第4军攻占大金山西南高地及煎炉苏东端高地；第74军于10日拂晓攻占张古山最高点；第91师也于10日拂晓攻占杨家山东北无名村及高地；第142师于10日拂晓占领杨家山北端无名村及松树熊。

松浦及残敌2000余人已成瓮中之鳖。

天明后日寇飞机掩护残敌向东、北两面冲突，同时永武公路之敌又增兵1000余人、炮10余门、坦克20辆、装甲车30辆，在飞机掩护下，于拂晓突破龙腹渡阵地，继续向预备第6师螺塚阵地猛攻。至午，日寇又突破杨家山阵地。薛岳不得不抽调第142师开往上庐增援。此时他已意识到残敌有溃围可能。

接近午时，蒋介石电话到了：

"伯陵，战况如何？"

薛岳毫不含糊地回答："报告委座，职部已克服万家岭，全歼倭寇，敌酋松浦仅以身免。敌遗尸塞谷，山林溪涧间，寇血几洒遍矣！"

"好！好！好得很！好得很！伯陵，马上有中外记者到战场上实地采访，你以为如何？"此时蒋介石激动得有点气喘心跳，一口"浙江国语"更吐字不清，以致使薛岳这位广东将领听不懂他在说什么。"我是说应该让中外记者到万家岭实地看看，以便向全世界宣传万家岭大捷！你看行不行啊？"

薛岳这才听明白，而且理会到蒋介石担心他所报不实，贻笑外邦。他认为尽管松浦和少数残敌或可能漏网，一个加强师团被他歼灭了3万多人，也可以说是"全歼"了；万家岭已克复，说明万家岭战役以胜利告终，丝毫没有什么虚假。"报告委座，职部全体将士欢迎中外记者早日前来采访，部下将以战利品中的日寇食品招待记者们。"

"好得很！好得很！"蒋介石这一回是真的欢呼起来了，"我要让记者们向全世界宣布！裕仁小鬼失败了，哈哈哈……妙到极点！伯陵，真是妙到极点啦！"

蒋介石在笑声中挂断了电话。

薛岳真有点莫名其妙。他现在无心去琢磨蒋介石的狂喜原因，继续指挥各部肃清残敌。尽管他已向蒋介石报告"松浦仅以身免"，但松浦和残部至今尚在包围之中，他希望第66军发挥余勇，将残敌歼灭，活捉松浦！

日寇残部最后被压迫在煎炉苏东南高地，日寇飞机向其投送粮弹，使其固守待援。第66军全力猛攻，与敌相持不下。

至12日，薛岳看到永武路之敌已对自己构成威胁，只得改变部署：

第4军退守永丰桥、狮子岩之线；第66军退守乌龟山、柘林之线；第19师之第51旅占领修江南岸沙田港、范家铺之线；第74师、第187师（欠一旅）、第415旅、新编第13师、第60师、预备第6师、第142师仍固守狮子岩、城门山、猪头山、河浒之线，继续围歼残敌，同时命奋勇队各归还建制。

至16日，第4、第66军已进入新阵地，薛岳即下令全军退守永丰桥——柘林之线，结束了万家岭战役。

万家岭前线指挥部撤回，薛岳闻报吴奇伟归来，亲迎出门，紧紧握住对方的手说："晴云兄，辛苦了！辛苦了！如果没有你在前方坐镇，是不可能取得这样大的胜利的。"

吴奇伟半开玩笑地说："此战役的胜利，上靠钧座指挥有方，下赖将士效命，晴云何功之有！"

薛岳将吴奇伟拉进屋里，促膝而谈。

"晴云兄,听说在万家岭,日寇轰炸得很厉害,你的指挥部几次挨炸,参谋们拖你出去隐蔽,你就是不肯,甚至在日寇轰炸时睡着了!这可不好啊!"

吴奇伟摆摆手,无所谓地说:"嗨!军人嘛,在战场上哪里有安全可言。在前线我是最高指挥官,如果我在日寇轰炸时慌了神,部下们会怎么样?部队会怎么样?爆(炸)死算了嘛,抱头鼠窜的事我是不干的!"

"大将风度也!"薛岳叹服道。"我们今天身为高级指挥官,却也是从当兵干起的,干到今天,真可谓从死人堆里爬出来了。死对我们来说,已没什么可怕的了。但是,晴云兄,正因为你是最高指挥官,你的安危尤为重要。试想,如果你被爆死了,对全体将士该有多大震动!所以,此后你还是不要太大意了。"

吴奇伟只是笑笑,没有争论。

停了停,薛岳又叹息道:"尽管我们歼敌3万多,松浦师团基本歼灭,但毕竟让松浦漏网了,不能不说是件十分遗憾的事。"

吴奇伟也十分惋惜地说:"你还不知道哩,我们活捉了不少日寇官兵,其中有一个名叫田中善藏的军官,在口供中说,第66军奋勇队几次冲杀到松浦的司令部近前,松浦已握枪在手,等待最后时刻,如果奋勇队再前进100米,松浦不是被俘,就是自裁。可惜当时是黑夜,奋勇队也是误打误撞,并不知当面之敌是什么人,只顾追杀小部队,将唾手可得的猎物放过了!"

"丢那妈!"薛岳骂了一句广东粗话,并且捶了一下桌子,"太可惜了!太可惜了!"

然而在武汉的蒋介石却对万家岭战役十分满意。得到薛岳的报告,真是欣喜若狂,他大叫:"美龄!美龄!我们终于克复了万家岭,全歼松浦师团,取得了辉煌的胜利!"

宋美龄睁着一双美丽的大眼,十分勉强地耸了耸肩。是的,万家岭大捷固然可喜,但现在的形势,武汉危在旦夕,人人心头都笼罩着阴影,是笑不起来的,更何况在台儿庄大捷时,她也没有看到丈夫有如此的兴奋。她不能理解丈夫现在的兴奋,所以反应冷淡。

"达令,我看你还是不要太兴奋了。当务之急,是我们什么时候离开武汉?到什么地方去?"

蒋介石被宋美龄迎头泼了一盆冷水，十分恼怒，他很想斥责妻子——"真是妇人之见！"但是，他看看妻子那雍容华贵的气质，娇弱的姿态，无论如何不忍发脾气。到嘴边的话改了口：

"你不懂，你完完全全地不懂！"

为了找到知音，他传来何应钦和林蔚。

"你们讲讲看：这次万家岭大捷，有哪些重要意义？"

何应钦抢着说："意义实在太重大了。首先，显示了我们的军事力量，挫败了日寇的锐气；其次，我们在极端困难情况下，能够集中兵力予敌以重创，表明了我们长期抗战的决心；第三，由于最近战况恶化，士气低落，民心不稳，这一胜利将是极大的扭转动力……"他见蒋介石始终盯着他，便知道对方并不满意。但他再也想不出别的理由了。于是惶惶住口。

蒋介石转脸问林蔚："你有什么看法，不妨讲讲看？"

林蔚认为何应钦已经说得够具体的了。他没有别的高见。但不说什么，似乎不好交差，于是颇为吃力地说："今天是双十节，如果没有万家岭大捷，因时局的紧张，那是热闹不起来的。中央社的号外一出来，武汉三镇顿时沸腾，大街小巷鞭炮、锣鼓声响彻云霄，真是盛况空前。这是武汉三镇空前的……"因为看见蒋介石已显出不以为然的神色，他也惶惶住口了。

蒋介石见对方两个都没有说到"点子"上，颇有点失望的懊恼。因为有些话让别人说出来，要比他自卖自夸好得多。但现在看来他找的两个"知音"，实在太不能善体钧意了，他不能设想还能从他的左右人中再找到"知音"。时间也不容许他拖下去了。因此，他干咳了两声，然后说道：

"你们讲的都有道理——万家岭大捷对振奋军心、民心都大有好处，也给了鬼子当头一棒，表明我们还有他们不可估计的力量可以跟他们周旋到底，决不会投降的。但还有一点极重要的情况，即是要把万家岭大捷与我们的双十节联系起来，不要孤立地宣传。你们明白吗？"

何应钦又抢着说："是的，是的，万家岭大捷是向双十节献礼。"

林蔚也忙说："应该说成是：我军将士，为向10月10日献礼，才打了这个大胜仗！"

何应钦忙纠正道:"不对——万家岭大捷是委座亲自决定的战役取得的辉煌战果,是委座决定用万家岭大捷向双十节献礼的。"

"完全正确!"林蔚赶紧附和。

蒋介石对如此明显的奉承皱了皱眉。他在房里踱了一阵,然后问道:"你们还记得4月29日武汉的大空战吗?"

"记得——那一次我们击落敌机27架!"何应钦答道。但此时他还在纳闷:空战与地面歼灭战风马牛不相及,提它做什么?

"是啊,那一次是我们空军的辉煌胜利!"林蔚又附和道,"那是天上的胜利,这一次是地面的胜利——天上地下我们都取得了胜利!"蒋介石烦躁地挥了一下手:"我是说你们应该记得,日寇所以搞那次大空袭的目的,是为了要用大轰炸的成功庆祝'天长节'——为裕仁小鬼头做寿献礼。结果被我们彻底粉碎了。这一次我所以下决心要在极端困难的时候打一场歼灭战,就是为了向我们的双十节献礼!"

"武汉是辛亥革命圣地,我们在这里庆祝辛亥革命节,不能毫无动作!"

何、林二人这才恍然大悟,不禁齐声说道:"委座英明之至!!"

蒋介石来了神,昂首挺胸地对两个部下说:"现在我们可以向全世界宣布:裕仁小鬼必定是短命的——他失败了!我们抗战必获得最后胜利——因为我们胜利了!"

打出一个万家岭战役的胜利来向国民党政府的"双十节"献礼,这显然是蒋介石的吹嘘和胡诌而已。战役从一开始,就并非蒋介石的主意,而且当薛岳提出打这个歼灭战时,蒋介石还曾经是抱怀疑观望态度的。诚然,无论怎么说,万家岭的大捷,给日寇和关注中国抗战的国际舆论以强烈的震撼,它表示了中国军队的顽强,也表明了中国人民的抗战决心。

"啊,达令,我到现在才明白——你实在太伟大了!"宋美龄做了个亲昵的动作。如果不是当着两个部下的面,她会热烈地拥抱和亲吻自己的丈夫。

何、林二人按照蒋介石的意图进行宣传。随后又拟好了对参战部队的犒赏,有功将领的特殊奖励等等,呈报蒋介石批示。

蒋介石看到报告上特殊奖励的名单上,第一名是薛岳,第二名是吴奇伟,便不愿再看下去了。他提起毛笔批示：

"此次战役在第九战区之区域内进行，故应归功于第九战区司令长官陈辞修指挥有方。"他的意思是应以陈诚居首功。

何应钦看了批示，不禁怅然若失。因为这再一次证明蒋介石蓄意扶植陈诚，陈诚取代他的位置为期不远了。

第二十四章

广州重镇设防无兵

　　武汉外围战事紧张之际,广东省主席吴铁城和第四战区副司令长官余汉谋,电告广东危急,请增兵广东。蒋介石以为敌正谋武汉,无力顾及广州,对告急电未予理睬。不想,广州很快沦陷,更加剧了武汉危机……

第二十四章 广州重镇设防无兵

1938年9月7日,广东省主席吴铁城致电蒋介石称:据所获情报,日寇作战计划中原有拟在进攻武汉的同时进犯华南,其登陆地点可能将在大鹏湾。现日寇已派前驻瑞士公使矢田到香港筹备南犯计划。

蒋介石皱着眉头反复琢磨来电。他认为这份电报有几处含糊:(1)"据所获情报"并未说明情报来源;(2)日寇在进攻武汉的同时进犯华南的作战计划一语中用了个虚字眼"拟";(3)登陆地点将在大鹏湾一语中有"可能"二字。他越琢磨越有气,认为吴铁城是用"道听途说"来给他添乱。现在武汉的战事已够他烦恼的了,哪有闲心再听这些他认为是"扯淡"的话呢,他叫来何应钦,指着电报说:

"这个人疑神疑鬼,见我们这里打得热闹,他那里也草木皆兵了!"

"是的,是的。"何应钦赶紧附和,"现在日寇已在武汉投入这么多兵力,哪里还有能力开辟南战场呢?即或有力量,也应该继续投入武汉战场,争取尽快攻陷武汉才是啊。"

何应钦的话也不无道理。既然日寇企图快速攻占武汉,以迫使蒋介石政府投降,就应该把兵力继续投入武汉战场,不会急于开辟新的战场。然而事物的发展,往往并非都顺理成章。

何应钦附和蒋介石的意见,除以上理由外,还有一层更深的理由,那就是在成立第四战区时,曾拟定由何应钦兼任第四战区司令长官。自淞沪抗战以来,战争的残酷性何应钦都已看到了,他决不愿到前线去冒着被敌人轰炸的危险去打仗。他是国民党高级将领中有名的"亲日派",虽然不像汪精卫那样卖国投敌,却对抗日持悲观论。他认为跟日寇打仗是绝对打不过的,既然明知打不过,就失去了"打"的意义,更何况打了败仗上下都要埋怨,真是吃力不讨好,远不如留在参谋本部,既可在蒋介石面前左右逢源，对下面还可以板起面孔打打官腔，打了胜仗鼓掌，打了败仗付之一嘘，惬意之极，何乐而不为呢？

　　蒋介石在当时是心烦意乱，不能冷静地考虑问题。他认为吴铁城是有意给他出难题，便从对方的报告字里行间挑毛病。他找何应钦来，不过是帮助他证实自己推论的正确性。既然何应钦"所见略同"，他就更认为自己的推论在理了，并且进一步指出："我认为如果日本鬼子要侵占广州，是侵犯英国在华利益。日本军阀再利令智昏，也绝不敢惹英国政府吧！"

　　"那是当然啰！"

　　蒋介石却忘了就是这日本军阀，竟置国际公法于不顾，甚至悍然退出指责它侵略中国的国际组织，一个已经衰老的英帝国又岂能阻止其侵略的野心？

　　蒋介石又哼了一声说："我问吴铁城根据什么说日寇在没有攻占武汉前会侵略广州——这对日本在作战方面有什么好处？吴铁城却说日寇是为了封锁我国海口而为之。这就更是荒唐了。我们的国家这样大，港口绝非广州一个，即便占领了广州，也决不能断绝海上运输线。当然，日寇迟早会这么干，但我看它现在不会干。因为这么干它必须投入大量兵力；它投入武汉战场的实力——几个师团都支离破碎，急需投入兵力攻下武汉。所以有兵力应投入武汉战场才合乎逻辑。现在把一支生力军投入另一个战场，这太不合乎逻辑了！"

　　何应钦歌唱般地说道："委座见解太英明，太精辟了！"

　　这位最高统帅和参谋长却认识不到战争有时是无"逻辑"可言的，或者说，是并不以他们的"逻辑"为转移的。

　　蒋介石颇为自得，便将吴铁城的电报往旁边一推："不理他！"在此同时，他脑子里掠过一个念头："这个人不可靠，换一个才好。"

　　吴铁城做梦也不会想到，他的这一报告，几乎导致"罢职丢官"！

　　然而蒋介石毕竟与何应钦不同，作为最高统帅，对各战场都不能掉以轻心。事后冷静下来，再考虑吴铁城的报告，又不免惶惶不安了。就像俗话所说的——"不怕一万，只怕万一"——万一鬼子真的进兵广州，余汉谋所部能顶得住吗？以其兵力沿海设防已是不敷了，不能设想还能集中优势兵力进行抵抗。正因为他有所顾虑，才发生他要调第64军赴粤而遭薛岳顶回的那件事。他没有坚持，是他对此事还在犹豫不决，否则薛岳是顶不住的。最高统帅日理万机，蒋介石又是个事无巨细都要过问的人，难免顾此失彼，将这样的大事淡忘了。事情往往就是这样：一个转机失误了，再想挽回已不可能——到了发生紧急情况时，已经来不及再调兵遣将了。

事实上日本参谋本部在制定攻取武汉计划的同时，也制定了进攻广州的计划，甚至可以说提前做了准备。

早在淞沪抗战爆发后，日寇即封锁我港口，侦察、轰炸沿海各要点，并逐次占领金门、厦门、南澳及涠洲岛，修建机场，即是为侵占广州做的准备。

日寇参谋本部第1部第2课所作"以秋季作战为中心的战争指导要点"中的"作战指导"一节，就明确"进行指导时，尽量缩短汉口作战和广东作战的时间间隔"。"在方针上，除了汉口及广东作战外，不进行扩大战局的作战。"还明确了广州作战的目的："在于一面切断蒋政权的主要补给线，一面使第三国，特别是英国的援蒋意图受到挫折。"其"指导"中还特别提出：（1）采用急袭方式，果敢迅速地攻陷广州；（2）以后在广州附近，切断粤汉线、珠江、江西，采取紧缩持久方式；（3）考虑帮助西南系统的谍报工作。

为进行广州作战，日寇大本营新编成第21军，以古庄干郎为司令官，下辖第5、第18、第104师团，分别由青岛、大连、上海乘舰在台湾海峡集中。

然而中国方面的情报系统，对日寇集结兵力的行动，竟然一无所知。蒋介石也曾计划以何应钦兼任第四战区司令长官，负责闽粤及南宁、梧州等沿海地区防务，并保护海陆补给线。然而却始终议而未决，直至广东方面战事即将发生前，第四战区尚未正式成立，仅以第12集团军总司令余汉谋兼任第四战区副司令长官，负责广州方面的防务。

第12集团军所辖部队仅有：张达的第62军，张瑞贵的第63军，李振环的第83军，另有两个独立旅及驻守在虎门要塞的守军。

蒋介石自以为对广东地形熟悉，又认为日寇若在广东登陆，目标仅在于切断广九铁路和攻占虎门要塞，于是亲自部署兵力，其中部署在滨头、淡水、惠阳、博罗一线的兵力，只有3个步兵团。

闽粤海岸线长约3000公里，港湾及岛屿甚多，而日寇又有海空优势，真是防不胜防。

余汉谋掌握10余个师的兵力,在广阔的防线上如何用兵是十分关键的。他应该意识到防线过长,兵力不足;武汉保卫战正在紧张进行中,不能指望蒋介石能调多少兵力来满足广东防地的需要,而须立足于依靠自身的力量来打好这一仗——指挥官的运筹帷幄就在于此。然而这位毕业于保定军校第6期的指挥官,却错误地将不敷的兵力处处设防,结果处处兵力薄弱。更重要的是竟没有保留一支有力的机动部队以应急。从与日寇作战的情况来看,日寇有优势火力,只能以优势的兵力防守方能有效。如果进攻之敌实力再占优势,必不能持久防守。

最高统帅部已把全部注意力集中于武汉外围的激烈争夺战,无暇过问广东方面第四战区的兵力部署。余汉谋不能自悟,败局早已注定了。

吴铁城见蒋介石对他的报告置之不理,不免忧心忡忡,密切关注着有关日寇动向的各种情报。10月8日,他再一次向蒋介石密电报告:据香港英军情报机关消息,日寇拟派遣4个师团1个混成旅团大举南犯,或在真(11)日前后发动进攻。

真是火烧眉毛了。

然而此时蒋介石所关注的是万家岭对日寇第106师团的围歼,希望以万家岭大捷来振奋军心、民心,挽回战局,至少是阻遏日寇的继续深入,能使武汉保卫战的时间更延长一些,对于其他的事情顾不上了。从薛岳发来的战报来看,进展还算是顺利的,他已经向薛岳下了限期歼灭日寇第106师团的命令。他翘首以待在"双十节"这一天"爆出冷门",轰动全国,乃至于全世界!他要向全国、全世界宣称:"我胜利了!"可以说正在兴头上,吴铁城的报告不啻于迎头一盆冷水,把他的"兴头"全泼没了,不止是扫兴,简直恼怒非凡了。如果是吴铁城当面报告,他甚至会将对方臭骂一顿!他烦躁得几乎将吴铁城发来的电报撕扯掉。转念一想,这也绝非长久之计。虽说他估计广东方面暂时还不会发生战事,但迟早还是会发生的,尤其是倘若武汉有失,日寇便会移兵攻广东。吴铁城不沉着,余汉谋虽忠诚可嘉,能否指挥一个战区大兵团作战,还没有把握,因此还是及早派个人去为好。于是他又传见何应钦。

"敬之,你看!你看!这个'铁城'竟是纸糊的,一有风吹草动就'哗啦哗啦'

乱响！唉呀呀，我真受不了他的干扰。敬之啊，我看还是你亲自去广东坐镇吧。"

何应钦不免微微一怔，随即又赔笑道："委座，吴铁城胆小怕事，必是听信了谣言。我们千万不可受其干扰。我们现在正围歼万家岭之敌，日寇慌了神，匆忙调兵遣将援救不及，哪里还有可能在广州方面发动战争嘛！"

蒋介石认为何应钦的话很有道理：日寇正千方百计解其第106师团之危，却又苦于其实力受牵制。正在焦头烂额之际，哪有闲心去发动新的战争！其实他应该从另一方面考虑：日寇发动新的战争，未尝不是调动我方兵力的战术——广州方面发生战事，我方必会抽调赣北战场的兵力去援救，便减轻了对第106师团的压力，也削弱了我军为阻遏铃木春松所率领的宁贺支队增援的兵力。这种战例古往今有之，蒋介石也熟读兵书，不乏见闻。然而此时他一心"排除干扰"，只往对他有利的方面去想，何应钦的说辞，可谓"正中下怀"，也就深信不疑了。于是又将派何应钦去第四战区的念头束之高阁。

"我也预料一定会在我们放弃武汉以后，鬼子才会移兵由赣北攻广东。"蒋介石皱着眉说。"到那时，我们在赣北的部队，一部分可以向广东方面撤退，加强广东方面的防御。现在我在考虑另一个问题：尽管万家岭歼敌成功，会迟延日寇占领武汉，但终究是守不住的，因此我们从现在起就要考虑撤退问题。从上海战场总撤退以来，我们每一次总撤退，都会有重大损失，究其原因，是撤退秩序混乱所造成的。应该想想办法改变这种现象。"

何应钦沉吟不语。他何尝不希望有秩序地撤退呢？但每次只要撤退令一下，各部队便争先恐后只顾逃命，根本不听指挥。日寇像赶鸭子似的在后面穷追猛打，怎么会损失不大呢？这些情况蒋介石也十分清楚。现在拿这个题目来考他，他又有什么良策可献呢？过了半晌，他才勉强说道：

"混乱的原因也是多方面的。其中有一条重要原因，即是在战场上的各部队，都已残缺不全了，而且久战已疲，自然都希望赶紧脱离战场。我们却还要从这些部队中抽出一部分用于掩护大军撤退，自难胜任了，以致日寇迅速突破掩护部队的阻击，紧紧追赶我撤退大军；撤退部队更不肯停下来抵抗，混乱就此产生了。所以，必须有较精锐的部队阻击日寇的穷追，使撤退各部不受压力，自然就不会乱了。"

蒋介石认为何应钦的分析极有道理，便点头说："唔，有道理。命余幄奇（余汉谋）抽调一个精锐师来武汉，用于掩护撤退任务。此外，方靖的第13师也很能打，在柳林车站打得很不错，部队损失也不大，我把他调回来，也用于掩护撤退任务。"

何应钦一直担心蒋介石会把他单独留在武汉收拾残局，现在见蒋介石已被他说服，便进一步献计以摆脱自己："方靖是陈辞修的爱将，现在武汉卫戍部队第94军郭忏部，也是陈辞修的部队，在此关键时候，应召回陈辞修坐镇武汉，这些部队在他指挥下将会更努力了。"

蒋介石沉吟半晌，才摇摇头说："不行！辞修要掌握第九战区部队节节抵抗的情况，关键时刻，还是留他在前线更好些。"

何应钦见此计未被接受，便求其次："陈辞修不能调回，罗尤青（罗卓英）总可以调回吧——他长期是陈辞修的副手，能代替陈辞修行使职权。"

蒋介石终于点了头："好，叫罗尤青将前线指挥任务交万耀煌即可。"

何应钦达到了目的，高高兴兴地去以蒋介石的名义发号施令。

余汉谋接到蒋介石要调遣一个精锐师的电令，不禁愕然。他在部署兵力时已有捉襟见肘之感，更何况现在战事迫在眉睫，怎么能设法再抽调走一个精锐师呢？他拿电报去见吴铁城，苦着脸说：

"委座不把广东防务放在心上，还要调我的部队。将来日本人攻来，抵抗不住，这责任还得由我来负！你说怎么办？"

吴铁城大惊："有这样的事吗？昨天我还向委座报告，说日寇即将进攻。难道他不相信我的报告吗？"

余汉谋苦笑道："听说武汉已经很危险了，他一心一意要保武汉，顾不上我们了。"

"顾不上也不能搞釜底抽薪啊！"吴铁城有点愤慨地说，"依我看暂且按兵不动……"

"按兵不动……倘若怪罪下来如何是好？"余汉谋不禁顾虑重重。他是广东肇庆人，现在是在他的家乡率领家乡的部队，一旦失宠于蒋介石，被削夺了兵权，那以后日子就不太好过了。所以犹犹豫豫，下不了决心。

"你不要怕。"吴铁城很有把握地说,"我得到情报,明天就会打起来。你先回去准备应战,对委座的指示暂且不理。如果过了3天还没有战事,你再执行命令也还不迟。"

余汉谋认为吴铁城的话有理:就是要调派部队,也不是说走就能走的,总应该宽容几天动员和准备时间。如果3天后还打不起来,马上命部队出发,也还来得及。

"好,我去准备应敌。如有什么情况,请及早通知我。"

吴铁城知道对方的意思。便说:"你我同舟共济,有什么后果自然也要共同承担。"

余汉谋听对方把话挑明,倒也有点不好意思了。匆匆回转司令部,下令各部准备应敌。

果然吴铁城的情报应验了:

10月11日傍晚,日寇突入南海大亚湾口,次日下午在海空配合下,于下涌附近登陆,并继续北犯。余汉谋令第151师以一部固守平山、淡水、龙冈,其余各部在驻地附近山地据险固守,若日寇强行通过,亦应予以侧击;命独立第20旅附独立第2团乘火车至樟木头;第157师将潮汕、海陆丰防务交保安第3旅附第157师补充团,该部赶赴横沥策应惠阳方面之作战。

13日,日寇占领淡水。

余汉谋面对日寇凌厉攻势不免章法大乱,仍未意识到兵力分散,处处想保,处处保不住的弊端,继续逐次用兵。14日,其兵力部署:

(1)第151师于平山一带坚决抵抗;

(2)第153师之一旅、独立第20旅附独立第2团占领横冈、双美髻一带阵地,拒敌西进,掩护广九路;

(3)第153师之一旅固守宝安至虎门海岸;

(4)余部仍坚守原阵地。

13日,日寇航空母舰起飞100余架飞机,对粤汉、广九铁路及惠阳、增城、东莞狂轰滥炸,对铁路和城镇破坏极大。日寇乘势进攻惠阳,在城郊与第151师之一旅发生激战。

余汉谋闻报在宝安方面有敌舰活动，唯恐其登陆，又急命第151师之第453旅与第153师之第456旅在樟木头、龙冈以东地区掩护广九铁路。

15日，余汉谋再调整部署：

（1）第157师主力向杨村集结待命；

（2）第153师以一团拨归虎门要塞司令指挥，另以一团驻宝安至新桥沿海要点，师主力集结樟木头，支援惠阳第151师作战，并掩护广九路；

（3）独立第20旅附独立第2团，集结于永汉、证果待命；

（4）第156师以一团推进于罗浮山附近山地，准备袭击日寇，余部占领增城、唐美地区；

（5）第154师控置于石桥附近待命；

（6）第158师位置于唐美车站、石牌车站之线；

（7）独立第9旅以步兵1团、炮兵1营配置于莲花山附近外，其余集结于龙眼洞附近待命；

（8）第456旅固守广州。

余汉谋反复调整兵力部署，其做法犹如天雨堵漏；又因实力不足，只能拆东墙补西墙。结果并没有补住漏洞，反倒越补漏洞越多。尔后甚至将固守广州的第456旅也调用于"补漏"，以致广州重镇设防无兵。

战报发到最高统帅部，沉浸在万家岭大捷的狂喜中的蒋介石，不啻从九霄云中掉了下来！他愣了片刻，又匆匆拿起电话，催促接通广州，找吴铁城接电话，劈头盖脸地问：

"余汉谋在哪里？叫他听电话！"

吴铁城听蒋介石的语气，便知找余汉谋绝无好话，于是敷衍道："报告委座，他去前线指挥部队作战了。现在广州人心浮动，群情激愤，要求政府增兵驱逐倭寇……"

"广州绝不能放弃！"蒋介石厉声道，"你告诉余汉谋，必须死守广州！否则我要他负责任的！"

吴铁城低声下气地说："委座，幄奇（余汉谋字）在尽最大努力拒敌人深入……"

"我看到的战报是他在节节后退,日寇则长驱直入……"

吴铁城深感这位委员长在情绪恶劣时很难对话,却不得不与之对话,他觉得说得再好听也不过如此了,倒不如把话挑明:"委座,巧媳妇难为无米之炊——幄奇手下兵微将寡,你叫他用什么去与强大的日寇寸土必争!"

蒋介石像吸进了一口冷风。吴铁城两次向他报告,余汉谋也两次要求增兵,他都置之不理,现在还怎么谴责对方呢?

"一定要顶住!"蒋介石仍旧强调道,"至少要保住广州。你告诉余汉谋,至少坚持一周,我会调援军去的。"

话已说到这里了,吴铁城认为再说也无益。而且他意识到现在蒋介石正面临武汉大撤退,很难顾及广东。他认为蒋介石增援的许诺,多半是张空头支票。

15日晚,日寇攻陷惠阳城。

实际上广东的战局也直接影响武汉的坚守,所以尽管当时武汉的情况同样危急,军委会仍指令第64军及第66军由南浔路回援广东,但16日下达命令,已是远水不救近火。第64军和第66军虽是广东部队,官兵回援家乡心切,但当时尚在南浔路对敌作战,要摆脱日寇,突破封锁,投入广东方面作战没有五六天时间是办不到的。这也是蒋介石要求余汉谋"至少坚持一周"的原因。

17日,广州市各界人士7万余人举行声势浩大游行,表示决心保卫广州。

18日,日寇陷福田、樟木头。

19日,日寇渡过增江,突破第156师阵地,攻陷增城。余汉谋命154师及第157师、独立第20旅等部增援反击,却因第157师未及时赶到参战,独立第20旅在永汉、澄果方面又被龙华方面之敌所牵制,无法行动,因而反击效果甚微。

20日,第154师溃退,日寇向广州突进;樟木头之敌进陷石龙。

余汉谋见局势已难挽回,便找吴铁城商议:"部队难以阻遏日寇攻势,看来广州保不住了,我想马上将总部移驻清远,请你也马上转移吧。"

吴铁城虽已感到局势险恶,但尚未料到仅几天就一败涂地,更未料到几乎是在兵临城下时,余汉谋才通知他"转移"。他愤慨,但事已至此,他还能说什么呢?

"你打算什么时候撤退?"

"今晚。"余汉谋惶惶不安地答道,"其实我原希望部署的反击能起到一定作用……"

吴铁城真想破口大骂了——仅几小时的时间,政府机关如何能来得及撤退!然而再看看余汉谋一脸沮丧的神情,也就谅解了对方——事实上余汉谋到最后一刻,也还是希望能阻遏日寇,保住广州的。现在只能紧急通知,放弃一切,能逃的就逃,不能逃的他也顾不得了。

"好吧,我随你转移。"吴铁城无可奈何地说。因为在此紧张时刻,谁也不知日寇已经攻打到何处了,随部队转移,比较安全。

20日晚,余汉谋率部撤出广州,仅留税警团及少数宪兵在城里,他一走,这点武装也自行逃散。

10月21日,日寇"兵不血刃"而占领广州!

广州失陷,中外震惊。因为任何方面均未料到从开战至失陷广州,仅9天时间!

当时驻美大使胡适于21日致电蒋介石,反映国际舆论:"广州不战而陷,国外感想甚恶。据可靠友人转告,罗斯福总统已悟事实非高论所能挽救,正苦思切实援助步骤,盼望能坚持一两个月。"

蒋介石何尝不为广州丢得这么快而震惊、震怒!如此军事上的重大失利,是不能容忍的。更何况放弃武汉已在准备之中,广州的失陷,却迫使他不得不提前放弃武汉!如此重大的失败,他意料将会引起朝野抨击。如果不处置失职将领,他亦无法向将领们交代。然而要处置只能处置余汉谋,这是他"不忍"为之的事。

1936年6月,正当蒋介石命陈诚去山西协助阎锡山"围剿"红军之时,在广州方面的陈济棠与广西方面的李宗仁勾通,联合发表"通电","请缨抗日",反对蒋介石的不抵抗政策,迫使蒋介石赶紧召回陈诚,匆忙调兵进驻衡阳,以阻断桂军和粤军在湖南会师,另派人去广东,说服粤军第1军军长余汉谋通电拥蒋,主张"还政中央,团结御侮——非御侮不能救国",指责陈济棠、李宗仁所为不过是争权夺利的军阀主义。在其影响下,李汉魂"挂印封金",离职赴港,推余汉谋收拾广东局势,同时480名广东空军人员驾机北飞投蒋。余汉谋再率部对陈济棠实行"兵谏"，陈济棠被迫向蒋介石求告"遵令下野"，蒋介石也网开一面，允许陈济棠离穗去香港做"寓翁"。

从此余汉谋对蒋介石忠心耿耿，再无二志。

蒋介石在他的政治权谋中是极念私情的人，所以对余汉谋始终另眼看待，恩优倍加。现在出了这样的事，他实不忍心处置余汉谋，便对何应钦说："这件事责任由我来负吧。"也是希望何应钦将其"雅意"传出去，使下面不敢再议论此事。却不料在武汉的高级将领及要员们仍十分激动大发牢骚。他见"传话"无效，决定"面对现实"，于是召开会议，准备作些解释。

在蒋介石尚未到会议室前，会议室里已热闹得如茶馆酒肆，官员们都很激动地议论着广州失守的事。有的人慷慨激昂，拍着桌子大骂"岂有此理"，表示一定要追究责任。对这种态度，多数人不接茬，因为大家心里有数谁该负此责任。"聪明"人却马上接茬，说吴铁城、余汉谋"罪在不赦"。大家也明知这些"聪明"人是在"指导""火力集中点"，对此也不接茬。但也有一些"不聪明"的人与之争论，说吴铁城、余汉谋虽有责任，并不能负主要责任。一时沸沸扬扬，莫衷一是。

蒋介石在议论的高峰时出现。他绷着脸，坐下后清清嗓子，然后慢条斯理地说："据说大家对广州的失守很有意见。当然啰，重镇失守了——丢了一大块地方，总是不愉快的事，我也不满意。但是，已经丢掉了——我们的国土已丢掉一半了，不愉快是不行的。关键在于大家要努力，要各尽职守，加倍努力，阻敌深入，并相机收复失地。

"当然，丢失地盘，总要追究责任。大家说说吧，有什么意见都说出来……这个这个……总之，说说有好处嘛，这个这个……随便谈吧……这个这个……没有关系……"

有一段极度沉默的冷场。

开头一炮的竟然是邵力子："委座，我认为刚才所说广州失守，又说丢掉了等等，是不准确的。因为事实上广州是不战弃守的！"

"唔，唔，这个这个……仲辉（邵力子字）说得不错，广州是不战放弃的，这个这个……这是很不好的，唔，很不好……"蒋介石颇为尴尬，他在回答时脑子里在想另外一件事：年初，他免去了邵力子国民党中央宣传部长之职，以陈诚接任了，只给了邵力子"国民政府军事委员会战地党政委员会秘书长"、"中央政治学校政务委员"等闲职，因此他就认为邵力子首先发难，是在表示自己的不满。却不料邵力子的发言，像黄河决堤一样，汹涌澎湃之洪水，朝他冲了过来。

"委座！广州不战弃守，应该由谁负责？"

"委座！余汉谋拥兵10个师，守广州一隅之地，为什么不战放弃？"

"委座！对于日寇的进攻，事先是否知道？为什么不加强广东方面兵力？"

"委座！广东方向打响以后中央究竟给予了哪些指示？执行情况如何？"

"委座！为什么不及时增援广东？"

"委座！广州这样的重要城市不战而放弃，是中外战史上空前奇耻！余汉谋部旅长钟芳峻在阵前愤而自裁，说明什么问题？"

"委座！我们现在打的是持久战，失地不要紧，关键在于消耗敌人有生力量。广东打了9天，究竟消耗了日寇多少兵力？"

"委座！我们成天在说'以空间换时间'，而广州的轻易放弃，危及武汉的战局，军委会对此作何检讨？又进行了哪些补救？"

"委座！不战放弃广州，应该追究谁的责任？追究了没有？"

"委座……"

"委座……"

与会者纷纷起立，出现了从来未有的踊跃和激烈。蒋介石的嘴越抿越紧，脸色也越来越阴沉。他原想召开一个会，让大家发发牢骚，他也会宽宏大度地作些解释，让这件事平息下来。现在出现的局面，是他始料不及的。他霍地起立，在座者也跟着站起身来。

"每次打了败仗，好像责任都应该由我来负。是的，我是最高指挥官，我应该对所有战局负责——包括不战放弃广州。负责也罢，今后我还要指挥下去，负责到底。

"仗不是今天或明天就打完了。我们又决心抗战到底，10年、8年打下去，直至把鬼子赶出中国。所以，今后打大仗的机会还多得很。诸位的精神可嘉，但要用于抗战、对敌。余汉谋在广州打得不好，有哪一个以为自己比余汉谋强，随时请来毛遂自荐，我可以把战区指挥权交给他。"

　　蒋介石拂袖而去，给在座者扔下了一个极其严肃的反思问题。那些刚才还振振有词，大有不依不饶劲头的人，不能不扪心自问："如果换了我去指挥这个战役，就能比余汉谋更好吗？"

　　散会了。大家默不作声地离开了会场。

第二十五章

武汉陷落

胡宗南擅撤南阳，日寇大兵压境。李宗仁将司令部移至平汉线花园站以西陈村准备阻敌，然第64军联络中断，第84军退守应城。10月20日蒋介石宣布"放弃"武汉。李率部西撤，刚走约2小时，日寇即进陈村……

1938年10月20日下午，蒋介石召开军事会议，正式宣布放弃武汉三镇。

关于放弃武汉之"决心"，蒋介石曾多次下过了。最早是在8月下旬，又推移到9月中旬和下旬、"双十节"前后等等。他的屡次"决心"，都向身边的人透露过。这些人又"透露"出去，对军心影响极大，尤其是一些在战场上苦苦撑持的部队，更是翘首等待撤退令下。但总是因为战局的变化，使蒋介石改变了主意。广州失守以后，日寇更加紧逼，蒋介石看到如再不下令撤退，就有被日寇切断退路之虑。

蒋介石在会上对诸将领说："保卫大武汉战役，迄今已进行了4月有余，歼敌20余万，既达到了以空间换时间的目的，也达到了消耗日寇有生力量的目的。更重要的一点，即是日寇始终妄图在攻占武汉后，以我政府的妥协结束其侵华战争，而我们是在战争中得到了锻炼，愈战愈强，表明了决不妥协之决心。日寇在战争中受到重创，被拖在战场上，欲罢不能。我认为武汉保卫战是我们抗战的重要转折点，是走向胜利的开始。

"我们撤退的主要方向有二：第五战区部队撤向鄂西襄樊，第九战区部队撤向湖南。关于撤退的部署，另由各战区拟定。我已经从第五战区调回罗尤青，命他负责部署掩护各部撤退。

"提到撤退，使我想起淞沪抗战和南京保卫战后的撤退。应该说每一次撤退，都是有计划的，绝不是全面大溃退。但是，上海、南京撤退中的损失，几乎要比在战场上的损失更为严重。究其原因，是各部队一接到撤退命令调头就跑，争相夺路，加上日寇的追杀，造成重大伤亡。这一次的撤退，是在日寇已经疲惫，而我军尚有抵抗能力的情况下，有计划地撤退。所以大家一定要告诉各部队长，要争取逐次抵抗，且战且退的办法，决不允许再发生过去那样的混乱了。你们还要告诉各部队长，本委员长决心与全体官兵共安危，始终坐镇武汉，一直要等到各部队撤退完毕，再随掩护部队撤退。

"我们在武汉坚守4月余，另一重大收获即是大量的物资和工业设备、人员，都已陆续撤往大后方，但在武汉三镇的一些工业设施、建筑和残存的物资，有的无法运走，有的来不及运走了。我们决不能留给敌人——要对日寇实行焦土政策，使其'以战养战'的企图不能实现——这要成为今后放弃城镇的既定政策。我们决不能让日寇利用我们的物资、设备作为他们生存的资料和手段。

"放弃武汉的确切日期，另由军委会下达命令。今天我在这里只不过是'打招呼'——打招呼的目的不是宣称放弃武汉三镇的决心，因为这个决心我们早就下了的。打招呼是为了使大家有信心做好有秩序撤退，不能乱……千万不能乱……"

蒋介石如此反复地叮咛，是由于他曾接到报告：第125师在信罗公路撤退时，发现胡宗南部在撤退中丢弃车辆、武器、弹药甚多。他心里有数：胡宗南部在信阳损失并不大，而且是他嫡系部队中较为精悍的部队。这样的部队尚且在撤退中慌乱到如此程度，其他的部队就更堪虑了。

与会将领却在想另一个问题：蒋介石不走，哪个部队敢撤？问题是他决不会如他所说要等部队都撤走了他才走，他会在紧要关头走的。从宣布撤退到他走这几天里，各部队必然苦撑下去——极其困难地苦撑下去。到蒋介石一走的这几天中，困难会一天比一天大。这样一旦得悉他离开了武汉，苦撑的部队就会"兵败如山倒"，恐怕任何人都遏制不住，混乱将不可避免。但是，此时此刻又有谁能跟他说明情况，劝他早一点离开武汉，给各部队多一点行动自由呢？

果然，放弃武汉的决定在命令之前已为广大各级部队长得知，不约而同的问题是："委座走了没有？为什么还不走？什么时候走？"

在第五战区方面，自从胡宗南于10月12日晚擅自放弃信阳，日寇在占领信阳后，其一部从平靖关越过桐柏山脉占领应山，已是全线震动。因为如日寇迅速从应山南下安陆、云梦、孝感、汉川，所有东北地区作战的部队将陷于日寇包围之中。

在胡宗南擅自撤退时，第五战区长官司令部尚在夏店，李宗仁急命第84军和第68军赶赴武胜关、平静关一带择要固守，以掩护各部队撤退。同时决定将司令部移至平汉线花园站以西的陈村。不料当李宗仁率部到达陈村，第64军的联络已告中断，第84军亦被日寇所压迫退守应城。李宗仁得知后惶惶不安，晚上辗转反侧，不能成眠。左思右想，还是"三十六计——走为上"，披衣而起，叫醒参谋长徐祖贻，连夜西移，黎明进入安陆县城。从尾随逃来的陈村百姓那里得知：在李宗仁走后约2小时，日寇骑兵1000余人突入了陈村。若非李宗仁走得快，几成日寇俘虏。

战区司令长官如此，下面的各部队就更是混乱不堪了。

10月24日，蒋介石飞南宁；25日，军委会宣告"自动放弃"武汉。

10月25日夜，日军突入汉口；26日凌晨，波田支队侵入武昌；27日午后，汉阳也飘起了炫目的太阳旗。至此，武汉三镇全部沦陷。

罗卓英自江北第五战区调回，负责指挥武汉外围之作战，掩护各军的撤退。蒋介石一走，军委会撤退令一下，各部无心抵抗，几乎是调转头就逃。在武汉的部队唯有郭忏的第94军之第185师和一些宪兵、警察。这些部队只能护送撤退机关而已，绝无抵抗能力。罗卓英几乎也成了光杆司令，他看看"大势去矣"，便带领他的司令部经贺胜桥向岳阳方向撤退。当他到达贺胜桥，不意竟遇见第13师方靖部在此守卫。他十分奇怪地问方靖：

"你的部队怎么会在这里？"

"是委座亲自下命令：着第13师于贺胜桥掩护各部撤退的呀。"方靖对这位负责掩护撤退的司令长官尚不知下属部队的位置的情况，不免愕然。他还不清楚蒋介石调部队是从不跟直接领导者"打招呼"的。"总座，你怎么会退到这里来了？"

"我要向岳阳方向撤退，不往此地怎么走？"罗卓英对方靖的发问有点莫名其妙了。

方靖报告道："职师奉命在粤汉铁路贺胜桥一带设防，掩护物资南撤。日寇以一个旅团兵力由黄石、大冶方面向贺胜桥以东金牛镇突破后，继续向贺胜桥西进，被职师以迎头痛击，日寇转而攻占贺胜桥以南咸宁县城，将贺胜桥地区包围了。"

罗卓英听了虽颇为吃惊，犹不肯相信。便随方靖登上高地，用望远镜向南观察，只见咸宁方面的日寇已组织好兵力，准备进攻了。于是不禁跺脚说："唉！竟然闯进了包围圈！"他原本指挥关麟征和甘丽初两个军作战的，关键时刻，这两个军竟与他失去了联系。他只得按计划完成破坏作业（武汉三镇大火烧了两天）后率司令部退到这里，不想却陷入了重围。

方靖倒还沉着："总座放心！据部下观察，日寇已是强弩之末，发动的几次攻势都十分疲软。职师尚属完整，战斗力较强，还能坚持与敌周旋。现在部下派两个营护送总座渡河出围，部下也主动向日寇反击，吸引住日寇，就万无一失了！"

罗卓英听方靖这样讲，十分感动，连说："好！好！好！"他此时在想：到底是本系统的部队，肯为本系统效命。如果关麟征、甘丽初也是本系统的将领，就不会发生失去联络的情况了。

方靖派一名副团长，率两个步兵营，护送罗卓英出围。

至于各部队的撤退情况，蒋介石在事后曾通电指责："……（1）敌人广播称，此次我军退出新店镇、崇阳时，不特枪弹遗弃，即碗筷亦多失落，种种狼狈情形，资为笑谈；（2）查放弃武汉原为预定计划，进至武汉之敌，已极为疲惫不堪，南犯之敌不多，而我该方面部队竟不审敌之兵力，我有多数部队，不知筹划使用，有良好地形，不知利用防守，只图逃命溃走，不仅无耻，无以对年余抗战中牺牲诸先烈，且完全丢失革命军之精神。此后应力挽颓风，凡无令擅退，不论各级官长，均照连坐法严厉执行……"

显然是"法难责众"，不能一一追究了，所以不得不搞个"下不为例"。看来蒋介石虽事先再三叮咛，亦不能禁止"颓风"之蔓延。

武汉保卫战从1938年6月开始，至10月底结束，历时近5个月。日军投入约30万军队，向中国军队展开强大进攻。国民党军队调动约75万兵力，以既定的萍乡、铜鼓、武宁、瑞昌、田家镇、广济、罗田、麻城、黄安、武胜关之线为决战地带，以赣江左岸、清江亘九江之线及江北沿鄂皖、鄂豫边境等线山地为前进阵地，坚持外围作战，保卫大武汉。这次保卫战是中日双方投入兵力最多，伤亡最大的一次战役，也被称作是中国的"倾国之战"。尽管中国投入的军队是日军的约2.5倍，但战役结局以武汉失陷而终告结束。分析其原因，从以上叙述，不难见出一些端倪。国民党军队中军阀作风严重，一些将领之间钩心斗角，各怀鬼胎，相互摩擦、掣肘肘；蒋介石随心所欲，指挥混乱，各部队之间不协调统一；一些官兵中地方观念、逃跑主义蔓延等等，这不能不是武汉保卫战，以及此前国民党军正面战场抗战连遭失利的主要原因。另外，中国军队武器装备的落后也不能不说是一个重要原因。

诚然，武汉会战，虽然最后以武汉失守而告结束，但却不能因此抹杀会战的成果。首先，从"以空间换时间"来说，效果已是很明显的了。其次便是消耗日寇的有生力量方面，当时蒋介石宣称日寇伤亡20余万，日寇自己承认3万多人。双方出于宣传目的，皆不可信。但据日寇战俘口供分析，日寇的伤亡数字约是参战人数的50%左右。当时其投入武汉的兵力，大约有33～34万，因此其伤亡至少应在15万以上。第三，日寇的士气逐渐低落。淞沪抗战时，被中国军队俘虏的日寇口口声声要求"速死"，无其他口供；南京保卫战中的日寇战俘，虽亦不肯招供，但也不要求"速死"，无其他口供；武汉保卫战以来，所俘虏的日寇，无论是官是兵，几乎有问必答。这种肯于"合作"的态度变化，说明日寇的锐气已大大受挫，士气正在迅速低落，他们已意识到侵华战争的非正义及中国是不可战胜的。第四，广大的官兵在战争中得到了锻炼，各级部队长在战争中学会了如何与武装到牙齿的日寇对抗，士兵们学会了如何在日寇强大炮火下保护自己，消灭敌人。第五，更重要的是争取到了全世界爱好和平的人民的支持。共产国际主席团1938年9月曾高度评价中国的抗战，认为中国的抗日"不仅为保卫自己的国土，而且也是保卫全人类的自由与和平事业"，"是世界无产阶级整个先进人类反对野蛮法西斯主义暴力总斗争中之最重要组成部分。"第六，破灭了日寇"速战速决"的幻想，将资源贫乏、兵员有限的日寇长期拖在中国战场上。

中共六届六中全会期间，毛泽东交周恩来带给蒋介石的一封亲笔信，也高度评价了国民党、蒋介石在抗战初期的积极的抗战态度。全文如下：

介石先生惠鉴：

恩来诸同志回延安，称述先生盛德，钦佩无既。先生领导全民族进行空前伟大的革命战争，凡在国人，无不崇仰。15个月之抗战，愈挫愈奋，再接再励，虽顽寇尚未戢其凶锋，然胜利之始基，业已奠定，前途之光明，希望无穷。抗战形势，有渐次进入一新阶段之趋势，一方面将更加困难，然一方面必更加进步。必须实行团结全民，巩固与扩大抗日阵线，坚持持久战争，动员新生力量，克服困难，准备反攻的政策。在此过程中，敌人必会利用欧洲事变与吾国弱点，策动各种不利于吾国统一团结之破坏阴谋。因此，同人认为此时期中之统一团结，比任何时期更为重要，唯有各党各派及全国人民克尽最善之努力，在先生统一领导之下，严防与击破敌人破坏阴谋，清洗国人之悲观情绪，提高民族觉悟及胜利信心，并施行新阶段中必要的战时政策，方能达到停止敌之进攻，准备战争反击之目的。因武汉紧张，故欲恩来同志不待会议完毕，即行返汉，晋谒先生，商承一切。未尽之意，概托恩来面陈。泽东坚决相信国共两党之长期团结，必须支持长期战争，敌虽凶顽，终必失败，四万万五千万人之中华民族，终必能在长期的艰苦奋斗中克服困难，准备力量，实行反攻，驱除顽寇，而使自己雄立于东亚。此心此志，知先生必有同感也。

专此布臆，敬祝健康并致民族革命之礼。

毛泽东　谨启

民国二十七年九月二十九日

后记

一次，我去庐山、黄山、普陀山旅游归来，两位笔墨之交告诉我：出版社计划编一套抗日战争系列丛书。我虽不在京，两位已将我的名字报上了。当时我正着手写长篇系列小说《垂亡三部曲之———一代女帮主》，笔头不得闲，但又盛情难却，答应在完稿后即动手写一部长篇纪实方面的书。他们让我选题，我毫不犹豫地选了武汉保卫战这一段抗战历史来写作。其原因有二：

（1）先父方靖在武汉保卫战时，任第13师师长，曾参加了保卫战，留下一些资料；

（2）1986年我因公去武汉，顺便去考察过抗战中武汉保卫战较为激烈的一些战场遗址。当地居民告诉我：在"大办人民公社"时，开荒种地，还可以成筐成筐地俯拾烈士遗骨。那已经是距抗战二三十年了。这些为捍卫祖国神圣领土而英勇捐躯的忠魂白骨，本应在抗战胜利后，由国民党政府将其妥为收埋，并建碑纪念，以慰忠魂，也教育炎黄子孙后代。可国民党政府忙于打内战，早把这些民族的烈士忘得一干二净。这是其欠下一笔难以偿还的债。尔后由于时代的变迁，竟将当年英勇抗倭的史实埋没，以致后人将烈士的骸骨轻弃，也不能不使人深感遗憾。当时我就萌发一个愿望：一定将这段史实采写出来，让我们的后代子孙永远不要忘记这段反侵略的悲壮历史。

在文稿中多处提到日寇的"优势火力",是其取胜的关键,也是中国军队在战场上付出沉重代价的一个原因。除其海、空和机械化、化学武器（各种毒气）的优势外,常规兵器同样亦是敌优我劣。现根据台湾出版的《国民革命战史第三部"抗日御侮"》所附1937年中国军队与日军武器装备表摘录:

中国陆军步兵与日寇步兵联队武器统计比较表		
武器	中	日
手枪	82支	
步枪	882支	2132支
马枪	190支	
轻机枪	81挺	81挺
重机枪	18挺	38挺
步兵炮	6门	10门
20公厘①炮		18门
27公厘速射炮		6门
掷弹筒		81具

---

① 公厘:即毫米,旧时长度计量单位,现已被淘汰。

中国陆军调整步兵师（二旅制）与日寇（甲）步兵师（二旅制）武器统计比较表

武器	中	日
手枪	436 支	
步枪	4212 支	10074 支
马枪	1443 支	
轻机枪	234 支	400 挺
重机枪	72 挺	163 挺
步兵炮	24 门	45 门
20 公厘战炮		89 门
37 公厘速射炮		27 门
掷弹筒		400 具
野（山）炮	12 门	36 门

由此可见弹丸岛国却敢悍然侵略我泱泱中华，就在于其军备远远胜于当时中国。历史借鉴告诉我们：科技的发展、国防的现代化有多么重要！从鸦片战争到抗日战争100余年，是中华民族受西洋和东洋人压迫的屈辱历史，而所以受此百年屈辱，就在于国防和科技的落后。在此振兴中华、实现中国梦的伟大时刻，我们炎黄子孙应该记取历史的惨痛教训而奋发图强！ 1990年我写《中国远征军》(已由

作家出版社出版发行），现在写的《武汉会战纪实》以及继此书又写成的《抗日鄂西大决战》等书，也是希望帮助广大读者了解这段抗日悲壮历史，激发民族责任感。

在撰写这样一部详细的纪实作品过程中，我还参考了许多史料书籍，如《抗日战争实录》、《李宗仁回忆录》、《抗日战争正面战场》、《日本侵华内幕》，还有台湾出版的《抗日御侮》以及文史出版社出版的一些史料书籍。谨向各位作者致谢。

尤其应该感谢的是赵秀昆老先生及朱国威先生。

赵老早年与先父有袍泽之谊，可以说是看着我长大的父辈。听说我在撰写这方面的书稿，即慷慨地将他为《抗日战争正面战场作战史》编写组编写的史料初稿寄给我作为参考，这是对我最大支持。朱国威是我童年时代的好朋友，在我撰稿时给我寄了一些参考书籍，对我帮助很大，在此一并致谢。

像完成任务一样交稿了，除请编辑先生多予斧正外，也请海内外黄埔前辈及广大读者不吝指正。